徳間文庫

警視庁特捜官

魔弾

松浪和夫

徳間書店

3 魔　弾

1

ボンネットで跳ねた赤い光が目の奥に痛みをもたらす。赤色灯の光が網膜を刺激し、サイレンが鼓膜を震わせ続ける。

梶原剛史《かじわらたけし》は覆面車の助手席で目頭を揉《も》み、視線を上げた。雲一つない空に向かって伸びたビル群が光を跳ね返している。新宿副都心の高層ビル群が徐々に大きくなってきていた。九月に入って五日目になったというのに、まだ真夏のような暑さが続いていた。

「少し温度を上げましょうか」

運転席の白山護《しろやままもる》主任が訊《たず》ねてくると、梶原は首を横に振った。

「冷えは体に毒です」

「年寄り扱いするなって。まだ五十だぞ」

「昨日も夜更けまで捜査をしていたんでしょう」

荻窪の殺人事件のホシを挙げ、一山片付き、梶原らが所属する捜査一課殺人犯捜査第五係員たちは四日間の休暇に入った。その間も、梶原は別件の捜査で炎天下の街を歩き回っていたのだった。

梶原は小さくうなずき、白山の横顔をちらりと見て訊《き》く。

「かみさんの具合はどうだ?」

白山がステアリングにかけた手を強く握り締める。

「抗癌剤の副作用がきつそうで、見ていて辛《つら》いです。ワンクール終われば、楽になるんでしょうが」

「そうか」

「すいません。俺から言い出したのに最近は手伝えなくて」

「気にするなよ」

白山の妻は癌で入院して化学療法を受けている。白山と同い年で三十六歳。若いが故に回復も進行も早い。ここ一年程は入退院の繰り返しだった。

「今ががんばりどきなんだろう。休みのときぐらいそばについていてやれ。支えてやれ」

「ですが――」

「俺は追う。あのホシを挙げるまでは」

四年前の夏、武蔵野市で五十六歳の女性が自宅の寝室で殺された。第五係を中心とした特捜本部が設けられ、一年かけて調べたにもかかわらず、容疑者は浮かばなかった。その後、第五係は特捜本部を離れた。特捜本部から捜査本部に格下げとなり、それから捜査本部も解散した。所轄署の専従捜査員三名が継続捜査をしているが、未《いま》だにホシの尻尾《しっぽ》さえつかめていなかった。

白山は何か言おうとしたようだが、硬い表情を浮かべて唇を噛《か》み締めた。尊敬半分、諦《あきら》め半分といった顔だ。第五係が捜査から外れたのだから、武蔵野の殺人事件に首を突っ込む必要はない。

梶原は助手席の窓ガラスごしに新宿の高層ビル群を見やり、振り返った。

すぐ後ろから第五係長の水戸海司《みとかいじ》が運転する覆面車がついている。助手席には森岡達二《もりおかたつじ》管理官が座っていた。更にその後方から第五係の六人の刑事たちが分乗した覆面車が続いてくる。

森岡は太い眉《まゆ》を寄せ、眉間に深い皺《しわ》を作っている。頭がはげ上がっているので、陰で坊主と呼ぶ捜査一課員もいる。梶原より四つ上の五十四歳。水戸は猫毛のように柔らかい豊かな髪を整髪剤で固めたいかつい顔をした男だ。

水戸は唇を強く結び、鋭い眼光が宿った目を前に向けて覆面車を走らせている。

白昼堂々、東京都庁の目前で人が殺された。五十代から六十代前半と思《おぼ》しき男の首に大きな傷がある。傷という表現では収まらない。死体の損壊状況が異常なのだ。

覆面車の車列は明治神宮の北側を走り抜けていく。新宿ランプで首都高速を下り、公園通りに合流した。

南通りと立体交差する跨道橋の下に張られた規制線が視界に入ってきた。規制線より北側が通行止めになり、一帯が封鎖されている。

現場に近づくにつれて、覆面車やパトカーが急速に増え始めた。歩道にいる市民の数も多い。都庁側の歩道にはその数倍の人々がいた。

梶原は第一本庁舎を見上げた。四十八階建ての高層ビル。右隣にある第二本庁舎は三十四階建てだ。二つのビルを渡り廊下がつないでいる。ビルの窓という窓に職員たちの姿がある。何百、いや、何千という目がこちらを見下ろしている。

虹の橋と呼ばれる歩道橋の手前で、梶原は覆面車を降りた。

水の広場への出入口付近にも規制線が張られ、その向こうに制服警官や私服刑事たちがいた。一方、反対側には大勢の市民が立って、水の広場の方を向いている。水の広場から新宿駅まで延びた中央通りは通行止めになり、動いている車はない。

第五係の六人の刑事たちが覆面車から降りてくるのを横目に、梶原は一足先に現場に向かって歩き出した。白山がすっと身を寄せてくる。管理官の森岡を先頭にして現場に入るのが慣例だが、そんなことには構っていられない。

水の広場の東の端に、ブルーシートで囲われた場所があった。囲いのわきには、機動捜査隊と新宿署の腕章をつけた刑事たちが集まっている。

梶原が刑事たちの前で立ち止まると、一団の中から機動捜査隊の腕章をつけた長身の男が進み出てきた。またあんたかというような顔で梶原に一瞥《いちべつ》をくれた後、森岡に真《ま》っ直《す》ぐ歩み寄っていった。

「ご苦労様です。機動捜査隊長の本島《もとじま》です」

硬い表情をした本島が短く自己紹介して、森岡に報告し始めた。

「先程被害者の身元が判明しました。藤代征太《ふじしろせいた》さん、五十五歳」

「職業は？」

「知事秘書。部長級の秘書です」

「幹部職員、しかも側近だろう。重要情報だ。すぐに情報を上げるもんだ」

森岡が言うと、百戦錬磨の機捜隊長の本島も圧迫感を覚えたのか僅《わず》かに上体を引いた。

「あまりにも死体の損傷がひどく、手間取りました。所轄署の刑事が先程やっと割り出しました」

本島が答えて、刑事たちの一団に視線を向ける。視線の先に中背でがっしりとした体格をした男がいた。梶原の同期の桐生《きりゅう》だ。桐生の頭には万に達する人間の顔が入っている。警察学校時代から抜群の記憶力を見せていた。同期生の中でも、桐生に敵《かな》う者はいなかった。桐生でも時間がかかったのだから、被害者の顔は原形を留《とど》めていないだろう。

「仕方ねえな」

森岡がぶっきら棒な口調で応じる。地が覗《のぞ》いた。隅田区本所で生まれ育った生粋《きっすい》の江戸っ子で、緊迫した場でも遠慮なくそうした言葉遣いをする。それを横目に、梶原はブルーシートの囲いの方へ足を踏み出した。白山が同時に動き出し、梶原の後ろにつく。第五係員たちはまただと言うような視線を送ってきた。

梶原は囲いの手前で止まり、靴カバーをはめて白手袋をした。ブルーシートを上げる。血の匂いと熱気が溢《あふ》れ出てきた。黒い塊《かたまり》が目に入ってくる。黒いシートがかけられた向こう側に、鑑識係員たちが立っていた。

黒いシートを前にして第五係員たちが並び、森岡が合掌すると、梶原も死体に向かって手を合わせて目を閉じた。冥福を祈り、心の中で被害者に語りかける。

聞かせてくれ。教えてくれ。誰にやられた。答えが来る訳がないが、そうせずにはいられない。

梶原は目を開けた。第五係員たちも合掌を解いていくが、木佐貫夏男《きさぬきなつお》部屋長はまだ手を合わせていた。第五係最年長の五十七歳のベテランとあってか、被害者を思いやる気持ちは人一倍強い。

梶原が腰を落とすと、白山も膝を折った。二人で黒いシートの端をつかんで持ち上げる。

死体は右わき腹を上にした状態で、背中をこちらに向けて横たわっている。

首がない。いや、あり得ない角度で首が前方に折れ曲がっているために、見えないのだ。顔面は胸に密着していた。首の付け根から背中にかけて大量の血で濡《ぬ》れていた。

「凄《すさ》まじいな」

低いしわがれた声が降ってきた。後藤克己《ごとうかつみ》主任の声だ。第五係一の長身で、百八十五センチもある。三人いる主任の中で最年長の四十一歳。次期係長と言われている男だ。

「ひでえ」

ついで聞こえてきたのは、前田敏也《まえだとしや》主任の声だった。

梶原は前田を見上げ、言葉を選べと目で伝える。前田は素直にうなずいた。分厚い胸、突きでた腹、太い太腿《ふともも》を持つ巨漢だ。

第五係紅一点の南真理子《みなみまりこ》が前田を冷やかな目で見ている。三十二歳の独身の平刑事。特殊班志望というだけあって、気の強さはぴかいちだ。

死体を見下ろしていた平刑事の三木一洋《みきかずひろ》がうめき声を漏《も》らし、口元を押さえる。今年の春に所轄から上がってきた二十七歳の新米だ。これ程酷《ひど》い状態の死体を見るのは初めてなのだろう。

部長刑事の赤井文昭《あかいふみあき》は三木を見て、舌打ちした。四十五歳で脂が乗り切った部長刑事からすれば、三木は警察学校を出たばかりの新米巡査のようなものなのだ。

梶原は立ち上がり、遺留品を踏まないように注意して移動する。死体の足下から五十センチ程離れた所に折り畳み式の黒い携帯電話が開いたまま落ちていた。ボディー全体に血が付着し、ディスプレイは割れていた。通話の履歴は見られそうにもない。

死体の表側に回り、顔を近づけた。ワイシャツの胸元は赤く染まっている。垂れた髪が鼻の辺りまで覆いかぶさっていた。血で濡れた髪をそっとどかすと、高い鼻梁《びりょう》と薄い唇が現れた。顔面自体に損傷はない。

梶原はハンカチで額の汗を拭《ぬぐ》った。体全体から汗が噴き出してきていた。息苦しくなるのを堪《こら》え、死体の背中側に回る。

項《うなじ》には楕円形の穴が開いていた。縦五センチ、横七センチ程だ。穴の内部では、切断された筋肉や血管が、折れた骨と複雑に絡み合っている。

一方、喉《のど》の傷は、直径一センチにも満たない。おそらく、弾頭が喉から入り、血管や筋肉を切断し、頸椎《けいつい》を砕き、首の後ろから出て行ったのだろう。頸動脈が切断されたため、勢いよく血が噴き出し続けたのだ。

拳銃弾でこれ程大きな損傷はできない。拳銃でなければ、何だ。それだけではない。被害者はなぜこんな時間にここにいた。事件発生は三時過ぎで、勤務時間帯に入っている。

被害者は都庁にいたはずなのに。

いや、外にいた可能性もある。外出先に向かうところだったのか、あるいは出先から戻ってきたところだったのか。けれども、都庁から最も近い地下鉄都庁前駅までは地下通路を通っていける。この暑さの中で、わざわざ地上を通るか。

公用車を使った可能性はなかった。それらしき車は見当たらない。同僚が一緒だったら、既に事情聴取が行われている。けれども、そうした報告はない。被害者はなぜここにいた——。

森岡の声が頭上から降ってくる。

「それぐらいにしておけ、梶原。鑑識に譲れ」

夢中で考え続けていると、森岡の声の音量が倍になった。

「譲れ」

それでも、梶原は死体を丹念に見ながら思考を巡らせる。

「梶原さん」

白山が横から手を伸ばしてきて、梶原の腕をつかんだ。

梶原は森岡の険のある顔を一瞥し、後ろに下がった。

鑑識の徳永《とくなが》係長が死体を丹念に見ていく。その間も、梶原は死体から目を離さず考え続けていた。どうしたら首が断裂しかかる程の凄まじい状況になる。ホシは何を使った。被害者はどうしてこんな所にいたのだ。何をしていたのだ——。

水戸が徳永に訊く。

「凶器は?」

「非常に強力な銃弾を撃てる銃です。弾頭が見つかっていないので、断定はできませんが」

「分かっている範囲で結構です」

「拳銃弾でこれだけの損傷を与えるのは無理です。至近距離から大口径マグナム弾を撃っても不可能。ライフルによる狙撃と考えて間違いないでしょう」

「狙撃か……」

絶句した水戸の顔が瞬時にして強張《こわば》った。

拳銃による射殺事件は珍しくないが、ライフルを使った殺人は滅多に起きない。梶原自身、初めて扱うヤマだった。水戸は当惑しつつ懸命に初動捜査の方針を考えている。森岡は、狙撃かと噛み締めるように言った後、汗でてかりを帯びた額に手を当てて考えこんでいた。

拳銃での捜査方法は通用しない。下手《へた》をすれば、ホシを取り逃がす結果にもなりかねないのだ。

水戸が再び徳永に問う。

「発射場所は分かりますか?」

「弾頭は東から飛来した。おそらく現場の東側半径三百メートル、いや、半径四百メート

警察組織において上司の命令は絶対だ。部下が逆らうことは許されない。だが、梶原にとって、上司の命令であろうがなかろうが関係ない。退くつもりはない。

見かねた白山が梶原の方へ近づこうとすると、梶原は一瞥して制し、水戸を見据《みす》えて繰り返す。

「現場班に入れてくれ」

「これは命令です」

水戸も頑《がん》として首を縦に振らない。一人の部下の意見を受け入れてしまえば、他の刑事たちに示しがつかない。

梶原が水戸の方へ足を踏み出したとき、突き刺さるような視線を頰《ほお》に感じた。桐生が鋭い眼差《まなざ》しで睨《にら》みつけてきている。

桐生の視線を無視し、梶原は水戸に一歩近づく。

そのとき、森岡が梶原と水戸の間に割って入ってきた。梶原に背中を向け、水戸の肩に手を置いて低い声で言う。

「このままでは初動捜査が遅れる。時間を無駄にするな。単独行動はさせないから、心配するな」

水戸が渋々うなずくと、森岡は梶原に向き直って告げた。

「おまえは現場班だ。ただし、白山とのペアとする」

梶原は了解ですと応じ、軽く会釈《えしゃく》して引き下がる。

新宿署の刑事たちはその様子を見ているだけで、異論は上がらない。この場の最高責任者の決定に異議を唱える者などいない。

森岡が続けろという風に水戸の背中を軽くたたき、彼の背後に回った。水戸が改めて現場班の人員選定作業を再開する。梶原に代わり、前田が発射現場捜索班員に指名された。後藤、木佐貫、赤井の三人が被害者班担当となり、ついで新宿署の刑事たちが次々と指名されていった。

捜査開始の号令がかかり、刑事たちが一斉に動き出す。発射現場捜索班と被害者班の刑事たちが水の広場から離れていく。

白山が歩み寄ってきて梶原を見てつぶやくように言う。

「いつもこうなります」

「嫌なら断れよ」

「そんなことはできません。断りませんよ」

律儀というか馬鹿正直というべきか。そこまでしてくれるいわれなどないのに。

通常、本庁の刑事同士のペアは考えられない。まして、白山は梶原の上司だ。

一旦捜査に入ると、梶原は我を忘れて捜査に当たる。ときには暴走と取られかねないところまで足を踏み入れる。所轄の刑事では止められない。そのため、白山は手綱《たづな》としてつけられてきたのだった。

「まだあんなことをやってるんだな」

背後から声をかけられ、梶原は振り返った。桐生が目前に立っていた。

「迷惑をかけるにも程があるぞ。主任さんのこともよく考えろ」

白山が梶原ごしに桐生に応じる。

「迷惑ではありませんよ」

「引っ張り回されてくたびれているでしょう」

「大丈夫。お二人よりは若いですから」

白山と桐生は十一年前からの知り合い同士だ。二人の間には本庁と所轄といった区別意識はない。

桐生は苦笑いを浮かべた後、梶原に視線を戻した。

「せっかく発射現場捜索班に入れたのに、どうしてわざわざこっちを選んだ？　ホシはここにいなかったんだ。ホシの痕跡《こんせき》があるとしたら発射現場だぞ。発射現場に行った方が手柄に近いのに」

「すべて現場にある。まずは現場だ。自分で見て、聞き、匂いをかぐ」

「やっぱ、変わらねえな」

桐生は独り言のように言って、梶原に半歩近づき、心配そうな目をして訊ねてきた。

「体は大丈夫なのか？　まだ例のホシを追いかけているんだろう。捜査員が残ってる。おまえがやる必要はねえだろう」

四年前に起きた武蔵野での殺人事件のことを言っているのだ。

「俺はやる」

「そんなことを続けていたら潰《つぶ》れるぞ。いくら猟犬でも」

それが梶原につけられたあだ名だ。一旦捜査に入ったら、ホシに食らいつくまで追い続ける。

「度が過ぎてる。あの事件以来、一層ひどくなった。まだ瑞希《みずき》ちゃんは許してくれないのか？」

祭壇の前で立ち尽くした娘の背中が記憶の底から浮かび上がり、胸が締めつけられた。今はもう口にしなくなったが、娘の本心は分からない。許されてはいないはずだ。

梶原は娘の瑞希の姿を胸の奥に沈め、話を元に戻した。

「目撃者の話を聞きたい」

桐生は諦め顔をして報告し始めた。もう嘆息も聞こえなかった。

事件発生時、十人が水の広場におり、うち八人が目撃していた。公園通りの東側にいた目撃者は七人。異常な暑さのせいで、人は少なかったのだろう。路上駐車していた車はなかった。走行中の車から見た可能性はあるが、目撃者の確保には至っていない。

梶原はあらためて水の広場を見やった。公園通りに面した東側だけが開けており、他の三方は斜面だ。北と南の斜面に階段があり、その上が高台になっている。西の斜面には人工の滝が設けられていた。

広場の縁に沿って所々に置かれた金属バー式の簡易ベンチに、目撃者たちがそれぞれ集まって立ち、制服警官が付き添っている。

梶原が目撃者の方に向かって歩き出すと、白山がすぐ横についた。

金属バーにもたれかかるようにして、二人の女が並んで立っていた。二十代前半と五十代後半の女だ。年配の女が若い女の顔の近くで手を振って風を送っている。木陰に入る場所だが、気温はあまり変わらない。路面に落ちた木の葉の影はまばらで、その中で木漏《こも》れ日が揺れ動いていた。

梶原は年配の女に近づき、丁寧な口調で切り出す。

「警視庁の梶原と言います。目撃されたときの様子を話してもらえますか」

「いい加減にして下さい。涼しいところに行かせて」

年配の女が険《けわ》しい眼差しを向けて訴えてきた。二人とも疲労の色が濃く、顔全体に汗が噴き出している。木陰に入っているが、アスファルトの照り返しが強い。暑さが和《やわ》らぐ気配はない。若い女の目は虚《うつ》ろだ。

年配の女が切実な表情で言葉を継ぐ。

「せめて娘だけでも」

二人は親子だ。

梶原は母親の視線を受け止め、真摯《しんし》な眼差しを向けて言う。

「申し訳ありませんが、ここでお願いします。終わったらすぐに冷房のある所に案内しますから」

当時の状況を正確に把握するには、目撃者がいた場所に最も近い所が理想的だった。実況検分と同じく、その場にいなければ把握できないものがある。

吐息を漏らして力なく母親がうなずくと、梶原は質問に入った。

「被害者が倒れるところは見たんですか？」

「いえ。悲鳴が聞こえました。振り返ったら、男の人が倒れていました」

「悲鳴が聞こえる前までは、どちらを見ていたんですか？」

母親は人工の滝を指さした。滝を眺めながら、娘と話をしていたという。二人とも被害者が撃たれた瞬間は見ていなかった。

「被害者がこの広場に入って来るところは見ませんでしたか？」

「来るところ、ですか？」

「車から降りてきたのか、それとも、歩道を歩いてきたのか」

「分かりません。見てません」

母親についで、娘も同じ答えを返してきた。これ以上訊いても有力情報は得られそうにもない。近くにいた制服警官に二人をパトカーに連れていくように指示して歩き出す。

隣の金属バーの横には、白い帽子を被《かぶ》った二十代半ばの男が立っていた。

梶原と白山の二人が前に立っても、男は足下を見たままだ。貧乏ゆすりが続いている。

「耐えられねえ。熱射病になっちまう。こんなくそ暑い所にいられねえよ」

男が顔を上げ、梶原と白山に睨《ね》めつけるような視線を送ってきた後、足を踏み出した。

梶原は男の進路を塞《ふさ》ぐ。

「もう少しだけだ。質問が終わったら、ここから離れられる」

「耐えられねえって言ってんだろう」

「さっさと済ませて涼みに行った方がいいだろう」

最悪だな、と男がつぶやき、仕方なさそうに足を引っ込めると、梶原は事情聴取に取りかかった。

「被害者がここに来るところを見たのかい？」

男は不機嫌そうに首を横に振る。

「被害者に気づいたとき、君はどこにいた？」

男の右手が上がっていく。

梶原は振り返り、男が指し示した場所を見た。ブルーシートの囲いから東に十メートル程行った所だった。

梶原は男に向き直る。

「そのとき、被害者は何をしていた?」

「携帯で話してた」

「何を?」

「ここからじゃ聞こえる訳がねえだろう」

携帯電話を使う人間はいくらでもいる。だが、この男は携帯電話で話していた被害者を目で追っていたのだ。

「携帯で話す人は大勢いる。なぜ、君は被害者を見ていた?」

「変な奴だったから」

「変とは?」

「携帯で話しながら地面を見てた。何か拾った後、前に出たり、後ろに下がったりしてた。そして突然倒れた。それであの様《ざま》だ」

確かに人目を引く。しかし、なぜ被害者はそんなことをした——。

梶原は一つの可能性に思い至り、踵《くびす》を返す。男の元を離れ、ブルーシートの囲いの方へ進んでいく。

追いかけてきた白山が横に並び、梶原に言う。

「目撃者をほったらかしでどうするんです？」

「遺留品があるかもしれない」

「遺留品？」

　白山の声のトーンが上がった。

「そうだ。被害者が拾い上げた物だ」

「自分で落とした物を、被害者が拾っただけでしょう」

「ホシが置いていった可能性もある」

「ホシが？　何のためにそんなことを？」

「分からない。ともかく、それを捜す」

　白山の嘆息が隣から聞こえてきてきた。

　梶原は囲いの前で立ち止まり、ブルーシートをめくり上げる。

　作業をしていた鑑識員たちの視線が、梶原と白山に向けられた。

　梶原は囲いの中に入り、徳永に言う。

「被害者の所持品を見せてくれ。ホシの遺留品が混じっているかもしれない」

「そんなものがあったら、報告してますよ」

「見せてくれ」

　徳永は当惑の表情を浮かべたが、仕方なく白いシートの方へ手を向けた。

「どうぞ」

梶原は、死体のわきを通ってシートの前まで行く。白山が後を追って入ってきた。シートの上にビニール袋に入った物品が並んでいた。携帯電話、ハンカチ、ボールペン、腕時計の四点。ボールペン以外の物品には血がこびりついている。東京オリンピック2020の文字がボールペンに入っている。おそらく都庁職員に配られたものだろう。すべて被害者の私物だ。家族に確認する必要があるが、今のところ他には考えられない。

「ないな」

梶原が言うと、白山は当然だという風にうなずいた。

「死体を頼む。俺は路面上を捜す」

梶原は一方的に言って、腰を落とした。路面上に視線を這《は》わせる。路面から放出される熱気が顔に当たる。熱の逃げ場がなく、囲いの中の温度は上がり続けていた。全身の皮膚から汗が噴き出してきていた。砂埃《すなぼこり》や小石、こびりついたガムがあるだけで、目を引くようなものはない。

白山は汗まみれになって死体の衣服を探っている。それを横目に、梶原は再び路面に視線を落とした。しかし、いくら捜しても見つからない。

鑑識員たちが全員で死体を持ち上げて担架に乗せた。死体が横たわっていた場所を取り囲むように、血だまりが出来上がっていた。血だまりの表面に薄い膜が張っている。鑑識の手は入っていない。

梶原は腰を上げ、徳永に歩み寄る。

「カッターを貸してくれ。血だまりの中を捜す」

徳永は何も言わずにカッターを差し出してきた。

梶原は血だまりのそばに移動して片膝をついた。カッターの刃先で固まりかけた血をかき分けていく。刃先から振動が伝わってくるだけで、何も出てこない。汗を拭いながら作業を続けていると、刃先が何かに触れた。

一旦カッターを上げ、刃先が引っかかった場所を中心に血をはがしていく。ほどなく、白い紙片のようなものが現れた。大きさは縦四センチ、幅一センチ程だ。紙ではない。白いビニールテープが路面についていた。

梶原はその周囲を探り始める。また白いビニールテープが出てきた。大きさも向きも同じだ。誰かの落し物が路面についたとは考えられない。偶然ではない。何者かが故意に張りつけたのだ。

「梶原さん」

白山の声が上がると、梶原はそちらに顔を向けた。白山の指が先程まで死体が横たわっていたアスファルトと血だまりの境界辺りをさしている。透明なプラスチックケースが落ちていた。縦横二センチ程の小さなものだ。

白山はプラスチックケースの中を覗きこんで言う。

「何か入っている。SDカードのようです」

「SDカード」

梶原はおうむ返しに言い、手元を指す。

「こっちからも出てきたぞ」

白山が近寄ってきてビニールテープを確認すると、梶原は確信して言った。

「これでホシを追える」

「追える？」

「ビニールテープは踏まれても少し変形するぐらいだ。昨日のうちに張っておいても構わない。しかし、SDカードが踏まれたらデータが飛んでしまう。熱にも弱い。この暑さだ。せいぜい一、二時間が限度じゃないか。ホシは被害者が来る前にこれらを張りつけた。事件の一、二時間ぐらい前に」

「ホシがここに来たって言うんですか」

「そうだ」

「被害者の私物かもしれませんよ」

「すると、被害者が張りつけた物を自分ではがしたことになる。何のためにそんなことをする」

「分かりません。ですが、ホシの仕業《しわざ》だとしたら、被害者が中身を確認してから撃つんじゃないんですか。被害者はその前に射殺されてる。ホシがそんな無意味なことをするかな」

議論していても時間の無駄だ。

「俺はその線を追う」

梶原はそう答え、徳永にSDカードを調べるように言って外に出た。白山も囲いから出てきて、梶原の横に並んだ。

梶原は先程の若い男の所に戻り、ビニールテープとSDカードを張りつけていった人物を見なかったか訊ねた。男はうんざりした顔で首を横に振った。他の目撃者たちに訊いて回ったが、見た者はいない。

梶原は公園通りを渡って、都庁側の歩道に移動し、確保されていた目撃者全員に当たっていく。白山は無言のまま、梶原の聴取の様子を見守っているだけだ。

不審人物の目撃情報は得られなかった。だが、別の重要情報が出てきた。被害者は携帯電話を耳にあてたまま、公園通りを横断して水の広場に向かって歩いていった。その間、何度か足を止め、引き返そうとするような仕草をした。

被害者は脅《おび》えていた。それで携帯電話で助けを求めていたのではないか。

だが、被害者はホシの存在を知らなかったはずだ。ライフルで狙《ねら》われていることなど考えもしなかっただろう。気づいたら、逃げたに違いない。なぜ、逃げなかった。どういうことなのだ——。

水の広場に向き直って歩き出すと、白山が問いかけてきた。

「次は何です？」

「目撃者捜しを続ける。公園内にはまだ他にも人がいる」

「それでホシに辿《たど》りつけるとは限りません。ホシではない人間がＳＤカードを張りつけたのかもしれないでしょう」

「その人間を見つけ出せば、ホシにつながる。共犯者、もしくは頼まれた人間が。ホシの顔を見たはずだ」

白山はため息を漏らしただけだった。

梶原は公園通りに出て、パトカーの中で休んでいた親子に訊ねたが、二人とも見ていなかった。

梶原は水の広場に背を向け、公園の北側斜面の階段を上っていく。上り切ると、樹木が立ち並んだ一帯が広がった。気温が幾分下がった。水の広場は低い場所にあり、窪みのような地形になっているため、熱が集まりやすい。

木々の間の小道を進んで行く途中で、白山が問いかけてきた。

「どこまでやるつもりです？」

「公園全体。それが終わったら、公園の周囲一帯を回る」

白山は肩を落とし、空を振り仰いだ。公園だけでもまだ半分以上残っているのだ。

梶原は南に向かって進んでいく。木立の中では鑑識員たちが作業をしている。他に人はいない。流れ落ちる水の音が聞こえてきた。人工の滝の水の音が、この辺りまで届いてくる。

人工の滝を通り過ぎた直後、鑑識員たちの声が聞こえてきた。

梶原は足を止め、小道の下を見やった。鑑識員が弾頭を発見したと言っている。

「やっと証拠が出ましたね」

白山の言葉にうなずき、梶原は公園の南側の敷地に向かう。遊具が置かれた南側の敷地に人の姿はない。跨道橋を東に進み、多目的広場に移動した。多目的広場と給水所付近を見て回ったが、一人も見つけられなかった。

公園内を潰し終え、梶原は公園通りに下りた。喉が渇き、足の筋肉が強張っている。長時間暑さの中を歩き回り、疲労が押し寄せてきていた。だが、休んではいられない。気合いを入れ直し、都庁に向かって歩き出した。

3

午後八時前、梶原は新宿署の五階の廊下を特捜本部に向かって歩いていた。足が重い。まるで鉛の靴を履いているかのようだ。新宿中央公園を出た後、その外側一帯まで足を延ばして目撃者を捜したが、結局見つけられずに、新宿署にやってきたのだった。

「かみさんに電話しておけよ」

隣を歩く白山が戸惑いの光を浮かべた目を向けてきた。日焼けで鼻の頭が赤くなっていた。

「急に何です?」

「家族と話をすると、少しは気が楽になるもんだ。できるときにやっておけ」

特捜本部が立つと、最初の一週間は泊まりこみだ。捜査の展開次第では、家族に電話もかけられない状況になる。

白山は柔らかな笑みを浮かべて言った。

「ありがとうございます。メッセージを送っておきます」

「メッセージ」

「病室で携帯の通話は禁止なんです。ＬＩＮＥは使えるんですが」

白山はスマートホンが入った胸ポケットに触れた。前のヤマを担当していたときも、白山は夜中や早朝によく携帯電話を使っていた。それで妻と連絡を取っていたのだ。

「そんなもんで気持ちが伝わるとは思えないな」

「今は皆これです。梶原さんが古いんです。昭和はもうずっと前に終わりました」

「おまえだって昭和生まれじゃないか」

「昭和の後期です。平成の方がずっと近い」

「屁理屈だぞ。昭和は昭和だろ」

梶原はそう応じて顔を正面に向けた。声を聞かなければ分からないことがある。文字だけでは伝わらないことがある。

梶原はそう思ったが、口には出さず、話題を変えた。

「長引くと思うか？」

真顔に戻った白山が答えを返してくる。

「顔が映っていれば、一気に行けるかもしれません。確保した映像次第ですね」

梶原はうなずき、窓ガラスごしに高層ビルを見やった。新宿副都心周辺は特に防犯カメラが多い。ビルの周辺、車道、歩道専用などあらゆる所で防犯カメラが目を光らせている。タクシーにもドライブレコーダーがついている。街全体が監視対象になっていると思える程だ。

発射現場の特定までそう時間はかからなかったはずだ。発射現場捜索班が防犯カメラの映像を集め、解析に入っている。事件の発生時刻が判明しているのだから、時間帯を絞りこんで作業を行える。既に顔写真が出来上がっていてもおかしくない。

「やはり、発射現場捜索班に入っていた方が良かったでしょう。そっちはきっと大漁ですよ」

発射現場捜索班はホシに直結する顔写真を得たに違いない。一方、現場で見つけたのはSDカードとビニールテープで、すぐにはホシに結びつかない。功績に手が届くとしたら、現場班ではなく、発射現場捜索班の方だ。

「俺は――」

梶原が言いかけたところで、白山が先回りして言った。

「功績争いに興味はない。ホシが挙がればそれで良い、でしたね」

「分かってるじゃないか」

「俺は、梶原さんに魅《ひ》かれてここまで来た。梶原さんのような刑事を目指して。ですが、いつまでも第五係にいられる訳じゃありませんから」

十一年前に初めて会ったときから、白山の仕事にかける情熱は変わっていない。けれども、人事異動だけは避けられない。白山が第五係に来て七年。そろそろ異動の話が出てもおかしくない頃だ。白山がいなくなれば、これまでのやり方を通すことも難しくなる。白山だからこそ手綱としてついてこられたのだ。他に手綱を希望する刑事などいない。もっとも、手綱が替わったとしても、やり方を変えるつもりなど毛頭なかった。

制服姿の新宿署の元村《もとむら》署長を先頭にして、幹部たちが講堂に入ってくる。午後八時ちょうどだ。

パイプ椅子に並んで座っていた七十人の刑事たちと鑑識課員たちが一斉に立ち上がる。第五係員の後ろに白山とついていた梶原もすぐに腰を上げた。

捜査一課の安住康人《あずみやすと》課長、結城《ゆうき》理事官、森岡管理官、水戸係長、新宿署刑事課の陣内《じんない》課長ら幹部が雛壇上に並んだ。

講堂が静まり返る。

安住は雛壇上から刑事たちを一渡り見回す。警視庁の刑事のトップに立つ男。ノンキャリアの星。梶原の五つ年上の五十五歳だが、既に警視の階級を得ている。本郷のアパートの大家の家に生まれ育った。東大生を見ながら育ったようなもので、相手がキャリアでも物怖《ものお》じしない。

現役の刑事時代からカミソリと呼ばれていた男だ。銀色のフレームの薄いレンズの奥から放たれる鋭利な眼光は、捜査一課長となった今も変わらない。白いものが混じり始めた髪には、一筋の乱れもなかった。

「特別捜査本部長の安住だ」

安住がそれだけ言って腰を下ろすと、刑事たちも座り始めた。パイプ椅子が床をこする音が講堂内に響く。

進行役の水戸が立ったまま、緊張した面持《おもも》ちで刑事たちの顔を見回し、事件の概略説明に入った。ホワイトボードに張られた被害者の顔写真や死体の写真、現場見取り図を指し示しながら、よく響く声で判明した事実を淡々と述べていく。

「本日午後三時十五分頃、新宿中央公園の水の広場で殺人事件が発生した。被害者は藤代征太氏、五十五歳。東京都知事秘書。被害者が水の広場に立っていたところ、突然血を噴き出しながら倒れた。弾頭は被害者の喉元付近から進入して頸部を貫通。弾頭は人工の滝の水底に沈んでいた。遠距離からの狙撃と思われる」

水戸は短く切り上げ、被害者班の後藤を指名した。

薄い灰色の背広を着た後藤が立ち上がり、ホワイトボードの前に移動し、刑事たちの方を向いて報告を始めた。

「被害者は部長級の秘書で、十名いる知事秘書の中でも上位にいる。公立大卒業後に都庁に入庁。三十二年間勤務。真面目一点ばりの人物のようで悪評はありません。都内のマンションで妻の律子《りつこ》さんと二人暮らし。子供は長男の正也《まさや》さん一人。日本橋の証券会社で働いています。被害者が恨《うら》みを買っていたとか、トラブルを抱えていたなどの話は今のところありません。話が聞けたのはまだ一部です。大勢の職員が衝撃を受けています。まともに話ができない職員もいましたし、脅えている職員もいました」

都庁の目前での射殺事件。被害者が都知事秘書であったことが分かり、都庁に震撼《しんかん》が走ったのだ。

後藤は一旦言葉を切って軽く息をついた後、ホワイトボードに張られた写真を指し、被害者の事件の直前の動きを説明し始めた。

「被害者は、第一本庁舎七階の知事秘書室を出て、エレベーターで一階ロビーに下りた。その後、北側の出入口から外に出て行った。ロビーを通って行くところを職員が見ています。被害者はひどく緊張した様子だったようです。それから公園通りを渡って新宿中央公園に入っていった」

写真は全部で四枚。防犯カメラの映像から取り出して作った写真で、少し画像が荒いが、顔や立ち姿は充分に確認できる。

梶原は写真を食い入るように見つめた。

廊下をうつむき加減で歩いている姿、エレベーターの隅で考えこんで立っている姿、思い詰めたような表情で出入口から出ていく横顔。そして、公園通りへと向かって歩いている姿が、最後の一枚だ。

これらの写真からでは、ＳＤカードを持っているかどうかは判別できない。現場にあったSDカード。あれが鍵になると梶原は考えていた。もっとも、確認する方法はある。

「質問があります」

梶原が言って右手を挙げると、後藤は険しい表情を浮かべた。

刑事たちの視線が一斉に梶原に集まってくる。隣の白山が止めようとして梶原の太ももに置いた左手をつかんだ。

雛壇から森岡が突き刺さるような視線を送ってくる。会議の進行を見守っていた安住も、梶原に視線を向けてきた。カミソリとナタ。まるで二つの刃物が並んでいるようだった。カミソリより切れ味は鈍いが、刃は分厚くタフだ。多少の障害物に当たってもものともしない森岡そのものだった。

安住は鋭い眼光を向けて梶原をじっと見ていたが、ゆっくりと首を縦に振った。

梶原は白山の手をどけて立ち上がる。後藤は梶原に質問をするように促してきた。課長の許可が出た以上、後藤も従うしかない。

「何です？」

「事件の一、二時間前、被害者はどこにいた？」

「一、二時間前？」

後藤は目に戸惑いの光を浮かべ、答えを寄こした。

「登庁後、被害者はずっと庁舎内にいました。外出はしていません。外に出たのは事件直前だけ。防犯カメラの映像で確認済みです。昼食から戻った後は秘書室で働いていたそうですから、おそらくそこでしょう」

事件の一、二時間前の藤代の居場所までは、被害者班も特定していない。だが、都庁から出ていない以上、藤代にSDカードを張りつけることはできない。

SDカードはホシの仕業に違いない。藤代はホシが張りつけたそのSDカードを取りに行って撃たれたと考えられる。

ひょっとすると、藤代はあの現場に呼び出されたのではないか。撃たれる直前まで携帯電話で話をしていた相手は、ホシだったのではないか――。

だが、殺害が目的なら、携帯電話で話す必要などない。ホシは既に藤代に狙いを定めていたに違いない。引き金を引くだけで済む。

あのSDカードに何の意味があったというのか。これ以上考えても仕方がない。鑑識の分析結果を待つ他ない。

梶原が腰を下ろすと、白山は安堵《あんど》のため息をついたが、すぐに険しい表情を浮かべていた。

水戸は梶原と白山を一睨みし、刑事たちの方を向いて口を開く。

「私から現場班の報告をする」

本来なら白山の役目だ。白山が梶原についたため、係長直々《じきじき》に現場班の指揮を執《と》る羽目になったのだ。

現場班からの目ぼしい情報はなかった。

水戸は苦い表情を浮かべたまま唇を噛みしめ、鑑識課の徳永に報告を譲った。

徳永はホワイトボードの前に行き、新たに写真を張って話し始めた。

「現場で見つかった弾頭です。ホーナディー社製の338ラプアマグナム。二百五十グレインのホローポイント弾と判明しました。非常に強力なライフル弾です。海外では、軍が狙撃用に、一般市民は灰色熊やサイなどの狩猟用に使っています」

刑事たちの間にざわめきが走り、講堂全体に広がっていく。それ程威力がある弾薬が使われた事件は、梶原自身も聞いたことがなかった。

太い腕を組んで聞き入っていた森岡が、腕組みを解いて徳永に訊く。

「その弾《たま》を撃てるライフルは国内でも民間人が持てるのか?」

「できます。銃刀法でライフル弾は十・五ミリ口径までに規制されています。三三八口径はミリ換算で八・五八五二ミリ。合法です」

「大量に登録されているのか?」

「338ラプアマグナムを使えるライフルで国産品は殆《ほとん》どありません。近年少数が輸入されただけです」

「すると、絞りこみは可能だな」

森岡がそう言って身を引くと、徳永はホワイトボードのそばのテーブルから透明なビニール袋を取って掲げた。

「死体の近くの血だまりに、この白いビニールテープが張ってありました。指紋は検出されませんでした。メーカーは不明です」

予想通りだ。ビニールテープから指紋が出るとは思えなかった。それよりもＳＤカードの方だ。

徳永は別のビニール袋を取り上げて続ける。

「このＳＤカードも被害者の近くから発見されました。台湾のメーカー製で、五万枚が輸入されています。製造番号は削り取られていました。データは入っていませんでした。空《から》です」

梶原は耳を疑った。藤代にとって大きな意味がある情報が入っていたから、現場に取りに行った。なのにデータはなかったというのか。

梶原は思わず声を上げた。

「本当に空だったんですか？」

徳永は視線を梶原に向け、冷静な口調で答えた。

「一度も初期化された形跡がありません。新品です」

後藤と木佐貫が振り返り、止《よ》せと目で伝えてくる。南真理子も三木も仕方がないという風に首を横に振っていた。白山が再び手をつかんできた。

雛壇からは安住と森岡が無言のまま冷たい眼差しを送ってきていた。

梶原は口中に苦いものが広がっていくのを感じていた。

空だったのだ。しかし、ホシはなぜそんな物をわざわざ張りつけた。捜査の手が及ばないようにするためか。けれども、空では藤代を呼び出せない。藤代は、空と知らずに取りに行った。それなら辻褄《つじつま》は合う。だが、なぜそんなことをしなければならない。何があったのか。もっとも、考えたところで答えは出そうにもないが。

「大丈夫だ」

梶原が白山を見て低い声で言うと、彼の手が離れていった。それを見た第五係員たちが前に向き直る。

徳永は咳《せき》払いして仕切り直し、携帯電話の分析結果に移った。

「現場に落ちていた携帯電話は、被害者自身のものです。最後の着信記録は午後三時十二分。非通知でかかってきています。番号不明のため、相手の位置も名義も不明です」

その通話相手がホシの可能性は高いが、そこから先は辿れない。その線も断たれた。

水戸が目配せすると、発射現場捜索班の前田が巨体を持ち上げるようにしてゆっくりと腰を上げた。幹部たちや刑事たちの視線が一斉に前田に注がれる。

発射現場捜索班は大漁を上げたに違いない。発射現場周辺を洗い、不審者の目撃情報、あるいはもうホシの映像に辿りついていても決して不思議ではない。

前田は一つ呼吸をついて、口を開く。

「残念ながら、有力情報はありませんでした。銃声を聞いた者も、逃走するホシを見た者もいませんでした。発射現場は不明です。入念に捜しましたが、何の情報も得られませんでした」

「不明？」

水戸も驚いて目を見開いて確認を求めると、前田は悔しげな表情を浮かべて答えた。

「何も出てきませんでした。不明です」

梶原は腰を上げ、前田に訊く。

「ちゃんと捜したのか？」

「勿論です。ですが、見つからなかったんです」

白山が手首をつかんできた。

座らせようとして手首を引く白山の力に抗《あらが》い、梶原は前田を見て迫っていく。

「銃声を拾った防犯カメラを見つけ出せば、おおよその場所の見当はつく。そこから発射場所を絞りこんでいけるだろう」

「それも含めて調べた。捜索範囲内を徹底的に洗った。防犯カメラはすべて当たった。ですが、まったく出てこなかったんです」

「そんなことがあるか」

「事実です」

前田は短く言い、梶原を睨みつけるような目で見た後、唇を噛み締めた。その目に非難の色が浮かんでいた。追及されるいわれはないと目で伝えてくる。

梶原は力なく腰を落とした。水戸の命令に抗い、自分から言い出して現場班に変えて貰ったのだ。だが、それではどうする。肝心の発射現場が分からないのでは手の打ちようがないではないか。

雛壇の幹部たちが顔を見合わせて相談し始めた。森岡が安住と目を合わせた後、徳永の方へ体を向けて訊ねた。

「そちらで割り出せるか？」

徳永は雛壇の森岡を見上げて答える。

「できないことはありませんが、時間がかかります」

「どれぐらいだ？」

「一月は見て頂かないと」

「一月」

「338ラプアマグナムの弾道データは我々も持っていません。科捜研にもありませんでした。様々なライフルを集めてテストする時間が必要です」

森岡は額に手を当て、背もたれに寄りかかる。

「もっとも、我々よりも早く割り出せる人間はいることはいますが」

徳永がそう言うと、森岡が再び問いかけた。

「誰だ？」

「機動隊の狙撃手です」

森岡は更に長いため息を漏らす。

両肘《ひじ》を長テーブルにつき、眼鏡に指を当ててじっと考えていた安住の視線が隣の森岡に流れた。二人の視線が絡み合う。

安住は目でうなずき返し、つぶやくように言った。

「では、狙撃手を手配しよう」

水戸が即座に割って入ってくる。

「無理です、課長。警備部が出してくれる訳がありません」

警備部の中にある機動隊を、刑事部が簡単に動かせるものではない。

「機動隊のナンバーワンの狙撃手を呼ぶ」

安住は一方的に言い、捜査員たちの方に顔を向けてきた。梶原を見据えて淡々とした口調で言う。

「梶原、おまえは狙撃手と二人で発射現場を割り出せ。白山には外れてもらう」

突然の命令に、梶原は当惑していた。到底、狙撃手を呼べる訳がない。それに、なぜ、俺なのだ。他にも捜査員はいるではないか。課長は何を考えている――。

安住を見つめ返す梶原に、刑事たちの視線が集まってきていた。白山は半分口を開けたまま安住を見、それから梶原に視線を移す。

一歩でも早くホシに近づけるのなら、異存などない。

梶原は安住の瞳を見据えて言う。

「了解しました」

安住は満足気にうなずき、水戸に会議を再開させるように告げた。

人いきれがなくなり、温度が少し下がったように感じられた。

安住から拳銃携帯命令が出たため、第五係員たちは捜査会議が終わるとすぐに本庁に戻っていった。新宿署の刑事たちは泊まりこみに備えて各々《おのおの》散っていき、講堂には梶原と白山の二人が残っていた。

「本当に狙撃手を引っ張ってこられるんですかね」

白山が雛壇の方を向いたままつぶやくように言うと、梶原は同じ方を見て応じた。

「課長が言ったんだからできるさ。やると言ったら最後までやり通す。でなければ、今頃はもう俺だってここにはいない。刑事として使い続ける。上にかけ合ってそれを認めさせたんだ」

白山は、苦々しい表情を浮かべて唇を噛み締め、無言のままゆっくりと首を縦に振った。

十一年前、梶原自身が罪を犯した。懲戒免職に相当する事件を起こした。安住が救いの手を差し伸べてくれなければ、警官人生はそこで終わっていた。刑事を続けることなどできなかったのだ。白山もその事件の当事者の一人だから、言わずとも理解できる。

梶原は気を取り直して訊く。

「それとも、俺のそばにいたくて言ってるのか？　そんなに俺が好きか？」

「まさか」

「冗談だよ」

梶原は言って白山の肩に手を置く。

「発射現場が見つかったら、元に戻される。短い時間だが、多少は息が抜ける。かみさんに電話できるじゃないか」

明日の朝までは自由なのだ。

「狙撃手が来るまでは一緒にいます。離れたくなくてそうする訳じゃないですよ。命令です」

白山は微笑を浮かべて返してきた。

梶原は長テーブルに両手をつく。太股の筋肉に力を入れて、重くなった体を持ち上げるようにして腰を上げた。

「今度はどこに行くんです？」

「晩飯だ。俺だって腹は減る」

白山はすっと立ち上がり、九時半を指した壁の時計を見やり、吐き出すように言った。

「やっと晩飯にありつける。何を食いに行きます？」

「おまえの好きなものでいい。奢《おご》る」

「珍しいこともある」

「人聞きが悪い。毎回俺が払ってるじゃないか」

白山が首をすくめると、梶原は行くぞという風に彼の背中を軽くたたき、出入口に向かった。

4

午前零時半、梶原は新宿署の地下駐車場の覆面車の助手席に座っていた。覆面車や鑑識の車両などが並んでいるだけで、人気《ひとけ》はない。

「来ました」

運転席の白山主任が言うと、梶原は助手席で身を起こした。

男がこちらに向かって歩いてくる。年齢は二十代半ばか。身長百七十センチ程で、引き締まった体をしている。カーキ色のズボンをはき、黒っぽいポロシャツを着ている。紺色のベースボールキャップを目深《まぶか》に被って小型のバッグを袈裟《けさ》がけにして肩からかけていた。渋谷や新宿を歩いている若者のような格好だ。

白山は近づいてくる男を見て言う。

「若いですね」

「いくつぐらいだと思ってた？」

「機動隊のナンバーワンの狙撃手でしょう。三十代か四十代のベテランだと。梶原さんは？」

「俺もだ。予想より二十も若い」

梶原がそう応じるとまもなく、男は覆面車の助手席にまっすぐ歩み寄ってきて立ち止まった。

「梶原刑事ですか？」

年のわりに落ち着いた声音だ。

梶原が目でうなずくと、男はすぐに後部座席に乗りこんできた。まだ乗れとも言っていない。

梶原は身をよじって振り返り、男に訊く。

「名前は？」

「第六機動隊の清水治樹《しみずはるき》です」

「ＳＡＴではないのか？」

帽子のつばの下の目が反感の光を帯びる。

「機動隊では不満ですか？」

「確認しただけだ。特に意味はない」

警視庁には九つの機動隊があり、二千五百人程の機動隊員がいる。更にその上に特殊急襲部隊のＳＡＴがある。安住課長は機動隊ナンバーワンの狙撃手と言っていたから、ひょっとするとＳＡＴ隊員が来るかもしれないと思っていたのだった。

梶原は気を取り直して清水に訊く。

「特捜本部でも構わなかっただろう。こんなところで会う必要があったのか？」

「顔を見られたくないからです」

「もう刑事はいない。今いるのは連絡係や庶務係ぐらいだ」

「狙撃手のルールの一つです」

「ルール？」

「極力顔をさらさない」

「相手が警官でもか？」

「そうです」

　仲間も信用できないのか。

　梶原は戸惑いつつ、念を押すように言った。

「割り出せるんだな」

「できなかったら、ここにはいませんよ」

　清水はあっさりと言ってのける。

　ルームミラーで清水を見ていた白山が後部座席を振り返る。眉間に皺を寄せ、清水に問う。

「おまえ、年は？」

「二十五です」

「階級は？」

「巡査部長です」

「失礼だろう。目上の人間には敬意を払うもんだ」

　梶原と同じ階級だった。同階級の場合、年長者に敬意をもって接して当然なのだ。だが、清水は表情一つ動かさず、白山を見返している。

「人前では帽子を取って話せよ」

　白山が言っても、清水の手は動かない。

白山が後部座席の方へ手を伸ばすのを見て、梶原はすかさず白山の手をつかんだ。目を見て首を横に振る。白山は憤懣《ふんまん》の表情を浮かべたまま手の力を緩めた。

梶原は白山の手を離し、清水に向き直る。

「行くぞ」

「早過ぎます」

「時間が経《た》てば、臭跡は消える。早い方がいい」

「私がいいというまで待って下さい。待つのも仕事のうちです」

清水は一方的に言い、休ませていただきますとつけ加えて目を閉じる。

「他の刑事がこの車をいつ使うか分からない。降りるんだ」

梶原がそう言うと、清水は目を開け外に出て行った。鑑識車両の後ろの床に尻をついて壁にもたれかかり、つばを下げて帽子で顔を覆った。

白山は清水に目を向けたまま憤然とした口調で言う。

「生意気な小僧だ。あれでナンバーワンですか。残りカスをつかまされたんじゃないんですか」

「確かに生意気だな」

「狙撃手なのにライフルも持っていない」

「発射場所を割り出すだけだ。ライフルは必要ないのだろう」

「ですが、こんなに簡単に警備部がナンバーワンを差し出してきますか?」

白山の興奮は収まらない。何をそんなにいきり立っている。

梶原は白山の肩に手を置く。

「少しは俺から離れて息抜きしてこいよ。捜査が始まったらまた元に戻るんだからな」

白山は息を吐き出し、首を縦に振ると、覆面車から降りていった。

清水はもう眠りについたのか、胸が規則的に動いている。一体、どういう神経をしているのだ。度胸があるのか、無神経なのか。

梶原はしばらくの間清水を見ていたが、覆面車を出た。


午前七時前、梶原は地下駐車場に降り立った。清水は壁にもたれかかったまま眠っていた。疲れないのか、昨日と殆ど同じ姿勢だ。

清水の前で立ち止まり、梶原は彼の顔にかかっていた帽子を取った。

清水は目を開き、梶原を見上げて開口一番に言う。

「狩りを前にすると、自然と興奮してくるんですか」

「何?」

「有能な猟犬は、主人の動きを見て、狩猟に出ることを察知する」

こいつはあだ名まで知っている。おそらく課長が教えたのだろう。だが、なぜ、そんなことまでする。機動隊員に教えても仕方がないのに。

梶原が当惑していると、清水は腕時計を見た。

「まだ早い」

「ラッシュが始まる前に取りかかった方がいいだろう」

清水は待機ですと一方的に言い、バッグからペットボトルを出した。水を飲み、梶原の腰に一瞥をくれて訊く。

「丸腰ですか？」

「よく分かったな」

「衣服に不自然な膨《ふく》らみがない」

「さすがにいい目をしてる」

「拳銃を取って来て下さい」

「拳銃は持たないことにしている」

「持たない？」

梶原は上着の裾をめくり、特殊警棒が入ったホルダーに触れた。

「これで充分だ」

「冗談でしょう。相手が拳銃を持っていたら、そんな物じゃ勝ち目はありません。死にます」

「これで対応する」

「拳銃携帯命令が出ているんでしょう」

「俺は持たない」

梶原が繰り返すと、清水は呆《あき》れたように肩をすくめた後、ポロシャツの裾を少したくし上げた。黒革のホルスターに入ったオートマチックの拳銃のグリップとスライドの後端が見えた。かなり使いこんだのか、スライドとハンマーの一部がはげ、禍々《まがまが》しい光を反射している。梶原の目は拳銃に釘づけになっていた。

「拳銃を持ってきたのか？」

清水は平然と応じる。

「当然でしょう」

「課長から持ってくるように言われたのか？」

「俺の判断です。いつ何があるか分かりませんから」

「チェンバーに弾は入っているのか？」

「当然です。ホットロードです」

スライドを引く手間も必要ない。引き金を引くだけで弾が出る。臨戦態勢だ。

発射現場を割り出すだけではないか。何があるというのだ。梶原が問いかける前に清水は裾を下ろして、再び目をつむった。こうなったら、こいつは梃子《てこ》でも動かないだろう。

待つしかない。

梶原は諦めて床に腰を下ろし、足を投げ出して壁に寄りかかった。

だが、一時間経っても、清水が動く気配はなかった。それから三十分程経って、ようやく目を開けた。

「行きましょう」

清水が腕時計を見てすっと立ち上がり、出入口の方へ向かう。

梶原は清水の後を追って歩き出す。地上に上がると、頭上から強い光が降り注いできた。午前九時を回ったばかりだが、早朝から強い日差しが照りつけていたせいか、もう三十度近くはありそうだ。

梶原は北通りの歩道を歩いていく。高層ビル群の谷間に当たる場所で、左右からビルが青空に向かって屹立《きつりつ》している。オフィスビルや都庁のビルが空の下半分を占めている。

たくさんの人が行き交っていた。手のひらを額に当てて庇《ひさし》がわりにしている人もいれば、脱いだ上着を持って歩いている人もいる。昨日銃撃事件があったことなど嘘のようだった。いつものオフィス街と変わらない。

清水は人の流れに合わせて進んでいく。オフィス街の風景の中に完全に溶けこんでいた。

北通りから公園通りに入って百メートル程進むと、新宿中央公園が見えてきた。

清水が水の広場を前にして立ち止まった。梶原は清水の後ろで足を止め、水の広場を見渡す。

警官もマスコミの姿もない。規制線は撤去され、自由に出入りできるが、人はいない。

藤代の死体があった場所の近くに、いくつもの花束が置かれていた。

清水は水の広場に足を踏み入れ、藤代の死体があった場所へ真っすぐ進んでいく。血が洗い流された部分だけ色が変わっていた。

梶原が近づいていくと、清水は振り返って言った。

「死体を見たんですね」

「勿論」

「死体と同じ格好をして下さい」

「資料の写真にあっただろう」

「それは見ました」

「なら、必要ないだろう」

「写真はあくまで二次元です。立体的に状況を把握したいんです」

一度言い出したら、きかない男だ。やるしかない。

梶原は舌打ちしたくなるのをこらえ、焼けた路面に手をついた。頭を西にし、右わき腹を上にして路面に横たわる。首を前に傾け、顎《あご》を胸につけた。

「もっと急角度で首が曲がっていたが、これ以上は無理だ」

梶原が声を絞り出すと、清水はあっさりと言った。

「結構です」

呟きこみながら立ち上がったときには、清水はもう二メートル程離れた所に移動していた。路面を食い入るように見つめていた。白いビニールテープがあった場所だ。

「次は何だ？」

梶原が訊くと、清水は藤代が撃たれる前までの動きを訊ねてきた。

梶原は清水を下がらせ、ビニールテープが張ってあった場所に立った。東を向き、携帯電話を耳に当て、前進と後退を繰り返す。

「この直後に銃弾を受けて後ろに倒れた。倒れるところもやるのか？」

「そこまでは言いませんよ」

まったく。こいつは何様のつもりだ。

文句を言う前に、清水が踵を返していた。ビニールテープがあった場所に戻っていく。

小型バッグから双眼鏡のような物を取り出した。東を向いて目に当てた後、梶原に訊ねてきた。

「風はどうでした？」

「風？」

清水の白い指が、水の広場を取り囲む高台の上の樹木に向けられた。

「梶原さんが到着したとき、あの葉は揺れていましたか？」

梶原は現場の様子を思い起こす。路面に落ちた木漏れ日が動いていた。

「揺れていた。風は吹いていた」

「枝も揺れていましたか？」

「動いてなかった。揺れていたのは葉だけだ」

その答えを聞くなり、清水は東の方を向いて歩き出した。

梶原は、清水の背中を追う。公園通りを横断し、中央通りの歩道を東へと進んでいく。第一本庁舎の足下を通過し、都議会議事堂を通り過ぎても、止まる気配はない。新宿中央公園から百メートル程離れていた。

梶原はペースを上げ清水に並んだ。

都庁通り、議事堂通り、東通りの三本の道路が、中央通りの上を横切っている。東通りの手前で清水が足を止めた。小さなファンがついた機械を取り出した。風速計だろう。清水は風速計を見てすぐに歩き出す。現場の方を振り返ろうともしない。

「現場から三百メートルだぞ」

「分かってます」

清水は素っ気《そけ》なく応じ、東通りを越えて東に進んでいく。

鑑識の徳永係長は半径四百メートルの半円内から発射されたと推定した。このままだと推定圏を出てしまう。しかし、清水の歩調は緩まない。

新宿駅の西口に出入りする車や、そこから吐き出される人の姿が見えてきていた。新宿駅まで約二百メートル、新宿中央公園まで約四百五十メートル。推定圏の外だ。

梶原は横を歩く清水に言った。

「こんなに遠くから撃ったというのか」

「俺なら撃てます」

頻繁に車が行き交い、道を行く人も多い。新宿中央公園付近とは比べ物にならないくらい人が多い。JRと二本の私鉄、地下鉄の駅も隣接した巨大ターミナルだ。こんな場所で撃てる訳がなかった。発砲音が大勢の人の耳に入る。間違いなく誰かが通報する。だが、発砲音に関する通報は一件もなかったという。

清水は西口の地下駐車場の手前で止まり、新宿中央公園の方を向き、小型双眼鏡のような物を目に当てるとまた歩き出した。北に向きを変え、新宿駅北側のガード下に入っていく。頭上から電車の走行音が降り注いできた。

新宿中央公園から七百メートル以上も離れていた。この先に発射現場がある訳がない。

「どこまで行くつもりだ？」

梶原が止めようとしても、清水は黙々と足を運び続ける。

ポロシャツの背中に汗じみはない。うなじにも汗一つ浮かんでいない。こちらは下着が汗をたっぷりと吸って体に張りついているのに、清水は涼しい顔で歩いている。

梶原の目は、自然と清水の腰の右側に向かう。清水のポロシャツが膨らんだり縮んだりしている。足を動かすたびに、僅かだがホルスターに収まった拳銃が動く。機動隊長の命令でもない限り、機動隊員が拳銃を携帯することはない。しかし、清水は自分の判断で身につけてきた。上司から余程信頼されているのだろう。けれども、人殺しの道具であることに間違いはない。

清水の背中を追って進んでいくうちに、新宿駅の東側に出ていた。空が開けた。ビルがひしめきあうようにして並んでいるが、高層ビルはない。

清水はときおり立ち止まり、風速計と周囲を見て再び歩き出す。

現場から一キロ以上離れても、清水が止まる気配はない。気の済むまでやらせるしかない。

梶原は声をかけるのを止め、清水の後を追う。清水は靖国通りに出て、東に進んだ後、デパートに向かっていった。清水の後について裏口に回り、警備員に警察手帳を見せてデパートに入った。エレベーターに乗って屋上に上がる。

屋上全体が駐車場になっていた。今、車は一台もない。

駐車場に出た清水が南西へ進んでいく。梶原は後から続いていく。南には新宿御苑の緑が広がり、西には新宿駅東口一帯のビル街がある。北側は歌舞伎町で、雑居ビルや低い家々が並んでいた。

転落防止壁の前で清水が立ち止まった。小型バッグから抜き出した双眼鏡のような物を目に当ててすぐ下ろし、口を開いた。

「ここです」

「現場まで一キロ以上はあるぞ」

清水は踵を返し、エレベーターの出入口を備えた構造物の外壁の梯子《はしご》を伝って上がっていく。

梶原は清水の後を追って構造物の上に上った。一面がコンクリートで、周囲には何もない。一瞬足がすくんだ。

西を向き、双眼鏡のような物を目に当てたまま清水は口を開いた。

「正確には千五百五十二メートルです」

「何？」

「現場を見て下さい」

清水が双眼鏡のような物を差し出してくると、梶原は受け取って右目に当てた。視野に十字線があり、右下にメートルの文字がある。距離測定器だ。

東口のビル群、更に新宿駅の向こうにある副都心の高層ビル群が視野に入ってくるが、現場はなかなか見えてこない。

「伏せて。手ぶれを抑えて」

梶原は焼けたコンクリートの上に腹這いになった。両腕の肘をコンクリートについて測定器を支える。ぶれが収まった。左から右にゆっくりと動かしていく。視野の中を車が左右に横切るため、よく見えない。

車の流れが止まると、きらめくような光が見えてきた。人工の滝だ。流れ落ちる水に光が当たって反射している。その手前にあるのが水の広場だ。

「見えた。現場だ」

「手を動かさないで。レーザーで距離を測ります」

清水の手が伸びてきて、測定器の上部のスイッチに触れた。視野の下の数字が目まぐるしく変化する。ほどなく、数字の動きが止まった。千五百五十二メートルと表示された直後、また車が左右に流れ出した。

距離に間違いはない。だが、あまりにも遠過ぎる。何かの間違いではないか。

「こんなに遠くから命中させられるはずがない」

梶原は測定器を下ろして言い、清水を見上げた。

清水は帽子のつばを少し下げ、梶原を見下ろしたまま、冷静な口調で応じる。

「338ラプアマグナムの有効射程は二千メートル以上。イギリス軍の狙撃手が、アフガンで二千四百七十五メートルでの狙撃を成功させています」

絶句した。約二・五キロ。これよりも九百メートル以上も遠くから人間を射殺した。決して不可能な距離ではない。そうだとしても、ここでは別の大きな問題がある。

「車の流れが邪魔で現場は殆ど見えなかった。いくら腕が良くても、見えない標的は撃てないだろう」

「東通り、議事堂通り、都庁通り、公園通りの四本の道が横切っています。それらが邪魔をしている。しかし、車の流れが途切れる瞬間があったでしょう。狙撃者はその瞬間を狙って撃ったんです」

「馬鹿な――」

梶原の言葉を遮り、清水は淡々とした口調で続けた。

「風が弾道に及ぼす影響は非常に大きい。高層ビル街の中はビル風で気流が大きく乱れている。風の状態が読みにくい。338ラプアマグナムの場合、着弾まで約一・五秒かかります。それだけじゃない。地球の自転も影響してくる」

「自転……」

「北半球で撃った弾頭は右に流れる。発射場所の緯度、発射した方角によって移動量が変わる。三百メートル程度なら無視できるが、千メートルを超える超遠距離では影響が出てくる。ライフリングの回転方向も関係してきます。ベレットは右回りのライフリングですから、右に流れる。狙撃者は、それらの要素を考えに入れた上で、風の状態を正確に読み取って計算し、四本の通りを走る車の動きを把握しつつ、一・五秒後の世界を予測し、照準点を修正して引き金を引いた。弾頭は東口のビルの間を抜け、線路を越え、中央通りの上を進んでいった。横切る車の間を次々と抜け、水の広場に立っていた被害者に命中した」

説明を聞いても、すぐには飲みこめなかった。

一・五秒後の世界の予測。本当にそんなことができるのか。清水の読みが正しければ、ホシは途方もない腕を持っているということになる。

しかしだ。ここまで来なくても、狙撃できる場所は他にいくつもあったではないか。もっと近い場所から撃てた。その方が確実に命中させられる。なぜこんなことをした――。

梶原は腹這いになったまま周囲の床面を見回す。コンクリートの表面の一部に埃が動いたような形跡があるが、足跡一つない。人が上がってきた様子はない。

梶原は混乱に陥りつつも、清水に問う。

「ここが発射場所だと断定できる証拠があるのか？」

「俺では不足のようですね。鑑識が証明してくれますよ」

清水は冷淡な口調で言った。

梶原は立ち上がって測定器を清水に返し、携帯電話を出して特捜本部にかけた。

5

「どこに行くんです？」

梶原がエレベーターの方へ歩き出すと、清水が問いかけてきた。

鑑識課と発射現場捜索班が来るまで十分とかからないだろう。けれども、その前に決着をつけられる。清水の言うことが本当だとしたら、ホシの姿を拝める。

梶原は足を止めて清水に振り返った。

「防犯カメラの映像を調べる。ホシが映っている」

「無駄ですよ。映ってません」

梶原は屋上の四方にある防犯カメラを次々と指さしていく。

「屋上全体がとらえられるように、防犯カメラが配置されている。屋上に上がってきた姿や発射後に逃げる姿が映る。カメラからは逃れられない」

清水は首を横に振り、吐き出すように言う。

「映らない」

このビルが発射現場だとしたら、映っていない訳がない。ともかく確かめるのが先だ。

梶原はエレベーターに向かう。一階に下りて警備室を見つけ、警備員に捜査協力を取りつけると、防犯カメラのモニターの前に案内された。

警備員がコンソールのボタンを操作すると、屋上駐車場の四台の防犯カメラの映像が、四分割された画面に浮かび上がった。予想通り、駐車場全体がカバーされており、死角はない。

梶原は犯行時刻の一時間前から調べていくことにした。

午後二時十五分、屋上には数台の車が止まっているだけで、人気はない。三時までの間に灰色のセダンと白いミニバンが駐車場に入ってきたが、それ以外に殆ど動きはなかった。三十代ぐらいの女、五十代ぐらいの夫婦と思《おぼ》しき二人連れがエレベーターへ向かって歩いていった後、画面の時計が三時十五分を指した。犯行時刻だ。

画面を食い入るように見つめた。五分、十分経っても、変化はない。無人の駐車場が映っている。駐車スペースに止まった車は動いておらず、新たに上がってくる車もなかった。ホシが車で来ても、デパート内のエレベーターで上がってきても、駐車場を通らなければ、あの構造物の上には行けない。離脱することもできない。必ず防犯カメラにとらえられる。

画面には一向に変化はない。早送りで二時間後まで見たが、駐車場から出る車は一台もなく、構造物の出入口に向かう人もいなかった。やはり、ここではなかった。清水の見立て違いだった。

梶原は画面から目を離してため息をつくと、腰を上げた。

清水は構造物の壁に背中を預けて立っていた。

梶原は強い日差しの中を歩いて清水に近づいていって訊《き》いた。

「日焼けは苦手か?」

「人目に触れたくないだけです」

エレベーターで一緒に上がってきた客が駐車場を横断していくが、こちらを見ようともしない。清水は意識過剰なのだ。

梶原は吐息をつき、清水に視線を戻して言う。

「おまえの言った通りだった。ホシは映っていなかった」

「そうでしょう」

「勘違いするな。ここは発射場所ではないと言ってるんだ」

梶原は続けて警備室で行った作業を説明した。駐車場の防犯カメラを調べた後、別の防犯カメラの映像分析に取りかかった。

屋上から外に出るルートは三つ。エレベーター、非常階段、車のスロープ。そのルート上にある防犯カメラに、不審人物は映っていなかった。ライフルの長さは一メートル程で、ケースか何かに入れて隠していたはずだ。だが、それらしき物を持った人間はどの防犯カメラの映像にも残っていなかったのだ。

「ホシの姿がないってことは、発射場所は別だ」

「ここです」

「ミスを認められないのか？」

清水の帽子のつばが上がった。つばの下の両目が鋭い光を帯びる。

「優秀な狙撃手は痕跡《こんせき》を残さない。見つけられなくて当然なんです」

「そんなことはない。ホシは必ず痕跡を残す」

清水は肩をすくめて嘆息し、細く長い指をスロープの方に向けた。

「もうすぐ分かります」

清水がそう言った後、サイレンを消した濃紺の鑑識のワンボックスがスロープを上がってきた。

構造物の上で、徳永と鑑識課員が動いている。

梶原は鑑識のワンボックスの窓ガラスごしに、鑑識作業を見守っていた。エアコンが効いた車内は外とは別世界の涼しさだ。

対面に森岡管理官が座り、その隣に白山がいる。清水は梶原の左側に腰かけたまま身動き一つしない。両手を足の上で組み合わせ、帽子を被ったままうつむいていた。ワンボックスに乗りこむときに森岡と一瞬だけ目を合わせただけで、それ以来顔も上げず、口もきかない。自分の殻に閉じこもっているようだった。

「こんなに早く見つかるはずがない。出直しですね」

白山が沈黙を破り、清水を見て続ける。

「まったく、人騒がせな奴だ」

発射現場捜索班の捜査員たちはデパートの周囲に止まった覆面車の中で待機している。発射現場と断定され次第、デパート内と周辺の防犯カメラの映像確保と目撃者捜しに出て行く。だが、発射現場でなければまた一からやり直しなのだ。

隣から清水がつぶやくように言う声が聞こえてきた。

「刑事は皆同じことを言うんですか」

「何？」

白山が口を開くと、清水は自分の靴先を見たまま呆れ顔で応じた。

「同じ説明は繰り返したくありませんよ」

白山が上体を起こすのを見て、梶原はすかさず止めろと目で制した。白山が渋い顔でうなずき、再び背もたれに寄りかかる。

梶原は正面の森岡に目を向け直す。一体、どういうつもりなのか。森岡は何を考えている。発射現場の捜査は、水戸が仕切ることになっている。そもそも管理官がここまで来る必要などないのに。

当の森岡は、梶原と清水をワンボックスに呼び入れた後は一言も口をきかず、腕組みしたまま硬い表情で鑑識の作業を見ていた。肝心の報告さえも真剣に聞いている様子はなかった。

梶原が考えを巡らせていると、森岡の声が沈黙を破った。

「結果が出たな」

梶原は外を見やった。徳永が梯子を伝って構造物から下りてくると、こちらに向かって歩き出した。ワンボックスの方へ近づいてくる。

白山がスライドドアを開ける。日差しと共に熱気が車内に入りこんでくる。

徳永は森岡と白山の間に腰を下ろし、汗まみれになった顔を森岡に向けた。

「硝煙反応が検出されました」

森岡は大きくうなずいて応じる。

「これ程まで遠かったか」

「予想外でした。いえ、想定できませんでした。申し訳ありません」

徳永が苦渋の表情を浮かべると、森岡は首を横に振った。

「謝る必要はねえよ。これで発射現場が分かったんだからな」

梶原は信じられぬ思いで、森岡の言葉を聞いていた。そんな訳がない。肝心のホシの映像は出てこなかったのだ。

白山も信じられないのだろう、大きく開いた目で森岡と徳永を交互に見ていた。

梶原は徳永の方へ身を乗り出して訊く。

「本当に硝煙反応が出たんですか？」

「確定です」

徳永は額の汗を拭《ぬぐ》い、見取り図が挟まれたホルダーを差し出してきた。ビニール帽の内側には水滴がつき、髪も汗で濡《ぬ》れている。自分の髪の毛が遺留品に混ざらないようにしているのだ。この車内ではその心配もないが、決して取ろうとはしない。

梶原はホルダーを受け取り、見取り図に素早く目を走らせる。構造物の屋根の西端付近に三角形が描かれている。斜辺は二本とも四十センチ、底辺は五十センチだ。

「発射ガスが表面の細かい埃《ほこり》を吹き飛ばし、そこに硝煙が付着していました」

梶原は愕然《がくぜん》としつつ、見取り図の一点を見つめる。

完璧な証拠だった。間違いはない。あの構造物が発射現場だったのだ。しかし、だとしたら、ホシはどこを通って構造物に上がり、離れていったのか。

混乱に陥った梶原の手からホルダーを取り、清水はあっさりと言う。

「サウンドサプレッサーを使ったんでしょう」

見取り図を指さし、清水が言葉を継ぐ。

「ライフルにサウンドサプレッサーを装着して撃つと、そのような形の発射痕が残ります。正式にはサウンドサプレッサー。一般的にサイレンサーと呼ばれています。発射音をある程度まで抑えられるが完全には消えない。発射音は街の騒音にかき消されて誰も聞かなかったのかもしれません」

車内の四人の目が、清水に集まっていた。徳永はうなずいていたが、白山は呆気《あっけ》に取られた顔で清水を見ている。

森岡は真剣な表情で清水に訊く。

「サプレッサー付きのライフルは何のために使うんだ？」

「砂漠、山岳地帯、海上などの広大な場所での狙撃です。主に軍用です」

「一・五キロだぞ。こんなことができる人間はそう多くはねえだろう」

相変わらず生粋の江戸っ子の口調のままだ。

「ええ。特殊部隊の狙撃手並みの非常に高い技術を持った者でしょう」

そう答える清水の口調は丁寧だが、敬意が感じられない。帽子を目深に被ったままで、誰の顔を見ようともしなかった。森岡もなぜこんな非礼を許すのか。

梶原は横を向き、咎《とが》めるような口調で清水に言う。

「人と話すときは帽子ぐらい取れ」

清水は横目で梶原に一瞥《いちべつ》をくれただけで、動こうとしない。

森岡がすかさず割って入ってくる。

「構わねえよ」

「ですが、管理官——」

梶原の言葉が終わらないうちに、清水は上体を起こして帽子を取った。清水の童顔が露《あら》わになった。

「他に質問は？」

徳永も白山もただ清水を見ているだけだ。

森岡はすぐに質問を再開する。

「民間人はどうだ？」

「否定はできません。ただし、高性能のサプレッサーがあった上での話です。サプレッサーは民間人には許可されていません」

「となると、やはり特殊部隊筋か。米軍、陸上自衛隊、海上自衛隊、海上保安庁などに特殊部隊があるだろう。うちにはＳＡＴが」

一瞬の間があり、清水は首を縦に振った。

「機動隊は？」

「無理ですね。我々は３０８ＮＡＴＯ弾を使っています。最大有効射程は一キロ。一キロ先の人間に当てることは不可能ではありませんが、確実に急所に命中させるのは無理です。

確実に殺すことはできません」

確実に殺す——。

梶原は違和感を覚え、清水の横顔に視線を向けた。

清水は淡々と説明を続ける。

「338ラプアマグナムは威力が強過ぎて、警察活動には向きません。標的を貫通し、人質に被害を与える恐れがあります」

「だったら、なぜSATが使ってるんだ?」

「テロやハイジャック対策です。原発や空港の敷地は広大です」

清水と森岡の視線が一本の線と化していた。そばにいる三人はまったく目に入っていない。

「となると、対象者は絞られてくるな。今、おまえが挙げた特殊部隊員の仕業か」

「現役とおっしゃりたいんですか?」

「そうは思いたくねえが」

森岡の表情が曇った。警官なら誰しも、警官の犯行などとは考えたくない。

「しかし、それだけの装備を民間人が手に入れられるか?」

「密輸品を入手したのかもしれません。アメリカでは民間人でもサプレッサーを買える州があります。傭兵、あるいは元傭兵という線もあり得ます。サプレッサー付きのライフルと腕があれば可能です」

森岡が皺が深く刻まれた額の前で両手を合わせ、大きく息をついて考えこんだ。

梶原は更に深い混迷に陥っていた。

現役でも難しいのに、退役した人間を捜すのは不可能に近いのではないか。できたとしても、膨大な捜査員が必要になる。どれだけ時間がかかるか分からない。

もし特殊部隊関係の狙撃手の仕業だとしたら、動機は何だ。そうした人間がなぜ、藤代秘書を殺した。何者かに殺害を依頼されたということか。

しかし、そこまでする必要があるか。殺害目的なら、もっと近くから撃った方が命中する確率も高くなる。そもそも空のＳＤカードとビニールテープを残していく意味などない――。

誰も口をきく者はなく、車内が静寂に包まれる。

森岡が顔を上げ、両手で膝をたたいて静寂を破る。

「始めるぞ」

力強く言った後、森岡は白山に向いた。

「まずはデパートと周辺の地取りだ。防犯カメラの映像確保と不審者の目撃者捜しだ。これからは発射現場班だ」

発射現場が判明したため、捜索の文字が外れたのだ。

「了解しました。着手します」

白山がそう応じてスライドドアを引き開けたところで、梶原は腰を上げた。

「待て、梶原。おまえには別の仕事をやって貰う」

梶原は足を踏み出すのを止め、森岡に振り返った。

「別？」

「これからは被害者班だ」

「被害者班」

「被害者家族の事情聴取を担当してもらう」

既に被害者班が取りかかっている。それよりも、地取りをした方が早くホシの姿を拝める。

抗弁しようとすると、森岡が制するように手をかざしてきた。

「清水がおまえと一緒に行く。白山に代わってな」

耳を疑った。清水と一緒に捜査しろというのか。機動隊員と組めというのか。

「どういうことですか？　管理官」

梶原の問いかけには取り合わず、森岡は清水に目を向けて淡々とした口調で告げる。

「君はうちの特捜本部員になった。第六機動隊から正式に借り受けた。今後は梶原についって捜査に当たってもらう」

機動隊が隊員を刑事部の捜査に貸し出すことなど聞いたことがなかった。それも特捜本部入りだ。

清水の役目は終わった。彼にできることはもうない。第一、機動隊員が来たところで、役には立たない。足手まといになるだけだった。もっとも、清水とてこんな異常な命令を受け入れる訳がないが。

隣を見ると、清水はためらいもなく首肯した。

「了解しました」

何なのだ。こいつ、本気で言っているのか。森岡は清水の上司ではない。部外者の命令に従う必要などない。なのに、なぜ、こうも簡単に受け入れる。異常な命令を。

森岡は白山を見て言葉を継ぐ。

「おまえは引き続いて発射現場班を担当しろ。いいな」

白山は愕然として言葉を失い、梶原と森岡の顔を交互に見ているだけだ。

梶原は森岡の方へ身を乗り出す。

「どうかしてます。冷静になって下さい。清水を捜査に加えても役に立つ訳がありません。無理です。考え直し――」

梶原の訴えを遮り、森岡は首を横に振って応じる。

「俺は冷静だ。梶原、これは課長命令だ」

課長命令、と梶原は心の中で繰り返し、一つの考えに辿《たど》りついた。

既決事項だったのだ。安住の腹は固まっていた。他の帳場回りもあり、多忙の身だ。自ら現場に来られないため、代わって森岡を送りこんできたのだろう。逆らったところで、撤回させるのは不可能だ。

苦い思いを無理矢理飲みこみ、梶原は応じる。

「了解しました」

森岡はよしという風に片膝をたたき、外に向かって二重顎《あご》をしゃくる。

梶原は腰を上げ、呆然《ぼうぜん》として見上げている白山に一瞥をくれ、外に出た。スロープに向かって歩き出すと、清水の足音が後ろから聞こえてきた。

6

十二時を過ぎ、サラリーマンやＯＬの姿が多くなった。

梶原は清水と並んで目白通りを歩いていく。モダンな外装の十階建てのホテルが見えてきた。藤代の家族は、報道攻勢を避けて目白にあるホテルに泊まっている。

梶原は足を進めながら清水に訊く。

「どうして確認しない？」

「異常な命令だ。普通は上司に確認するだろう」

「確認？」

移動の間、清水は携帯電話に一度も触れなかった。電車の中では人の視線を避けるように、帽子のつばを下げてうつむき、隣に座っていた。

「決まったことです」

「従順なんだな」

「俺をそんな風に言う人は、機動隊には一人もいませんよ」

従順という以外に何と言えばいい。謙遜しているのか。ただの変わり者か。帽子の長いつばの下から覗《のぞ》く瞳は大粒のブドウを思わせる黒いガラス玉のようで、表情から真意は読み取れない。

梶原は気を取り直し、別の質問を投げかけた。

「何年刑事をやった？」

「刑事になったことはありません」

「ない。本当にないのか？」

「一度もありません」

清水の年ぐらいの刑事は所轄にごろごろしている。殺人や強盗や窃盗など幅広く扱う刑事課は勿論、暴力団対策、少年補導、薬物密売、テロ対策に当たっている捜査員が刑事と呼ばれる。

「今まで何をしてたんだ？」

「交番勤務から機動隊員になってそのままです」

二の句が継げなかった。殺人も傷害事件の現場も踏んだことがない。捜査経験もない男が使い物になる訳がない。なぜ、安住課長はこんな男を捜査に加えたのだ。だが、今更それを蒸し返したところでどうにかなる訳でもなかった。

梶原は嘆息し、清水を見て言う。

「これから被害者家族に会う。おまえは一切口を挟むな。いいな」

清水の目に一瞬戸惑いの光が浮かんだ後、答えが来た。

「分かりました」

黙って見ていればいいだけなのに、どうして戸惑う。

梶原は清水の戸惑い顔を胸に沈め、ホテルの方へ進んで行く。ホテルの玄関をくぐり、ロビーを通ってエレベーターに乗りこんだ。十階でエレベーターを降り、廊下を進んでいく。梶原の足下からは靴音が上がったが、いかついデザインの黒い革靴を履いた清水は音も立てずに歩いていく。

目当ての部屋の前で立ち止まり、梶原はドアをノックした。

ドアの向こう側に人が立つ気配がし、ほどなく男の声が流れてきた。

「どちら様です？」

梶原は警察手帳をかざして答える。

「警視庁捜査一課の梶原です」

少し間が空《あ》き、ドアが半分程開いた。四十代半ばの男が現れた。短めの髪をきっちりと分け、黒いネクタイを締めている。背広の襟には都庁職員のバッジがついていた。

「あなたは？」

梶原が問うと、男は慇懃《いんぎん》な口調で答えた。

「知事秘書の泉《いずみ》です」

年齢から考えて、おそらく藤代の部下だろう。

泉の視線が清水に向く。

「そちらの方は？」

清水は答えない。どう言っていいか分からないのだろう。機動隊員だと正直に答えても、泉が困惑するだけだ。

梶原は清水に代わって答える。

「同じく警視庁の清水です」

それを受けて、清水が帽子を取って会釈した。相変わらず無表情のままだ。泉は納得したのか清水から視線を離した。

梶原は部屋の中を覗く。応接セットに若い男が座り、窓際に濃紺のスーツ姿の二十代半ばの女が立っている。男は藤代の息子の正也だ。高い鼻梁とくっきりとした目が藤代に似ている。女の方は初めて見る顔だ。

梶原は泉に向き直る。

「ご家族と話をさせて下さい」

「事情聴取は受けております。捜査一課の後藤警部補と木佐貫巡査部長にお話ししました」

牽制だった。事情聴取した刑事の名前まで覚えている人は少ない。なのに、階級までつけて上げてきた。手強《てごわ》い。

泉は丁寧な口調で言う。

「お引き取り願います」

「犯人逮捕のためです。是非ともご協力願います。取り次ぎを」

「ご家族は疲れています。とても応じられる状態ではありません。お引き取り下さい」

泉の語調が強くなった。だが、引き下がる訳にはいかない。

泉が押し返そうとしてきたとき、部屋の中から正也の声がかかった。

「構いません」

泉が部屋の方に振り返る。

「ですが、正也さん」

「通して下さい。話をしないと、警察は帰りません」

警察という言葉に棘《とげ》が含まれていた。

正也の言葉を受けて、泉が仕方なくドアを大きく開けた。

梶原は泉を見て続ける。

「事情聴取が終わるまで、席を外して下さい」

泉が諦め顔を浮かべ、小さく首を縦に振った。

梶原は泉の前を通って部屋に入り、応接セットに座った正也の方に歩み寄っていく。胸の奥が急速に重くなっていく。まただと思いつつ足を進めていった。

後ろから来た清水が隣に立つと、梶原は正也を見て丁寧な口調で切り出した。

「律子さんのお話も伺いたいんですが」

「母は疲れて休んでいます。私がお話しします」

「ご家族全員の話を聞きたいんです。お願いします」

正也が口を開こうとする前に、スーツ姿の細身の女が梶原の前に進み出てきた。

「奥さんは無理です。大変な心労を抱えておられます」

毅然《きぜん》とした口調で言って、女は強い光を湛《たた》えた目で梶原を見つめてくる。

梶原は女の視線を受け止めて訊く。

「あなたは？」

「知事秘書の宮木久美《みやぎくみ》です。ご家族のお世話をさせていただいています」

もう一人の知事秘書が付き添っていたのだ。

梶原は宮木久美の目を見据《みす》えて繰り返す。

「お願いします。奥さんからも話を聞かせて下さい」

「ですから今は無理だと申し上げています。配慮して下さい」

久美も一歩も引かずに、強い光を宿した目で見つめ返してくる。

「もういい。もう結構です、宮木さん」

正也が声を上げた。苛立《いらだ》たしげな表情をして言葉を継ぐ。

「警察はうちらのことなんか気にかけてくれない。無理だって言ったって通用しないんだ」

正也が立ち上がり、刺々《とげとげ》しい光を帯びた目で睨《にら》みつけてきた後、梶原に背を向けた。応接セットを離れ、奥の部屋の方へ進んでいく。

違う。梶原は喉まで出かかった言葉を飲みこみ、正也の背中を見送る。そうする他になかった。清水はその場に立ったまま、梶原に一瞥を投げてきた。

被害者家族から事情を聴く際、捜査員たちも配慮する。だが、その配慮が行き届かない場合もあるのだ。

正也が奥の部屋に入っていきドアが閉じられた。重苦しい沈黙が訪れる。

少しして、再びドアが開き、正也が律子に付き添って出てきた。

律子は白いブラウスと黒いスカート姿だった。痩《や》せていて、ブラウスの上から鎖骨の線が浮き出ている。肩まで伸びた髪にはほつれ毛が目立ち、艶《つや》がない。化粧はしておらず、目元が落ち窪んでいる。

正也は律子に手を貸して一人掛け用の椅子に座らせ、その隣の椅子に腰を下ろすと、梶原に座るように目で促してきた。

泉が宮木の手をつかみ、引っ張るようにして廊下に出て行く。ドアが閉まり、静寂が訪れた。

梶原は会釈し、長椅子に腰を落とす。清水が隣に座った。

テーブルの向こうで、律子は重い吐息をつく。

「大変なところにお邪魔をして申し訳ありません。ご協力に感謝します」

梶原はそう言って深々と頭を下げた。ゆっくりと上体を起こすと、視線の定まらない律子の顔があった。

「信じられません」

か細い声が漏《も》れてきた。

律子は首を横に振った後、同じ言葉を繰り返した。

「まだ信じられないんです」

夫が異常な死を遂げてからまだ一日も経っていないのだから、無理もない。

「お気持ちは分かります」

律子は突き放すように言う。

「あなたに分かる訳がないでしょう」

梶原の脳裏に、血にまみれた女の顔がふわりと浮き上がってきた。同時に胸に強い痛みが走った。分かる。その気持ちは痛い程分かる。

ふと頰に視線を感じ、横を見た。清水の目がこちらを向いていた。次の言葉は予想できた。どうしたのだ。沢山《たくさん》の人間がそう問いかけてきた。だが、清水は口を閉じて標本を観察するような目を向けてくるだけだった。

気持ちが分かると言っても、律子に信じては貰えないだろう。話したところで、受け入れられるとは限らない。他人に同情する余裕などないのだ。

梶原は痛みを堪《こら》え、律子に視線を戻して本題に入る。

「ご主人は、どんな方だったんですか？」

律子は梶原の目を見返し、大きく息を吐き出した。うつむいて考えていたが、やがて低い声音を発した。

「真面目でした」

「職場から真っすぐ帰って来ました。ほぼ毎日。帰ってくると、書斎にこもって仕事をしてました。知事秘書になってからは、本当に忙しくて。飲んで遅くなることはありませんでした。無趣味な人です。休日もたまに一人で出かけるだけで、半日もしないうちに帰ってきて。殆ど自宅で過ごしていました」

仕事一筋の真面目な公務員。最初の捜査会議で聞いた評判と同じだ。藤代は、福祉保健局、建設局、都市整備局、スポーツ振興局、議会局、財務局などの部門を経て、知事本局の知事秘書になった。その間の勤務評定は最上だ。

梶原は質問を変える。

「最近、ご自宅に無言電話はありませんでしたか？」

律子は顔を上げた。

「無言電話。そんなものありませんわ」

「非通知でかかってきた電話は？」

「ありません」

「ご主人が携帯電話を使っているとき、奥さんに見られて、席を外したり電話を切ったりしたことは？」

また否定の言葉が返ってきた。

「というと？」

「郵便物はどうです？　ご主人が自分宛ての郵便物を処分したような形跡はありませんでしたか？」

「見ていません」

律子の声に苛立ちが滲《にじ》み出していた。正也は律子を心配そうに見ている。

清水は隣で膝の上に両手を置き、律子の顔を黙って見つめて話に耳を傾けている。それでいい。おまえは大人しくして見ていろ。

梶原は心の中で清水にそう言い、律子への質問を続ける。

「ご主人、大金を下ろしてはいませんか？」

「主人の口座も、定期もそのままです」

律子はそう答えた後、棘の含んだ口調で訊き返してくる。

「何をおっしゃりたいんです？」

律子の表情は更に険《けわ》しくなっていた。細い眉《まゆ》がつり上がった。

梶原は冷静な口調を保って応じる。

「ご主人を恨《うら》んでいた人物に心当たりはないですか？」

「主人は、人に恨まれるような人間ではありません」

「では、女性関係は？」

「女……」

律子は途中で言葉を切り、唇をきつく嚙み締めた。顔が紅潮し、膝に置いた手が震え始めた。

正也が梶原の方へ身を乗り出してくる。

「刑事さん、私たちが今どんな思いをしているか、分かっているんですか」

父親であり夫である大切な家族が殺された。それだけではない。変わり果てた藤代の無惨な姿を見たのだった。

遠い記憶が蘇《よみがえ》ってきていた。川原に横たわった血まみれの女が再び脳裏に再び浮かび上がってきた。心臓の鼓動が速くなる。拍動するたびに胸の中を痛みが駆け抜けていく。

律子を傷つけ、苦しませている。心の傷に塩を塗りこんでいるのと同じだ。それは十二分に承知していた。だが、鬼になってでも聞き出しておかなければならないのだ。

梶原は胸の痛みを堪《こら》えつつ、正也の目を見据えて訴える。

「捜査に是非とも必要な情報なんです」

正也が憤然として立ち上がった。

「帰って下さい」

声を上げ、正也がドアまで行って開けた。梶原と清水に紅潮した顔を向けて大声を放つ。

「出て行ってくれ」

正也の声を聞きつけた泉と宮木久美が部屋の中に入ってきた。

泉は真っ直ぐ梶原に近づいてきて、眼前に立ち、退去を迫ってくる。

「お引き取りを。これ以上粘られるようであれば、正式に抗議します」

律子の手の震えが大きくなり、顔から血の気《け》がなくなりかけている。限界だった。

「分かりました」

梶原はそう応じて立ち上がり、応接セットを離れ、ドアの方へ進んでいく。清水は後ろに身を寄せるようにして歩いてくる。その後から泉が追ってきた。

廊下に出たところで振り返り、梶原は正也と律子に向かって深く一礼した。

ドアが閉じられたが、梶原はしばらくの間頭を下げていた。

日差しがアスファルトの上で跳ねていた。歩道の脇を車が熱風を巻き上げて通り過ぎていく。清水は帽子を被って日光を避け、音も立てずに足を運び続ける。

ホテルの敷地を出たところで、梶原は横を歩く清水に言った。

「おまえ何もしなかったな」

清水は前方を向いたまま、淡々とした口調で訊き返してきた。

「何かして欲しかったんですか？」

「白山がついていたら、あそこまで突っこんで訊けなかった。その前に部屋から連れ出されていた」

梶原は一旦言葉を切り、空を振り仰いだ後、言葉を継ぐ。

「被害者家族の前でも鬼になれ。俺はそう自分に言い聞かせてやってる」

「鬼?」

「傷つけるようなことになっても、遠慮してはならない。それが結果的に被害者家族のためになる。ホシを挙げることこそが被害者家族への最大の救いになる」

「救いになりますか? 犯人が捕まっても、殺された人間は帰って来ない」

珍しく清水が疑問を投げかけてきた。

梶原は横目でつばの下の清水の目を見て応じる。

「なる」

「理解できませんね」

「刑事になったら、いずれ分かる」

「俺は刑事になるつもりはありません」

「ない?」

梶原は思わず足を止めた。靴底がアスファルトで擦《す》れ、じりっという音が上がる。

清水も立ち止まり、梶原の視線を捉えて宣言するように言う。

「機動隊一筋で行きます」

警官になれば誰しも一度は刑事を目指す。それでもなれるとは限らないし、刑事になっても短い期間で終える者もいる。

しかし、機動隊員は体力勝負だ。刑事と違い、年を取れば、機動隊の任務をこなすのは難しくなる。定年まで機動隊員で通せる訳がない。

梶原は念を押すように訊く。

「本気でそう思っているのか？」

真剣な顔をした清水は強い光を帯びた目を向けてきた。

「本気です」

絶句する他なかった。こいつの頭はどうかしてる。こんな男にいくら説明したところで理解できる訳がない。

雷鳴が遠くで鳴っている。今にも雨が落ちてきそうな気配だ。

黒塗りの車が次々と斎場の車回しに入ってくる。礼服姿の人々が車を降り、玄関を通って斎場の中に消えていく。先程まで青空が広がっていたが、曇天に変わっていた。

午後五時半、梶原は、上落合にある斎場の手前まで来ていた。制服警官たちと機動隊員たちが警備に当たっている。報道陣は遠ざけられ、道の反対側の歩道上から撮影している。

清水は濃紺の背広を着て、黒いネクタイを締め喪章をつけている。ホテルを出た後、清水に安物の背広と革靴を買ってやったのだった。

清水の背広の裾の辺りが僅かに膨《ふく》らんでいる。ホルスターに入った拳銃を右腰につけているのだ。それまで着ていた服は紙袋に入れ左手に提げている。

「頭に響く」

清水は独り言のように言って、靴先でアスファルトを軽く二、三度たたいた。

「靴がきつかったか？」

「靴底が硬過ぎる。脳みそを揺さぶられているみたいだ」

「大げさだな。硬く感じるのはせいぜい三日だ。すぐに馴染《なじ》む」

「人間の頭には水準器が入っているんです」

「水準器？」

「三半規管のことです。銃の傾き具合で弾道が変化する。どれだけ傾いているか、常に感じ取っている」

こいつの頭の中には狙撃のことしかない。

梶原は嘆息をつきたくなるのを堪えて言った。

「周りをよく見ろ。注意深く見て、頭に入れるんだ」

「本当にホシが来るんですか？」

「俺は何度も見てきた」

弔問客、あるいは遺族。ホシが被害者の身近な人間なら、疑われないように通夜や葬儀に出る。そうしたホシを何人も目にしてきた。

「この事件の場合は、依頼者かもしれんがな」

何者かが、高度な狙撃術を持った者に依頼して藤代を射殺させたとも考えられるのだ。

梶原は、黒ネクタイの結び目を整えて斎場に進んでいく。喪章と黒ネクタイは、殺人班刑事の常備品だ。

通夜が始まる時刻が近づき、弔問客の数が急速に増えてきていた。

玄関前で第五係の赤井部長刑事が弔問客の顔のチェック作業をしていた。整髪剤できっちりと髪を整えて黒っぽい背広に身を包んだ赤井は、弔問客の一人と化していた。赤井は清水に一瞥をくれ、何者だと梶原に目で訊いてきた。狙撃手が捜査に加えられたことは、捜査員たちには伝わっていないようだ。梶原は目で挨拶しただけで清水を背後に従えて斎場に入っていく。会場の後方の席に清水と並んで座った。清水が紙袋を椅子の下に置いた。

梶原は場内をさりげなく見回す。三百人程いるだろうか、ほぼ満席に近い。

壁際では、斎場の職員たちに混ざった後藤主任が会場全体を見回している。後藤の視線が梶原と清水の二人に向いて留まった。誰だという風に後藤の薄い唇が動く。同時に一般席に座っていた木佐貫部屋長が振り返り、同じように問いかけてきた。彼らの視線はすぐに離れていき、チェック作業に戻った。清水の存在は気になっても、構っている暇はないのだ。

梶原は視線を動かしながら、参列者を見ていく。都知事はいないが、四人の副知事全員と幹部たちが揃って座っていた。幹部は局長や部長クラスだろう。祭壇の近くの席に、遺族たちが並んでいる。正也のわきに留袖《とめそで》に身を包んだ律子がおり、その隣に親戚たちが固まっている。

少し離れた所に、泉秘書と宮木秘書が立っていた。宮木は警戒するような視線を辺りに向けていた。

扉が閉まり、場内が薄暗くなった。祭壇が明るさを増し、藤代の遺影が浮かび上がる。宮木の視線は藤代の遺影に向けられていた。

正也が喪主挨拶をする間、律子は伏し目がちにしてその言葉を聞いていた。感情の揺れはうかがえない。何かを懸命に堪えているように白いハンカチを強く握り締めている。

僧侶の読経が始まると、清水が低い声で訊《たず》ねてきた。

「どうやって見つけるんです？」

「見つけ出す方法はない。全員の顔を覚えるんだ」

清水はあっさりとうなずき、周囲に視線を向け始めた。ベテラン刑事でも難しいのに、こいつにできる訳がない。しかし、清水は冷静な顔で弔問客たちを見回している。

梶原は清水から目を離し、作業に戻った。

読経が終わり、焼香が始まる。弔問客が祭壇の前で手を合わせ、遺族に挨拶をして席に戻っていく。

弔問客の半数が焼香を終えた。やがて、梶原の列の番が来た。梶原は祭壇の前で合掌し、正也と律子に頭を下げた。梶原と清水を見た正也が険のある表情を浮かべた。律子の表情にまったく変化はない。反応がない。梶原のことなど眼中にないのだ。宮木と泉もこちらを睨むようにして見ているだけで、動かない。

焼香が終わり、僧侶が先に会場を後にする。遺族が弔問客の見送りのために一足先に出て行く。

照明が徐々に明るくなり、会場の扉が開くと、弔問客が動き始めた。

梶原は椅子に座ったまま、弔問客の横顔を記憶に焼きつける。先程見えない場所にいた弔問客の顔が拝めた。

そのとき、会場の外から男の声が響いてきた。

梶原は立ち上がり、廊下に出た。玄関の近くに人だかりができている。

「出せ」

再び男の声が上がった。正也の声だ。

梶原は玄関の方へ進んで行き、途中で立ち止まった。後から来た清水も足を止めた。

正也が、三十代後半ぐらいの短髪の男に向かって叫ぶ。

「カメラを出せ。寄こせ」

正也に腕をつかまれた短髪の男が言い返す。

「手を離してくれ」

「勝手に撮るなと言ってるんだ」

「何も撮っていない」

「嘘をつくな」

周囲の人々が止めようとしているが、正也は激昂《げっこう》していく。

短髪の男が隠し撮りをし、それに気づいた正也が怒っているのだ。二人が言い争う声がロビーに響いていた。赤井と後藤と木佐貫の三人がやってきたが、弔問客たちを前にして立ち止まり、それ以上近づこうとはしない。

弔問客の中から、五十代ぐらいの男が出てきた。銀色のフレームの眼鏡をかけた男が歩み寄っていく。正也を背にし、短髪の男を正面から見据えて諭《さと》すように言う。

「無断で写真を撮るのは良くない」

「あんたには関係ないだろう」

「場所をわきまえなさい」

眼鏡の男の口調が急に強くなった。

梶原は眼鏡の男の顔を食い入るように見つめる。この男か。もしかしたら、こいつか。

短髪の男は一歩も退かない。

「関係のない人間が口を出すな」

「私は藤代氏の代理人だ」

眼鏡の男が言って正也を振り返った。正也は一瞬戸惑いの表情を浮かべたが、すぐに首肯した。

ついで眼鏡の男は短髪の男に向き直った。

「遺族は公人ではない。私人だ。勝手に報道に乗せることは許されない。どうしても使用するのなら、法的措置を取る」

眼鏡の男は名刺を取り出し、短髪の男に差し出す。

「ここでは皆さんの迷惑になる。詳しい話は私の事務所で」

短髪の男が名刺に視線を落とし、顔を上げて訊く。

「大西《おおにし》法律事務所。あんた、弁護士か？」

「これで分かってくれるね。さあ、それを渡して」

苦々しい表情を浮かべた短髪の男は、ポケットから渋々ＵＳＢメモリーを取り出し、正也に渡して出て行った。

違った。弔問客の弁護士が正也を守ろうとしただけだ。

騒ぎが収まり、弔問客たちが動き出す。第五係の三人も弔問客たちに混じって離れていく。

弁護士が戻っていくのを見送ると、梶原はロビーの隅に移動し、弔問客の顔を記憶に焼きつける作業を再開した。

7

午後九時過ぎ、梶原は清水と新宿署に戻った。

「顔をさらすことになるんだぞ」

エレベーターが下りてくるのを待ちながら、梶原は着替え直した清水に念を押すように言う。

「構いません」

平然とした表情で応じた清水はポロシャツとチノパンツ姿に戻っていた。ホルスターに収まった拳銃をポロシャツの裾で隠している。

「本当にいいのか」

「命令ですから」

「歓迎されないぞ」

「白山さんで経験済みですよ」

清水は淡々と言ってのける。このクールさは何なのだ。こいつには感情というものがないのか。自分というものがないのか。

表情の変化に乏しい清水の横顔を目にしつつ、梶原は息を吐き出した。

捜査員にも顔をさらしたくない。だから特捜本部で会うのを避けた。にもかかわらず、今、そこに足を踏み入れようとしている。それも部外者の命令に従って。狙撃手のルールを破ってまで。

しかし、考えても仕方がない。もう清水を理解する必要などないのだ。

梶原は心の中でそうつぶやき、清水とエレベーターに乗った。

エレベーターが五階で止まると、廊下のベンチに座ったワイシャツ姿の男たちが見えてきた。第五係の被害者班の三人だ。

後藤主任は背もたれに寄りかかり、赤井部長刑事は頭《こうべ》を垂れて目頭を揉《も》んでいる。木佐貫部屋長は、骨張った手でふくらはぎを揉んでいる。皆、疲労の色が濃い。

梶原が清水を従えて歩み寄っていくと、刑事たちの視線が清水に集まってきた。後藤と赤井がゆっくりと上体を起こす。木佐貫は足を揉む手を止め、清水のつま先から頭までなめるように見ていた。

梶原は木佐貫に訊く。

「白山は?」

「防犯カメラの映像とにらめっこだ。発射現場班の連中は部屋にこもってまだ作業をやってる」

映像が大量にあるため、不審人物の割り出しに手間取っているのだろう。映像が確保された以上、ホシの姿が拝めるのは時間の問題だ。

木佐貫は清水の方へ体を向けた。清水を見上げて念を押すように言う。

「おまえか、例の狙撃手は」

「ええ」

「特捜本部員になったんだってな。刑事志望か？　それで課長に頼みこんで特捜本部員になったのか？」

後藤と赤井部長の目が注がれる中、清水は木佐貫を見下ろし先程と同じ答えを繰り返した。

「刑事になるつもりはありません」

「何だって？」

「俺は機動隊一筋で行きます。何度訊かれても答えは同じです」

場が静まり返った。後藤も赤井も啞然《あぜん》として清水を見ている。

木佐貫が立ち上がる。二人の目線の高さが同じになった。

「まじで言ってるのか？」

清水は平然とした顔で応じる。

「俺が頼んだところで、捜査一課長が聞き入れてくれますか」

木佐貫は目を丸くし、清水を見つめ返す。

後藤は両手を頭に乗せ、呆れたような顔をして口を開く。

「確かにそれはねえな。だが、そんな奴は役に立たねえぞ」

後藤に続き、赤井が両肘を両足に乗せて上体を折り、床を見て吐き出すように言う。

「課長も何を考えてんだか」

相手にする程の価値はないと思ったのだろう、三人とももう清水を見ていない。一方の清水はまったく気にかける様子もない。

梶原は清水の腕をつかみ、階段口の前まで引っ張っていった。

「これからも同じことが続くんだぞ」

「でしょうね」

神経が図太いのか。鈍感なのか。こいつの思考回路はどうなっているのだ。

梶原は深い嘆息を漏らし、清水から手を離した。

捜査員たちの話し声が特捜本部の講堂の出入口から廊下に流れてきている。梶原についで清水が入ると、話し声が引いていき、捜査員たちの好奇の視線が清水に集まってきた。あいつだと囁《ささや》く声が聞こえてきた。当の清水は何の反応も示さず、後からついてくる。

梶原が席に座ると、清水は隣に腰を下ろした。捜査員たちはそれぞれ被害者班と発射現場班に分かれて席についている。白山は発射現場班を率いる巨体の前田と並んでいた。二人とも顔に疲労の色が滲み出ており、目が赤い。三木も南真理子も目頭を揉んでいる。ぎりぎりまで防犯カメラの映像分析をしていたのだろう。

ホシの目星はついたな。白山に目で確認を求めたとき、安住課長を先頭にして捜査幹部たちが講堂に入ってきた。森岡管理官、水戸係長、鑑識の徳永係長が雛壇に並び、捜査員たちは起立して迎える。

梶原が腰を上げるより先に、清水が立ち上がった。背筋を伸ばし、幹部たちを見ている。初めて特捜本部入りするとき、新人刑事は雰囲気に飲みこまれる。緊張しない者などいない。しかし、清水からその気配は微塵《みじん》も感じられない。

捜査員たちが着席するのを待ち、進行役の水戸が口を開いた。

「捜査会議を始める前に報告がある」

安住は薄い唇を結んだまま、捜査員たちを見回していた。その視線が清水に留まる。清水がまるで申し合わせていたようなタイミングで腰を上げた。

安住は捜査員たちの方に向き直って口を開く。

「新たな特捜本部員を紹介する。警備部第六機動隊の清水巡査部長だ」

捜査員たちの顔が一斉に清水に向いた。驚きや当惑の表情が浮かび上がった。講堂内がざわめき始める。第五係員たちは事情を知っていたが、大部分の捜査員たちは初めて耳にするのだ。

「清水は今後、梶原巡査部長と共に捜査に当たる。これらの措置については私がすべて責任を負う」

安住はそう言って腰を落とし、銀色のフレームを軽く押し上げた後、テーブルの上で両手を組んだ。

ざわめきは依然として静まらない。捜査員たちも安住の考えが理解できないのだ。理解できなくて当然だった。

森岡が骨ばった両手をたたき、捜査員たちの目を自分に集めてよく通る太い声を響かせる。

「課長が全責任を負われるとおっしゃってるんだ」

捜査員たちが交わす声が急速に弱まっていく。

水戸が捜査会議の開始を告げたときには、捜査員たちは皆口を閉じ、雛壇の方に向いていた。

「被害者班から報告を」

水戸の指名を受けて後藤が立ち上がり、真新しい大学ノートを開いた。

なぜ、被害者班なのだ。既に不審人物は見つかっているに違いない。発射現場班に真っ先に報告させるべきではないか。梶原はそう思ったが、口にはせずに後藤の言葉に耳を傾ける。

後藤の報告には、藤代がトラブルを抱えていた情報はなかった。被害者班の捜査員たちが代わる代わる報告を上げてきたが、目ぼしい情報はない。温厚かつ実直な人間だという情報が大半だった。

「携帯電話の通話記録は？」

水戸は被害者の携帯電話に議題を変えた。また発射現場班が飛ばされた。前田からの耳打ちはなかったのか。重要情報をつかんだら、捜査会議の前でも水戸に伝えておくのが筋だ。ぎりぎりまで解析作業をしていたため、話す間もなかったのかもしれない。

新宿署の若手の捜査員が立ち上がって書類を見て話し始める。白いシャツと細いズボンのラフな格好をした刑事で、年は清水とほぼ同じだ。

「一年前まで遡《さかのぼ》って調べました。大部分は都庁職員と家族との通話でした。携帯電話の電話帳と照合して確認。メールの送受信記録は六件。奥さんとの連絡だけでした。映像情報もなし。主に電話として使っていたようです」

「事件当日の通話は？」

「合計で十五件の通話がありました。発信は四件、着信は十一件です」

捜査員は続けて通話時刻と相手の名前を読み上げていく。妻の律子、泉知事秘書など、都庁の所属部署と職員の名前が出てきた。

「非通知の着信は二件。午後三時二分と午後三時十二分。通話時間はそれぞれ五秒と三分二秒です」

他にもあったのか。非通知通話は例の一件のみではなかったのか。

梶原は即座に手を挙げた。

「質問があります」

捜査員たちの視線が集まってくる中、水戸は迷惑そうな顔をし、首肯した。

梶原は若手の捜査員に確認する。

「非通知通話は三時十二分の一件だったはずだが」

「確かに携帯電話本体に残っていたのはその通話だけでした。ですが、携帯電話会社の通話記録を調べたところ、もう一件出てきたんです」

非通知通話は二件だった。だが、三時二分の通話は携帯電話に残っていなかった。その通話履歴は消されていた。他人が消去したとは考えにくい。藤代本人が削除したのだ。となると、あれは考え違いではなかった――。

梶原は被害者班の方を向いた。

「三時二分、被害者はどこにいた?」

後藤の顔に戸惑いの表情が浮かんだ。水戸が促すと、後藤は答えを寄こした。

「秘書室です。自席で書類のチェック作業をしていたそうです」

「秘書室を出た時間は？」

「三時五分。被害者が廊下に出ていくところを同僚が見てます」

前回の捜査会議では、そこまで詳細な動きは上がってこなかった。しかし、これで確実だ。

梶原は水戸に視線を戻し、断定口調で言う。

「被害者はその一回目の非通知電話で、水の広場に呼び出された」

「呼び出されたって——。また突拍子もないことを」

水戸は当惑の表情を浮かべ、すぐに反論してきた。

「五秒ではろくに話もできない」

「水の広場にＳＤカードがある。それぐらいなら言える。ホシは、ＳＤカードを取りに行かせるために電話してきた」

梶原は、続けて昨日の捜査会議で考えた推理を披露する。

「ＳＤカードには、被害者にとって不都合な情報が入っていた。他人に知られてはならない情報です。選択の余地はない。だから、電話を受けて間もなく秘書室を出た」

安住は眼鏡に人差し指を当て、森岡は太い腕を組んで眉間に深い皺を寄せ、一言も発せず考えこんでいた。捜査員たちもホワイトボードの現場の写真を見たり、天井を振り仰いだりして黙考している。清水は背筋を伸ばし、両手を膝の上に乗せたままじっと動かない。議論の内容を把握して考えを巡らせているのか、ただ時間が過ぎるのを待っているのか。横顔からは何も読み取れなかった。

水戸が沈黙を破り、梶原に語りかけるように言う。

「呼び出しだったとしましょう。それなら、回線をつなぎっ放しにしておいた方がいいのではありませんか。被害者の行動をずっと把握できるんです。それに、一度切った後でまたかけてくるのもおかしい。呼び出しが目的だったら、二度もかける必要はない。決めつけるのは早計ですよ」

そこまでは考えが回らなかった。回線を切る必要はなかったのだ。

けれども、それなら、藤代はなぜ最初の非通知の着信履歴を削除した。ホシの指示だったとは思えない。呼び出しではないと決めつけることもできないではないか。

食い下がろうとすると、森岡が目で止せと伝えてきた。

呼び出しか否かを議論しても、結論は出ない。それよりも発射現場班の情報を知りたかった。ホシの姿を捉えているに違いないのだから。

梶原は森岡に目でうなずき返し、長テーブルの下で拳《こぶし》を握り締めて待ちに入った。

水戸が議事を進行させる。

「次、発射現場班」

前田が巨体を持ち上げるようにしてゆっくりと立ち上がった。柔道で潰《つぶ》れた耳をこすり、しわがれた声を絞り出す。

「発射現場のデパートを中心に、半径五百メートルの円内を徹底的に調べました。不審人物の目撃者はいませんでした。防犯カメラの映像にも、不審人物は映っていません。収穫ゼロです」

そんなはずはない。確かに現場のデパートの防犯カメラに不審人物は映っていなかった。だが、現場周辺にはデパートやオフィスビルが軒を連ねている。歌舞伎町の近くで、すぐそばを靖国通りが通っている。街路用の防犯カメラも多数設置されている。それらすべてをすり抜けることは不可能だ。

梶原は座ったまま前田の方へ身を乗り出す。

「そんなことはないだろう。あの辺りは特に防犯カメラが多いし、人通りも多い。全部調べたのか？」

前田は猪首を回し、梶原に目を向けてきた。

「調べましたよ。映像記録をかき集めてきて全員で見ました。不審人物は映っていませんでした」

「まだ残りがあるんじゃないのか？」

「調べ尽くしました」

憮然《ぶぜん》とした表情で返し、前田が手を下ろした。

白山が見かねて声を上げる。

「梶原さん」

訴えるような眼差しで梶原を見て語りかけてくる。

「あらゆる所から映像を集めました。何度も繰り返して見た。戻ってからずっと映像を精査していた。目撃者捜しも徹底的にやりましたが、出てこなかったんです」

発射現場班の南真理子も小さく首を縦に振った。短い黒髪が揺れる。三木も弱々しくうなずき、肩を落とした。他の発射現場班の捜査員たちも同意を示すように首肯していた。

梶原は愕然とし、返す言葉を失った。見落としではなかった。何も出なかったのだ。

清水が無表情のまま首を縦に振るのが見えた。こいつはこうなることまで予想していたのだ。捜索範囲を広げても、徒労に終わると。なぜ、そこまで分かった。分かっていたのなら、なぜ言わなかった……。

梶原は清水に問いかけたくなる気持ちを堪え、握り締めた拳に更に力を入れた。

議題はライフル所持者の捜査報告に移っていた。338ラプアを発射できるライフルは全国で三十五挺が登録されていた。うち十八挺が警視庁管内。盗難や所持者が行方不明になっているケースはなかった。各地の警察本部を通じて残り十七挺の確認作業も行われたが、同様の結果だったという。凶器は民間人所有のライフルではなかったのだ。

「最後は私だな」

森岡はそう言って腰を上げ、捜査員たちを一渡り見て続けた。

「刑事部長が自衛隊をはじめとする各特殊部隊に照会して下さった。陸上自衛隊の特殊作戦群、海上自衛隊のSBU、海上保安庁のSST。警察にある八つのSAT。在日米軍にも問い合わせた。隊員の中に行方不明者がいないか。すべて該当者なしの回答だった。狙撃手を務めたことがある退職者に関する情報提供を求めたが、全部拒否された。元傭兵の線も考えられるが、そちらは調べようがない」

悔しそうに唇を嚙みしめ、森岡が大きく息をつく。

次の捜査方針に移ろうとしたところで、梶原はまた挙手をした。

「今度は何だ？　梶原」

梶原は立ち上がって森岡に言う。

「超遠距離狙撃は非常に特殊な技術です。狙撃手の洗い出しを重点的にやっていけば、早くホシに当たるはずです」

「だからやったじゃないか。特殊だからこそ、情報が出せない。その点については警察にも協力できないという。これで引っこむ訳じゃない。協力依頼は続ける。それよりも、我々がやれる所をしっかり調べていく方が先だろう」

その通りだった。刑事は刑事の仕事をする。一つ道が閉ざされても、別の道を捜して辿っていくまでだ。

梶原がうなずいて着席すると、森岡は苛立ちを収め、捜査員たちを見回して捜査方針を告げる。発射現場の地取りと被害者の鑑取りを続けるように命じ、最後に付け加えた。

「明日の本葬の参列者は膨大な数になるだろう。参列者全員の顔を押さえろ。一人も逃すな」

被害者班の捜査員たちが一斉にうなずいた。

捜査会議の終了が告げられ、幹部たちが動き出した。雛壇を下りて講堂から出ていく。今しかない。この機会を逃す訳にはいかない。

梶原は清水にここで待てと命令し、出入口に向かった。

ロビーに出たところで、並んで歩く安住と森岡の背中が見えてきた。

「お話があります」

安住が足を止め、ついで森岡が立ち止まる。

梶原が近づいていくと、二人がゆっくりと振り返った。

森岡は梶原を見るなり、すぐに前に出てきて進路を塞いだ。

「これから課長は他の帳場を回られる。話なら俺が聞く」

「課長にお話があるんです」

そう言っても、森岡のがっしりとした体軀《たいく》は動かない。眉間に皺を寄せ、大きく見開いた目で睨みつけてくる。

「構わん」

森岡の背後から、安住の声がかかった。安住がいいという風にうなずくと、梶原は、渋々道を開けた森岡の前を通って歩み寄った。

「清水とのペアを解消して下さい」

「理由は？」

安住は梶原を真っすぐ見て、穏やかな口調で訊《たず》ねてきた。

「清水には刑事になる意志がありません。そんな人間と捜査をしたくありません」

森岡がにじり寄ろうとしたが、安住の一瞥を受けて足を止めた。

「清水がそう言ったのか？」

安住が再び問いかけてくると、梶原は彼の瞳を捉えたまま答えた。

「二度も。俺の前で宣言しました。後藤たちの前でも。なぜあんな男を俺につけたんですか？　他にも刑事はいます。刑事になるつもりのない人間を引っ張ってきても、足手まといになるだけです」

「できんな」

「白山がいます。元に戻して下さい」

「おまえらしいな」

　安住はつぶやくように言って続ける。

「昔からそうだった。意気ごみは分かる。だが、これは命令だ。命令に背けばどうなるか、身を以《もっ》て知っているだろう」

「ですが――」

　梶原の言葉を遮り、安住はきっぱりと言い放つ。

「十一年前の件を繰り返すな」

　心臓の中で、血が一気に熱くなった。安置台に横たわった青白い女の顔が脳裏に浮かび上がり、嘲《あざけ》り笑いながら殺せと囁く男の顔に取って変わる。十一年前に見た光景が蘇ると同時に、冷たく重い引き金の感触が指先に戻ってきた。

「たまには私の言うことを大人しく聞きたまえ」

　安住が抑えた口調で言った後、森岡が半歩前に出て梶原の肩に手を置いた。

「おまえは今も刑事を続けている。誰のおかげか分かってるだろう」

　十一年前のあの事件では、安住が救ってくれたのだった。森岡と共に。

「二度とこういうことはするな」

　森岡が念押ししてくると、梶原はゆっくりと首肯した。

　安住は背中を向けて歩き出す。森岡はその後を追っていった。

新宿中央公園の水の広場に入ると、梶原は都庁のビルを仰ぎ見た。午後十時を過ぎた今も所々に明かりがついている。副都心一帯に熱が溜《た》まっているせいか、風も生暖かい。

梶原は北側へ移動し、新宿駅の方を見やった。中央通りを走る車の光や高層ビルや新宿駅周辺の明かりが邪魔で、発射現場のデパートは見えない。

梶原はあらためて水の広場全体を見回す。簡易ベンチはすべて無人だ。人工の滝の辺りにも人はいない。

「何をするんです？」

清水が問いかけてきたが、梶原は何も言わずに歩き出した。階段を上って北側の高台に出て、樹木の間を抜けていく。後ろから清水がついてきていた。

二時間程かけ、公園全体をあらためて目撃者を捜し回ったが、見つからなかった。その間、清水は梶原の後ろで話を聞いているだけで、一言も発しなかった。一日中歩き回っていたのに、清水の足取りは変わらず、疲労の色もない。

藤代の死体があった場所で立ち止まると、清水が帽子のつばを上げて訊いてきた。

「気が済みましたか？」

冷やかな眼差しが目前にあった。人形を思わせる無機質な目だ。

「無駄骨だと言いたいのか？」

梶原が訊き返すと、清水はうなずいた。

「人は人を見ている。特に不審な動きをする者を。関わり合いになるのが嫌で黙っている。そうした人を見つけて説得し、情報を引き出す。目撃者に当たるまでひたすら歩き回る」

「それが梶原さんのやり方ですか」

「現場百回。少しでも分からないことがあれば、分かるまで現場に通う。何度でも現場に立つ」

「そのやり方が通じない人間もいるんです」

「狙撃手と言いたいのか？」

「密《ひそ》かに発射場所を確保し、仕留めたら密かに離脱。その間は誰の目にも留まらないように動く。それができなければ、一流の狙撃手とは言えません」

梶原は清水ににじり寄る。

「地取り捜査も空振りに終わるってことが分かっていたんだな、おまえは。発射現場周辺の防犯カメラにも映っていないし、不審人物の目撃情報も出てこない」

「予想はできていました」

やはり、清水はそこまで見抜いていたのだ。

「なぜ、黙っていた？」

梶原が責めるような口調で問うと、清水はあっさりと答えた。

「無駄だと思ったからです。刑事には分からない。到底理解できない。実際に捜査をして空振りになれば、俺の言うことも理解できる」

そこまで計算高いのか。自分の能力を認めさせるために、捜査員たちに無駄足を踏ませたのか。

清水の言い分は認められない。何度も足を運び、しらみつぶしに当たっていけば、不審人物に関する情報をつかめるに違いない。防犯カメラは駄目でも、人の目がある。今度こそ発射現場班は何らかの情報を拾ってくる。大勢の人間がいる中で、まったく痕跡を残さず動ける人間などいない。

そう言っても、清水はまた反論してくるだけだろう。清水の頭にあるのは、狙撃のことだけなのだ。

ならば、その頭を利用することはできないか。

考え直し、梶原は発射現場の方を指さして清水に訊ねた。

「ホシはなぜ、あんなに遠くから撃った？　もっと近くから撃てる場所はいくらでもある。近い方が確実に命中させられる。銃声を抑えられたのだから、居場所も悟られない」

清水は発射現場を見もせずに答える。

「おっしゃる通り、もっと近い場所から撃てます」

「だったら、なぜだ？」

「分かりません」

「おまえが発射現場を見つけ出したんだぞ。発射現場周辺から不審者情報も出てこなかった。すべておまえの予想通りになった。それでも分からないのか？」

「俺は狙撃手の鉄則を言っただけです。犯人があの場所を選んだ理由までは分かりません」

狙撃のことで頭が凝り固まっている。とてつもない頑固者だ。どうしたら、その若さでそんな風になるのだ。

梶原は肩を落として言った。

「今日はこれで解散だ」

「解散？　署に戻るんじゃないんですか？」

「俺は家に帰って寝る。おまえも自由にしていい。携帯の番号を教えてくれ」

梶原は携帯電話を取り出した。だが、清水は両手を下に伸ばして立ったまま動こうとしない。

「どうした？」

「一緒に行きます」

一体、こいつは何を考えているのだ。本物の手綱になったつもりでいるのか。あの命令だけは頑《かたく》なに守ろうとしているのだろうが、限度がある。

家には連れて帰れない。こんな奴を娘に会わせる訳にはいかない。

「勝手なことはしない。家に帰るだけだ。携帯の電源を入れっぱなしにしておく。それで居場所をつかめるだろう」

清水の携帯電話の番号を聞き出してかける。清水のポケットの中で着信音が鳴った。

「明朝七時半に特捜本部集合だ」

梶原はそれだけ告げ、地下鉄の駅の出入口に向かって歩き出した。


田端のマンションに帰り着いたのは、午前一時過ぎだった。

部屋は薄暗く、静まり返っている。

梶原は薄汚れた革靴を脱ぎ、下駄箱のわきに揃えて置いた。かつては翌朝に丹念に磨き上げられた靴が置かれていた。梶原が寝た後、妻の由里子《ゆりこ》がパジャマ姿で泥を落としクリームを塗って何度も磨いてくれたのだ。由里子はもういない。今は自分で朝出かける前に拭《ふ》くだけだ。

真っすぐキッチンに行き、コップに水をくんで一気に飲み干す。二杯目を口につけたところで、背後から声がかかった。

「お帰り、父さん」

振り返ると、瑞希が立っていた。Tシャツにジャージ姿で、微《かす》かにシャンプーの香りを漂わせている。

「まだ起きてたのか」

「うん。何か作る？」

「食ってきた」

嘘だった。田端駅からマンションに歩いて帰る途中にいくつもの深夜営業をしている飲食店があったが、全部素通りした。瑞希の顔を早くこの目で見たかったのだ。

「着替え、持って行けなくてごめんなさい」

「いいんだ。そういうことは心配するな。自分でやる」

「でも」

「おまえは色々やってくれている。おかげで助かってる」

高校二年の娘に、家事の殆どを任せている。母親がいないとはいえ、瑞希は不平一つ言わずにこなしていた。特捜本部が立つと、他の捜査員には家族から着替えなどの差し入れがあるが、梶原にはない。仕事のことで、娘に負担をかける訳にはいかなかった。

「もう寝ろよ」

瑞希はうなずき、自分の部屋に戻っていく。その背中を見ながら、梶原は心の内でつぶやいた。ますます母親に似てきた。

梶原はキッチンを出て和室に入った。花の香りが漂っている。仏壇の花が新しくなっていた。お茶も瑞希が毎日取り換えている。

梶原は、由里子の位牌に手を合わせた。仕事に出るときと、帰ったときは必ずこうしている。由里子が殺されて十一年間、一度も欠かしたことはない。

目をつぶると、白い布をかけられて横たわった由里子の姿が、瞼《まぶた》に鮮明に浮かび上がってきた。死体安置室で身元確認を求められたときのことだ。顔は白磁を思わせる程白かった。それとは対照的に、腹部は赤黒くなっていた。内臓に達した複数の刃物傷から血が大量に流れ出していたのだった。

ついで、川原の草が風でさわさわと揺れる光景が蘇ってくる。由里子の死体があった場所の草が倒れ、その上に血が広がっていた。

瑞希は、由里子が戻ってきてから、茶毘《だび》に付されるまで、柩《ひつぎ》のそばから離れなかった。柩の隣に座り、由里子に寄り添うようにして眠っていたのだ。

梶原は目を開け、それらの光景を消し去る。和室を出て、自分の部屋に戻った。二日も閉め切っていたせいか、空気が淀《よど》んでいる。

両側の壁を埋め尽くすようにしてスチール製の本棚が並んでいる。正面の窓に接して机を置いていた。

梶原は窓のサッシ戸を開けた。夜風と共に街の音が入り、淀んだ空気を攪拌《かくはん》し始めた。

机に寄りかかり、背中で微風を受けながら、梶原は本棚を眺めた。すべての棚が大学ノートで埋まっている。背表紙が色褪《あ》せた古いものから最近のものまで、年代順に並んでいる。最初の捜査ノートの文字は薄れて読み取れない。

二十四歳で小金井署の刑事課に刑事として着任したときから、捜査ノートをつけ始めた。その二年後に捜査一課に上がった。若き日の眼鏡をかけていない安住や頭が黒かった森岡らと共に捜査にかけずり回った。

担当した全事件の二十六年分、三千冊を超える自分用の捜査記録だった。殺人、傷害、強盗などを犯したホシ。ノートの背表紙に触れると、その当時の様々なホシたちが残した言葉や足跡がありありと蘇ってくる。

由里子が最初に官舎の部屋に遊びに来たときは、熱心ねと言っただけで、驚きはしなかった。その後、三十で結婚してここに居を移したが、増え続ける捜査ノートを見ても、一言も文句は言わず、夫婦の寝室として使っていたこの部屋を、梶原専用の資料室に使うように申し出てくれたのだった。

梶原は顔をこすって由里子の顔を消し去り、机について真新しいノートを取り出し、広げた。現場の見取り図、目撃証言、死体の状況などを、頭から吐き出すように一気にノートに書き出していく。

書き終えると、最初に戻り、様々な観点から検討する。何度も繰り返して検証したが、糸口になるような物は見えてこない。謎ばかりだった。ホシは、なぜ、ＳＤカードとビニールテープを張りつけていった。なぜ、あれ程遠くから撃ったのか……。

強い疲労感が体の芯《しん》から体中に広がっていく。背もたれに寄りかかって目を閉じた。由里子を殺し、檻に入っていったあの男。最後に顔を合わせたとき、男は勝ち誇ったような不敵な微笑を浮かべた。その顔がまた忽然《こつぜん》と脳裏に蘇ってきた。

梶原は目を開けた。興奮を鎮めるように、深呼吸を繰り返す。心臓が早鐘《はやがね》のように鳴り続けていた。

「今日は待つだけですか」

隣の席に座った清水が言うと、梶原は喫茶店のドアの方を見たまま応じた。

藤代の葬儀が終わった後、清水と一緒に藤代親子が投宿しているホテルまでやってきた。泉秘書や都庁職員たちが藤代親子のそばにいたため、近づくこともできなかった。

喪主の正也は七百人を超えた参列者の前で、涙一つ浮かべることもなく、喪主挨拶を終えた。律子は葬儀の間殆ど顔を上げることもなく、正也の隣に座っていた。数珠《じゅず》を握り締める度に、律子の細い手が震えた。遺影を抱いて霊柩車に乗った律子が、参列者に深々と頭を下げて斎場を後にしていった。

梶原と清水は参列者の中に紛れこみ、参列者の顔の確認作業を行った。後藤と木佐貫はロビーに立ち、押し寄せてくる人波の一つ一つの顔を頭に刻みこんでいた。会場の外では赤井や新宿署の捜査員たちが望遠レンズ付きのカメラを参列者に向けてシャッターを切っていた。

藤代が荼毘に付されるのを見届けた後、梶原と清水は、藤代親子の後を追ってここまで来たのだった。

「待つのには慣れていないのか?」

梶原が訊くと、清水は平然とした顔で答えを返してきた。

「何時間だって待ち続けます。射殺命令か、撤収命令が出るまで。それが狙撃手の任務です」

あまりにもあっさりとした口調だった。こいつは、前にも確実に殺すと言った。人を殺すことの意味が本当に分かっているのか。それがどれ程重いことか。

問いかけようとして、梶原は喉元まで上がってきた言葉を飲みこんだ。自動ドアの向こう側に泉秘書の姿があった。

店内に入ってきた泉が、梶原に歩み寄ってきて言う。

「十分だけです。さっきも言いましたが、藤代さんのご家族のことについては話せませんし、ご家族に取り継ぐこともできません」

そう約束をした上で、泉と話をする機会を得たのだった。藤代親子から話を聞ける状態ではない。そこで捜査対象を替えることにしたのだ。

梶原がうなずくと、泉はテーブルの向こう側に腰を下ろした。

注文を取りに来たウェイターが離れるのを待ち、梶原は切り出す。

「宮木さんからも話を伺いたい。後で呼んで貰えませんか」

「宮木も？」

「事件当日のことを訊きたいんです。あの日、知事秘書室であったことを知っておきたいんです。出来る限り詳しく」

「宮木は知りません。あの日は病欠でした」

事件当日都庁にいなかったのだから除外だ。

梶原は気を取り直し、泉に訊く。

「事件の直前、泉さんはどこにいたんですか？」

「知事秘書室です」

「藤代さんと一緒だったんですね」

「はい」

「藤代さんが秘書室から出て行く前に、携帯電話で話していたところを見ませんでしたか？」

「電話ですか」

「午後三時二分に、藤代さんの携帯電話に着信がありました。五秒程話をしています」

泉は首を横に振る。

「見てませんね。気づきませんでした」

マナーモードにしていれば、近くにいても気づかない可能性がある。

藤代が呼び出されたとき、泉がその場面に立ち会っていたかもしれないと期待して訊いたが、外れた。

梶原は質問を変える。

「藤代さんとは親しかったのですか？」

「それ程ではありませんが」

「藤代さんのご家族を親身になって世話をされていた。ご家族からの信頼も得られていた」

「上司の命令ですよ」

あくまで上司と部下という関係だったのか。

「藤代さんは優秀な方だったんでしょう。副知事候補の一人と聞きました」

「うちのエースでした」

「エース？」

「将来の副知事と噂されていました。副知事は四人います。殆どが都の局長クラスから選ばれます。財務局長、総務局長か企画系の局長、そして事業系の局長。この三つが副知事への登用コースです」

「藤代さんは部長級でしたね」

泉は首を縦に振った後、テーブルの灰皿を引き寄せ、礼服のポケットから煙草を出して火を点《つ》けた。煙草の先端の火が明るさを増す。

泉は胸を膨らませるようにして吸いこみ、紫煙を吐き出した。

「そうです。知事本局長のすぐ下の部長級の秘書。私はその下の課長級ですが。普通は、知事本局長を差し置いて、部長からいきなり副知事になるのは無理なんですが」

「それでも、副知事候補に入っていた。つまり、キャリアのようなものですか」

泉は苦笑した。

「都庁にキャリア制度はありません。でも、似たようなものかもしれません。若手から上を狙《ねら》うAコースの昇進試験は司法試験並みの難しさです。藤代はAコースの主任試験と管理職試験の両方を最年少で突破した逸材。来年は確実に局長に上がると思われていました」

重圧から解放されたのか、泉は饒舌《じょうぜつ》になっていた。泉から漂っていた線香の香りが紫煙にかき消された。

「すると、知事本局長が定年退職される？」

「まだ三年はあります」

「では、労働局長が定年ですか」

「そちらもあと二年あります」

「空く予定がないのに、ポストまで決まっているんですか？　そんなことがあるんですか？」

梶原が重ねて訊くと、泉は煙草を口から離した。困惑の表情が浮かんでいた。

「私に訊かれても困りますよ。そういう噂が流れていました」

異例な人事になる。だが、藤代にはそれだけの力があったのだ。

都知事に次ぐ権力者の副知事。都庁職員の中でそこまで辿りつけるのはほんの僅かだろう。それだけの実力者ともなれば、敵もいたに違いない。知らないうちに、踏み潰した相手も。

あるいは、仕事関係で何らかのトラブルを抱えていた可能性も否定できない。そちらの線を探ってみるべきか。

梶原が質問しようとしたとき、携帯電話が振動し始めた。ディスプレイに特捜本部の文字が浮かび上がっていた。

梶原は席を立ち、人のいない場所で通話ボタンを押した。

「梶原です」

「森岡だ。先程、入電があった。射殺体が出た」

また都庁職員が撃たれたのか。

「現場は豊洲だ。被害者は首を撃たれて死亡。暴力団関係者の可能性が高い」

現場は都庁付近ではない。都庁職員が被害者となった訳でもない。しかし、藤代のときと状況が似ている。もしかしたら、同一犯の仕業か。

「現場に行きます」

梶原は電話を切って席に戻った。清水の肩をたたいて行くぞと目で告げ、煙草を手にした泉に挨拶する。伝票をつかんでテーブルを離れ、レジに向かった。

8

暗緑色をした晴海《はるみ》運河の水面が、車窓を過ぎっていく。

午後三時四十七分、梶原と清水が乗ったタクシーは、晴海運河にかかった晴海大橋を進んでいた。

左手に豊洲に建ち並んだオフィスビルや高層マンションが見えてきた。右手は晴海運河の河口で、その先に東京港が広がっている。レインボーブリッジが空を横切るようにして、お台場と対岸の芝浦ふ頭を結んでいる。

タクシーは晴海大橋を渡り、豊洲に入っていく。

殺風景な景色が広がっていた。広大な土地に変電所や豊洲の新市場の建物があるだけで、周辺は海だ。建物が少ないせいか、空が広く感じられた。

梶原はタクシーを降り、現場の方へ進んでいく。帽子を目深に被って隣を歩く清水に念を押すように言った。

「凶器と発射現場の特定だ。余計なことはするな」

「その他に俺にできることがありますか？」

清水は冷静な顔をして訊《き》いてくる。皮肉を含んだ口調ではなかった。帽子のつばの下の目は真剣そのものだ。

「ないな」

そう答える他になかった。清水は当然だという風に首肯した。この切迫した状況でよくそんな口をたたけるものだ。

藤代を射殺した人間の仕業か否か。その確認のためにやって来たのだ。発射場所が分かれば、すぐに目撃者捜しに入れる。

藤代の事件の二の舞にしてはならない。発射現場を特定するまで、十七時間以上もの時間を無駄にし、目撃者の散逸を許した。現場が熱いうちに動けば、目撃者を確保しやすくなる。

梶原は、警察手帳を示して規制線をくぐり、ブルーシートがかかった車の方へ進んでいき、足を止めた。

窓から屋根にかけてブルーシートで覆われているだけで、黒いボディーはむき出しだ。トランクにはS550Lの文字。メルセデス・ベンツの中でも最上級の車だ。車道の端に止まったメルセデスの周辺で鑑識課員が作業を続けており、その近くに捜査一課第十二係の刑事たちが集まっている。

刑事の一団から分厚い胸板をした男が離れ、こちらに向かってくる。第十二係の成宮《なりみや》学《まなぶ》主任だ。

成宮は梶原に歩み寄ってきて、鼻を膨《ふく》らませて言う。

「梶原さんの来る所じゃありませんよ」

丁寧な言葉遣いとは裏腹に、射るような眼差しを向けてくる。縄張りを荒らすなと言っているのだった。一回りも年下だが、遠慮は微塵もない。同じ捜査一課員でも、係が違えば対抗意識が働く。

「止せ、成宮」

成宮の後ろから太い声が響いてきた。第十二係長の信木《のぶき》和孝《かずたか》が割って入ってくる。

「入れてやれ」

「ですが、係長」

「課長の指示だ」

「課長の？」

成宮は目を見開き、隣に来た信木に困惑の表情が浮かんだ顔を向けた。安住課長も動いたのだ。

信木がうなずくと、成宮は小さく舌を鳴らして下がった。

引き返していく成宮を横目に、梶原は信木に訊く。

「発生時刻は？」

「二時五十分頃。目撃者がいる。第一通報者だ」

年は梶原と同じだが、信木の方が階級は上だ。遠慮はない。

「銃撃された瞬間は見ていたか？」

「メルセデスの後ろを走っていて、突然血のようなものがリアガラスに張りついたそうだ。それからメルセデスは歩道に乗り上げて止まった」

「ホシは？」

「見てない。不審人物もいなかったし、不審車両もなかったと言ってる」

近距離からの発砲ではない。遠くから撃った可能性が高い。だが、まだ断定はできない。目撃者はメルセデスに気を取られ、不審人物がいても気づかなかったのかもしれない。

「弾頭は見つかったか？」

「まだだ。おそらく、被害者の腹の中だろう。手術中だそうだ」

被害者は一人ではなかったのだ。

清水なら弾頭を見て凶器がライフルか否か識別できる。しかし、肝心の弾頭がない。発射場所の割り出しも不可能だ。

梶原の考えを読んでいたかのように、清水が語りかけてきた。

「死体の状況を確認できれば、発射場所は割り出せます」

「弾頭がなくても?」

「できます」

清水の答えを聞き、梶原は信木に視線を戻す。

「車の中を見せて貰う」

「構わんが、刑事にそんなことができるのか?」

清水が狙撃手であることまではまだ伝わっていないのだ。

ああと短く返して、梶原は踵《くびす》を返す。メルセデスに近づき、清水と一緒にブルーシートを外した。後部座席の左の窓ガラスの中央付近に丸い穴が一つ開いていた。穴の周囲は白濁し、そこから放射状にひびが伸びている。二発命中したはずだが、穴は一つだけだ。

後部ドアを開けると、熱気と血の匂いが流れ出てきた。背広を着た男が首を垂れ、シートに背中を預けて座っていた。シートベルトは着けたままだ。年は四十代ぐらいか。

首の左側に穴が開いている。穴から出た血が首筋を伝い落ち、白いシャツを濡《ぬ》らしていた。座席や天井には血や皮膚がついている。ガラスの破片が床にちらばっていた。

死体の向こう側の座面やドアに、血がついた手でこすったような跡がある。腹を撃たれたもう一人の被害者は、死体の向こう側に座っていたのだろう。

梶原は後部ドアの窓ガラスに目を移した。数センチもの厚みがある防弾仕様車だ。

メルセデスの右側に回った清水が後部ドアを開けると、光が射しこんできた。死体の首の右側に五センチ程の穴が開き、筋肉や血管が露出している。弾頭は左側に座っていた男の首を貫通し、右側にいた男の腹に飛びこんだのだ。

ステアリングや運転席のドアの内側に血が付着し、指でこすった跡が残っている。助手席にも同じ様な形の血痕がついていたが、座面には何もない。助手席にも人が乗っていたのだ。乗員は合計四人。

梶原はそれらを見て取り、清水と場所を入れ替わってメルセデスを離れた。

信木が歩み寄ってきて、車内を覗きこんでいる清水を一瞥《いちべつ》し、梶原に訊《たず》ねてきた。

「本当に発射現場が分かるのか？」

「新宿の銃撃事件で、あいつが発射現場を割り出した」

信木は目を見開いた。

「何者だ？」

「機動隊の狙撃手」

「冗談は止してくれ」

梶原は聞き流して質問を投げる。

「それより、被害者の氏名は？」

「そこまで教える必要はない」

十二係のヤマだと言いたいのだ。ならば、取引に持ちこむしかない。

「同一犯の可能性がある。合同捜査になるかもしれん。そのときは色々教える」

信木は探るような目で見つめてきた後、渋々口を開いた。

「富川玄《とみかわげん》、四十二歳。青陵《せいりょう》会の若頭だ」

「もう一人は？」

「構成員の沢井宏樹《さわいひろき》、三十三歳」

青陵会は、渋谷に本拠地を置く指定暴力団だ。古くから渋谷に根を張って活動してきた。関西の勢力の進出を受けて火花を散らした時期もあったが、もう収束している。

新たに抗争が始まったのか。それなら、青陵会の構成員が駆けつけてくるが、規制線の向こうにはそれらしき人物は見当たらない。幹部が殺害されたにもかかわらず、構成員が一人も来ないというのは、その世界では考えられない異常事態だ。

「運転手と助手席にいた奴らは？」

「不明だ。最初に警ら隊が到着したときにはもういなかった」

二人は富川の部下に違いない。だが、絶命しても、幹部を置いたまま逃げることなど許されない。一体、何があった。

梶原が再び考えを巡らせ始めると、清水がメルセデスから出てきた。真っすぐこちらに歩み寄ってきて、信木の前に立った。

「銃弾が車に命中したときの位置は分かりますか？」

信木は鼻から息を吐き出し、右手を南に向けた。

「あの辺りだ。目撃者の話では、新豊洲駅から五十メートル程離れた所で銃弾を受け、ここまで走ってきて止まった」

「そのときの目撃者の位置は？」

「メルセデスの十五メートル程後ろを走っていた」

「目撃者の車の速度は？」

信木が成宮と声を上げて手招きする。仏頂面《ぶっちょうづら》をした成宮が近づいてきた。信木が質問を繰り返すと、成宮はぶっきらぼうな口調で答えを寄こした。

「時速六十キロぐらいだそうです。メルセデスの速度もほぼ同じ。その筋の人間が乗っているような車です。近づき過ぎないように注意して運転していた」

清水が首肯して歩き出すと、梶原はその後を追った。後ろから信木がついてくる。

新豊洲駅の方に向かって進んでいた清水が、車から五十メートル程離れた場所で足を止めた。顔を上げて眩《まぶ》しそうに目を細め、ゆっくりと体を回転させ始める。

北西の晴海運河の向こう側は、倉庫が並んだ晴海ふ頭。北東には、ショッピングモールが入ったビルや豊洲公園がある。南東には巨大な円筒形の変電所が建っている。更にその先は有明の一帯で、有明コロシアムやホテルなどがある。

百八十度回って静止すると、清水は再び動き始めた。信木は奇妙なものを見るような目で清水を見ている。

梶原は清水の視線を追う。南西には広がった東京港を大型貨物船や小型船が行き交っている。陽光を受けたレインボーブリッジが白っぽく輝いて見えた。

一回りした後、清水が口を開いた。

「車が必要です」

見つけたのだ。

梶原は確信し、信木に向き直る。

「車を貸してくれ」

信木が一台の覆面車を指さして使えと言うなり、清水が走り出した。

「SDカードとビニールテープを捜せ。この現場にあるはずだ」

梶原は信木にそう言い残し、背を向けて駆け出す。説明している時間はなかった。清水が覆面車の運転席についているのを見て、助手席に乗りこんだ。

覆面車を反転させた清水がノーズを新豊洲駅の方へ向ける。覆面車はたちまちスピードを乗せていく。ゆりかもめの高架橋が瞬《また》く間に近づいてくる。

清水は前方を見て吐き出すように言う。

「被害者の名前ぐらい、すぐに教えてくれてもいいでしょう」

「手柄を挙げたいんだ」

「それで仲間同士で足の引っ張り合いですか。うちではそんなことをする奴はいません。協力し、援護し合わなければ任務は遂行できない」

同じ係の刑事同士の結束は強い。その反面、他の係の刑事と口をきかない者もいるのだ。

「俺たちは係単位でホシを追う。刑事はそうはいかないんだ」

「どうかしてるな」

いずれ分かるときがくる。刑事になれば否応なく知る。もっとも、こいつには刑事になる意志はないようだが。

梶原は口を閉じ、フロントガラスの向こうに視線を向けた。

変電所のわきを通り、覆面車は首都高速に入って坂道を上っていく。東雲《しののめ》ジャンクションで右に曲がり、湾岸線に移った。お台場のテレビ局やホテルが前方に見えてきた。左手には広大な埠頭が三つ並び、海上を貨物船が行き交っている。遥《はる》か前方は東京港と対岸の埠頭だ。

どこまで行くつもりだ。このままだと東京港トンネルを抜けて対岸の大井に出てしまう。

清水は真剣な顔でフロントガラスの向こうの一点を見つめて覆面車を走らせている。

複雑に立体交差する有明《ありあけ》ジャンクションが現れた。覆面車は北に進路を変え、台場線を進んでいく。レインボーブリッジが正面に見えてきた。

レインボーブリッジに差しかかると、覆面車は急減速し路肩に寄って停止した。覆面車の横を後続車が擦《す》り抜けていく。

「確認してきます。ここで待機していて下さい」

清水がそう言って覆面車から出ていく。車の切れ目を縫って中央分離帯に向かっていった。長い足を繰り出しながら、あっという間に道路を横断していった。

車体が側壁に接するようにして止まっているので、助手席のドアは開かない。シフトレバーの上を越え、梶原は運転席に移動してからドアを押し開けた。車と車の間をかいくぐりながら、革靴で路面を蹴って走る。クラクションがけたたましく鳴り響き、車が近くを通過していく。中央分離帯にたどりついたときには清水の姿はなかった。対向車線の側壁上部の鉄柵にロープの結び目だけがあった。

中央分離帯を越え、横切っていく車の隙間《すきま》を見つけて側壁まで駆け寄っていく。側壁に上がり、下を見た。七メートル程下にある張り出し部分に、清水が立っている。更にその ずっと下に海面が広がっていた。三、四十メートルぐらいはあるか、目眩《めまい》を覚える程の高さだ。

梶原はロープをしっかりと握り締めて、ゆっくりと下りていく。海風にあおられ、体が回り出す。渾身の力をこめていても、手の中でロープが滑っていく。

「足を壁に着けて。しっかり踏ん張って」

下から清水の声が上がってきた。清水は格闘用グローブをはめた手でロープをつかんで壁の方に引き寄せて固定した。

両足の靴底を側壁に当てると、やっと回転が止まった。梶原はそのまま下降していく。張り出し部分に足が着くと、握り締めていたロープを離した。

「素手で下りるなんて無茶だ。ここから落ちたら、コンクリートにぶつかるようなものです」

目の前に立った清水が足下を指さした。張り出し部分は橋脚の頂上にあり、その三十メートル程下に陽光を受けた海面が広がっている。

「そこです」

清水が言って張り出し部分の一部に目を向けると、梶原は荒い呼吸を繰り返しつつ彼の視線の先を見た。床面に埃《ほこり》が舞い上がった跡がある。発射痕だ。デパートの屋上にあった発射痕と形も大きさもほぼ同じだ。発射痕の周囲には足跡もついている。

梶原は顔を上げ、豊洲の現場の方を見た。一キロ、いや、一・五キロはあるのではないか。こんなことができる奴はそうはいない。

清水は何にもつかまらずに真っすぐ立ち、小型バッグから出した距離測定器を目に当てて距離を読み上げた。

「千六百メートル」

梶原は愕然《がくぜん》として言った。

「藤代が撃たれたときよりも遠い」

距離測定器を下ろし、清水が淡々と言葉を継ぐ。

「距離だけじゃありません。条件は更に厳しい。ビル風のような突発的な気流は見当たらない。海風はあるが、ある程度安定した吹き方だ。風だけを考えれば、こちらの方が容易です。ですが、こちらの標的は移動していた。移動速度を割り出し、正確な未来位置を導き出す必要があります。これだけの超遠距離となると、歩く人間を撃つだけでも難しい。標的が乗っていた車は約六十キロで走っていた」

藤代は水の広場に立っていた。動いてはいなかったのだ。

「あの車には、二種類の防弾ガラスが使われていました。二枚の防弾ガラスの間に空間を設けると、防弾性能が格段に高まる。弾頭が防弾ガラスに垂直に当たらなければ、途中で進行方向が変わってしまう。少しでも進入角度がずれたら、標的には命中しない」

清水は一旦言葉を切り、足下を指さす。

「揺れている。射座も動いている。自分と銃の揺れも計算に入れる必要があります。計算要素は藤代の事件よりもずっと多く複雑です。それだけじゃない。完璧なタイミングで引き金を引く運動神経が必要です」

梶原は壁につかまりながら、屈《かが》んで床面に手をついた。振動している。上は台場線、下は首都高速の進出路と臨港道路が通っている。それら三本の道路を走る車の振動が伝わってきているのだ。振動は強弱を繰り返し、途切れることはない。

距離、風、標的の移動速度など、多くの要素を取り入れて計算し、一発で解を出す鋭利な頭脳。それを確実にこなす運動神経。両者を兼ね備えたとてつもない腕の持ち主だ。藤代を殺したホシの仕業に間違いない。

「とても人間技とは思えない」

梶原が息を吸いこみ、吐き出すように言うと、清水は淡々とした口調で応じた。

「人間がやったんです。狙《ねら》撃手に狙われたら最後、必ず銃弾に捉えられる。必ず仕留められる。たとえどんなに遠くとも。逃げ切ることはできません」

こんなことができる人間はそうはいない。あのホシの仕業だ。

梶原は携帯電話を取り出して特捜本部にかけた。横を見ると、清水の表情は更に険《けわ》しさを増していた。

エンジン音と共に風が体に降りかかってきた。車が横を走り抜けていくたびに、風圧で体が揺れる。

梶原は、首都高速台場線からの進出路に降り立った。清水から借りた予備の格闘用グローブをはめ、張り出し部分から垂らしたロープを伝って進出路に下りた。歩道などない。梶原は左手の防護壁に体を寄せ、進出路を下っていく。後から清水がついてきていた。人が歩いているのを見て驚いた運転手がブレーキをかける。クラクションが鳴り、タイヤの悲鳴が上がった。

進出路を出て、梶原はお台場海浜公園の砂浜に向かう。まずは目撃者の確保だ。周辺住民は後からでも話を聞けるが、観光客などは後からでは間に合わない。

張り出し部分が見える範囲を徹底的に洗い、ホシにつながる情報をつかむのだ。

午後四時半を過ぎ、砂浜を歩いている人がちらほらといるだけだった。

梶原は砂浜にいる人をつかまえては、発射現場の方を指さして不審人物を見なかったか訊いて回った。目撃情報は出てこない。ついで第三台場公園に移ったが、こちらも同様だった。

公園の隣のマンションに向かおうとしたとき、後ろで聞き役に徹していた清水が前に回ってきた。

「無駄です。いくら捜しても見つかりません」

「新宿の発射現場を見つけたのは翌日だ。こちらはまだ三時間と経っていない。現場はまだ熱い。見つけられる」

「無理です。絶対に見つかりません」

長いつばの下の清水の視線は揺るぎない。

「この現場はまだ冷めていない」

「無理だから無理だと言っているんです」

「これは刑事の仕事だ」

梶原は言って清水の体を押しのけ、進んでいく。マンション前の庭にいる人に訊いて回ったが、情報は出てこない。運河に沿って首都高速の方へ歩いていく。運河の埠頭に泊まった三艘の船に上って聞きこみをした。清水は諦めたのか無言のままついてきている。

のぞみ橋を渡って有明に入り、製菓会社の工場を二軒回って運転手や荷物を積んでいた作業員たちに当たったが、不審人物を見た者はいなかった。

工場を出た梶原は、広大な埋め立て地の道路を北に進んでいく。雑草が海風になびいてざわめく音が聞こえてきていた。周囲に人工物はなく、雑草や荒れたコンクリート路面が広がっていた。

東雲運河を前にして、梶原は膝を折り、力なく路面に座りこんだ。運河の向こうの豊洲の現場では赤色灯が瞬いている。現場検証が続いているのだ。

梶原は視線を左に大きく振り、レインボーブリッジの張り出し部分を見上げた。

悔しさを噛み締めつつ、梶原は自分の膝に拳を打ちつけた。ホシは二、三時間前では確実にそこにいた。だが、これだけ回ったにもかかわらず、何も出てこないとはどういうことなのだ――。

「これで分かりましたか」

頭上から清水の声が降ってくると、梶原は顔を上げた。

「他にも回っている刑事がいる。見つけてくれる」

駄目だという風に、清水は首を横に振った。

9

梶原は、清水と白山主任の間に座り、雛壇上の捜査幹部たちを見ていた。第一回目の捜査会議と同じ顔ぶれが並んで座っている。捜査員たちは一様に硬い表情をして幹部たちに顔を向けていた。微《かす》かな物音を立てるのも憚《はばか》られるような空気が講堂を支配していた。

壁の時計が午後十時を指す。

ダークスーツ姿の安住課長が立ち上がった。整髪剤で固めた髪が僅かに乱れ、眼鏡の奥の目が少し落ちくぼんでいる。藤代の事件発生から二日が過ぎたところで、また殺人事件が起きたのだ。他にもヤマを抱えているため、気の休まる暇もなく動いていたのだろう。だが、眼光の鋭さは変わらない。

安住は強い光を湛《たた》えた目で捜査員たちの顔を見渡した後、おもむろに口を開いた。

「本日午後二時五十分頃、豊洲で銃撃事件が発生した。被害者は青陵会若頭の富川玄と構成員の沢井宏樹の二名。富川は死亡。沢井は重傷を負った。犯行に使用された弾は、藤代秘書の殺害に使用された弾頭のライフルマークと一致。同一犯による連続狙撃事件と断定する」

左隣から白山がやはりと低くつぶやく声が聞こえてきた。前田主任は分厚い胸を膨らませ、そうかという風に頭を振る。半分白髪頭の木佐貫部屋長は天井を仰ぎ、額に手を当てる。三木は隣の南真理子と顔を見合わせて首肯した。

第五係員たちにも豊洲の殺人事件の一報が届いていた。当然、藤代の事件との関連性を疑う。疑念は今確定事項になったのだ。

安住は捜査員たちを見たまま、更に言葉を継ぐ。

「月島署の特捜本部では殺人犯捜査第十二係、月島署刑事課、組織犯罪対策部第四課で捜査に当たる。こちらの特捜本部との合同捜査を行う。両者連携して、犯人検挙につなげる」

厄介なことになりそうだと、梶原は心の中でつぶやく。

連続殺人事件の捜査態勢は二通り。特捜本部を一つに統合するか、二つの特捜本部の合同捜査とするかだが、今回は後者になってしまった。

安住が着席すると、新たにホワイトボードが運び入れられた。ホワイトボードは、現場の見取り図や二人の被害者の写真などの資料で埋め尽くされている。

森岡が入れ替わるようにして立ち上がり、ホワイトボードの前に移動し、直々に説明を始めた。月島署の特捜本部がつかんだ情報は一括して森岡に届く。

発射現場はレインボーブリッジの張り出し部分。銃弾は一・六キロ飛び、六十キロで走る車に乗った富川の首に命中した。富川の首を貫通後、隣に座っていた沢井の腹に飛びこんだ。

後藤主任も赤井部長刑事も険しい顔をしているだけで、驚きの表情は見て取れない。捜査員たちにとって超遠距離狙撃事件は初めてではない。丸二日以上も新宿の狙撃事件の捜査で動き回っていたのだ。

説明を終えた森岡が梶原に目を向けてきた。

「成果は?」

捜査員たちの視線が一斉に梶原に集まってくる。

後藤と赤井が振り向く。前田はパイプ椅子を軋《きし》ませ、椅子ごと振り返った。木佐貫も南真理子も三木も戸惑いの表情を浮かべている。

皆困惑している中、白山だけは分かっているとばかりにうなずいた。

梶原は腰を上げ、森岡を見て応じる。

「有力情報はありませんでした。ゼロです」

後藤が長テーブルに手をついて立ち上がり、森岡に訊く。

「どういうことです？　なぜ、梶原さんが知っていたんです？」

森岡が答える前に、白山が口を開いた。

「清水が現場入りしていたんです。梶原さんと一緒に」

「現場入り……」

啞然とした後藤に、安住の声が届く。

「私の判断だ」

安住は後藤を見て続ける。

「一報を聞いて、梶原と清水を豊洲にやった。発射現場の捜索に当たらせた。発射現場をいち早く見つけ出せれば、ホシの特定につながる情報も集めやすくなる。こちらの二の舞いにしたくなかった。無論、別人の犯行の可能性もあったがな」

やっと事情が飲み込めたのか、後藤が腰を下ろした。

「続けろ、梶原」

安住の言葉を受け、梶原はホワイトボードの前に移動する。真剣な面持ちでこちらを見る捜査員たちを前に、発射現場周辺の地図を指して詳細な報告に取りかかった。

発射現場付近は三本の道路が重なり合っている。上から順に、首都高速台場線、台場線からの進出路、臨海道路だ。

張り出し部分に辿《たど》り着くルートは二つあった。車かオートバイでレインボーブリッジに入って路肩に止め、清水がやったようにして台場線からロープで張り出し部分に降下する。もう一つは、台場線の進出路から橋脚を伝って張り出し部分に上る経路だ。

だが、現実問題として、両方とも無理だった。ホシが張り出し部分にいる間、路肩に止めた車は、他の車の乗員の目に入る。危険だと思われて通報される。ホシがそんな危険を冒《おか》すとは思えない。徒歩で首都高速に入った可能性はまず考えられなかった。

梶原は目撃情報の報告に移る。発射現場の下にある公園とその周囲を回り、有明の工場にも足を延ばしたが、結局目撃者は見つからなかった。

一通り報告した後、梶原は雛壇の森岡を見上げて訊いた。

「発射現場付近での不審人物の目撃情報は出てきましたか?」

森岡は日に焼けた坊主頭をこすり、首を横に振り、吐き出すように言う。

「月島署の特捜本部員が発射現場周辺で集中的に聞きこみをしたが、目撃情報はなかった。防犯カメラの映像を調べているが、何も出てきていない」

またただ。また清水の言った通りになった。あの短い時間で不審者情報をすくい上げるのは容易ではない。けれども、大量の捜査員で取りかかれば不審情報に当たると望みをかけていたのに。

梶原は、第五係の中にいる清水を見やった。清水は目でうなずいてきただけで、勝ち誇る様子もない。相変わらずの無表情だ。

梶原は森岡に視線を戻す。

「ＳＤカードとビニールテープは見つかりましたか?」

「両方ともなかった」

殺害方法は、藤代が殺害されたときと同じ超遠距離狙撃。そこでもう一つ共通点があると思い、現場であの指示を伝えた。ＳＤカードとビニールテープを捜せと。しかし、両方ともなかった。

となると、富川も呼び出されたと考えたのは間違いだったか。けれども、それだけでは完全否定できない。

梶原は食い下がる。

「事件直前、富川の携帯電話に非通知着信はありませんでしたか?」

「最後の着信は昨日の午後二時十四分。非通知だ。だが、奴らは非通知で通話することが多い。第一、暴力団員が呼び出しに応じるか。普通は逆だ。富川も呼び出されたと考えているようだが、それはない」

森岡は持っていた資料を長テーブルに置き、梶原に席に戻れとあごをしゃくった。梶原は苦い思いを噛み締めつつ、ホワイトボードの前を離れ、清水と白山の間に腰を下ろした。

安住は再び立ち上がり、捜査員たちの顔を見て新たな捜査方針を示す。

「藤代秘書と富川との接点を洗い出せ。引き続いて新宿のデパート周辺の不審者の情報収集に当たれ」

安住が言い終えて動き出すのを見て、梶原は立ち上がって質問を投げかけた。

「特殊部隊の調査はどうなりました？」

雛壇から下りようとしていたところで足を止め、安住が顔を向けてきた。またおまえかというような目だ。

「米軍は完全に無理だ。自衛隊筋は難しいが、公安部長らが働きかけている。全国のSATでの調査が行われている。北海道から沖縄まで、勿論、警視庁でも、現役を含めて、退職者たちの現状把握をしている」

レベルが上がっていた。警備部と公安部は警察の中のエリート集団で、同じ部でありながらも、刑事部の上のポジションを得ている。中でも、警視庁の公安は別格だ。他の警察本部では警備部の中に公安部門が組みこまれているが、警視庁では公安部として独立して存在している。その力を以てしても、引き出せないのだから、この先も見こみはなさそうだ。

「まさか、警察関係者の犯行ではないでしょうね」

「物騒なことを言うなよ。ＳＡＴに所在不明者はいなかったんだ。現役の中にはいない。中途退職者の状況把握で手間取っているそうだ。二度、三度と職を変える者もいるからな。調査の結果を待て」

そう言い置いて安住が雛壇を下りていくと、水戸が担当分野を捜査員たちに割り振り始めた。

安住が示した捜査方針は現時点では最も妥当だ。だが、それだけでホシが挙がるとは思えない。無理と突っぱねられるだろうが、やるしかない。

梶原は席を立ち、捜査員たちの間を抜けて講堂の出入口に向かう。待てという森岡の声が聞こえた。梶原の名を呼ぶ白山の声も上がっていた。

扉が閉まったエレベーターを前にし、梶原は非常階段に向かう。階段を駆け下りていく途中で、追ってくる清水の姿が視界に入ってきた。

一階に下りると、ちょうど安住がエレベーターから出てくるところだった。

梶原は安住に駆け寄り、進路を塞いだ。

眉間に深い皺を寄せた安住が、機先を制してきた。

「直《じか》談判は受けんぞ」

そう言われて引き下がる訳にはいかない。

「青陵会を当たらせて下さい」

「青陵会」

「車から逃げた二人を割り出して引っ張ります。ホシを知っている可能性があります。富川とホシが電話で話すのを聞いていたかもしれない。手がかりを引き出します」

豊洲の狙撃事件には生存者がいる。青陵会から当たった方が早くホシに辿り着ける。

安住の視線が、一瞬、背後に立った清水に流れ、梶原に戻ってきた。

「それをやったらどうなるか、おまえに分からない訳がないだろう」

月島署の特捜本部員たちの猛烈な反発を買う。縄張り荒らしだ。安住の命令といえども、素直に受け入れられるものではない。捜査員たちの士気は下がり、捜査に影響を及ぼす。

「分かっています。ですから、お願いしています。俺に青陵会を調べさせて下さい」

嘆息が安住の口から漏《も》れた。目に落胆の色が浮かんでいる。

「森岡に言われたことを忘れたのか」

忘れてはいない。ホシを捜し出して捕らえる。そのためには何でもする。安住が一番よく分かっているではないか。

一歩前に出ようとすると、安住が手をかざしてきた。

「出過ぎたことをするな。命令に従えないのなら、捜査から外す。特捜本部で連絡係だ。

ここから出ることは許さんぞ」

安住は決然と言い、鋭利な強い光を帯びた目で睨《にら》みつけてきた。

捜査から外されても、単独捜査をする。だから檻に閉じこめようとしているのだ。

こちらにも打つ手はある。奴さえいなければ、捜査はできる。

梶原は清水を指さして安住に言う。

「清水を機動隊に戻して下さい。役目は終わりました。もう清水にできることは何もありません」

清水は安住の期待通りの成果を上げた。二つの発射現場を見つけ出したが、これ以上できることはない。

安住は梶原の左肩に手を置いた。

「おまえが外れたとしても、清水には残ってもらう」

長年刑事を務めてきた人間を外し、捜査もできない人間を捜査に出すというのか。清水が捜査に出ても役には立たない。けれども、安住の眼差しは揺るがない。本気だ。なぜ、こうも清水に肩入れするのだ。

梶原は振り返り、清水を見やった。清水にとっても不本意に違いない。なのに、拒否する様子もなく、表情一つ変えずに傍観者のような顔をして立っているだけだ。

どうして異議を上げない。なぜ、こんなことを受け入れる――。

清水は無反応だ。人形のようにそこに立っている。こいつに何を言っても無駄なのだ。捜査から外されたら、ホシを追えなくなる。受け入れるしかなかった。

梶原は安住に向き直り、右手をぎゅっと握り締め、首肯した。

「分かりました」

安住は梶原の左肩から手を離し、わきを通って玄関の方へ歩いていく。

歯嚙みする思いで安住を見送り、梶原はエレベーターの方へ向かった。エレベーターに乗って閉のボタンを押したところで、清水が歩み寄ってきた。

「一人にしてくれ」

梶原が低い声で言うと、清水は足を止め、後ろに下がった。

扉が閉まり、清水の姿が消えた。エレベーターが上昇を始める。

憤懣をぶつけるように床を蹴った。振動音がエレベーター内に響いた。

衝突防止灯の赤い光が、夜空で瞬いている。

梶原は、新宿署の廊下の端に立って窓の外を見ていた。午前二時を過ぎ、周囲の高層ビルの明かりも少なくなっている。特捜本部に出入りする人もなく、廊下は静寂に包まれていた。

右手をワイシャツの内ポケットに入れた。携帯電話を取り出し、自宅の文字が出たところでスクロールを止めた。

やはり、今かけるのはまずいだろう。瑞希はまだ起きているかもしれない。起きていたら、することは決まっている。瑞希の邪魔はしたくない。

迷った挙句、発信ボタンを押していた。コール音が続く。十回、十五回。眠ってしまったのだ。そう自分に言い聞かせ、切ろうとしたとき、瑞希の声が聞こえてきた。

「父さん」

梶原は携帯電話を握り直した。

「起きてたのか？」

「何かあったの？」

瑞希が問いかけてきた。頭の芯《しん》が冷たくなる。妻の由里子に訊かれているような錯覚に陥った。

「いや、何もない」

「でも、こんな時間だよ」

由里子の声にそっくりだった。年々似てきている。

梶原は滲《にじ》み出した冷汗を拭《ぬぐ》い、気を取り直して言う。

「それより、何してたんだ？」

「勉強。夏休み少しサボったから、遅れてて」

「いい加減にしろよ。明日も学校があるんだ。遅刻はするな」

「分かってるって――」

瑞希を遮り、梶原は言った。

「切るからな。早く寝ろ」

梶原は一方的に言って携帯電話を閉じた。脈が早くなっていた。

瑞希の声が聞きたかった。無事であることを確かめたかっただけだ。

あんなことがまた起きるはずがない。充分に承知していたが、確かめずにはいられなかった。

梶原は唇を強く噛み締め、脳裏に浮かび上がった血まみれの由里子の姿を頭の奥底に沈め、深呼吸を繰り返す。済まなかった。言いたいのはその一言だけだった。だが、どうしても口にできなかった――。

視線が背中に当たるのを感じ、梶原は振り返った。清水がこちらに向かって歩いてくる。

「ここでしたか」

清水が近づいてきて言うと、梶原は苦い思いを飲みこみ、素っ気ない口調で応じた。

「勝手に出て行ったりはしない」

「命令ですから」

清水もまた素っ気ない口調で答えてきた。眉《まゆ》一つ動かない。相変わらずの無表情だった。

窓際を離れて、梶原は廊下を進んでいく。廊下の突き当たりにある喫煙所に入り、煙草をくわえて長椅子に腰を下ろした。後から来た清水は少し離れた所に座った。

梶原が煙草の箱を差し出すと、清水は首を横に振った。

「煙草は吸いません。興奮剤です」

「酒は？」

「飲みません」

「狙撃手はたいていそうなのか？」

「殆どの者は酒は飲みますね」

「しかし、おまえは両方とも飲まない」

「常にベストコンディションを保っておきます。いつ呼び出しがかかるか分からない。命令が出て、一発で射殺できなければ、狙撃手とは言えません」

また射殺という言葉を平然と言ってのけた。こいつは本当にその行為の意味が分かっているのか。

梶原の視線は、清水の右の腰に向いていた。ポロシャツの内側には、銃弾が装填された拳銃がある。

「煙草は厳禁です。常用すると運動機能が落ちる。血圧の変動幅が僅かですが大きくなる。結果、グルーピングが甘くなる」

「グルーピング？」

「着弾点の範囲です。その範囲が広がる。射撃に影響が出ます」

梶原は火を点《っ》けるのを止めた。煙草を口から離し、清水に訊く。

「機動隊随一の腕だそうだな。どれくらいのものなんだ？」

「機動隊の狙撃手は全員百メートル先の五百円玉を撃ち抜く。十発中十発命中させる。それが最低基準です」

「おまえは？」

「一円玉です。グルーピングは一センチを切れます」

「五百円玉も一円玉も大きさは大して変わらないだろう」

「違いますよ。五百円玉は直径二・五センチ。一円玉は一・九センチ。一センチずれただけで、被疑者から外れてしまうこともある。最悪の場合、人質を死なせてしまう」

拳銃の訓練では到底そこまでの精度は求められない。狙撃手は想像できない程厳しい世界にいるのだろう。

梶原は分からんなという風に首を横に振った後、質問を変えた。

「課長に気に入られているようだな。いつからの付き合いだ？」

「付き合い？」

「なぜあんなにおまえの肩を持つんだ？」

「分かりません」

「分からない訳がないだろう」

機動隊から呼び寄せて捜査に加えただけではない。梶原を外し、門外漢の清水に捜査を続けさせると断言したのだ。安住がそこまでする理由は何だ。何か強いものが二人を結びつけているとしか思えない。

清水は困惑の表情を浮かべ、大きく息をついて答えた。

「安住課長に会ったのは、この捜査で二度目です」

「二度目」

梶原は驚きつつ、質問を続ける。

「最初に会ったのはいつだ？」

「二年前でした」

「何の事件だ？」

「言えません」

清水の表情が一瞬にして硬くなった。

「機動隊の決まりです。口外できません」

突き放すような言い方だった。目に強い拒絶の光が浮かんでいる。

これ以上追及しても、この頑固者が答えるとは思えない。

梶原は諦め、話題を変える。

「ホシの動線の見当はまだつかないか？」

「動線――」

「おまえが予想した通り、新宿でも豊洲でも、ホシの移動ルートはまだ判明していない。しかし、おまえなら、ある程度見当をつけられるんじゃないのか」

梶原は腰を浮かせ、清水に近づいた。

清水が下を向いたまま考えていたが、ほどなく細面の顔を上げた。

「夜、ライフルバッグを持って海に入る。橋脚の根元付近まで泳ぎ、投射機でフックがついたロープを打ち上げ、張り出し部分の金属棒に引っかける。ロープを伝って上り、張り出し部分に上がる。標的が現れるのを待ち、発砲後はロープを使って海面に下りる。立ち泳ぎしながらロープの結び目を狙い撃つ。ロープを回収し、対岸の埠頭まで泳いで渡る。晴海、月島、芝浦。陸に上がれるところはいくらでもあります。お台場や有明付近で目撃情報がなかったのはそのためです。この方法なら人に見られる確率はほぼゼロ」

「張り出し部分まで三、四十メートルはあった。上り切るのは至難の業だ」

「ロープ登攀《とうはん》の技術があれば左程難しくはありません」

「分かった。しかしな、夜明けは六時少し前だ。富川が撃たれたのは午後二時五十分。十二時間近くも張り出し部分にいたことになる。橋脚と橋の間に下半身が入る隙間はあった。

そこは日陰になるが、上半身は直射日光に炙《あぶ》られる。神経も体力ももたない。それに耐えた後で神業のような狙撃を行う。そんなことができる訳がない」

清水は真顔で言った。

「それが狙撃手です」

いくらなんでも、その方法は考えられない。殺人的な日射を全身で長時間浴びながら、集中力を保てる訳がない。炎天下での張りこみで何度も経験している。不可能なのだ。

清水の目の光に揺らぎはない。無理だと否定しても、また反発してくるだけだろう。

梶原は気を取り直し、もう一つの疑問を投げかける。

「だったら、訊くが、藤代を射殺したホシはどうやってデパートの発射現場に入った。ホシはどこを通って消えた？」

現場班の刑事たちは三日前からずっと足を棒にして歩き回って調べたが、結局何の収穫も上げられなかった。

清水は発射現場がある東の方を見た後、梶原に向き直った。

「俺ならこうします」

そう断り、清水は淡々と言葉を継ぐ。

「前日の昼間に業者用の搬入口から入る。客用の出入口と違って、防犯カメラはない。非常階段を上り、商品保管室に隠れて営業が終わるのを待つ。トイレの個室は避けます。警備員が見に来ますからね。それから非常階段で屋上に行き、構造物の陰に隠れる。金属ハシゴにはいくつもの靴の擦《こす》れた跡があった。すぐには構造物の上に行きません。屋上の巡回に来た警備員の動きを見ながら居場所を変える。警備員がいなくなるのを待って構造物に上がる。一晩そこで過ごし、射殺後すぐに離脱。来た経路を引き返して外に出る。人ごみに紛れて歩道を歩いてデパートから離れる」

金属ハシゴに靴が擦れたような跡があった。清水はデパートの屋上に上がったとき、そこまで見て取っていたのか。いや、警備室で防犯カメラの映像を見ている間に、デパートの内部を回って建物の構造も見ていたのかもしれない。

「徒歩なら必ずどこかの防犯カメラに捉えられる」

「すべての場所が映っているとは限りません。死角がある。防犯カメラの前では同じような背格好の人間を盾《たて》にして動き、死角に入って待ち、また同じようにして動く。防犯カメラに映ったとしても、帽子の上の方ぐらいです。顔も姿も映らない」

確かにその方法なら防犯カメラの映像には残らない。だが、そんなことができる訳がないのだ。

「それをやるにはすべての防犯カメラが捉えている範囲を確実に把握しておかなければならない。一台だけじゃない。デパート周辺にある防犯カメラ全部だ。性能も視野もまちまちだ。それらをすべて頭に入れて動くなんてできやしない」

「狙撃手への第一歩は観察力です。優秀な狙撃手は類稀《たぐいまれ》な観察力を身に付けている。確実にやりこなします。相手に絶対に悟られることがないようにしなければ、殺すことはできません」

清水の予測通りであれば、いくら捜したところでホシの姿は出てこない。だが、そんなことができるはずがない。

それよりも、こいつが平然と使った言葉だ。殺すとまた言ったのだ。

梶原は煙草をつかんでいた手を握り締めていた。立ち上がり、清水に詰め寄る。

「人を殺すということが、どういうことか、分かって言っているのか？」

「分かってます」

「おまえに分かる訳がない」

「分かります」

「訓練しかしたことがない奴に、理解はできない」

清水は気圧《けお》された様子もなく、梶原の瞳を見つめてくる。右手をポロシャツの裾の中に滑りこませ、引き出す。その手には禍々しい光を帯びたオートマチックが握られていた。

「何のためにこれを持ち歩いていると思っているんですか？」

「知らんよ」

「人を守るためです。殺意を持った相手から市民の命を守るためです。高精度のこの拳銃なら、一発で確実に仕留められる。いつ何が起きるか分からない。そのときのために備えているんです」

梶原は汚らわしいものでも見るような目でＳＩＧを見、清水に問う。

「そいつを使ったことがあるのか？　それで人を殺したことがあるのか？」

「ありません」

「何度も同じことを言わせるな。分かる訳が――」

梶原の言葉を遮り、清水は繰り返す。

「分かります」

清水の視線に揺らぎはない。真剣そのものだ。実際に人間に銃口を向け、引き金に指をかけた経験などない人間に、理解できる訳がないのに。

梶原は、折れた煙草を灰皿に捨てて立ち上がり、喫煙所を出た。

10

強い日差しが、目の奥で痛みを生む。熱波が引く気配はない。早朝から日差しが照りつけ、七時頃には三十度近くになっていた。熱波の源になっている台風は未だ南の洋上で停滞している。

午前九時半、梶原は清水と下落合の住宅街を歩いていた。学校のグラウンドから響いてくる生徒たちの声を聞きながら、坂道を上っていく。隣を歩く清水は薄い灰色の半袖シャツに着替えていた。薄茶色の帽子を目深に被って黙々と歩いている。朝の挨拶を交わしただけで、清水はまた貝になっていた。

十階建ての灰色の外壁のマンションが見えてきた。マンションの駐車場には覆面車が止まっている。被害者班の捜査員が警備についている。マスコミが引き揚げていった後、藤代親子は自宅マンションに戻ってきていた。

梶原は捜査員たちを横目に見て、マンションに入った。インターホンの前に立ち、藤代の部屋番号を押す。ほどなくして、藤代正也の声がスピーカーから流れてきた。

「何か」

梶原はカメラのレンズを見据えた。

「警視庁の梶原です。奥さんと話をさせて下さい」

「やっと葬儀が終わったんです」

昨日、藤代の葬儀が終わった。遺族にとって一つの大きな山を越えたが、まだまだ落ち着けるような状況ではない。普通の死に方ではない。家族を殺されたのだ。悲しみや喪失感や疑問が頭の中で渦巻き、混乱しているに違いない。自分がそうだったのだから分かる。

「ご心中はお察しします。話を聞かせて下さい」

「あなたたちには遠慮というものがないんですか」

「どうかお願いします」

スピーカーが沈黙し、回線が途切れた。開けて貰えるまで粘るしかないのだ。

ほどなくしてドアロックが解除される音がした。

梶原はエントランスホールに入り、エレベーターで九階に上がった。廊下を進んでいき、藤代の部屋の前に立った。帽子を取れと言おうとして振り返ったときには、清水は帽子を握った右手を下ろしていた。少年を思わせる艶《つや》やかな黒い瞳がドアに向いている。

ドアが開き、正也が現れた。濃紺のジーンズに白い半袖シャツを合わせていた。

「母は疲れています。手短にお願いします」

正也が硬い声で言うと、梶原は玄関に足を踏み入れた。すぐ後ろから足音も立てずに清水が続いてくる。

正也は、梶原と清水の二人をリビングルームに案内した後、廊下を引き返していった。

十五畳程のリビングルームの中央に、薄いクリーム色の革張りのソファーがあった。サイドボードの上に白布で包まれた骨箱が置かれている。白いカーテンを通ってくる柔らかな光が、藤代の遺影と位牌を照らしている。藤代は灰色の背広を着て生真面目《きまじめ》そうな顔で真っすぐ正面を見ていた。

教えてくれ。一体、誰があんな目に遭わせた。誰にやられた。

遺影を見つめて立っていると、背中から清水が問いかけてきた。

「何をしてるんです？」

梶原は藤代の遺影を見たまま応じる。

「訊いてた」

「何をですか？」

「誰に殺されたのか」

清水の嘆息が背後から聞こえてきた。おそらく呆れていることだろう。

答えが来る訳がないが、そうせずにはいられない。

梶原は遺影を見つめ、心の中で誓う。必ずホシを挙げる。罪を償わせると。

ドアが開く音がし、梶原は合掌を解いた。

正也に付き添われた律子がリビングルームに入ってきた。律子はうつむき、小さい歩幅で歩いてくる。顔は髪で隠れていた。

律子は立ち止まって頭を上げる。髪が割れ、青白い顔が覗いた。目は落ちくぼみ、頬の肉が落ちていた。目に浮かんだ光は弱々しい。二日前に会ったときより憔悴《しょうすい》が酷《ひど》い。眠れなかったのだろう。

「どうぞ」

正也が座るように促してくると、梶原は律子の前を離れ、ソファーに腰を下ろした。清水は隣に座った。

正也は律子に手を貸して一人掛け用の椅子に座らせ、隣の椅子についた。

梶原は、ガラステーブルの向こうの律子を見て問いかける。

「休めましたか？」

律子は無言のまま首を小さく横に振り、項垂《うなだ》れた。

「大変なところに何度もお邪魔して申し訳ありません。どうかご協力をお願いします」

梶原は丁重な口調で切り出し、懐から一枚の写真を取って、律子の前にそっと差し出す。

「この男に見覚えはありませんか？」

ようやく律子がゆっくりと顔を上げた。視線が写真に流れる。少し間が空き、低い声で答えが返ってきた。

「ありません」

「その男が、ご主人と一緒にいるところを見たことはありませんか？」

「そんな人は知りません」

「富川玄。青陵会という暴力団の若頭です」

「暴力団」

「富川は昨日、豊洲で撃たれて死亡しました」

律子は顔を上げた。目に戸惑いの色が浮かんでいる。正也が梶原に向き口を開いた。

「あの事件――」

そこまで言ったところで、声が途切れた。正也は知っていたが、律子の耳にニュースは届いていなかった。この三日間、律子は嵐の中にいた。夫を見送るのに精一杯で、目も耳も閉ざしていた。他のことを考える余裕などない。まして藤代のことが扱われるのだ。あることないこと報じられる。ニュースには触れないようにしていたのだろう。

あのときの自分と同じだ。妻が殺されたときと同じことが律子たちの身にも降りかかったのだ。

梶原は十一年前の記憶を胸の奥に沈め、あらためて豊洲の事件を律子に説明し、つけ加えた。

「富川の殺害に使用された銃弾と、ご主人の事件に使用された銃弾のライフルマークが一致しました。同一の凶器でした」

律子の顔に困惑の表情が浮かび上がっている。口は開かない。

「まさか」

正也が言うと、梶原は首肯した。

「殺害方法も同じです。同一犯と考えています」

正也が息を飲む。喉の鳴る音が聞こえてきた。

梶原は更に手を伸ばし、律子に写真を近づける。

「もう一度お訊きします。この男を見たことはありませんか?」

律子は頰に両手を当てて深呼吸し、写真を見て、首を横に振った。

「ありません」

答えは変わらなかった。仮に藤代と富川につながりがあったとしても、人目につくところで会うのは避けたはずだ。都庁職員が出入りするような場所には近づかない。暴力団員との交際を知られたら、藤代の立場が危うくなる。だが、家族は別だ。一緒にいる時間も多いし、いざとなれば口止めもできる。

梶原は質問を続ける。

「ご主人が携帯電話で話をしていて、急に席を立ったことはありませんでしたか?」

律子は無言で首を捻《ひね》る。

「着信音が鳴っていても出なかったことは?」

律子は眉根を寄せ、口紅も塗っていない薄い唇を嚙み締めた。

沈黙が訪れる。

梶原は横目で清水を見た。食い入るように律子の顔を見ているだけで、口は開かない。

律子に真っすぐ視線を向けている。梶原も正也も視界に入っていないようだった。頰が強《こわ》張《ば》り、目に悲しみの色が浮き出てきていた。どうした。なぜ、そんな顔をする——。

清水に問いかけようとして止め、梶原は律子に別の問いを投げかける。今は律子が相手なのだ。

「発着信履歴を見たことはありませんか?」

「ありません」

「交際相手との連絡に使っていたかもしれません」

律子は細い肩を上下させて大きく息をつき、強い口調で言った。

「心外です。そんな人ではありません」

赤みを帯びた律子の目が小さく震え始めた。いきり立つのを懸命に堪《こら》えている。

正也にも同じ質問をしたが、律子と同じ答えだった。それでも藤代が隠れて電話していないと断定はできない。やはり、話だけでは、手がかりはつかめそうにない。

梶原は律子に視線を戻した。

「ご主人の書斎を拝見させて下さい」

「書斎」

「この部屋と寝室も」

「寝室――」

「ご協力願います」

事件発生後すぐに律子と正也から被害者班が事情聴取を行ったが、その後は拒絶された。自宅の調査もまだ行われていなかった。

「嫌です」

律子はきっぱりと言って、更に言葉を継ぐ。

「私たちはさらし者じゃありません。これ以上かき回されたくありません」

声のトーンが急激に上がっていく。

「もうこんなことには耐えられません」

律子の声がリビングルームに響いた。沈黙が訪れる。

耐えられる者などいない。自分自身がそうだった。由里子が殺害された直後は、警察組織が記者たちから守ってくれた。クラブ詰めの記者への抑えは利いたものの、フリーの記者までは及ばず、週刊誌に大きく取り上げられた。瑞希にも報道攻勢が及んだ。記者たちの待ち伏せを受け、瑞希は脅《おび》え、苦しんでいた。

梶原は律子の瞳を見据えて言う。

「犯人逮捕のためです。是非ともご協力お願いします」

返事はない。律子は震える目で見つめ返してくるだけだ。

これ以上長引かせる訳にはいかなかった。律子たちを苦しませたくはないが、やるしかない。

梶原は内心の苦痛を飲みこんで律子に言う。

「拝見させていただきます」

腰を上げると、清水が立ち上がって梶原の腕をつかんできた。清水の目にこれまでに見たことのない強い光が浮かび上がっていた。

「手を離せ」

「こんなことまでする必要があるんですか？」

怒気を孕《はら》んだ声だった。清水の目の中で光が揺れている。ガラス玉が割れ、中から生の感情が出てきた。何だ。何を怒っている。

清水の急激な変わり様に戸惑いつつ、梶原は断固とした口調で応じる。

「あるんだ」

「遺族を傷つけているんです」

清水の語調が強まった。

梶原と清水のやり取りを見ていた正也が立ち上がった。梶原の方へ足を踏み出してくる。

「勝手なことを。俺は絶対に許さない」

律子の細い白い手が伸びてきて、日に焼けた正也の腕をつかんだ。正也を見上げて訴える。

「止めて。争い事はもうたくさん」

「俺たちじゃ駄目だ。大西さんを呼ぼう。止めさせて貰う」

「止めて、正也。もう止めて――」

最後の方は消え入るような低い声になった。

律子が項垂れ、髪が彼女の顔を覆い隠す。正也は膝を折り、律子に顔を近づけた。何事か話していたが、やがて、正也はこちらに背を向けたまま声を絞り出した。

「分かりました」

正也はそう答え、右手で律子の背中をさすり始めた。

梶原は清水の手を払いのけ、廊下に出る。奥にある部屋の前で立ち止まると、清水が梶原の前に回ってきた。

「どうしてここまでするんです？」

「ホシを挙げるためだ」

「そのためなら、何をしてもいいって言うんですか」

清水の目の強い光は消えていない。感情をむき出しにしていた。何が清水をかき立てている。

梶原は戸惑いつつも、清水の目を見つめ返し諭《さと》すように言う。

「我慢して貰わなければならないときもある」

「理不尽です」

「そうだ。理不尽だ。俺もその思いを味わったからよく分かってる」

「味わった――」

清水の目の光が急速に縮んでいく。

「これ以上邪魔をするな」

断ち切るように言い、梶原は清水を脇に押しのけて部屋に入った。

八畳程あるだろうか、窓際にノートパソコンが載った机があり、右手に本棚が並んでいる。本棚には大量の専門書がぎっしりと詰まっていた。生活保護、建築法、仲卸制度、学校教育などとかなり幅広い分野に亘《わた》っている。

白手袋をはめて次々と引き出しを開けていく。引き出しから取り出した物を机の上に並べた。手帳、ノート、手紙などに目を通していく。

清水はドアを背にして立って冷たい眼差しを向けてくるだけで、動こうとはしない。

梶原は、革張りの椅子に座り、パソコンのメールの送受信記録を調べ始めた。ついで映像ファイルに移った。観光地で撮ったとおぼしき夫婦の写真、藤代の同窓会の集合写真などが現れた。

こうして私生活が裸にされていく。大勢の他人の目にさらされるのだ。脳裏に、家に入ってきた刑事たちの姿が蘇ってきていた。妻の仕事部屋の机から、寝室のタンスまで、あらゆる所に、見慣れた顔の刑事たちの手が入っていった。

刑事たちの顔を消し去り、ディスプレイに焦点を合わせた。清水の姿がディスプレイの端に映りこんでいる。清水は硬い表情でこちらを凝視している。

知りたいのか。あのことを。だが、話すつもりなどない。

梶原は清水から視線を外し、再びキーをたたき始めた。

藤代と富川の接点を示すものは見つからなかった。

四度目の捜査会議で、梶原はそう報告をした。藤代の書斎、寝室、リビングルームなどを念入りに見て回ったが、結局手がかりは得られなかった。

メールの相手は大部分が都庁職員で、正也と親戚十名がアドレス帳に登録されていただけだった。富川の名もなく、映像ファイルにも姿はなかった。借りてきたパソコンを鑑識が詳しく調べているが、期待できそうにない。

被害者班を代表して、後藤主任が都庁職員の聞きこみ捜査の結果を報告した。

「八百名に当たりましたが、富川を知っていた職員はいませんでした。大部分が報道で初めて富川の顔を見たそうです」

当然と言えば当然だった。青陵会のシノギは管理売春や賭博だが、若頭が最前線に出てくることはない。

「では、次に発射現場班」

司会役の水戸係長に指名され、前田主任が巨体を持ち上げるようにして立ち上がる。その隣では白山主任が項垂れている。三木も南真理子も充血した目を雛壇の方に向けていた。

前回より更に五百メートル範囲を広げ、見逃していた防犯カメラを新たに捜し出し、同じ場所にも再度訊きこみをかけたが、不審人物は浮かんでこなかったという。収穫ゼロだ。また清水の言った通りになったと思うと同時に梶原は手を挙げていた。

「まだ梶原さんの番じゃありませんよ」

水戸に注意されたが、構わずに腰を上げる。

「発射現場のことで報告したいことがある」

怪訝《けげん》そうな表情を浮かべた後、水戸は仕方なく手を振った。

「清水によると、ホシの動きはこうなる」

そう前置きし、梶原は狙撃事件前夜からのホシの動きを説明し始めた。狙撃後、すべての防犯カメラの位置と撮影角度を把握しておいたホシは、歩行者を盾にして隠れて移動した。不自然な動きをして人目に留まらないように動き、現場から離れたのだと。

講堂は静まり返っていた。捜査員たちは固唾《かたず》を飲んで聞いていたが、途中からざわつき始めた。

「それでホシの足取りがつかめないってのか」

「マジックじゃあるまいし、そんなことができるはずがねえ。止してくれ」

捜査員たちはまるで相手にしていないが、安住と森岡は真剣な顔で聞き入っていた。

「はい、そこまでだ」

水戸が手を叩《たた》いて捜査員たちに注意した後、梶原に着席を促してきた。

梶原は椅子に腰を落とし、横目で清水を見た。捜査員の中に清水の考えを信じる者はいなかった。一笑に付されたのだ。けれども、清水が気にしている様子はない。いつもの無表情だった。

ようやく落ち着きが戻ると、硬い表情をした森岡管理官が立ち上がって、月島署の特捜本部の捜査の状況を話し始めた。

「青陵会本部と富川の自宅からは、藤代との接点を示す物は見つかってない。構成員の沢井の自宅や人間関係を洗ったが、接点は出てこない。沢井の意識は戻った。しかし、まだ事情聴取は無理だ。豊洲の発射現場付近の監視カメラの映像からもこれといったものは出てきてねえ。ないない尽くしだ」

森岡はやりきれないといった顔をし、いかり肩を上下させて付け加える。

「特殊部隊筋もまだ調査中だ。警視総監が警察長官ルートを使って働きかけても、自衛隊も海上保安庁も動かなかったそうだ。そっちはもう期待できそうにない」

講堂の空気は重く淀んでいく。

捜査に着手してから四日目に入っていたが、未だにホシの尻尾も見えてこない。森岡も疲れ、焦り、苛立《いらだ》っているのか、江戸っ子の地が出てきていた。

大抵の事件は、発生から七十二時間を境にして集まる情報量が急激に落ちる。風化が始まるのだ。

森岡の後を引き取り、安住課長が強い口調で捜査員たちに発破をかける。

「残りは一万二千二百人だ。全員を潰《つぶ》す気でやれ。都庁本庁舎の職員から出なければ、外郭団体にも広げる。いいな」

捜査員たちが一斉に上げた、はいという声が講堂内に響いた。

捜査会議が終わり、安住や森岡たちが講堂から出ていく。捜査員たちも列になって出入口の方へ流れていくが、梶原はじっと椅子に座って考えこんでいた。藤代の家族から何も出なかった。藤代の周囲に事情聴取の対象を広げていっても、見つけるのは難しいのではないか。

長引けば長引く程、捜査は難しくなる。どうすれば糸口がつかめる――。

懸命に思考を巡らせていた梶原は一つの考えにたどりつくと、立ち上がった。隣の清水は音もなく腰を上げ、梶原の背後についた。

ワイシャツの襟元や袖口から風が入り、汗が乾いた後の皮膚を撫《な》でていく。

梶原はステアリングを握り、覆面車を東に向かって走らせていた。午後十一時過ぎ、霞が関ランプで首都高速を下りて官庁街に入ると、ようやく助手席の清水が口を開いた。

「どこに行くんです？」

「着けば分かる」

梶原は短く答えて清水を一瞥した。藤代の家族の前で発したあの鋭い光は、清水の目から消え去っていた。あの激情の光は何だったのだ。もっとも、訊いてもこいつが答えるはずもないが。

充血した目を揉《も》み、前を走る車のテールランプを追ってアクセルを踏み続ける。

JRの高架橋の下を潜《くぐ》り、晴海通りに入った。朝夕は渋滞の名所だが、今はもう車は少ない。

右手に巨大な黒い影が現れた。その向こうを走る首都高速が光の帯となって浮かんでいた。夜中から朝にかけて大量の車が出入りする築地《つきじ》市場の建物もこの時間は闇に沈んでいる。

「あと二ヶ月か」

梶原が築地市場の方を見てつぶやくと、清水が問いかけてきた。

「何がですか?」

「築地市場のセリの声も聞けなくなる。豊洲の新市場はできた。二十年以上前から揉めに揉めていたが、やっと移転まで漕ぎつけた」

「二十年以上」

「そうか。おまえがまだ子供の頃だな。最初は古くなってきた築地市場の再整備計画だけだった。それが途中で頓挫《とんざ》したところで、豊洲への移転計画が持ち上がる。豊洲となると色々と交通の便が悪い。市場の仲卸業者の組合が強く反対したが、結局は移転を受け入れ、豊洲に引っ越すことになった。だがまだ問題が残っているらしい」

清水は前方を見たまま素っ気なく応じた。

「問題？」

「取り残された仲卸業者だ。都から場所を借りて営業している。設備を撤去して都に返すことになる。撤去費用を出せない仲卸業者がたくさんいるんだよ」

「そうなんですか」

「おまえ、新聞も読まないのか？」

「デジタル版を読んでます」

「それでは足りない。紙の方を読め」

「ネットで充分です。それ以上のことを知っても役に立たない」

親子ほども年が離れているし、元から考え方が違うのだ。刑事の仕事に興味はない。狙撃しか頭にない奴と話しても無駄だ。

梶原は心の中で嘆息し、会話を打ち切った。

隅田川を渡って勝どきに入ると、林立する高層マンションが間近に迫ってきた。低い家並みのあちこちから、空へと伸びている。すぐ向こうは東京湾だ。この道を通るたびに光の塔が増え、夜空の広がりが狭まっている。

潮の香りが増してくるにつれ、街の明かりが徐々に減り、夜空が次第に大きくなってきた。

晴海の倉庫街に入ると一段と暗さが増した。晴海大橋にさしかかり、サイドガラスに濃密な闇が広がった。水面と豊洲の埋め立て地の境は闇に溶けこんで見えない。左手の豊洲の街の明るさが一層輝きを増している。ゆりかもめの高架橋の明かりが夜空を横切り、遠くのレインボーブリッジが光の帯を作っているが、目前の豊洲の広大な埋め立て地は闇に沈んでいた。新市場の建物が黒い巨大な影となって夜空に浮かび上がっている。

「現場百回ですか」

前方を向いた清水がつぶやくように言うと、梶原は無言で首肯した。

「月島署の捜査員に見つかったら、まずいでしょう」

「心配するな。警察車両はない」

「何も出てきませんよ。昨日捜し尽くしたじゃないですか」

「何度でもやる」

清水の口から嘆息が漏《も》れた。

覆面車は晴海運河を渡って豊洲の埋め立て地に入った。反対車線の現場付近に人影はない。新豊洲駅手前の交差点でUターンし、晴海運河の方へ引き返す。覆面車を左に寄せて止め、歩道に上がって路面に視線を這《は》わせながら進んでいく。三本の黒い筋が路面上を蛇行し、二十メートル程の段差まで続いている。段差付近の細かいガラスの破片が、通過していく車の光を跳ね返す。

梶原はメルセデスが止まっていた場所で足を止めた。路面の所々に金属で削られた跡が刻まれ、黒々としたオイルが付いている。白いチョークの跡も残っていた。

ゆっくりと体を回しながら周囲を観察し始めた。

広大な土地に生えた雑草を、海風が揺らして吹き抜けていく。近くにある建物といえば、新豊洲駅と変電所、それに豊洲の新市場の建物ぐらいだ。

南西にはレインボーブリッジが建ち、車の光が帯を作って東京湾上に浮かんでいる。ホテルやテレビ局のビルが並ぶお台場は一際明るい。南側には巨大展示施設やホテルなどが集まり、南東側は大学や倉庫などが混在している。北東には高層マンションが並び、大型ショッピングモールがある。急速に開発が進み、多くの人間が移り住んできた街で、今も尚《なお》膨張を続けている。

ここだけ広大な土地が広がり、行き交う人影もない。

なぜだ。富川はなぜこんな所で殺された。渋谷からはかなりの距離がある。富川はどうしてここまで来た。それだけではない。なぜ、ホシはあれ程遠くから撃ったのだ……。

考えを巡らせていると、清水が歩み寄ってきた。

「何をしてるんです？」

こいつに分かるか。狙撃のことしか頭にない男に、その理由が見つけられるか。

梶原は吐き出すように言う。

「ここが現場になった理由を考えていた」

「現場になる理由……」

「共通点を捜してる」

「共通点？」

清水は眉根を寄せて怪訝そうな表情を浮かべる。

梶原は新宿がある方を向いて応じた。

「藤代の殺害現場は新宿中央公園の水の広場。都庁の膝元だ。富川はここで射殺された。青陵会本部がある渋谷から大分離れている。藤代が撃たれたとき、水の広場の周辺には大勢の人がいた。富川のときはあまり人がいなかった。色々な点で違っている。ただ一つだけ共通点がある」

梶原が言って清水に向き直ると、彼は口を開いた。

「超遠距離狙撃」

「そうだ。しかし、そんなことする必要があったか。新宿駅の東側まで行かなくても、藤代を撃てる場所はいくらでもあった。ここも同じだ。レインボーブリッジまで行く必要があったか？」

　梶原は言って黙りこんだ。清水に訊いたのではない。自分自身への問いかけだ。ホシはなぜ、そんな面倒な手段を取ったのか。自分の腕を自慢するためか。そうして人々の気を引き付けるためか。あるいは、警察への挑戦かもしれない。捕まえてみろというメッセージだ。いや、それならホシは何らかの方法で犯行声明を出すだろう。だが、ホシは沈黙している。もしかしたら、捕まえてくれと思っているのか。早く見つけ出して止めてくれと。だから、敢えて遺留品を水の広場に置いていった。それも違う。中身は空だったのだから、ホシに辿《たど》りつけはしない。ホシは一体何を考えているのだ……。

　混乱を振り払うように深呼吸し、梶原は清水を見た。

　清水はレインボーブリッジの方を向き、発射場所を見やり、弾道を辿るようにゆっくりと首を振り始めた。橋脚の張り出し部分から発射された弾は海上に出て、すぐに豊洲の埋め立て地に入り、新市場の建物の横を抜け、この辺りまで来て富川が乗った車の後部座席に飛びこんだのだ。

「その必要はありませんね」

　どうやら清水は梶原の言葉を受けて、自分なりに考えていたようだ。

「埋め立て地の端にある道路の盛上部分、砂利が広がった場所、雑草の中。色んな所から撃てます。豊洲だけではない。他にも狙撃に適した場所はあります」

清水は言葉を切り、晴海大橋の左手にある豊洲大橋を指さした。対岸の晴海と豊洲を結ぶもう一本の橋だ。照明塔が黒い影となって橋梁上に並んでいた。橋梁本体は完成しているが、根元に当たる埋め立て地の工事が止まったままで、通行止めだ。

「三百メートルも離れていない。車も人も通らない。好条件が揃ってます」

「おまえならどちらを使う？　レインボーブリッジか、豊洲大橋か？」

「豊洲大橋ですね。あそこなら確実に仕留められる」

「だったら、なぜ、ホシはレインボーブリッジまで行った？」

清水は再び発射場所の辺りを見やった後、首を横に振った。

「分かりませんよ。ただ俺ならあそこは使わない。それだけです」

梶原は落胆の息を吐き出した。清水でも答えは導き出せなかった。ホシは富川をここに呼び出したに違いない。しかし、なぜあんな場所から撃ったのか。それが分かれば、二つの事件のつながりが見えてくる。そう思って現場に引き返してきたが、期待外れだった。

梶原は顔を上げ、藤代の殺害現場を思い起こしつつ、周囲の風景を子細に見ていく。北から東、東から南へと視線を振る。有明付近辺りが一層輝きを増している。首都高速湾岸線の南西のレインボーブリッジを過ぎ、再び晴海の方を向くと体を止めた。

藤代の死体のわきに置かれていた所持品。もしかしたら、あれか。オリンピックか。所持品の中に東京オリンピック２０２０と書かれたボールペンがあった。

これから臨海部にオリンピックの競技施設が続々と建てられる。巨大開発利権絡みで、青陵会と藤代がつながっていたのではないか――。

だが、豊洲にできるのは新市場だけで、競技施設はできない。関係ないのだ。

梶原は嘆息し、覆面車に向かって進んでいった。


怒り肩をした白山主任の背中が見えた。白山の向こう側には清水がいる。答えろ、という白山の怒声が静まり返った廊下に響く。

梶原は急ぎ足で近づいていき、白山の肩をつかんだ。

「止せ」

振り向いた白山の顔が上気していた。清水は困惑の表情を浮かべて立っているだけで、興奮している様子はない。

「何があった?」

梶原が問いかけると、清水は失礼しますと言って歩き出した。白山が清水に手を伸ばす。

梶原はその手をつかんで止め、白山を廊下の奥にある休憩スペースまで引っ張っていった。

十二時を過ぎ、照明は落とされ、自販機の光が床を照らしていた。人気はない。

豊洲から新宿署に戻った後で、清水が一足先に特捜本部があるこの階に上がってきた。

梶原が後からエレベーターで上がってくると、清水に詰め寄る白山の背中が目に入ってきたのだった。

ベンチに座った白山の呼吸が落ち着くのを待ち、梶原はやんわりと切り出す。

「あんなに興奮するなんておまえらしくないな。どうした?」

白山は項垂れ、両手を合わせ、吐き出すように言った。

「なんであいつだけ特別扱いされるんです?」

「特別扱い?」

「梶原さんを捜査から外しても、機動隊員を特捜本部に残す。どう考えても普通じゃないでしょう」

二日前、青陵会を調べさせてくれと安住課長に直訴したときのことだった。あの場にいたのは清水だけではなかったのか。

「おまえもいたのか」

「隠れて聞いてました。梶原さんの後を追っていったら、話をしているのに出くわして。また梶原さんと組めるように課長に頼もうと思って行ったんです。もう狙撃手は必要なくなったから」

白山も同じことを考えていた。元通りに組んで捜査できることを願っていたのだ。

梶原は、白山を見下ろしたまま訊く。

「清水は何て言ってた?」

白山が日焼けで黒さを増した顔を上げた。

「分からないの一点張りです。そんなことがある訳はないでしょう、ととぼけ続けるんで、ついこちらも声を上げて」

梶原自身、安住がそこまでする理由はまったく思い当たらない。けれども、清水には見当がついている。二人が特別な関係にあるのは確かだが、清水は隠している。もっとも、あいつのことだから訊ねたところで答えない。現に白山の問いかけにも応じなかったのだ。

「おまえ、清水に嫉妬してるのか?」

「嫉妬?」

「冗談だ。また手綱に戻ろうなんて酔狂なことをするからだ」

「俺は、梶原さんのような刑事になりたいと思っているだけです。梶原さんの噂は、交番勤めをしていた頃から聞いていました。本庁に凄《すご》い刑事がいると。嗅覚が鋭く、執拗《しつよう》にホシを追う。警察学校の教官が名前を挙げていたくらいです。初めて一緒に捜査をしたとき、凄さが分かった。どんなことがあっても諦めない。真の刑事だと思った。梶原さんのそばにいて色んなことを学び取る。梶原さんのようになりたい。そう思っているだけです。ですが、あいつは刑事の仕事に洟《はな》も引っかけない。狙撃のことしか頭にない。そんな奴を梶原さんにつけておくのは時間の無駄です」

そこまで強く思ってくれていたのだ。梶原は白山の決意に触れ、茶化したことを恥じた。

梶原は白山の肩に手を乗せ、諭すように言う。

「そのことはもう気にするな。課長が決めた以上、どうあがいても覆るものじゃない」

「しかし――」

「それより、かみさんに電話してやれ。おまえの声を聞かせてやれよ。かみさんもおまえを心配してる。刑事の女房ってのは家に帰ってくるまで心配が続く。いつだったか、由里子がそう言ってた」

白山は梶原の顔を見上げていたが、やがて首を縦に振った。

午前二時を過ぎても、静寂は訪れない。青梅《おうめ》街道を行き交う車の音がしている。

白山と別れた後で、道場で横になったものの眠れず、梶原は、外の空気を吸いに出て新宿署の裏までぶらぶらと歩いてきたのだった。

人の気配を感じ、梶原は振り返った。

清水が建物に沿ってこちらに歩いてくると、梶原の前で立ち止まった。

「ここでしたか」

「おまえも眠れないのか」

「訊きたいことがあって来ました」

「何だ？」

「被害者宅で梶原さんが言ったことです。理不尽な思いを味わった。あれはどういうことなんです？」

唐突に何だ。一体、何を言い出す。

戸惑っていると、清水は真剣な口調で言った。

「個人的な興味で訊いているのではありません。警官として訊いているのです」

今、清水は、警官としてと言った。

一生機動隊員として生きていくと宣言した変わり種。その男にも変化の兆しが現れたのか。藤代宅で直に被害者家族の声を聞いた。遺族を傷つけていると梶原に抗議してきた。警官本来の姿へと目が向きつつあるのか。

警官は法の執行者だ。法を犯した人間を捕らえ、法の裁きにかける。そうすることで市民を守る。殺人事件の場合、被害は殺された人間に止まらない。被害者の身近な人間が心を痛めつけられ、苦しむことにもなる。

もし清水がそのことに気づき始めたのなら、あの事件のことは話してもいいかもしれない。あの事件は多くの捜査員が知っている。遅かれ早かれ、清水の耳に入る。ならば、自分の口から話した方がいい。

そう思い至ったとき、視界の隅に少女が入ってきた。バッグを提げた瑞希がこちらに向かって歩いてくる。

瑞希は梶原の前まで来た。

「良かった、ここで。こんな時間にうろうろしてたら、補導されるから」

瑞希が着替えの入ったバッグを差し出してきたが、梶原は手を下ろしたままだ。

「いいって言ってるだろう。それより、ここまでどうやって来た？」

「心配しないで。タクシー使ったから」

「明日も学校だろう」

「大丈夫だって。試験はないし、学校で寝ればいいから」

「瑞希——」

たしなめようとするのを遮り、瑞希は梶原の手にバッグを押しつけてきた。

瑞希は清水に向いた。

「父と組まれている方ですか？」

清水が戸惑い気味にうなずくと、瑞希は一礼した。

「父をよろしくお願いします」

清水は当惑の表情を浮かべたまま、首を縦に振った。十七歳の娘に、八つも年上の男が主導権を握られていた。

瑞希は、帰りますと梶原に言って背中を向ける。

「待て、瑞希。タクシーをつかまえる」

「一人でできるって」

「家に着いたら必ず連絡しろ」

梶原は財布から抜いた万札を瑞希の手に押しつけた。

「ありがとう」

瑞希が小声で言い、手を振りながら離れていく。

「いい娘さんですね」

感心したように言う清水の声が背後から聞こえてきた。

梶原は瑞希の背中を目で追う。青梅街道に出ると、ほどなくしてタクシーが止まった。瑞希が乗ったタクシーが走り去っていく。

「さっきの話ですが」

清水が言って前に回ってくると、先程の質問を繰り返した。

「理不尽な思いを味わったって、どういうことなんです?」

瑞希は今では暗い顔を殆ど見せなくなった。だが、ときおり、悲しげな表情を浮かべる。同い年ぐらいの女の子と母親の姿を見かけたりするときだ。

まだ心の傷は癒えていない。触れるだけで傷口が開きかねない。事件の苦痛は強く焼きついている。一生消えない傷を負ったのだった。

瑞希はまた着替えを届けにくるかもしれない。清水は遠慮なく瑞希に事件の話をするだろう。瑞希の気持ちなど考えずに、色々質問するだろう。瑞希は心の傷を再び開かれて、えぐられる。

「その話はなしだ。終わりだ」

「なしって——」

「おまえには関係ない。二度とその話を持ち出すな」

梶原は断ち切るように言い、清水に背を向けた。

11

「方向が違います」

助手席の清水の声が沈黙を破った。

梶原は覆面車を運転して公園通りを南下していた。都庁前を通過し、甲州街道が近づいてくる。

「間違ってない」

「被害者宅とは逆方向です」

「分かってる」

「だったら、どこに行くんですか？」

清水に目的地を知られたら、森岡管理官に報告される。そうなれば、捜査から外される。どうやってこの手綱から離れるか。未だにいい案は思い浮かばない。

「着けば分かる」

梶原はそれだけ答え、アクセルを踏みこむ。十二社《じゅうにそう》通りに入って南下していく。清水は帽子を目深に被ってシートに身を預け、外を眺めていた。服装が薄い水色のポロシャツと薄茶色のズボンに変わっていた。格好だけはどこにでもいるような若者だが、生硬な眼差しは異質だ。外の景色がガラスの目玉に映り、表面を流れていく。律子を前にしたとき、血を思わせる赤い光の網がガラス玉の中に浮かび上がったが、その後はもう現れていない。清水に目的地の見当がついているとは思えなかった。だが、被害者の職場は通り過ぎた。被害者宅ではない方向に進んでいるにもかかわらず、止めてこない。清水の沈黙が逆に不気味だった。

明治神宮の森沿いに走り、住宅やビルが並んだ細い通りに入ると、西に方向を変えた。既に新宿区を出て、渋谷区に入っていた。

細長い五階建てのビルが現れると、梶原は覆面車の速度を落とした。ビルの五十メートル程手前で止まり、一階を見やった。玄関ドアは閉じられ、車庫のシャッターは下りている。三台の監視カメラが、玄関ドアとその周囲についていた。玄関ドアの上には青陵会の看板がある。

ビルの近くの路肩に白い覆面車が止まっており、その三十メートル程後ろにも灰色の覆面車が止まっている。

昨日まではマスコミが青陵会の本部事務所の近くに集まっていたが、今日はもうそれらしき人物はいない。

梶原は覆面車を発進させ、二台の覆面車のずっと手前で交差点を曲がった。一方通行に出て、裏通りに入る。一台の黒い覆面車が路肩に止まっていた。こちらは裏口の監視担当だ。

梶原はそのまま覆面車をゆっくりと進めていく。清水は顔を隠すように、帽子のつばを少し下げた。

黒い覆面車のわきを通り過ぎてから、梶原はルームミラーで覆面車の前席の二人の顔を確認した。一人は捜査一課第十二係の野島《のじま》。細面《ほそおもて》で、黒い髪をたっぷりとした整髪剤で固めている。逮捕の際に膝裏にナイフを刺されても尚、手錠をかけた剛の者だ。野島の隣にいた三十代半ばぐらいの太めの男は月島署の刑事課員だろう。

一周して先程覆面車を止めた場所に戻ると、清水が右手をチノパンツのポケットに入れた。

梶原は左手を伸ばし、スマートホンをつかんだ清水の右手を押さえる。

「報告するな」

「違反です」

「止めろ」

「違反は違反です」

清水が冷たい光を放つ目で見つめてくる。清水の右手に力が入った。

梶原は清水に顔を近づける。

「ホシを割り出せるチャンスだ。富川を置いて逃げた二人の構成員は詳しい事情を知っている。富川が呼び出された経緯、呼び出しをかけてきた相手の名前も聞いた可能性だってある。二人を割り出して手配する」

「それが目的でしたか」

清水は納得したようにうなずき、冷静な口調で言う。

「では、報告は見合わせます」

梶原は目を見開いた。

「ただし、条件があります」

「条件」

「理不尽な思いを味わったって言ってましたね。どういうことなのか話して下さい」

清水は真剣な眼差し向けて訊《き》いてくる。

なぜ、こいつはそんなにこだわる。自分一人が痛むだけなら構わない。だが、瑞希を苦しませたくない。苦しませてはならないのだ。

しかし、この機会を逃す訳にはいかない。青陵会のドアを開けさせる手立てはあるのだ。

思案した後、梶原は言った。

「瑞希の前で絶対にこの話はしないと誓えるか？　俺とおまえの間だけだ」

「誓います」

「後で必ず話す。約束する」

断言すると、清水の力が緩んだ。

梶原は手を離し、前方に向き直る。青陵会の前の道路に二台、裏の道路に一台の覆面車が監視についているのだ。捜査員に見つかったら、森岡管理官に報告が行き、外される。

青陵会の中に入る方法はあるが、玄関まで行く方法がない。どうする。どうしたら、捜査員の目を盗んで玄関にたどり着ける――。

懸命に考える梶原の横から、再び清水の声が聞こえてきた。

「俺が捜査員たちを引きつけます。その間に梶原さんは裏口から入って下さい」

「何？」

「マスコミのふりをします。向こうの特捜本部員たちは俺の顔を知らない。職務質問をかけてくる。その隙に中に入って下さい」

囮《おとり》になると言っているのだ。

「顔を覚えられるんだぞ」

「承知してます」

覚悟の上のようだ。

たとえ警官が相手でも、顔を見られたくないと言っていたではないか。今は特捜本部員でも、機動隊に帰れば狙撃手に戻る。何が清水をそうまでさせる――。

当惑する梶原に、清水は眉《まゆ》一つ動かさず冷静な口調で問いかけてきた。

「他に入る方法がありますか？」

ない。清水の案で上手《うま》くいくとは思えないが、他の選択肢は思い浮かばない。

「頼みます」

清水は、取り出した警察手帳を梶原の手に押しつけてきた。

梶原は警察手帳を受け取り、清水の右腰の僅かに膨《ふく》らんだ辺りを見て言う。

「それもだ」

清水は首を横に振る。

「できません」

「職務質問される。身体検査も」

清水は鼻を鳴らし、拳銃が入ったホルスターを外した。ついで左腰につけていた二本のマガジンポーチも取り外して、一緒にグローブボックスに突っこんだ。

「グローブボックスに鍵をかけて下さい」

今、この状況で車上荒らしにあう訳がない。捜査員たちが監視している暴力団事務所の近くで、犯行に及ぶ馬鹿はいない。

「念のためです」

梶原は仕方なくグローブボックスにキーを差してロックした。

「中に入ったら、お前を呼び入れる。それまで持ちこたえろ」

梶原は青陵会のビルの方へ歩いていく清水を目で追う。清水は二台の覆面車のわきを通り過ぎた後、ビルの玄関前で立ち止まった。

それと同時に白い覆面車のドアが開いた。二人の男が覆面車から出てくる。第十二係一の長身の安木《やすき》刑事と月島署の刑事だ。灰色の覆面車に動きはない。そちらは様子見のようだ。

梶原はそっとドアを開け、覆面車を出た。ビルとビルの間の細い路地に入って走っていく。ビルの角で止まり、事務所の十五メートル程手前に止まった覆面車を見やった。第十二係の野島も月島署の刑事も監視中だ。これでは裏口まで行けない。

今は待つ他にない。野島たちがここから離れるのを。清水の対応に苦慮した安木が、野島たちに応援を求めてくるのを。

だが、安木は百戦錬磨の捜査員だ。刑事の経験がない清水が敵《かな》う相手ではない。

既に覆面車に連れて行かれたか。ベテラン刑事に落とされるのは時間の問題だ。マスコミのふりをすると言ったが、記者証も名刺も持っていない。警官だと分かれば、安木は月島署の特捜本部に報告する。そこから機動隊に照会が行く。当然、新宿署の特捜本部にも連絡が行く。元の黙阿弥になるのだ。

覆面車のドアが開いた。野島と月島署の刑事が出てきて、ビルの玄関の方へ走っていく。応援要請が来たのだ。

梶原は青陵会の裏口に向かって足早に進んでいく。裏口に辿《たど》り着き、ドアの上にある監視カメラを一瞥《いちべつ》し、インターホンを押した。

「どちらさんですか」

少し間があり、インターホンから若い男の声が流れてきた。

梶原は警察手帳をインターホンのカメラに向けた。

「警視庁捜査一課の梶原だ。村松《むらまつ》会長と話をしたい。取り次いでくれ」

「お引き取りを」

「会長と話がしたい」

「刑事さんでも無理です」

インターホンが切れた。

梶原はすぐにまたインターホンを鳴らす。

「会長を呼べ。直接話す」

「しつこいな。無理なものは無理。さっさと帰ってくれ」

下っ端では話にならない。あのことを知っていなければ、ドアは開かない。

梶原以外に、富川が呼び出されたと考えている者はいない。無論、月島署の特捜本部員たちの事情聴取でも、青陵会側がその点を指摘されることはなかったに違いない。しかし、それが事実なら、青陵会も黙殺できなくなる。

梶原はインターホンのレンズを見据えて言った。

「富川は豊洲に呼び出されて殺された。会長にそう伝えろ」

インターホンが沈黙する。

路地を通り過ぎていく人々の話し声が耳に届く。路地の方から聞き覚えのある足音が聞こえてきた。右膝の古傷をかばうため、左足の足音だけが高くなるのだ。野島が戻ってくる。

分厚いドアがゆっくりと開いていく。ワイシャツ姿の若い男と、背広を着た四十ぐらいの男が姿を現した。背広の男が無言で手招きする。

梶原は足を踏み入れる。背後でドアが閉まり、野島の足音が消えた。

「あちらで話をうかがいます」

髪をきっちりと整えた背広の男が、上がるように言ったが、梶原は動かない。

「玄関から面会を求めて来た男がいるだろう。その男も入れてくれ。俺の仲間だ」

背広の男は怪訝《けげん》そうな表情を浮かべ、若い男に向かって友田と呼び、行けと命じた。友《とも》田《だ》はうなずいて足早に廊下を進んでいった。

背広の男がつぶやくように言う。

「本当に警官だったのか」

安木らの前ではマスコミのふりをしたが、青陵会側の玄関では警察だと正直に言ったのだろう。しかし、信じて貰える訳もない。

梶原は背広の男にあらためて訊く。

「名前は？」

「申し遅れました。神崎《かんざき》です」

代紋入りの名刺が差し出された。若頭補佐の神崎健次《けんじ》。富川に次ぐ地位にいる男だ。

足音が聞こえてくると、梶原は廊下の奥を見た。友田が清水の背後について進んできて立ち止まった。

神崎が友田に応接室にと言い置いて離れていく。

友田に促され、梶原は清水と奥の方に歩き出す。応接室に入り、勧められるままに中央の黒いソファーに座った。友田はドアの近くまで下がり、壁を背にして立った。

廊下にも冷房が効いていたが、応接室は更に温度が低い。上着を着ていても寒いくらいだ。神棚と青陵会と書かれた札がある以外は、特別変わったところはない。暗色系の調度類で統一されているせいか、暗く冷たく感じられる。

梶原は声を潜《ひそ》めて清水に言う。

「見つからなかったようだな」

清水は平然とした顔で応じる。

「覆面車に連れて行かれました。何も言いませんでしたよ。身体検査を拒否すると、玄関から迎えが出てきたんで、彼らもそれ以上は足止めできなかった」

安木に迫られても、完全黙秘を貫き通したのだ。こいつの神経は相当にタフだ。

もっとも安木が放置しておく訳がない。青陵会に招き入れられた不審人物がいる。必ず不審人物の正体を突き止める。青陵会から出てくるところを、外で待ち構えている。肝心の情報を得るまでは、絶対に外には出られない。

ドアが開き、薄い灰色の背広を着た男が入ってきた。顔も手も褐色に焼けており、精悍な面構えをしている。村松勇治、六十歳。青陵会の会長だ。その後から神崎が続いてきた。友田は深く一礼し、背筋を真っ直ぐ伸ばした。

村松が歩み寄ってきて、一人掛け用の椅子に腰を下ろした。テーブルを挟んで梶原と向かい合う。神崎は村松の斜め後ろに立った。

だ。


「暑いところ、ご苦労なことですな」

村松は抑揚のない口調で言い、梶原を見て念押ししてきた。

「手短に願います。色々と取りこんでおりますので」

もとより時間をかけている余裕はない。単独捜査が森岡管理官の耳に入れば終わりなのだ。


梶原は切り出した。

「富川は何者かに豊洲に呼び出された。そこで射殺された」

「呼び出された？」

村松の表情は変わらない。背後で控えている神崎も同様だった。

「証拠は？」

梶原は村松の目を見据えて答える。

「ない」

「証拠もないのに来たのか？」

「そうだ」

村松は呆れたような表情を浮かべ、背もたれに寄りかかった。

「話になりませんな。お引き取り下さい」

神崎が無言で梶原の方へ足を踏み出してくる。

梶原は片手を上げて神崎を制した。村松の方に身を乗り出し、ここに来るまでに考えてきた推理をぶつける。

「防弾仕様のメルセデスは、会長専用車だ。若頭が自由に使えるものじゃない。あんたの許可が要《い》る。あんたは事情を知っていたから、防弾車を貸した。藤代の二の舞にならないように」

村松の表情に変化はない。

「何を言っているか、分かりませんな。富川には空いていれば自由に使えと言ってあった。将来この組を背負って立つ男だ。そのぐらいのことはする」

「貸したことは認めるな」

「ああ。だが、下の者の行動をすべて把握する程暇じゃない」

関係ないと釘を刺してきたのだ。

梶原は質問を変える。

「富川はいつからあの車を使っていた？」

村松は吐息をつき、天井を振り仰いだ後、梶原に視線を戻した。

「一週間程前だったか」

富川が殺害されたのは二日前。村松の言葉が事実だとすれば、富川は五日間も会長の専用車を使っていたことになる。若頭とはいえ、そこまで自由にできるはずがない。しかし、確かめる術《すべ》はない。それよりも本題だ。

「二人のボディーガードはどこにいる？」

「ボディーガード？」

「運転席と助手席にいた男たちだ。富川と沢井から銃を取って逃げた。富川の服、沢井の腕に手の跡が残っていた。隠し持っていた銃を取る際、血で濡《ぬ》れた手で触ったんだ」

「見間違いだろう。うちには拳銃を持っている奴なんか一人もいない」

「俺がこの目で見た。確認したんだ」

迫るように言ったが、村松は眉根を寄せただけで動じない。

清水が上体を起こし、村松を見て口を開く。

「シリンダーを引きずった血の跡が残っていた。リボルバーの特有の形状だ。富川はオートマチック、沢井はリボルバーを所持。あの跡から見ると、S&W製の中型リボルバーのKフレームだ」

梶原もその痕跡《こんせき》を確認していた。だが、オートマチックなのか、リボルバーなのかさえも区別できなかった。しかし、清水はフレーム名まで識別していた。

村松の視線が微かに泳いだ。神崎の表情は強張《こわば》っていた。

梶原は村松の方へ更に顔を近づける。

「二人はどこだ？」

「知らん」

梶原は畳みかけるように訊く。

「どこに匿《かくま》っている？　連中の名前は？」

「協力はした。調べただろう。ここからは何も出なかった。家捜しを受ける理由はない。うちは被害者だ。尋問されるいわれもない。それでもこうしてまた協力した」

村松が一旦言葉を切った。その目に強い光が浮かび上がっていた。怒りを飲みこむように喉仏を上下させ、梶原の方へ上半身を近づけてきた。村松の息が臭《にお》った。

「うちの若い衆も、仲間の組もいきりたっている。俺の命を取りに来たと思いこんでる。俺が抑えているんだ。これ以上引っかき回したら、どこで火花が上がるか分からんぞ」

強い口調で言い、村松がたぎるような光を湛《たた》えた目で睨《にら》み返してきた。膝の上の拳が震えている。

応接室は静寂に包まれた。

「お引き取りを」

村松が沈黙を破ったが、梶原は動かない。諦める訳にはいかない。ボディーガードの二人は、富川が置かれていた状況を知っているのだ。それに、今出たら、捜査から外される。

「お帰りだ」

村松が言うと、長身の神崎が梶原に近づいてきた。友田は清水の背後に回った。

神崎は梶原を見下ろして迫ってくる。

「あちらへどうぞ」

神崎がドアを指さしたが、梶原は座ったままだ。

村松が立ち上がり、応接室から出て行く。終わりだ。これ以上はもう手出しできない。

梶原は悔しさを嚙み締め、ゆっくりと重い腰を上げた。清水は梶原をずっと見て座っていたが、椅子を離れた。

神崎の後につき、梶原は廊下に出た。すぐ後から清水と友田がついてくる。

玄関ドアが開いていくと、強い日差しが玄関に射しこんできた。梶原は重くなった足を動かして外に出る。清水が続いて歩道に出てきた。路肩に止まった白い覆面車の方に目を向けると、安木がこちらに向かって歩き出すのが見えた。

12

前を歩く制服姿の新宿署員の靴音が高く聞こえてくる。

いつか来た道だ。

十一年前のあの日もこんな風にして所轄署の古びた廊下を歩いていた。二人が待つ部屋へと。もはや抵抗する術はない。

梶原は、一段と重くなった足を運び続ける。清水を従え、静けさに包まれた廊下を進んでいく。何もかも一緒だ。これから起きることも同じ。いや、ただ一つ違うことと言えば、清水がいるぐらいか。

梶原は特捜本部がある講堂の前を通り過ぎ、更に奥へ進んでいく。

新宿署員が小会議室の前で立ち止まり、ノックした。入れという森岡管理官の太い声がドア越しに聞こえてきた。

梶原はドアを開け、小会議室に足を踏み入れる。清水が続いてきた後、背後でドアが閉まった。

安住課長は、長テーブルの上で両手を組み合わせ、硬い表情をして向こう側に座っていた。背後の窓から入ってくる光が、安住の眼鏡の銀色のフレームに当たっている。

森岡は右手の壁を背にし、太い両腕を組んで立っていた。二人ともあの日と変わらぬ位置にいた。安住の皺は多くなったが、眼光の鋭さは変わっていない。変化と言えば森岡の靴がいつも艶《つや》やかな光沢を放つようになったことぐらいだろう。管理官となって内勤が多くなった。

「あれ程念押しされたってのに」

森岡は床に視線を落としたまま吐き出すように言い、言葉を継ぐ。

「何度こんなことを繰り返せば気が済むんだ」

問いかけではない。あの日と同じように、非難されているのだ。

森岡が顔を上げて目を向けてくる。

梶原は非難の視線を正面から受け止め、報告に取りかかる。捜査からは外される。だが、得た情報は上げておかなければならない。

「村松会長を聴取しました。やはり富川も呼び出されていました。それ以上の手がかりはつかめませんでした。富川のボディーガードの名前も行方《ゆくえ》も不明です」

梶原は続けて村松会長とのやりとりを要約して伝えた。

森岡は苛立《いらだ》たしげに額をこすった後、首を横に振り、吐き出すように言った。

「それだけでは呼び出されたと断定できんな。材料不足だ。それで処分を撤回できると思ったら大間違いだぞ」

手ごたえはあった。富川も呼び出されていたのだ。けれども、森岡が受け入れない以上、どうすることもできない。

森岡が口を閉ざすと、安住は組んでいた両手を解いた。清水に顔を向け、沈黙を破った。

「私は梶原につけと言った。しかし、あくまで引き留め役だ。縄張り荒らしに協力しろとは言ってない。なぜ、あんなことまでした？」

非難めいた口調ではない。純粋な問いかけだ。

清水は背筋を伸ばしたまま、無言で安住を見つめ返しているだけで答えない。

「なぜだ？」

安住が重ねて問いかけたが、清水は唇をきつく結んでいる。森岡も清水を見て答えるよう促したが、清水は頑《がん》として口を開かない。

諦めたのだろう、安住は長い息を吐き出した後、梶原に顔を向け直した。

「二度目はない」

梶原の目を見据えて念を押すように言い、安住は続ける。

「これから特捜本部の連絡係だ。署から出ようとしたら、即刻本庁の監察官に引き渡す」

安住の眼鏡のレンズの奥の眼光が鋭さを増していた。

異論などない。安住の警告を受けながらも、無視したのだった。それだけではない。十一年前と同じ様なことを繰り返したのだから。

「了解しました」

梶原は素直に一礼した。頭を上げると、苦々しい表情を浮かべた安住の顔があった。眉間に皺を寄せて見つめてくるだけで、何も言わない。きつく結んだ唇の端が微《かす》かに震えている。

壁の前を離れた森岡が、梶原の方に進み出てきて、足を止めた。

「大馬鹿野郎だ。俺たちがどんな思いでいるのか、分かってるのか？」

森岡の瞳に苦渋の色が浮かんでいる。

分かっています。承知しています。喉まで出かかっていたそれらの言葉を飲みこみ、梶原は無言でうなずく。

森岡はドアの方に顎《あご》をしゃくり、退出を促してきた。

梶原は清水に目で行くぞと伝え、ドアへと向かう。だが、清水は動かない。

清水は安住の方へ足を踏み出して訊く。

「私はどうなるんですか？」

安住は清水を見上げて応じた。

「引き続いて捜査に当たってもらう。別の捜査員をつける」

「それはできません。他の捜査員はお断りします」

何だ。こいつは何を言い出す。

長テーブルに白い手をつき、清水が安住を見下ろして言う。

「梶原さんでなければ、私は捜査に出ません。機動隊に戻して下さい」

これまでに見たことのない真剣な表情だ。

梶原は驚き、困惑していた。今になって捜査に出るとまで言い出すとは何事だ。しかも、梶原とのペアの続行を求めている。

もっとも、安住が清水の申し出を受け入れる訳がない。

無言のままじっと清水の目を見つめ返していた安住の視線が横に立った森岡に流れた。

二人の視線が絡み合う。

森岡が首を縦に振ると、安住はあらためて梶原に目を戻した。

「命令を撤回する。処分保留とする」

撤回。保留――。聞き違いではないのか。

安住は眼鏡を指で軽く押し上げ、困惑する梶原を見て、淡々とした口調で続ける。

「引き続き、清水と組んで捜査に当たれ。ただし、青陵会には手を出すな。こちらの捜査に専念しろ」

聞き違いではなかった。しかし、なぜだ。なぜ、こんなにもあっさりと覆す――。

二度目はないと宣告されていたのに、約束を破り、処分が下されたばかりではないか。

混乱に陥った梶原など目に入らぬかのように、安住は清水に視線を戻して穏やかな口調で言った。

「これでいいな」

「結構です」

清水は短く答えて安住に一礼し、梶原を振り返る。

「行きましょう」

梶原は安住と森岡を交互に見やった。安住は終わりだという風に広い背中を向けた。森岡が行けと顎をしゃくる。

清水がドアの方へ進んでいくのを見て、梶原は後を追って小会議室を出た。

清水の細い背中が視界の中で揺れる。

なぜ。なぜだ。その言葉が熱を帯びた頭の中を駆け巡っていた。

梶原は清水を追って、地下駐車場を歩いていく。覆面車は出払い、パトカーや交通課のワンボックスが残っているだけで、人気はない。

先程乗ってきた覆面車の助手席に清水が乗りこむと、梶原は運転席に座った。上半身を捻《ひね》って清水に向き、矢継ぎ早に質問を放つ。

「どういうつもりだ？　どうして、おまえにあんなことができる？」

「落ち着いて下さい」

「俺は冷静だ」

「汗を」

「何？」

「汗だらけです。使って下さい」

ハンカチを差し出されたが、自分の背広の袖で額の汗を拭《ぬぐ》った。エンジンをかけてエアコンを作動させ、一つ呼吸し、質問を再開した。

「課長も管理官もおまえの言い分をあっさりと飲んだ。どうして、おまえにあんなことができるんだ？」

清水が手のひらを向けてきた。男にしては白く細い指だ。

「約束してくれたでしょう」

「約束？」

「後で必ず話すと」

あれか。清水の目的はそれだったのか。

「理不尽な思いを味わったことか」

「そうです」

「そんなことが知りたくて、課長に処分を撤回させたのか？」

清水はあっさりとうなずく。

信じられなかった。そんなことのために、あんなことまでするとは。だが、なぜ、いとも簡単に課長命令を撤回させられたのだ。清水は機動隊随一の狙撃手だというが、一介の機動隊員に過ぎない。清水の求めに応じる義務などない。なのに、課長は簡単に清水の要求を飲んだ――。

混乱は収まらず、頭の中で渦巻く熱も引かない。

一度は話そうと考えたのだ。話さなければ捜査に出られない。

梶原はそう考え直し、また汗を拭って深呼吸し、ゆっくりと口を開いた。

「荒川河川敷殺人事件を知ってるか？」

清水は首を横に振った。

「おまえ、出身はどこだ？」

「三鷹です」

犯行現場は東京東部の荒川だった。三鷹のある西部とはかなりの距離がある。十一年前、清水はまだ十四歳。ニュースを見たとしても覚えてはいないだろう。

梶原は背もたれに寄りかかり、フロントガラスの向こうのコンクリートの壁を見て言葉を継ぐ。

「十一年前のこんな暑い日だった。情報屋に会っていたときに連絡が入った。荒川の河川敷で女の死体が出た。臨場すると、第五係員たちが死体を取り囲んで立っていた。近づこうとすると、前田が立ちはだかった。いつになく険《けわ》しい表情でな。嫌な予感がした」

第五係員たちだけではない。所轄の刑事たちも同じような顔を梶原に向けてきた。

「森岡係長の指示で前田が離れていき、俺は草むらの死体に近づく。腹部には多数の傷があって血にまみれていたが、顔は無傷だった。人違いだと思った。何度も何度も見直した。しかし、妻に間違いなかった。由里子だったんだ」

由里子は特捜本部が立つ度《たび》に着替えを差し入れに来てくれた。第五係の中には、家に遊びに来て由里子の手料理を食っていった奴もいた。第五係員全員が由里子を知っていた。

当時第五係長だった森岡も、由里子の料理に舌鼓を打った一人だった。

「皆うろたえていた。仲間の家族が被害者だったんだからな」

堪《こら》え切れず、唇を嚙み締めた。あの光景がいつもより鮮明に蘇ってきていた。手のひらに汗が滲《にじ》み出し、拍動が早まっていく。

「奥さんを殺されたんですか」

清水が低く抑えた声で言った。清水の目には驚きの色も憐れみの色もない。静謐《せいひつ》を湛えた光が黒いガラス玉に浮かんでいた。一切の感情を排したような表情だ。

梶原は小さくうなずき、手のひらの汗をズボンで拭った。

「検分に参加しようとしたが、覆面車に連れて行かれて色々訊かれた。頭が真っ白で、何を訊かれたのか、どう答えたのかも覚えていない。それが嵐の始まりだった」

「嵐――」

梶原は事件当時の捜査態勢を清水に説明していく。西新井署に特捜本部が設けられ、第五係主導の下、二百人の刑事が集められ、捜査が始まる。刑事部以外からも応援が駆け付けた。

刑事部長は捜査員たちに活を入れた。自分の家族が殺されたと思って捜査をしろ。一刻も早くホシを挙げろと。言われなくても捜査員たちも同じ思いを感じていた。

西新井署に連れて行かれた後、梶原は安住管理官から捜査から外すと宣告された。安住はその当時、管理官だった。

すぐに本格的な事情聴取が始まった。

不審電話はなかったか。不審人物を見なかったか。由里子に男がいなかったか。トラブルはなかったか。前田や木佐貫に面と向かって訊かれた。

由里子は自宅でデザイン関係の翻訳の仕事をしていた。パソコン、手帳、仕事の書類、手紙。ありとあらゆるものが持っていかれた。

それだけでは済まなかった。前田は由里子の下着の入ったタンスをかき回していた。木佐貫には夫婦生活の頻度まで訊かれた。耐え難かった。知られたくないことまで、答えなければならなかったのだ。それらすべてが捜査員全員に伝わっていくのだから。

「憤慨していた。家族にどうしてこんなひどい仕打ちをする。訊く方も辛かっただろうが、あのときはそこまで考えが回らなかった。係員は皆家族のような存在だからな」

喉が渇いていた。エアコンの風は冷たさを増してきたが、汗は引かない。

梶原は一息つき、当時の状況を語り続ける。

マスコミの注目度は高かった。由里子の生い立ちや学歴、仕事の経歴まで詳細に報道された。瑞希にも容赦なくレンズが向けられた。瑞希はひどく脅《おび》えていた。ネットには家族全員の顔写真が流れた。家族を殺されて傷ついているのに、傷口を広げられて塩を塗りこめられたのだった。

そこまで一気に話し、拳を握り締めて黙りこんだ。あの事件のときに感じた痛みがまた蘇ってきていた。

車内に沈黙が満ちる。低いエンジン音とエアコンの作動音だけがしていた。

やがて、清水が沈黙を破った。

「瑞希さんは？」

「由里子が自宅に帰ってきてから、ずっとそばについていた。俺が話しかけても虚《うつ》ろな目をしているだけで返事もしない。茶毘《だび》に付されるときになって、初めて声を上げて泣いた。瑞希の手を握っていることしかできなかった。情けなかった。瑞希は俺より遥かに辛い思いをしていた。由里子が殺された夜、瑞希は母親の携帯を鳴らし続けていた。だが、俺の携帯にはかけてこなかった。仕事に出ているときは、電話するなときつく言っていたからな。事件当日は別の殺人事件で張りこみをしていた。瑞希はたった一人、自宅で母親が帰ってくるのを待っていたんだ」

「梶原さん自身が被害者家族だったんですか」

清水が納得したように言うと、梶原はうなずき、瑞希もだと付け加えた。

新たな質問を投げかけられた。

「それで、梶原さんは何をしたんです？　重大な違反でもしなければ、課長があれ程厳しい処分は出さないでしょう。手綱を付けるなんて」

なぜ、清水は安住の考えまで分かるのだ。いや、こいつは安住をよく知っている。二度しか会ったことがないというのは嘘に違いない。

胸の痛みを堪え、梶原はゆっくりと話し始めた。

自宅待機となって家にいたが、二週間経っても何の知らせもなかった。重要参考人が浮かんだ様子もない。捜査に加えてくれるようにあらためて頼んだ。事情聴取を受けている間、何度も訴えた。

「その度に安住課長が説得に来た。いや、正確には当時は管理官だった。必ずホシは挙げる。捜査に私情を持ちこむことは許されない。堪えろ。捜査員を信じて待てと」

安住に従がった。しかし、もう耐え切れなかった。誰がやったのか。なぜ、由里子が殺されなければならなかったのか。そのことしか考えられなくなっていた。

「それまで、俺は、被害者とその家族のために捜査をやっていると思っていた。思い上がりだったよ。由里子が殺されて初めて、被害者家族の本当の気持ちが理解できた。刑事になって十四年も過ぎてからな」

自然と声が高ぶっていく。鼓動が早まっていく。

梶原は息をつき、声を絞り出すようにして続けた。

「特捜本部入りは認められなかった。単独捜査をすることにした」

「捜査状況も分からないのに？」

「白山から捜査情報を教えて貰った」

「主任さんが」

「そうだ。当時は西新井署の刑事だった」

清水が冷たい目を向けてくる。

「酷なことをしますね。無理矢理聞き出すなんて」

「白山の方から声をかけてきた。西新井署を後にして自宅に戻る途中で。あの事件の前に、一度組んで捜査をしたことがあった。その前にも同じ事件の捜査をしたこともある。俺のことをよく知っていた。一緒に捜査に回っていたとき俺のような刑事になりたいと言った。本気でな」

梶原は、苦渋の表情を浮かべて白山の顔を思い浮かべつつ、清水に当時の捜査状況を説明する。

特捜本部は怨恨に絞って捜査していた。由里子の腹部には十ヶ所もの深い刺し傷があり、財布も残っていた。強姦しようとした形跡はなかった。由里子の過去を洗い、恨みを抱《いだ》いていた人間を捜していた。

由里子は恨まれるような人間ではない。それは梶原が一番よく分かっていた。そこで現場周辺の地取りを始めた。事件当夜の足取りが不明だった。なぜ、あんな所へ行ったのか。家の近所でもないし、瑞希の通学路でもない。普段は別の場所で買い物をする。仕事の打ち合わせなら都心に出る。特捜本部の捜査員に見つからないように注意し、何度も現場周辺の聞きこみに回ったが、有力情報は出てこなかった。

事件から一月後、梶原は自宅待機を解かれ、白金台で起きた殺人事件の捜査に投入された。どこの特捜本部でも人手が足りない。第五係に復帰させることもできないが、いつまでも待機にはしておけない。そこで管理官は、第六係担当の殺人事件の特捜本部に梶原を応援要員として送りこんだ。

梶原は捜査の合間を縫い、西新井の現場周辺で聞きこみを続けた。

二ヶ月が経ち、ようやく一つの情報に当たった。事件当日の夕方、荒川の扇大橋を歩く由里子を見た少年がいたのだ。その後から男がついていったという。少年は由里子の顔をはっきりと覚えていた。由里子はときおり少年野球の練習を見に行っていたのだった。由里子は野球好きだった。特にアマチュアの方に。高校野球の地方大会を巡って試合観戦をする程の熱の上げようだった。少年は、遠くから由里子に視線を向けていた男も見ていた。

「その目撃情報に当たっていたら、捜査方針も変わったんじゃないんですか」

いっぱしの捜査員のような口をきくようになったか。

梶原はそう思ったが、口にはせず首を横に振って続ける。

「少年の目撃情報は捜査員が拾い上げていた。だが、捜査会議で報告はされなかったようだ。十歳の子供では信頼に足らないと判断されたのかもしれん。少年は男が持っていた有名コンビニ店の手提げ袋を覚えていた」

現場周辺のコンビニを片っ端から当たって、防犯カメラの映像を見せて貰った。何十軒、何百軒回ったか分からない。手がかりはそれだけだった。聞きこみ範囲を広げていき、二週間程して、やっとそれらしき男の映像に当たった。男の写真を少年に見せると、そいつだと断言した。

手のひらが汗で湿るのを感じつつ、梶原は言葉を継ぐ。

「コンビニに張りつき、男が現れるのを待った。一週間程して男がやってきた。男を追い、ヤサを割り出した。アパートの部屋には長谷伸樹の表札が出ていた。ドアが開き、目が合った瞬間、長谷は笑みを浮かべ、部屋の奥に戻っていった。俺は部屋に踏みこみ、暴れる長谷を押さえつけた。拳銃を使って」

「拳銃」

清水が目を大きく見開いた。

梶原は腰の右側に触れる。ニューナンブが入ったホルスターをそこに肌身離さずつけていたのだ。清水と同じように。

「当時は持っていた」

喉が猛烈に渇き、拍動のリズムが更に早くなる。長谷の横顔が蘇ってきていた。長身痩躯で、男にしては肌が白かった。二十五歳の青年。どこにでもいそうな、ごく普通の男だった。

拳銃を突きつけて、長谷に訊いた。おまえがやったのかと。長谷はあっさりと認める。なぜだ。なぜ、由里子を殺したんだ。その問いに長谷はこう答える。

「幸せそうに見えたから。由里子が瑞希の手を引いて歌を歌いながら幼稚園から帰ってい った。それが初めて由里子を見たときだったという」

梶原が忘れ物をして、由里子が追いかけてきた。由里子の笑顔が、長谷の目に眩《まぶ》しく映った。

「長谷はそのとき決意したそうだ。殺そうと。幸せな人間を残酷な目に遭わせたい。信じられないだろうが、それが動機だった。理不尽だ。由里子は何も悪いことはしていない。長谷は、由里子を草むらに引きずりこんで手足を押さえつけ、一度刺すごとに、どう感じるか訊いた。命ごいをする由里子の反応を見ながら、幸福感に浸っていたんだ」

心臓が喉元近くまでせり上がってきていた。車内の温度は下がっていたが、梶原の全身から汗が噴き出し続けていた。

清水の表情は変わらない。自分の右腰をちらりと見ただけで、視線はまた梶原に戻ってきた。

梶原は額の汗を手で拭って言う。

「長谷は嘲り笑いを浮かべてこう言った。殺したければ、殺せ。今が唯一のチャンスだ。

一人やったところで、死刑にはならないと」

長谷の言う通りだった。複数の被害者が出なければ、まず死刑判決は出ない。

「長谷の頭に銃口を向け、引き金に指をかけた。長谷は、気の済むようにしろ、殺せ、と言った。俺は撃鉄を起こした。由里子は命を奪われた。瑞希は母親を奪われ、悲しみの底に突き落とされた。長谷にすべてを奪われたんだ。憎悪の塊だ。迷いに迷ったが、結局、撃てなかった。拳銃で三度長谷を殴った。長谷は顔を血だらけにして床に転がった」

その直後、部屋に入ってきた白山に拳銃を取り上げられた。そして、白山が長谷を拘束した。

長谷に銃口を向けたときの、引き金に指をかけた感触が蘇ってきていた。真っすぐ見つめてくる長谷の目も。

きつく握り締めた右手を開いた。びっしょりと濡れている。

心配した白山が、何度か様子を見に来ていたという。白山の視線にはまったく気づかなかった。気づく余裕もなかった。

コンビニから出てきた男を尾行し始めた梶原を見て、後からついてきていたのだった。

白山と二人で長谷を特捜本部に連行した後、梶原は安住管理官と森岡係長に呼び出された。今日のように。首も逮捕も覚悟していた。被疑者に暴力を振るった。長谷は頬骨と歯が折れ、裂傷を負っていた。すべて話し終えた後で梶原は自宅謹慎になった。

三日後に本庁に呼び出された。そこで待っていたのは安住と森岡の二人だった。

梶原は一旦言葉を切って続ける。

「課長に言われた。刑事を続けろと」

「続けろ？」

「課長が上層部にかけ合ってくれた。その結果、逮捕に際し、長谷が強く抵抗した。格闘の際に負った傷になった。違法行為ではないと」

「被疑者が訴えたら、隠し切れるものではないでしょう」

「長谷は取り調べでそのことは言わなかった」

「なぜです？」

「今になっても分からない。分からなくともそれで構わない」

慈悲か。せめてもの償いだったのだろうか。

長谷は裁判でも刑事から暴行を受けたことに触れなかった。自分が犯した行為だけを話し、無期懲役判決を受けて、刑務所に送られたのだった。

梶原は清水の目を見つめ返して続ける。

「あのときになってやっと一つだけ心の底から理解できた。ホシをつかまえることが被害者のためになる。被害者は何も言えない。被害者の家族はただホシが捕まるのを待つしかない。大切な人を奪われた喪失感と悲しみが募っていく。ホシへの憎しみが膨らんでいく。

憎しみを持ち続けるのは大変な苦痛だ。苦痛を味わいながらずっと生き続けなければならない。俺はそのとき決めた。どんなことがあっても、生きたままホシを捕まえると。死んでしまったら、犯した罪の重さを感じ取ることも、罪も償えない。ホシを捕まえられるのは警察だけだ。俺は刑事に課せられた使命を果たす」

これですべてだという風に言い、梶原は握り締めていた拳を開いた。

清水は梶原から目を離し、前方を見据えたまま動かない。予想以上の出来事に衝撃を受けているのか。表情からは何も読み取れない。

梶原は手のひらと額の汗を拭《ふ》き、ステアリングに手を伸ばした。パーキングブレーキを解除し、覆面車を出して出入口の方へ進めた。

13

午前十一時過ぎ、梶原は覆面車で渋谷の神泉町《しんせんちょう》に戻ってきた。青陵会の本部事務所の近くに白と灰色の覆面車が止まっている。二台とも停車位置は同じで、監視態勢は変わっていない。

青陵会の五十メートル程手前で覆面車を停止させると、沈黙していた清水が口を開いた。

「懲《こ》りませんね。青陵会に手を出せば、特捜本部に逆戻りです」

「事務所には入らない。連中に用がある」

灰色の覆面車を指さし、梶原は覆面車を発進させる。路地に入り、ビルとビルの間のコインパーキングに止めた。覆面車を出て、先程の道へ引き返していく。清水が後ろからついてくる。

ビルの角で一旦立ち止まった。歩道を歩いてきたワイシャツを着た男が通過するのを待ち、足を踏み出す。ワイシャツの男の二メートル程後ろを慎重に歩いていく。今見つかる訳にはいかない。二台の覆面車の捜査員たちは、青陵会に近づく人間に注意を払っているのだ。灰色の覆面車の捜査員はこちらに目を向けているはずだが、スモークガラスで車内は見えない。

ワイシャツの男の後ろについて身を隠し、灰色の覆面車の方へ足を進めていく。清水の足音は聞こえてこない。

灰色の覆面車との距離が三メートルを切った。ワイシャツの男を追い抜き、一気に覆面車との距離を詰める。運転席の捜査員と目が合うなり、ドアを開けて助手席に乗りこむ。清水も後部座席に身を入れてきた。すぐに飛び出せなくなるため、張りこみの最中は余程のことがない限り、ドアロックはかけない。

梶原はマイクを取ろうとしていた運転席の捜査員の左手首を押さえた。

「もっとよく後ろを見ておけ、木塚《きづか》」

組対部組対四課の木塚潤治《じゅんじ》、四十歳。ごく普通のサラリーマンのようだが、被疑者に対《たい》峙《じ》するとき、鋼《はがね》のような硬い眼光が宿る。木塚の目には今、驚きの色が浮かび上がっていた。

木塚は後部座席に座った清水を一瞥《いちべつ》し、梶原に視線を戻してようやく口を開いた。

「手を離して下さい」

「連絡はするな。クラクションも鳴らすな。いいな」

目を見て手に力をこめて言うと、木塚は大人しく首を縦に振った。

梶原は手を離す。

「参った。馬鹿力だ――。しかし、どうして外された人がここにいるんです?」

木塚は左手首を揉《も》みながら問いかけてくる。

前回、安木らにつかまったとき、木塚はこの覆面車から出ずに一部始終を見ていた。縄張り荒らしをした者がどうなるか、予想はつく。

「保留だ」

「保留って、安住課長は二度も許したんですか」

木塚はかつての同僚だった。捜査一課第十係から組対四課に移っていったのだ。

勿論、由里子の事件を知っている。由里子の葬儀にも参列してくれたし、梶原が単独捜査で長谷を挙げたことも、その後に下された処分も。

十一年前の事件の捜査に、木塚は加わっていないが、安住課長の性格も考え方も熟知している。梶原が懲戒免職にならなかった理由の見当もついている。だからこそ、二度目の容赦はないと考えたのだろう。

梶原は木塚を見て応じる。

「条件付きだ。縄張りを荒らすなと約束させられた」

「それで済んだんですか？ いくら梶原さんを買ってたって無理でしょう」

梶原は親指を立て、後部座席の清水を指す。

「奴が処分を撤回させた」

木塚の視線が後方へ流れた。

「キャリア、ですか？」

清水はにこりともせずに首を横に振る。

梶原は木塚に言う。

「ポロシャツとチノパンツのキャリアがいるか」

「そうですが」

「理由は俺にも分からん。とにかく、今もこうして捜査を続けてる」

梶原が答えると、木塚は混乱を鎮めるように深呼吸し、訊《たず》ねてきた。

「何しに戻って来たんです？」

「おまえの知恵を借りに来た。青陵会の内部事情を教えてくれ」

「内部事情」

木塚の眉間に皺が寄った。表情が一瞬にして強張っていた。

第五係も第十二係も競い合って、ホシを追っている。組対四課にしても事情は同じだ。手柄を簡単に競争相手に渡しはしない。

梶原は切り出す。

「こちらの情報も話す」

梶原はうなずき、意味ありげに言う。

「取引ですか」

「特大の手土産を持っていったから、青陵会に入れた」

木塚は、梶原と清水が青陵会に入ることができた理由を考え続けていたはずだ。だが、木塚にそれを知る術はない。富川が呼び出されたと考えていたのは、梶原一人なのだ。乗ってこい、と梶原は念じた。

「手土産の中身は？」

第一段階を越えた。

梶原は胸の内で小さく安堵の息をつき、前方を向いた。白い覆面車には安木と月島署の刑事がいる。二人がこちらの異変に気づいた様子はない。ここにいることが知られたら、保留は取り消される。

梶原は白い覆面車内の二人に注意を払いつつ、手土産の中身を口にした。富川が殺害される前、何者かに呼び出されていたと。

木塚が目を見開いた。

「呼び出されたって、そんな話は出て来てない」

「それを指摘したからこそ、事務所に入れた。村松は否定したが、手ごたえありだ」

「会長に会ったんですか」

「若頭補佐も一緒だった」

「神崎もか」

木塚は低く唸《うな》り、下を向いて考えを巡らし始めた。

梶原は額に手を当てて考えている木塚の横顔を見据えて迫る。

「富川のボディーガードに関する情報を教えてくれ。現場から逃走した例の二人だ」

ボディーガードを捕らえて事情を聴く。そして富川が呼び出されたのか否か、はっきりさせるのだ。

組対四課の刑事は、担当する暴力団のほぼすべての構成員の顔と名前を頭に入れている。

特に木塚は暴力団畑が長い。

渋面を張りつけて考えていた木塚が、額から手を離して顔を上げた。

「富川の専属ボディーガードは二人。沢井宏樹と原口快人《はらぐちよしと》。沢井は重傷、原口は行方不明です。原口は助手席に乗っていた。運転席の構成員も行方不明。その他に四人の構成員の所在がつかめていません」

取引成立だった。ボディーガードだけではない。五人もの構成員が行方をくらましていたのだ。

「そこまで分かっていたのなら、こちらの特捜本部にも知らせて寄こすべきだろう」

「隠していたんじゃない。やっと絞りこめたんです」

富川が殺害されてから二日と経っていない。木塚の言う通り、組対四課の力があったからこそ、そこまで調べられた。ともかく、これで不明だったもう一人のボディーガードが割れた。

「原口のヤサは？」

「それを知ってどうするつもりです？」

「見つけ出して、富川に何が起きていたのか訊く」

「うちが全力で追っているのに、まだ見つからないんです」

無理か。組対四課は構成員全員のヤサをつかんでいる。それだけではない。様々な人脈を辿って捜索しているが、捕捉できないのだ。

第一、他の四人は何をしている。原口を匿っているのか。それにしては数が多過ぎる。

逃亡支援なら二人程度で充分だろう。

逆か。原口を消そうとしているのではないか。青陵会は、構成員を始末しなければならない程の重大な秘密を抱えている――。

組対四課が捜しても見つからない以上、自分たちで原口を見つけ出すのはまず不可能だ。となると、他の線を当たるしかない。

梶原は気を取り直して、木塚に訊く。

「青陵会のシノギは、確か管理売春と賭博だったな。他に新たなシノギを始めていたんじゃないのか？」

「新たなシノギ？」

「薬だ」

木塚は首を横に振った。

「渋谷は最高の場所です。麻薬を売り出せば、大きな水揚げになるが、青陵会は麻薬を扱わない。薬に手を出すな。先々代からの言いつけを、村松会長は頑《かたく》なに守っています」

「暴排条例の締めつけで、そうもいかないだろう」

通称、暴排条例。正式には暴力団排除条例。暴排条例が施行され、みかじめ料の要求や公共工事の入札要求など、様々なシノギが禁じられた。

「暴排条例は確実に効いてます。ですが、村松はやりません。そういう男です」

藤代の体から薬物反応は出ていない。薬で富川とつながっていたのではない。薬でなければ、何だ。藤代と富川をつなぐ線は。

「従来の方法で食っていくのは難しいだろう」

水を向けると、木塚は吐き出すように言った。

「確かに奇妙な動きはありました」

「何だ？」

そう訊いたとき、後ろから清水の声が聞こえてきた。

「安木刑事が出てきます」

梶原はフロントガラスの向こうを見やった。白い覆面車のドアが開いた。安木が降りてこちらに向かって歩道を歩いてくる。気づかれたか。ここにいることが分かったのか。まだなら、今のうちに後部座席に移って隠れた方がいい。背もたれを倒すレバーに手をかけたところで、清水が止めてきた。

「動かないで。そのままの姿勢を」

梶原は身を硬くし、安木を目で追う。歩道を進んできた安木が十メートル程先で立ち止まった。こちらを一瞥した後、左手にある雑居ビルに入っていった。トイレでも借りに行ったのだろう。

梶原は前方を向いたまま木塚に言う。

「続けてくれ」

「今のうちに後ろに移った方がいい。このままでは見つか――」

木塚の言葉が終わらないうちに、清水が割りこんできた。

「今動けば、もう一人の刑事に気づかれます。一人になってより注意深くなってる。動くものは目に留まりやすい」

振り返ろうとする木塚の腕をつかんだ。

「狙撃手の目を信用しろ」

「狙撃手？」

「清水が発射場所を割り出したんだ。新宿と豊洲の両方で」

ルームミラーに映った清水を見て、木塚がそいつかとつぶやいた後、驚きの表情を浮かべて訊いてきた。

「課長は狙撃手の言うことを聞き入れたんですか？」

ああと短く応じ、梶原は先を促す。

木塚は一息つき、前方を向いたまま話し始めた。

「勝どきに住んでいる主婦から、脅迫や嫌がらせを受けていると月島署に相談がありました。調べたところ、青陵会の仕業でした」

「どういうことだ？」

「玄関先に首を切られた動物の死体が置かれていたり、つけ回されたりした。男が笑みを浮かべながら主婦に近づいてきて、囁くような声でこう言ったそうです。さっさと出て行け。粘っても得になることはないと。娘も同じような目に遭っていました」

開発予定地内の住民を脅して立ち退《の》かせる。バブル時代に、暴力団が地上げに使った常套手段だ。勝どき周辺では近年になってあちこちに高層マンションが建ち始め、今、開発ラッシュを迎えている。

「なぜ、青陵会が勝どきまで足を延ばしてそんなことをする？」

「だから奇妙なんです」

木塚は言って、太ももに乗せていた右手の人差し指を立てた。

「それともう一つ奇妙なことがありました。青陵会のフロント企業の高英《こうえい》建設が、オリンピックの選手村建設事業を巡って動き出していた」

オリンピック。梶原は首筋に冷たいものが走るのを感じた。藤代の死体の近くに転がっていた血まみれのボールペンが頭に浮かんできた。東京オリンピック２０２０の文字が入っていたのだ。

「選手村の建設計画が発表されただけで、入札も行われていない。フロント企業が出てくるのは、受注業者が決まってからです。一千億を超える大規模開発です。ゼネコンでないと取れない。小中規模の建設会社ではまず無理。そこでフロント企業は受注したゼネコンの下請けに入る。暴排条例ができて、ゼネコンも暴力団の関係企業と手を切ったと言ってますが、あくまで表向きです。裏でつながっている。フロント企業でなければ、建設工事は仕切れない。工事妨害でもされたら、オリンピックに間に合わなくなるかもしれない。しかし、高英建設はもう動き出していた」

「どうやって利益を上げる？」

「そこが不思議だったんです。手を広げて調べました。青陵会の賭場筋から気になる情報が上がってきた。特別扱いされていた客がいた。大抵は一晩で五、六万程すって帰る。負け続けだったが、ある日から五十万、百万と大勝ちするようになった。勝ち続けた後、負けに変わった。負けがこんでも、賭場側が差し出すように金を貸す。賭博からは抜けられない。客はただの公務員でした。返せる財産もなく、あてもない。青陵会は金の代わりに、内部情報を寄こすように迫っていたそうです」

「内部情報」

「客は都庁のスポーツ振興局で働いていた職員です。今はオリンピック準備局に名称が変わっていますが。招致活動やオリンピック施設の建設関係の仕事をしていた。建設計画や予定価格も知る立場にあった。そうした内部情報はゼネコンに高く売れる。中小の建設会社でも買いたがる。一次下請けに有利な条件で入れますからね。青陵会は大きな金脈を握ろうとしていたんです」

「していた?」

「その職員は今、公園の遊具製作会社で経理をやっています。形式上は辞職扱いでしたが、実際は諭旨免職処分。内部情報を抜き出したのを見つかったのでしょう。本人は仕事が嫌になって辞めたの一点張りですが」

青陵会の狙《ねら》いは選手村建設工事だったのだ。そう思い至ると同時に、豊洲の現場周辺の景色が脳裏に蘇ってきた。晴海運河を挟んで対岸にある一帯が晴海だ。晴海の東京湾の方へ突き出た一帯に広大な空き地が広がっている。そこに選手村が作られるのだ。

豊洲ではなかった。富川は晴海の選手村建設予定地に呼び出されていたのではないか。レインボーブリッジの発射場所から、晴海に至るまで視界を遮るものはない。距離は豊洲の現場と同等か少し短いくらいだ。

あの日、富川らが乗った車は、首都高速を下りて晴海通りに合流し、晴海大橋を渡って晴海に入り、選手村予定地に向かっていた。

ホシは張り出し部分に隠れて、富川らが来るのを待っていた。その最中に何らかの事態が起きた。選手村建設予定地に着く前に撃たざるを得なくなった。そして、放たれた銃弾は豊洲を走っている車の富川に命中した。

豊洲にばかりに気が行っていたが、そこが目的地ではなかった。ホシは富川を晴海に呼び出したのだった。

梶原はルームミラーの中の清水を見て言う。

「富川が呼び出されたのは晴海の選手村建設予定地だ。豊洲ではなかったんだ」

清水がはっとしたように目を見開き、うなずいた。

梶原はあらためて藤代の経歴を思い起こす。知事秘書になる前、藤代は様々な部署を渡り歩いていた。スポーツ振興局にも在籍していた。

これでつながった。富川は選手村の工事を取ろうとしていた。都庁職員から内部情報を取ろうとして失敗。そこで新たな情報源を捜し出す。それが藤代だった。藤代は選手村の工事を発注する側にいた。両者は選手村建設を巡ってつながっていたのだ。

「獲物の臭いを嗅《か》ぎつけた目をしてる」

木塚の言葉で、梶原は我に返った。

「こちらにも情報を下さい」

それでホシが捕らえられるのなら、いくらでもやる。だが、確定には至らない。

「確認が取れるまで待ってくれ」

「それはないでしょう。こっちは大量の情報をあげたんです」

「待ってくれ」

梶原は断ち切るように言い、木塚から目を離して前方に向き直った。白い覆面車の中では月島署の捜査員が目を光らせている。安木は車外だ。外に出たら必ず見つかる。しかし、いつまでもここにいる訳にはいかない。眉間に皺を寄せて考えていると、後ろから清水の声が聞こえてきた。

「安木刑事が雑居ビルから出てきます。覆面車に乗りこむときに隙ができる。そのときに出れば気づかれません」

清水はこちらの意図を読み取っていた。脱出案を出してきた。

今は清水の目を信じるしかない。機動隊随一の狙撃手の観察眼を。

梶原は無言でうなずいてみせた。

歩道に出てきた安木が周囲に視線を飛ばしながら覆面車の方へ歩いていく。覆面車の横で立ち止まったとき、清水の声がかかった。

「今です」

梶原は外に出て、覆面車に背を向ける。清水もすぐに後部座席から降りてきた。清水の背中を追い、コインパーキングがある方へ歩き出す。安木らの目に留まらないよう、急ぎ足になるのを堪えて進んでいく。呼び止める声は、路地に入っても聞こえてこなかった。

ステアリングを握った手の力を緩め、息を吐き出した。追ってくる車はない。安木らは青陵会に張りついているのだ。

神泉町を離れ、梶原は新宿に向かって覆面車を走らせていた。

「もっと早く気づくべきだった。あれだけ歩き回ったのに」

梶原は苦り切った口調で言う。

清水は考え事をしているのか、前方に視線を投げたまま口をつぐんでいる。

「オリンピックの選手村建設計画は知っているか?」

梶原が訊くと、ようやく清水が目を向けてきた。

「ネットの新聞記事に出てましたね」

そんなものだけでは詳細な情報は取れない。

梶原はまたネットかとつぶやき、清水の横顔から視線を逸《そ》らして、説明し始めた。

「晴海に二十棟以上のマンションを建て、選手や関係者が寝泊まりする。一万七千人程がそこで生活する。一つの街を作るようなものだ。建設業者がマンションを建て、オリンピックが終わったら、民間に売る。選手村計画を立てるのも都だが、土地も都の所有だ。すべて都が進めている。都の実力者が手心を加えれば、意中の業者に仕事を取らせられる。藤代は選手村計画に関わっていたんだろう」

「それで都庁に乗りこむ訳ですか」

清水が気のない返事を返してくる。覆面車の中で監視をしていたときの鋭い眼光は消えている。上の空だ。梶原と一緒でなければ捜査に出ないと安住課長に訴えたときの熱は微塵も感じられない。理不尽な思いを味わったことを知りたくて、安住課長に処分を撤回させてまでついてきた。十一年前の事件で理不尽な目に遭ったことも話した。清水の思い通りになったではないか。なのに、満足している様子はない。まるで硬い殻をまとって心を閉ざしている。石となって沈黙している。

清水のことを考えていても仕方がない。手がかりを見つけたのだ。一歩でもホシに近づくのが先だ。

考えるのを止め、梶原は覆面車の速度を上げた。

エレベーターが上昇を始めると、ふくらはぎに血が集まってきた。

梶原は、階数表示パネルを見上げていた。三階を過ぎ、四の数字が出ると間もなく、隣の清水が口を開いた。

「呼吸のリズムが乱れてます。大丈夫ですか」

都庁第一本庁舎の地下駐車場に覆面車を止めてエレベーターまで歩いてきただけだ。乱れてはいない。自分ではそう思っていた。しかし、頭の中には熱も溜まっている。清水の言う通りかもしれない。これまで組んできた刑事は数え切れないが、そんな僅かな変化を指摘されたのは初めてだった。

「分かるのか?」

「狙撃手は二人一組で動きます。呼吸の回数もお互いに把握している」

エレベーターが六階で止まり、扉が開く。

廊下に出てすぐ近くに受付席があり、背広を着た男がついていた。少し離れた所に警備員が立っている。廊下にも受付席が設けられているのは、都庁の頭脳中枢とも言えるこの六階と七階だけだろう。七階には知事室がある。

梶原は受付席に歩み寄り、警察手帳を出して、泉秘書に取り次ぐように頼んだ。

受付席の男性秘書は、内線電話で話し終え、壁際のベンチソファーを指さした。

「十五分程そちらでお待ち下さい。会議が終わり次第、泉が参ります」

「知事秘書室で待たせていただきます」

言って受付席を離れようとすると、秘書が呼び止めてきた。

「待って下さい。こちらで――」

「捜査にご協力を」

秘書を制し、梶原は廊下の奥へと歩いていく。秘書も警備員も追いかけてこない。藤代が殺害されてから四日、捜査員たちが都庁内で連日聞きこみに回っている。止められないと分かっているのだろう。

政策企画局の表示板が見えてきた。政策企画局の下に、秘書室と市場再整備検討チームの文字が入っている。都の最重要案件を担当するチームを特別に設け、そばに置いているのだ。

知事秘書室の文字が入ったドアが現れた。更にその奥には四つの副知事室が並んでいる。

足音も呼吸音も聞こえないが、清水は後ろにいる。

梶原は知事秘書室の前で立ち止まり、ノックしてドアを開けた。

広い部屋に机が二列並び、秘書たちがパソコンを使ったり書類に目を通したりしている。

ブラインドはすべて下りているが、天井の照明で部屋の中は明るい。

来賓客を迎えるためか、男性秘書全員が上着を着てネクタイを締めている。女性秘書も黒色系のスーツだ。

秘書たちの視線が一斉に梶原と清水に向けられる。嫌悪と諦念が入り混じった複雑な表情が浮かんでいた。梶原と清水を見て、何事もなかったかのように元の作業に戻った。

髪をひっつめにした宮木秘書と目が合った。宮木は梶原と目を合わせた後、小さく会釈をしただけで、再び書類にペンを走らせ始めた。

梶原は宮木の方へ行こうとして足を止めた。藤代が殺害されたとき、宮木は病欠していた。藤代が呼び出し電話を受けたときのことは知らないのだ。

梶原は宮木から目を離し、窓を背にした藤代の机に歩み寄る。書類ファイルもパソコンもない。菊の花が入った花瓶《かびん》が机の上に置かれているだけだった。

梶原は机の上に指を走らせてつぶやくように言う。

「人望があったんだな」

清水は机に触れ、梶原に目を向けてきた。

「始業前に机を拭いても、今頃は花粉が落ちていてもおかしくない。だが、埃《ほこり》一つない。おそらく一日に何度も藤代の机を清掃しているのだろう」

清水がうなずくのを見て、梶原は藤代の机と窓の間に入った。ブラインドに手をかけて少しずらす。眼下に新宿中央公園が広がった。水の広場をワイシャツ姿のビジネスマンたちが横切っていく。

おそらく、殆どの秘書たちが凄惨な現場を見たに違いない。自分たちの上司とも知らずに、あの死体を目にしたのだ。忌《い》まわしい記憶を呼び起こさせないようにブラインドで隠しているのだ。

梶原は椅子を引いて腰を下ろし、机についた。秘書たちはこちらを見て見ぬふりをして、黙々と手を動かしている。その中で宮木が目を向けてきた。目が合うと、彼女の方から目を逸《そ》らした。何か言いたいことでもあるのか。

立ち上がろうとしたとき、男性秘書が宮木に電話だと告げた。宮木の表情が強張った。下を向いて丁寧な口調で話し始める。受話器を握った手が微《かす》かに震えている。瞳には脅《おび》えの色があった。

ドアが開き、書類ホルダーを持った泉秘書が入ってきた。散髪に行ったのか、短めだった髪が更に短くなり、分け目が鮮明になっていた。礼装用の黒いネクタイばかり見てきたが、今日は薄いブルーだ。

泉は、梶原と清水を見て真っすぐ歩み寄ってきて、吐き出すように言った。

「またですか」

「お忙しいところ、無理を言って申し訳ありません」

「拒否はできないんですね」

「ご協力願います」

泉は嘆息を漏らして廊下を指さした。

「五分だけです。仕事が詰まっています」

泉は一方的に言い、書類を自分の机の上に無造作に置き、ドアの方へ進んでいく。

梶原は泉の後を追う。硬直した顔で電話をしていた宮木はもう何事もなかったかのように書類に向かっていた。

泉が秘書室の反対側にある小会議室に入っていく。梶原はその後から続いた。清水がドアを閉め、梶原の斜め後ろに来て立ち止まった。

泉は、窓ガラスごしに空を見上げ、肩を上下させて大きく息をついた。

「向こうの部屋は息苦しい」

窓ガラスの向こうには都議会議事堂のビルが聳《そび》え立っている。新宿中央公園とは反対方向で、現場は見えない。泉も現場を見たくないのだ。

「今度は何です？」

泉が振り返って訊ねてくると、梶原は早速切り出した。

「単刀直入に訊きます。藤代さんはオリンピック選手村建設計画に関わっていたのではありませんか？」

「選手村？」

「晴海の選手村建設計画です。一千億を超える巨大プロジェクトだ。建設業者が鵜《う》の目鷹の目で狙《ねら》っている。藤代さんはある建設業者から頼まれ、受注できるように動いていた。巨額の報酬と引き換えに」

泉は短くため息をついて言った。

「馬鹿馬鹿しいにも程がありますよ」

「豊洲で暴力団員が射殺された事件はご存じでしょう。被害者は青陵会の富川という男だった。青陵会は選手村建設工事に食いこもうとして動いていた。藤代さんも同じ人物に同じ方法で殺された」

泉の目が大きく開くのを見て、梶原は半歩前に出て事件の構図を説いた。

選手村建設事業を取り仕切っているのはオリンピック準備局。オリンピック準備局に太い人脈を持っていた藤代が選手村建設計画の情報を手に入れ、青陵会に売り渡したのだと。

即座に否定の言葉が返ってきた。

「そんなことはあり得ない。藤代がする訳がない」

「オリンピック準備局の職員が売り渡そうとして見つかり、内々で処分されたでしょう」

「そんな職員はいません」

泉の目が泳いだ。視線が梶原と清水の間を往復する。

清水は口を閉ざしたまま、レンズのような目を泉に向けている。

泉が視線を下に逸らした。額にうっすらと汗がにじみ出ている。認めたも同然だ。

梶原は泉を見据えたまま言葉を継ぐ。

「藤代さんは都庁のエースだった。副知事候補にまで入っていた実力者だ。色んな所に人脈を築いていた。それ程の人間が声をかければ、乗ってくる職員もいるでしょう。藤代さんが出世すれば、引き上げてもらえる」

顔を上げ、泉が首を横に振る。

「確かに傑出した人でした。ですが、藤代がスポーツ振興局にいたのは二十年以上も前です。オリンピック準備局でも不祥事防止策を講じています。業者のあいさつ回りは禁じ、準備局の職員の口座は随時調べている。不審な金の動きがあれば、局長に報告が行く。普段以上に厳しくなってます。オリンピックの運営に影響が出たら一大事。それだけじゃない。藤代は金に目がくらむような人ではありません。私が保証します。いや、私だけじゃない。他の職員に訊いてもらえば分かります」

泉はきっぱりと言い切り、前に出て迫ってくる。

梶原は食い下がる。

「共通点は一つではない。殺害される直前、二人とも現場に呼び出されていた。藤代さんが秘書室で電話を受けたのを、同僚の秘書が見ている。あなたも見たんじゃないんですか？」

沈黙が下りた。唇を噛んで考えを巡らせた後、泉が逆に訊き返してきた。

「その暴力団員はともかく、藤代は本当に呼び出されたんですか？　その電話は本当に犯人からかかってきたんですか？」

「間違いなく」

「証拠があるんですか？」

「私個人の考えです」

梶原は自信を持って答えた。

泉は嘆息し、大きく首を横に振った。

「話になりません。これが警察のやることですか」

泉は腕時計を見やり、念を押してくる。

「これ以上、お話しすることはありません。何度来ても無駄です」

梶原のわきを通り、泉がドアの方へ歩いていった。

藤代はホシとつながっている。藤代の身辺を調べれば、その線が浮かんでくる。そう踏んで乗りこんできたが、何も出てこなかった。完全に断ち切られたのだった。

ドアが閉まる小さな音が耳に届いた。小会議室が沈黙に包まれる。

表情一つ変えずにやりとりを見ていた清水が、ようやく沈黙を破った。

「行きましょう」

梶原は握り締めていた拳を解き、力なく首肯した。

14

新宿署の講堂には、森岡管理官と数名の連絡係が残っていた。

梶原は、窓際のテーブルについていた森岡に真っ直ぐ歩み寄っていく。清水が梶原の半歩後ろで立ち止まると、森岡は報告書から顔を上げた。

「早過ぎるんじゃないか」

森岡は老眼鏡を外し、時計を見て続ける。目が充血していた。

「おまえらしくない。事情聴取を断られたからと言って、こんなに早く諦めるか」

午後一時半を過ぎたばかりだ。夜の捜査会議まではまだ大分間がある。

森岡は、梶原らが藤代律子を訪ねたと思っているのだ。例の情報を追って都庁に乗りこんだことまでは伝わっていない。

藤代と富川をつなぐ線は切れた。しかし、完全に消えてしまった訳ではない。僅かだが、まだ望みはある。それに気づき、特捜本部に引き返してきたのだった。

梶原は森岡を見下ろし、迫るように言う。

「教えていただきたいことがあります」

森岡は上体を起こし、清水を一瞥して、梶原に視線を戻した。

「今度は何だ？」

「被害者がオリンピック選手村建設計画に嚙んでいたという情報は、上がってきていませんか？」

「選手村――」

目に戸惑いの色が浮かんだ。

梶原は、青陵会が選手村建設工事に食いこもうと動いていた情報をつかんだところから説明していく。藤代はオリンピック準備局の人脈を通じて、建設計画の情報を手に入れ、青陵会に流した。そう考えて藤代の同僚の泉秘書にぶつけたが、否定されたと報告した。

これまで、選手村建設計画に関する話は捜査会議で一言も出ていない。議題にならずとも、捜査員たちから毎日様々な情報を記した捜査報告書が上がっていく。森岡はすべての報告書に目を通しているのだ。

「なるほど」

長テーブルに積まれた捜査報告書の山に骨ばった手を乗せ、森岡が首を横に振った。

「被害者が選手村建設計画に関与していたという報告書はなかったぞ」

「ゼロですか?」

「ああ。知事秘書室だけでなく、知事本局全体に聞きこみをかけた。噂もねえ。課長は収賄の線も視野に入れておくべきだと判断され、二課長に直接問い合わせた。捜査対象になったこともない。きれいな体だ」

森岡は淡々とした口調で言い、汗が薄く滲《にじ》み出た額を二本指で二、三度たたいて考えた後、言葉を継いだ。彼の癖だ。

「その件は掘り下げる必要がありそうだ。選手村とは限らんだろうしな。競技施設の方かもしれん。たくさんの競技施設が新設されるし、改築工事も多数ある」

安住は既に二課長に直談判していたのだ。二課とて易々と他の課に手柄を渡さない。だが、この事件では警備部と公安部が動いている。つかんでいるネタがあれば、すべて出さざるを得ない。

二課が捜査に動くきっかけの多くはタレこみ情報だ。自分も甘い汁を吸いたいが、機会も力もない。嫉妬に駆られ、警察に注進に及ぶのだ。二課の捜査員たちは噂程度の確度の低い情報に耳をそばだてている。二課が何らかの兆候や動きをつかんでなければ、事実上なかったに等しい。再捜査したところで、つかめる訳がない。望みはない。これで藤代からの線は完全になくなった。

暗澹《あんたん》たる思いに駆られていると、森岡が情報の出所を訊《たず》ねてきた。

名前を出す訳にはいかず、梶原は組対四課だとだけ答える。

森岡もそれ以上追及してこなかった。

「月島署の特捜本部も把握してなかったんだな。重要情報をつかんでおいて、坂野《さかの》が知らせて寄こさねえはずがねえ。切り替え時だな。特捜本部を一つにして捜査態勢を立て直すように、課長に進言しておく」

行き詰まりだった。都庁職員への鑑取りを再開したとしても、新たな有力情報が得られる訳がない。これ以上はもうどうしようもない。

梶原は森岡に会釈し、踵《くびす》を返した。講堂の出入口に向かって重い足取りで進んでいく。

「一人にしてくれ」

そう言ったが、背後の清水の足は止まらない。

「一人にしてくれと言ってる」

「ですが――」

梶原は立ち止まって振り返り、清水に苛立《いらだ》ちをぶつけるように言う。

「見張りたいのならそうしろ。おまえなら離れたところからでもできるだろう。離れろと言ってるんだ」

清水は呆気に取られた顔をし、森岡に目を向ける。両腕を組んだ森岡がうなずくのを見て引き下がった。

自販機が唸る音が響いてくる。

梶原は、廊下の突き当たりにある休憩スペースのベンチに座っていた。他に人はいない。頭を垂れ、床を見つめながら考えを巡らせていた。

ホシにつながる線は消えた。あるとすれば、入院中の沢井という構成員だ。しかし、事情聴取は許されない。どうすればいい——。

「梶原」

柔らかな声が降ってくると、梶原は考えるのを止めて顔を上げた。ワイシャツ姿の恰幅のいい森岡が目の前に立っていた。

「おまえらしくねえな。いつもなら、とっくに捜査に出てるだろう」

うなずくしかなかった。一度ヤマが起きたら、捜査に歩き回る。手がかりを求めてひたすら歩き続ける。だが、今はどこを捜せばいいのか見当もつかなかった。

森岡は自販機で緑茶のペットボトルを買い、梶原の向かいに腰を下ろす。大きな喉仏を上下させながら、冷たいお茶を飲んだ。

清水は三十メートル程離れたところで、壁に背中を預け、腹の前で両手を合わせて立っていた。顔を反対側の壁に向けたままで、こちらを見ようともしない。外に出るには、清水の前を通らなければならない。監視ポイントを押さえられているのだ。

梶原は森岡に向き直って訊《き》く。

「いつまであいつが俺につくんです？」

森岡はペットボトルから口を離した。

「白山が恋しくなったか？」

「違いますよ」

「冗談だよ。課長の命令が解除されるまでだな」

当分はないのだ。諦めるしかない。しかし、なぜ清水は安住に命令を撤回までさせたのか。なぜ、そんなことができたのだ。

ずっと引っかかっていた疑問を投げかけた。

「なぜ課長はあいつの言うことだけは聞くんです？　機動隊随一の腕の狙撃手だとしても、機動隊員の一人に過ぎない」

「どうした」

自然と声が高ぶっていく。

「大体、どうしてあいつを特捜本部に入れたんですか？　そんな必要はまったくないでしよう」

「落ち着けよ」

梶原は森岡の目を見て迫る。

「答えて下さい」

森岡は梶原の目を見つめて考えていたが、大きく息をついた。

「そろそろいいか。課長も分かってくれるだろう」

独り言のように言った後、森岡はペットボトルのキャップを締めて続けた。

「清水を一人前の刑事にするためだ」

「奴に刑事になる意志はありません」

「分かってる」

刑事になる意志のない人間に刑事が務まる訳がない。刑事の仕事は甘くない。森岡自身がよく分かっていることではないか。無理だと分かっているのに、なぜそんなことをしたのだ。

「氷川台《ひかわだい》事件を覚えてるか?」

唐突な質問だった。だが、警視庁の警官で覚えていない者などいないだろう。

二年前の冬のことだ。練馬区氷川台の民家で人質籠城《ろうじょう》事件が起きた。事件は衝撃的な結末を迎える。その結果、警視庁は非難の嵐にさらされたのだった。

男が氷川台にある一軒家に押し入り、四人家族を人質にして立てこもった。誘拐や立てこもり事件などを専門に扱う捜査一課特殊犯捜査の特一係（ＳＩＴ）を中心にし、刑事や機動隊など二百人態勢で対応に当たった。

籠城犯は家族を一階のリビングルームに集め、全員の手を縛り上げていた。人質は、五十歳の父親、四十八歳の母親、二十二歳の長男、二十歳の長女。

籠城犯は長女に大型のナイフを突きつけていた。特一係の交渉担当者が何度も接触を試みたが、殆ど反応はなかった。夕刻を過ぎ、夜になっても状況に変化はなかった。

梶原は殺人事件の捜査で張りこみについていたため、車中のラジオで現場の様子を伝えるニュースを聞いていた。

日付が変わり、夜明けが近くなってきた頃、一発の銃声が鳴り響く。特一係の刑事たちが突入し、家族全員を保護した。籠城犯は頭を撃たれて死亡していた。

森岡が低い声で言う。

「あの籠城犯を射殺したのが清水だ」

梶原は驚き、目を見開いた。

「あいつが」

それ以上言葉が出てこなかった。

森岡は首肯し、前屈みになり、硬い表情を張りつけた顔をして梶原に少し近づき、事件当時の状況を話し始めた。

あのとき、森岡も現場近くの移動指揮車の中にいた。殺人犯捜査係の刑事たちも応援に駆けつけており、森岡も捜査幹部の一人として乗りこんでいたのだという。

捜査一課長の安住、特一係付きの三隅《みすみ》管理官、特一係長ら捜査幹部が詰めた車内は、エアコンがフル稼働していても汗が滲み出す程暑くなっていたという。交渉担当者が説得不可能と判断。特一係長と三隅管理官が協議し、強行突入の許可を安住に求めた。

「あの状況で突入は危険過ぎた。突入した途端、人質の喉にナイフが突き立てられる。マンションの屋上で監視待機についていた清水がそう報告してきた」

清水もあの現場にいた。二年前に初めて安住に会ったと言っていたが、あれは氷川台事件の現場でのことだったのだ。

梶原は廊下に立った清水の横顔を見やった。清水は相変わらず壁を向いて立っている。まったく動いていない。手も足も同じ位置だ。

「バリケードで籠城犯の首から下が隠れていた。唯一撃てるのは頭部。射殺しかないと伝えてきた」

「射殺。いきなり殺そうとしたんですか、あいつは」

森岡はうなずき、再び滲み出した額の汗を拭《ぬぐ》って口を開いた。

「我々皆で顔を突き合わせて話し合った。反対の方が多かった。だが、課長は狙撃を決断した。すべて自分が責任を取ると言って。指揮権は課長にある。課長が決断すれば、実行される。機動隊の応援を受けているだけで、機動隊長の許可は必要ない。課長は念のために刑事部長を通して上層部の許可を取りつけ、清水にその旨を伝えた。清水は了解した」

森岡の顔が苦痛で歪《ゆが》んでいる。額から首筋にかけて汗が噴き出していた。想像できない重圧がのしかかっていたに違いない。前代未聞の決断を下したのだ。それまで、警視庁が籠城事件に際して犯人を射殺したことは一度もなかった。犯人とはいえ、人一人を殺すことになる。一つの命を絶つのだ。

額の汗を拭《ふ》き、森岡はネクタイを少し緩め、一呼吸間を置いて続けた。

「ところが、籠城犯の身元が判明すると、上から待ったがかかった」

「籠城犯は未成年。十七歳の少年でしたね」

「少年を射殺すれば、大問題になる。警視庁が非難される。警視総監の進退問題にまで発展しかねない。警備部長が刑事部長に発砲の許可を取り消させた。狙撃中止命令を出させたんだ」

警備部長も刑事部長も同じキャリア組だ。組織図の上では同格だが、実態は警備部の方が刑事部より上にある。キャリアのトップでもある総監に汚点がつくのを恐れて、警備部長が動いたのだろう。

「しかし、狙撃は行われた」

梶原が言うと、森岡の目が少し動いた。清水の方を見ようとして止め、硬い表情で梶原を見たまま言葉を継ぐ。

「清水が独断でやったんだ」

「独断――」

「突然の狙撃中止で移動指揮車内は混乱に陥っていた。課長は刑事部長に再びかけ合う。何とかして中止命令を撤回させようとしていた。間もなく、屋内の様子が緊迫し始める。母親の叫び声や籠城犯が荒らげる声が聞こえてきた。一刻の猶予もなくなっていた。強行突入しか手はない。人質が犠牲になる確率が高いが、やるしかなかった。課長が特一係に突入命令を出す直前、発砲が行われた。特一係が家に入ったときには頭から血を流した少年の死体が転がっていた。人質は全員無事だった」

森岡はまた汗を拭い、ペットボトルを口に運び、床に下ろした。

「救出作戦が終わった後、課長は清水を呼んだ。なぜ、命令を無視した。なぜ撃ったのだと鬼気迫る表情で訊いた。清水はこう答えた。警官としてやるべきことをしただけだと。警察の狙撃手は市民を救うために存在する。どんなに非難されようと、処罰されようと、狙撃でしか解決できないような状況になれば、ためらわずに射殺すると」

梶原は清水に目を向けた。清水は依然として壁にもたれかかったまま、右足を左足の前に出して交差させただけだ。

清水は人を殺していた。人を殺すということがどういうことか分かっていると言っていた。清水には経験があったのだった。

愕然《がくぜん》としつつ、梶原は清水を見つめていた。まるでホームで電車待ちでもしているような姿で立っている。こちらを気にしている様子はない。

あの男が人一人の命を奪ったのか――。

落ち着けと自分に繰り返し言い聞かせ、思考を巡らせる。間違いである訳がない。清水は人を殺したのだった。だが、そんな経験が刑事の仕事に役立つはずもない。刑事の使命はホシを捕らえること。その刑事を突き動かしているのはホシに対する執念だ。刑事として最も大事なものが欠けている。

梶原は清水から視線を外し、大きく深呼吸して森岡に言った。

「刑事になる意志がない人間を刑事にしても、使い物にはなりません」

「もとから、清水を刑事として使うつもりはねえ」

「ない？」

梶原が驚いて訊き返すと、森岡は平然とした顔で答えた。

「特一係専属の狙撃手にする」

「専属」

「いつまた同じような事件が起きてもおかしくねえだろう。狙撃手にしか解決できない状況になるかもしれん。今度は誰にも邪魔させねえ。警備部が機動隊の狙撃手に待ったをかけようが、うちには専属の狙撃手がいる。捜査一課長の命令は即実行に移される。まず刑事部内で候補者を捜した。籠城事件での狙撃の場合、大部分が百メートル以内だ。超遠距離狙撃のような特別な技術は必要ない。特一係の中でも射撃の上手い刑事に狙撃訓練を施した。機動隊上がりの退官者の下でな。駄目だった。刑事部と所轄にも広げてみたが、適任者は見つからない。殺せと命令され、はいと簡単にやってのけられる者はそうはいねえ。誰でも迷う。諦めるしかなかった。そこで、課長は清水を引き抜いて、特一係に入れることにした」

命令とはいえ、何のためらいもなく人を殺せる人間がいるとは思えない。人を殺す。強烈な憎悪を抱いていても、奴を、長谷を殺せなかったのだ。

氷川台事件は二年前だ。安住は狙撃手配備計画を水面下で二年もの間続けていたのだった。

「長い間やっていたんですね」

「ああ。課長が清水の引き抜きに方針を変えても、すんなりと通った訳ではない。警備部が拒否してきた。警視総監が代わって、やっと希望が通った。一人だけなら出すと警備部が折れた」

「しかし、二年です。同じような状況の籠城事件が起きていたかもしれない」

「運が良かったとしか言えんな」

森岡は手の甲で額の汗を拭い、言葉を継いだ。

「特一係では狙撃専門という訳にはいかない。一人前の刑事でなくては困る。刑事のイロハをたたきこんだ後で特一係に入れる。短期間で一人前にするには、実地訓練が最も早い。刑事の中の刑事につけることにした」

清水は人質救出のための突破口を切り開いた。安住は氷川台事件で清水に救われたのだ。清水がいなければ、人質は死んでいた。安住とて望んで射殺命令を出す人間ではない。苦悩し、考えに考えた末に射殺の決断を下したのだ。

だからこそ、今回、安住は、清水の申し出を簡単に受け入れたのだった。一旦は梶原を捜査員から外す決断を下したが、清水の願いを聞いて撤回したのだった。

もっとも、最初の判断が正しかったかどうかは疑問だ。命令違反を犯してホシを殺しかけた刑事だ。

ようやく疑問が解けたものの、清々とした気持ちになるはずもなく、梶原は重い石を飲みこんだように息苦しくなった。

「清水のことは徹底的に調べた。あいつは苦労人だ」

森岡は清水を一瞥《いちべつ》し、淡々とした口調で言った。

「苦労人……」

小さく首を振り、森岡が清水の生い立ちに触れた。清水は三鷹市の旋盤工の父親と清掃会社勤務の母親との間に生まれた。心臓に持病を抱えていた母親にとってかなりリスクの高い出産だったという。

清水は子供時代から外交的な方ではなかった。友達が遊ぶのを遠くから眺めているような少年だった。体育も学業も成績はずっと上位だった。

高校一年の終わりに、清水の母親が癌にかかって入院した。父親は昼間金属加工の製作所で働き、夜は工事現場で働いていた。母親の治療費を捻出するために。保険のきかない先端の治療を受けさせていたのだ。母親は生命保険にも入っておらず、家族の生活は行き詰まる。父親の生命保険の解約金を母親の治療費に回していた。しかし、そんなことが長く続くはずもなく、一年後、父親は仕事中に急性心筋梗塞を起こして倒れ、亡くなってしまう。過労だった。生活保護を受けながらの二人暮らしになる。

清水は大学進学を希望していた。父親も大学に行かせようと頑張っていたが、希望は適わなかった。清水は進路を変えた。警視庁の採用試験を受けたのだ。

「志望動機を訊かれ、清水はこう答えている。人を守る職業に就きたい。母親を守ってやりたい。安定した収入が必要だと。清水はトップクラスで試験を通った。入庁後、かなりの額を母親の治療のために送っていたそうだ。警官になって二年後に母親は亡くなった。もっとも、いい治療法を受けられたおかげで、そこまで生き長らえたそうだが」

冷たいガラス玉の目を持つ男。石の彫像の中にも血が流れていたのだ。熱い血が。温《ぬく》もりがあったのだ。

梶原は意外な物を見るような目で清水の横顔を見、森岡に向き直った。

「なぜ、清水は狙撃手になったんです。人を守るのなら、警察だけじゃない。消防でも医療関係でもいくらでもあったのに」

森岡は首を横に振った。

「俺にも分からん。清水がいつ狙撃手に抜擢《ばってき》されたのかも分からない。警備部から回答を拒まれた。ただこれだけは分かった。定例の射撃テストは毎回、特Aクラスの成績を上げていた。インターハイに出た射撃部出身の同期と同じ点数を取っていたそうだ。警察に入るまで一度も銃に触ったことがなかったのにもかかわらず」

天賦の才があったのだろう。しかしだ。標的射撃と実際に人を殺すつもりで撃つのとはまったく違う。

清水は射殺すると淡々と言ってのけ、事実一人を殺している。母親を守ろうと懸命に生きてきた人一倍温かい心を持った少年だったのではないか。一体、何がそうさせた。

狙撃手という存在は何なのだ。いくら考えても分からない。理解できない。清水に訊いたところで、まともな答えが返ってくるとは思えない。いや、こちらが理解できないだけかもしれないが。

そこまで思い至ったとき、頭の中で小さな光が走るのを感じた。清水だけが狙撃手ではない。自分が知らない狙撃手の世界がある。前回の捜査会議では期待できないと言っていたが、出る可能性はゼロではない。そちらから辿《たど》っていけるのではないか。

梶原は森岡の方へ体を近づけて訊く。

「例の調査依頼はどうなりました？　特殊部隊から新たな情報は来ましたか？」

森岡は上体を引き、困惑顔を浮かべた。

「進展なしだ。一人も上がってきていない」

空振りだったようだが、まだ道は残されている。

梶原は立ち上がり、休憩スペースを出た。廊下を進んでいき、清水の前で立ち止まった。

「教えて欲しいことがある」

清水は壁に預けていた背中を起こした。

「俺にですか？」

瞳に当惑の色が浮かんでいる。

「そうだ。超遠距離狙撃ができる狙撃手を知っているか？」

「それを知ってどうするんです？」

半歩踏み出し、更に詰め寄る。

「何人いる？」

僅かに顎を引き、清水が答える。

「俺が知っているのは、一人だけです」

たった一人か。しかし、その狙撃手が別の狙撃手を知っている可能性はある。現に清水は一人を知っていた。見つかる可能性は低いかもしれない。けれども、そこから当たっていくしかない。

梶原は行くぞというに風に顎《あご》をしゃくり、踵を返して歩き出す。清水が背後につく。エレベーターの前で足を止め、こちらを見ていた森岡に捜査に出ますと伝え、清水とエレベーターに乗りこんだ。

15

梶原は、新宿署の地下駐車場に止まった覆面車の助手席に座っていた。清水は運転席についたまま動かない。

苅田《かりた》修吾《しゅうご》。四十三歳の警部。それが、清水が名前を挙げたSATの狙撃手だった。SATは第六機動隊とともに勝島に拠点を置いている。

「車を出せ。SAT本部に行く」

梶原が言ったが、清水は両手を太股に乗せたままだ。

「無駄です。本部に行っても、苅田さんには会えません。門前払いされるだけです」

「捜一もSATも同じ警視庁だぞ」

「SATは特別です。相手が警察の人間でも簡単には顔をさらさない」

「だから、まずは責任者に話を通す。SATの隊長に事情を話してから、苅田に会わせて貰う」

清水は無駄だという風に、首を横に振った。

「無理です。絶対に会わせません。あの隊長が飲む訳がない」

「SATの隊長をよく知っているようだな。だったら、おまえからSATの隊長にかけ合ってくれ。おまえが頼めば、話も通じるだろう」

「厳格にルールを守る。融通はきかない。そんな人じゃないです」

そう言って清水が唇を嚙み締めた。目に一瞬動揺の色が浮かび上がった。

梶原は清水に上半身を近づけて迫る。

「SATの隊長と知り合いなんだな。そうだな」

清水が吐き出すように言う。

「知っています。元上司です」

「上司――。おまえSATにいたのか?」

清水は事もなげにうなずく。

「ええ。SATの狙撃手でした。だから、隊長の性格も苅田さんのこともよく知っています」

こいつはSATにいたことがあるのだ。森岡管理官は清水の経歴を調べたが、SATに在籍していたことにまでは触れなかった。秘匿されていたのだ。

「苅田とはどういう関係だ？」

「同じく元上司です。狙撃手と観測手のペアを組んでいました」

梶原は更に清水に顔を近づけて問う。声が高ぶるのを抑えられなかった。

「なぜ、黙っていた？」

「言う必要がなかったからです。それに訊かれなかった」

返す言葉がなかった。機動隊ナンバーワンの狙撃手と聞いていたから、これからSATに上がるものだと思いこんでいた。既にSATを経験しているとは考えもしなかった。だが、なぜ、清水程の腕を持った男が機動隊にいる。何らかの事件を起こして降格させられたのか。

今、それを追及しても仕方がない。それよりもどうやって、超遠距離狙撃の技術を持った狙撃手を割り出すかだ。

梶原はシートに背中を預けて黙考し、やがて口を開いた。

「おまえなら、超遠距離狙撃もできる他の特殊部隊の狙撃手も知っているだろう」

「SATにいたのはごく短い間でした。他の特殊部隊との合同訓練は三度だけです。顔は見ましたが、名前までは分かりません。他の部隊の狙撃手のことは知りません。本当です」

その目は嘘をついていない。清水がSATに在籍していたのは、短期間だった。やはり、苅田から当たっていくしかないのだ。

「苅田の携帯に電話しろ」

「勤務中はまず出ません」

「いいからかけてみろ」

清水は吐息をつき、スマートホンを取り出して操作する。耳に当てていたが、やがてスマートホンを下ろした。

「訓練中です」

「なぜ、訓練だと分かる？」

「隊舎内で仕事をしているときはマナーモード。電源は大抵入れっぱなしです。電源を切るのは訓練のときだけ。今、電源が入ってなかった」

「勝島で訓練してるのか？」

「そうとは限りません。色々あります」

梶原は射撃訓練ができる場所を思い起こしながら問う。

「新木場の術科センターの射撃場の奥に、ＳＡＴ専用の射撃訓練場があるだろう。そこか？」

「屋内突入や接近戦の訓練に使いますが、狭過ぎて狙撃訓練はできない」

「狙撃訓練とは限らないだろう」

「ＳＡＴが動くときは必ず狙撃手も一緒に動く。観測、偵察任務は欠かせない。勿論、狙撃のみの訓練もありますが」

「それじゃ、狙撃訓練はどこでやってた？」

「三百メートル以内の狙撃であれば、陸上自衛隊の演習場の一角を借ります。毎回変わります。それ以上の距離なら東富士演習場。あそこが最も広い」

ＳＡＴには専用の狙撃訓練場もないのか。それでも神業のような狙撃術を身に付けられたのか。

「空港は？　ハイジャック訓練もするだろう」

「ハイジャック訓練は夜に行います。機内への突入は真夜中か夜明け前にかけて。この時間帯はまずやりません」

自衛隊には多くの演習場がある。関東とその近郊に限っても、一日では回り切れない。訓練から戻ってくるところを待つか。しかし、いつになるか分からない。ＳＡＴ本部の近くで待つ訳にはいかない。清水の言う通りなら、門前払いされる。こちらの目的を隊長に話しても、理解してもらえるとは思えない。拒否されたら、会わせないように手を打ってくる可能性もある。どうする。どうやったら苅田に会える――。

考えた末に、梶原は清水に訊いた。

「外部での訓練があった後もそのまま待機になるのか？」

「大抵は勤務明けです。余程の事件が起きない限り、待機命令は出ません」

「苅田は待機寮住まいか？」

「家族持ちです。住まいは別の場所です」

「家はどこだ？」

「大森北です」

「家に行く」

「苅田さんはいませんよ」

「分かってる」

梶原が断ち切るように言って前方を向くと、清水は不承不承シフトレバーを動かして覆面車を発進させた。

覆面車は地下駐車場を通り抜けてスロープを上がり、道路に出た。

覆面車は、山手通りを品川方面に向かって南下していく。

梶原は、ステアリングを握った清水の横顔にときおり視線を向けて考えていた。すっと通った鼻筋と艶《つや》やかさを保った肌。前髪を斜めに流した今風の髪型をした普通の若い男だ。石の像でも精密機械でもない。この男の体の中を温かい血が駆け巡っている。至極当たり前のことだ。だが、まだ釈然としない。清水は確固たる意志を持って、籠城犯の少年を射殺した。けれども、本当にそんな冷徹なことができるのか。相手は生身の人間だ。奴と同じく。

嘲笑する長谷伸樹の顔が脳裏に浮かび上がり、右手が急に重くなる。拳銃の感触が蘇ってきていた。

あのとき、長谷は殺せと言ってきた。長谷の頭に銃口を向けた。全力を振り絞り、歯を食いしばり、引き金を引こうとしたが、最後まで引き切れなかった。憎しみの塊となっていても、撃てなかったのだ。

まして、清水の場合、憎しみを抱いていた訳でもなく、攻撃してくる恐れもなかった。犯罪者ではあるが、無抵抗の状態にある人間を殺すのだ。そんなことを迷わずやってのけられるのか……。

梶原は一つ大きく深呼吸し、長谷の顔を消し去り、清水の横顔を見て呼びかける。

「清水」

「氷川台事件の話ならお断りです」

森岡管理官から氷川台事件の話を聞いたとき、清水は離れた場所にいた。清水に聞こえる訳がなかった。もしかしたら、森岡管理官の表情を見て話の内容を推察したのか。だとしても、今、こちらがその話を持ち出すとは限らない。こいつの頭はどうなってる。何もかも見通せるとでもいうのか——。

「なぜ、苅田さんなんです？」

当惑する梶原に清水が問いかけてきた。

梶原は気持ちを鎮《しず》めつつ、清水に訊き返す。

「その質問に答えれば、おまえも話してくれるか？」

案の定、清水は無言で首を横に振った。

梶原は気を取り直して質問に応じる。

「狙撃手のことは狙撃手に訊く。それが一番の近道だ。おまえから苅田のことを聞き出したように。苅田でなかったら、苅田が知っている超遠距離狙撃術を持った狙撃手に当たる。違ったら、その狙撃手が挙げる狙撃手に会いに行く。その繰り返しだ」

「それで判明するとは限りません」

「今はこの線しかない」

「苅田さんを疑っているという訳ではないんですね」

「候補の一人だ」

「苅田さんはそんなことをする人ではありません」

「捜査に予断は禁物だ」

「絶対に違います」

腹の底から絞り出すような力強い声音だった。強い反感の光が瞳に宿っている。初めて清水の生の感情に触れたような気がした。しかし、なぜ、そこまで反発するのだ。

梶原は問いかけたくなるのを堪《こら》え、口を開いた。

「前を見て運転しろ」

清水は険《けわ》しい表情を浮かべたまま前方に向き直った。


第一京浜を離れ、狭い道路を進んでいくと、目当てのマンションが見えてきた。十階建ての茶色のマンションだ。大森北の住宅街の一角で、勝島の第六機動隊からは二キロ程離れた場所にあった。

梶原はマンションの周りを一周するように清水に指示し、周囲を観察する。午後二時四十五分。日はまだ高く、家々の屋根の上の空気が揺らめいている。

マンションの玄関が見える場所で覆面車を止め、清水はステアリングから手を離して言う。

「どんなに早くても、帰ってくるのは夜です」

「待つんだ」

「今日中に帰ってくるとは限らない。訓練は明日、いや明後日《あさって》まで予定されているかもしれない」

「待つしかないんだ。俺は苅田の顔を知らない。見つけたら教えてくれ」

清水は不服そうな表情を浮かべたが、首を縦に振った。

「苅田とは親しかったんだな」

「今度は尋問ですか？」

「自宅も携帯の番号も知ってた。親しくなければ、教えないだろう。特にＳＡＴともなれば」

敵《かな》わないという風に息を吐き出し、清水が背もたれに寄りかかった。

梶原は質問を再開する。

「苅田の部屋は？」

「五〇八号室です」

「家族構成は？」

「家族は関係ないでしょう」

「関係者のことはできる限り知っておきたい」

清水は吐息をつき、口を開いた。

「奥さんと娘さんの三人暮らしです」

「奥さんの名前は？」

「緑《みどり》さん。四十歳の専業主婦。娘さんの名前は仁美《ひとみ》。中学二年生です。これでいいですか」

「苅田の普段の通勤手段は？」

「バスです」

間髪入れずに答えが来た。もう抵抗する気はなくなったようだ。

「車は持っているか？」

「ステーションワゴンを。さっき見たとき、向こうの駐車場に止まってました」

「緊急呼び出しがかかったときの移動手段は？」

「マウンテンバイクを使います。隊まで五分で行けます」

大井競馬場周辺では競馬開催時に渋滞が起きる。マウンテンバイクなら車の隙間をすり抜けて行ける。隊から遠くもなく、近くでもない微妙な距離。おそらく、私生活と仕事の両方を大切にするために、こうした場所に住み家を選んだのだろう。

梶原がドアノブに手をかけると、清水が訊いてきた。

「どこに行くんです？」

「その辺を回ってくる。おまえはここにいろ」

「特殊部隊員です。配慮願います」

清水が念を押してくる。

分かってると短く応じ、梶原は車種とナンバーを訊き、覆面車を出た。マンションを見上げ、ついで苅田の部屋を見やった。ベランダに洗濯物はなく、窓もすべて閉まっている。

道路を渡り、小道を通ってマンションの北側に出た。駐車場には十台の車が止まっているが、ステーションワゴンは一台だけだ。白いレガシィ・アウトバックに近づく。車体は日に炙《あぶ》られ、触れられない程熱くなっていた。車内はきれいに片づき、フロントガラス全体に埃が浮いている。

マンションの敷地に移動し、屋根つきの駐輪場に入った。自転車やスクーターが並んでいる。学校の名前入りのステッカーがついた自転車が目に入ってきた。不穏なものを感じ、覆面車の清水に向かって手を振る。

覆面車を出た清水がそばに来るのを待ち、梶原はステッカーのついた自転車を指さした。

「苅田の娘の自転車だろう」

一目見て清水がうなずく。

「奥さん用の自転車はあるか？」

清水は仁美の自転車のわきにある自転車に触れた。

「これです。遊びに来たときに、これに乗っているのを見ました」

「両方ともしばらく乗っていない。鍵が解除された形跡がない。一度乗れば、リムサイドの汚れは消える。この汚れ具合からして、一週間は使われていない。今日は金曜日だ。娘さんは五日も、学校に行ってないことになる。何かあったんじゃないか？」

「風邪か何かで休んでいるんでしょう」

「家に電話しろ」

「心配し過ぎです」

「確認だ」

強く言うと、清水は呆れ顔をし、スマートホンを出した。目を細めてマンションの五階の部屋を見上げ、スマートホンを耳に当てていたが二十秒程で下ろした。

「留守です。誰もいません」

「奥さんの携帯は？」

「携帯の番号までは知りません」

梶原は腕時計を見た。二時五十分。一日の授業がそろそろ終わる頃だ。教師も職員も学校にいる。だが、生徒の出欠状況の問い合わせに応じる訳がない。直接出向かない限り、無理だ。ともかく、そちらは後回しだ。

歩き出そうとすると、清水が前に出てきた。

「どこに行くんです？」

「用があるのは苅田さんです。そこまでする必要はないでしょう」

「苅田の部屋だ」

「何もなければ、それでいい」

「異常です」

「由里子のときのような思いは誰にも味わわせたくないんだ」

清水は細い眉《まゆ》をひそめて表情を強張《こわば》らせると、そっとわきに体をどけた。

梶原は駐輪場を出て、マンションの玄関に入っていく。後ろに回った清水の足音がはっきりと聞こえる程高くなった。

オートロック式で、ロビーとの間にもう一枚ドアがある。五〇八号室の郵便受けに新聞が溜まっていないのを確かめ、インターホンに五〇八と打ちこんだ。応答はない。住人が中からロックを解除するか、住人が出入りするときだけドアが開く。ロビーには誰もおらず、来る人影も見当たらなかった。

梶原は、五階の部屋番号を順に押していく。一軒目も二軒目も留守だ。四軒目で女の声がインターホンから流れ出した。

「どちら様?」

梶原は警察手帳をインターホンのカメラにかざし、この周辺で起きた空き巣事件を調べていると言い、話を聞きたいとつけ加えた。

少し間が空き、ロックが外れた。ロビーに入り、エレベーターに乗った。五階に上がり、外廊下を進んでいく。五〇八号室の前で立ち止まり、インターホンを鳴らす。返事はなかった。ドアロックもかかっていた。電気メーターの動きを確認し、清水に言う。

「やはり、誰もいない。エアコンが動いていない」

「エアコン？」

「メーターの動きが鈍い。エアコンが作動していれば、もっと早く動く。この暑さの中、窓を閉め切ったままでエアコンをつけずにいるとは考えられないだろう」

「だから、留守だって言ったでしょう」

清水が力んで言う。

梶原は清水に背を向けて歩き出す。隣の部屋まで行き、インターホンを押した。応答はない。その隣の部屋のインターホンを鳴らす。中年の女が顔を出した。ジーンズにTシャツのラフな格好だ。

梶原は警察手帳を示し、丁寧な口調で女に言う。

「警視庁の梶原と言います。五〇八号室の苅田さんのことでお訊きしたいのですが」

「苅田さん？」

女が前髪をかき上げながら訊き返してくると、梶原は五〇八号室を指した。

「あの部屋の苅田さんです」

「悪いけど、知らない。話をしたこともないし」

脈はない。梶原は次の部屋に移った。苅田の顔を知っていたものの、会えば挨拶する程度で、話をしたこともなかったという。苅田の妻についても同様だった。住民同士のつながりは薄い。清水は横で聞いているだけで、口を挟んでこない。

七軒目でようやく苅田を知る住人に当たった。三十代半ばで栗色の長い髪の女だった。

「苅田さんの旦那さんって、公務員でしょう」

ここでは公務員として通っているようだ。

梶原はうなずき、質問を続ける。

「留守のようですが、奥さんが今どこにいるか知りませんか？」

「そんなことまで分かりません」

「携帯の番号を教えていただけませんか？」

「知りませんよ。そこまで親しくないから」

「最近、奥さんに会ったのはいつです？」

「二週間ぐらい前、ロビーで少し立ち話をしました」

「どんな話を？」

女は首を捻《ひね》った。

「さあ、何だったかしら」

「仁美さんは学校に行っていないようですが、病気で休んでいるんですか?」

「病気――。そんなはずないわ」

そう言った後、女は唇を噛み締めた。口を滑らせたといった表情だ。

「病気ではないとどうして分かるんです? 口外はしません。正直に話して頂けませんか?」

梶原が促すと、女はうつむき顎に手を当てて考えていたが、やがて顔を上げ、言いにくそうに口を開いた。

「奥さん、実家に戻ったそうです。仁美ちゃんを連れて」

「仁美さんから聞いたんですか?」

「仁美ちゃんのお父さんです。私、仁美ちゃんとは年が離れてますけど、仲良くしてました。好きなゲームが一緒で。週に一回、仁美ちゃんは私の部屋にゲームをしに来てました。ご両親も知ってます。しばらく行けなくなったとお父さんに言われて、がっかりして。それ以上は私も訊けなくて」

梶原は清水を見た。清水の目に、当惑の色が浮かび上がっていた。もうガラス玉の目ではない。人間の目だ。何だ。何を驚いている。

梶原は引っかかりを覚えつつも、女に向き直って質問を再開した。

「それはいつですか？」

「一週間ぐらい前だったと思いますが」

「それから仁美さんに連絡は？」

「しました。電話には出なかったけれど、ＬＩＮＥでメッセージが来ました」

女はポケットから出したスマートホンを操作し、ディスプレイを向けてきた。

心配しないで。元気にしてる。それだけの短いメッセージだった。

梶原は一読し、女の目を正面から見据《みす》えた。

「先程、あなたは奥さんの携帯の番号を知らないと言ったが、本当ですか？　娘さんが部屋に遊びに行く程の仲だ。普通の親なら、連絡先を訊いておく。私ならそうします」

女は素直に謝罪した。

「済みません。番号は知ってます」

「奥さんにはかけましたか？」

「何度か。でも、出ませんでした。電源が入ってなかった。詮索されるようなことは嫌だったんでしょう」

梶原は緑の携帯電話の番号を訊き、部屋の前を離れた。エレベーターホールに移動し、緑の携帯電話にかけた。電源が切られているか、電波の届かない場所にいるというメッセージが流れてくるだけだ。胸騒ぎを覚えつつ清水に問う。

「奥さんの実家はどこだ？」

「愛媛です。ですが、詳しい場所までは知りません。電話番号も」

清水は先回りして答えを寄こした。

「おまえが苅田に最後に会ったのはいつだ？」

「二週間、いえ、十六日前です。隊舎で」

「奥さんの話はしたか？」

「仕事の話だけです。家に仕事のことを持ちこむような人ではありません」

「苅田と最後に話をしたのは？」

「そのときです」

「それ以来、苅田を見ていない訳だな」

薄い唇を嚙み、清水がうなずいた。

「夫婦の間で問題があったのか？」

「仲はとても良かった」

それで先程、清水に戸惑いの表情が浮かんでいたのだ。苅田の妻が娘を連れて実家に帰る程、険悪な状況になっていたとは思えなかったのだろう。

「苅田に電話しろ」

「さっきかけたでしょう。無駄です。訓練中なんです」

「何も起きていなければ、それでいい」

梶原が言うと、清水は不承不承うなずき、スマートホンに指を走らせた。耳元に当てたまま首を横に振った。

「電源が切れてます。やはり訓練中です」

普通なら電源が切れている場合の方を心配する。苅田の妻子との連絡も取れない状況だ。どうにかして苅田の居場所をつかめないか。

梶原は思考を巡らせ、清水に訊いた。

「SATの隊員に知り合いはいるか」

「ええ――」

「その隊員に電話しろ」

もう抵抗はなかった。スマートホンを操作して再び耳に当てる。話し始めて間もなく、清水の表情が強張り始めた。通話を終え、スマートホンを下ろし、愕然とした顔をして言った。

「訓練ではなかった――」

「どうして訓練でないと分かる？　今、苅田の名前も出さなかったのに」

「話をしたのは苅田さんの観測手です」

「観測手？」

「狙撃手のそばにいて、標的とその周辺の観察をして状況を把握し、狙撃手に伝える。偵察役です。狙撃手と観測手は常にペアで動く。その観測手は待機寮にいた。観測手なしでの訓練はあり得ないんです」

苅田は訓練には出ていなかったのだ。

清水の顔は青ざめている。

「それからこう言ってました。狙撃手が病気休暇に入ったため、しばらくの間、訓練の予定が立てられないのだと」

病気休暇も嘘だ。訓練も行われていない。それらが意味するところは一つ、苅田が姿を消したのだ。

16

靴底が床を叩《たた》く音がマンションのエレベーターホール内に響く。

梶原は、エレベーターホールの壁に寄りかかって天井を仰ぎ、リズムを取るように靴底を床に打ちつけ、考えを巡らせていた。

本ボシに当たった。しかし、どうすれば見つけられる。相手は警察の手の内を知り尽くしている。痕跡《こんせき》を残さないように注意深く動いていたに違いない。藤代を射殺した後、いや、その前からずっと痕跡を辿られないように動き続けていたのだ。一体、どこから手をつければいい――。

「違う。絶対に違う」

横から声が聞こえてくると、梶原は清水に顔を向けた。

先程まで青ざめていた清水の顔には血の気が戻っている。頬が紅潮し、額にうっすらと汗が滲んでいた。

「苅田さんじゃない。苅田さんはそんなことをする人ではありません」

「所在不明だ。消えたんだ」

「証拠はあるんですか？　苅田さんがやったという証拠が」

清水が大きく目を見開いて迫ってくる。黒一色となったガラス玉の内部から幾本もの赤い微細な筋が浮き上がってきていた。

梶原は壁から背中を離し、清水の目を正面から見据え、冷静な口調で訊き返す。

「苅田が使っているライフルは何だ？」

清水の目にためらいの色が浮かんだ。

「ベレットM98Bです」

「弾は？」

清水の声が段々と弱く低くなっていく。

「338ラプアマグナム」

「藤代と富川の殺害に使われた弾だ」

「銃器類は厳重に管理されています。簡単には持ち出せない。仮に持ち出したとしたら、とっくに大騒ぎになっている。それに、ライフルマークが一致しなければ、断定はできない。決めつけられません」

その通り、未だ決定的な証拠はないのだ。

「しかし、限りなく黒に近い」

「絶対に違います」

清水の目に強い光が戻っていた。なぜ、そう言い切れる。その自信はどこから来る。問いかけようとして止めた。これ以上議論したところで進展は望めない。

それよりも苅田を見つけるのが先だ。苅田に何があったか、何をしようとしているのか、今どこにいるのか。部屋の中に入れれば、何らかの答えが得られるに違いない。苅田の妻子の状況も分かるかもしれない。だが、手元にある材料で令状は取れない。どうする。どうしたら、苅田を見つけられる――。

うつむいて考えを巡らせる梶原の耳に、チャイムの音が届いた。

エレベーターのドアが開き、鞄を持った制服姿の小柄な女の子が出てくる。梶原と清水を見て一瞬足を止め、目を逸《そ》らし、そのまま外廊下に向かっていった。

梶原は壁を離れ、外廊下に出た。女の子は五〇八号室の前に立っていた。

梶原は女の子に歩み寄って言う。

「怪しい者ではありません。警察です」

警察手帳を見ようともせず、女の子は鞄を胸に抱いて一歩下がった。目に警戒の色が浮いている。

「苅田さんと同じ職場で働いてる。ずっと職場を休んでるんで、心配して来てみたんだ」

そう言ったものの、女の子の表情は依然として硬い。今にも駆け出しそうな気配を漂わせている。女の子の向こう側には非常階段がある。逃げられても追いつける。しかし、そうなったら、口は固くなる。

背後から近づいてきた清水が、梶原の横を素通りし、帽子を取って軽く会釈し、女の子に柔らかな口調で語りかける。

「コーギーを飼ってる子だよね。仁美ちゃんの同級生の」

女の子は清水を見上げた。目には警戒の色が浮かんだままだ。

「仁美ちゃんから写真を見せてもらったことがあるんだ。コーギーが欲しいけど、ここじゃ飼えないって残念がってた。確か名前は、り――」

女の子の表情が微かに和《やわ》らぐ。ようやく口を開いた。

「理紗《りさ》です」

そうだ。その調子でいい。けれども、これ以上は素人《しろうと》には危険だ。清水に目で代われと伝え、梶原は理紗に半歩近づいて訊く。

「今日はどうしてここに?」

理紗はおずおずと答えを寄越した。

「ノートを届けに」

「ノート」

「仁美から頼まれてたから」

「仁美さんから電話があったの?」

「メッセージです」

「話はした?」

「いえ。しばらく帰れなくなったってメッセージが来たから、ノートどうするって訊いたんです。取っておいて、帰ったら見せてもらうって返信が来たんです。でも、なかなか帰ってこないから、コピーを持ってきました」

理紗の目にはもう警戒心は見て取れない。清水は落ち着きを取り戻したのか、冷静な眼差しを理紗に向けている。

「そのメッセージが来たのはいつ?」

「十日ぐらい前です」

「正確な日にちは分かる?」

理紗はスマートホンを取り出して、細い指をディスプレイ上で滑らせた。

「九月一日です。夏休みが終わっても、仁美は学校に出て来ませんでした。それからずっと来ていないんです。全然連絡が取れなくて」

やはり、何かある。

「ノートの件の前にメッセージは来てなかった?」

「ありました。湖で撮った写真を送ってきました」

「湖」

「羽鳥湖です。福島県にある。そこでキャンプをするって言ってました」

「湖に行ったのはいつ?」

「八月二十八日です。二泊三日の予定で。仁美のお父さん、休みが取れなくて、夏休みの後半ぎりぎりになったけど。仁美は夏休み前から楽しみにしていたんです」

理紗は真剣な表情で続ける。

「その後も仁美が学校に出て来ないから、先生に訊いたんです。そうしたら、お母さんと愛媛の実家に行ったって。家庭の問題だから、詳しいことは言えないって。でも、変なんです。仁美のお父さんとお母さんはとても仲が良かった。別居とか離婚とかそういうことは考えられないんです。絶対に」

鍵はその湖にありそうだ。

写真を見せるように頼むと、理紗はスマートホンを梶原に向けてきた。ディスプレイには二人の女性が並んだ写真が浮かび上がっていた。短い髪の女の子が、弾《はじ》けるような笑みを浮かべて、水際に立っている。仁美だ。仁美の左側にいるTシャツ姿の女性が母親だろう。母親は目を細めて笑っている。おそらく苅田が撮影した写真だ。

梶原は、ついで二つのメッセージの書きこみ時刻を確認した。湖畔で撮った写真つきのメッセージは八月二十八日の午後七時四十二分。ノート依頼のメッセージは、九月一日の午後六時十九分だった。

梶原はそれらを素早くメモし、理紗に言った。

「我々が苅田さんたちを捜す。居所が分かったら、すぐに知らせる」

「けど」

「こういうことは警察に任せて」

理紗は何か言おうと細い顎を上げたが、ゆっくりとうなずいた。

「その写真も欲しい。送ってくれないか」

梶原が携帯電話を出すと、理紗は目を見開いた。

「それに？」

「そうだが」

戸惑う梶原の横から清水の手が伸びてきた。

「その電話じゃＬＩＮＥは使えないんですよ」

清水は携帯電話を梶原から取り上げて操作し、理紗に言う。

「今から読み上げるアドレスに、その写メを送ってくれないか」

理紗はうなずき、素早く指を動かしながら、清水が読み上げる文字を入れていった。指が止まった後、清水の手の中で聞き慣れた着信音が鳴った。

「届いた。ありがとう」

清水が理紗に礼を言い、梶原に携帯電話を返してきた。

梶原はあらためて理紗から携帯電話の番号を訊き、エレベーターホールまで理紗を送っていった。

不安気な表情を浮かべた理紗が、ドアの向こうに消えていく。

エレベーターが下がっていくと、梶原は清水に振り返った。

「羽鳥湖に行くぞ」

「そんな所に苅田さんはいません」

「他に手立てがないんだ。苅田の車は駐車場に置きっぱなしだ。Ｎシステムでは捜せない。ＳＡＴの狙撃手が行方不明になっていたのに、いないと回答してきたんだ。隊長だけとは限らない。警備部も隠蔽《いんぺい》工作に関わっている可能性がある。ずっと上の方も含めてだ。特捜本部にこの情報を伝えれば、こちらの動きが漏《も》れる恐れがある。今は苅田を指名手配にかけられる材料がない。我々だけで苅田を捜すしかない」

「苅田さんではありません」

強く否定してきたが、梶原は構わずに続けた。

「羽鳥湖から帰ってきた後で、おまえは苅田に会った。しかし、奥さんと娘の姿は誰も見ていない。苅田は学校に長期欠席の電話もかけていた。おそらく偽装工作だ。三人が一緒にいるところを最後に確認された場所に行けば、何か分かるかもしれない」

清水は唇をきつく結んでいる。

「俺は行く。残りたければ残れ。ここで苅田を待ってろ」

梶原は言って、覆面車の鍵を寄越せという風に手を伸ばす。

清水は険しい表情を張りつけたまま、考えを巡らせていたが、口を開いた。

「俺が運転します」

手を引き、梶原は上がってきたエレベーターに乗りこむ。清水が入ってくると閉のボタンを押した。

エレベーターは下降を始めた。

17

覆面車内に射しこむ西日が助手席の梶原の頬に当たり、熱を生む。首都高速から東北道へと乗り継ぎ、埼玉に入っても、暑さが緩む気配はない。関東一帯が巨大な熱源のドームと化したかのようだった。

浦和料金所の看板が前方に現れた。羽鳥湖まであと百九十キロ程だ。

マンションを出て以来、清水は一言も口をきかずに運転し続けている。

清水の横顔を見やると、彼はようやく沈黙を破った。

「特捜本部に連絡しておかなくていいんですか？」

「こちらに捜査員を回す余裕などないだろう。捜査態勢の立て直しに取りかかっているところだ。こっちに来たとしても、苅田の居場所が分かる訳じゃない。空振りに終わるかもしれない。後で報告すればいい」

それ以上の追及はなかった。フロントガラスの遥か向こうへ視線を投げた清水は小さくうなずいただけだった。

浦和料金所を過ぎ、覆面車の速度が更に上がる。エンジン音と風切り音だけが聞こえていた。

「苅田のことを考えているのか？」

返事はない。前を向いた清水は唇をきつく結んでいる。

梶原は気になっていた質問を投げかけた。

「苅田はおまえにとって尊敬する先輩だったのか、それとも、父親みたいなものか。苦労しておまえを大学に行かせようとしていた」

清水の目が動き、梶原を捉えた。目に鋭い光が宿っていた。

視線を受け止め、梶原は続ける。

「森岡管理官が話してくれた。おまえの経歴や警察に入る前のことなど。色々と」

ステアリングを握った清水の手に幾本もの筋が浮き上がった。

「氷川台事件の話はしません」

断ち切るように言い、清水が再び唇を噛み締めた。氷川台事件のことなど頭になかった。持ち出すつもりもない。もっとも、反応だけはあった。

「どんな存在だった？」

重ねて訊くと、清水は手の力を抜き、胸を膨《ふく》らませ、吐き出すように言った。

「ただ一人尊敬できる狙撃手です」

「それだけか？」

「ええ」

「SATには他にも優秀な狙撃手はいただろう」

「失格宣告するような人は苅田さんだけです」

「失格？　おまえがか？」

なぜこいつが失格になる。清水は機動隊のナンバーワン狙撃手だ。超遠距離狙撃術も身に付けている。それが事実なら、どうして今も機動隊で狙撃手を務めているのだ——。

困惑を深め、梶原は清水の方へ体を近づけた。

「どういうことだ？　教えてくれ」

清水は目を細めて遠い眼差しをし、再び口を開く。

「四年前、異動命令が出て、SATに行きました。隊長ともう一人の隊員が待っていた。苅田さんです。隊長からSAT随一の狙撃手だと紹介され、苅田さんと組むように言われました。苅田さんの推薦でSATに引き上げられたんです」

苅田は密かに各機動隊を回り、狙撃手候補生を捜し、清水を見つけ出したのだという。

その後、清水は苅田の下で、様々な訓練を積んだ。百メートルの基本的な狙撃から、千メートル超えの超遠距離狙撃。二十四時間待機後の狙撃。雪や強風の中などのありとあらゆる状況、様々な場所で訓練が行われた。機動隊ではできなかった訓練を受けたという。

訓練を始めて三ヶ月程経った頃、狙撃術に関してもう教えることはないと苅田に言われたという。二十一歳の若き天才狙撃手と、三十九歳のベテランの狙撃手。ナンバーワン同士のコンビの誕生だった。だが、その苅田に失格を宣告されたのだ。

「なぜ、SATを外された？」

梶原が問いかけると、清水は手を強く握り締め、苦痛に顔を歪《ゆが》めた後、大きく一度呼吸して語り始めた。

捜査一課特一係との合同訓練でのことだったという。二人組の強盗が銀行の支店に人質を取って籠城したという状況設定だ。清水と苅田は、九十メートル離れた建物の中で監視待機につき、ネゴシエイターと強盗犯との交渉を無線で聞いていた。清水が狙撃手、苅田が観測手だった。

五時間半後、強盗犯が激昂し暴れ始める。その直後に発砲命令が出た。

「俺は強盗犯の頭に照準を合わせていた。ナイフを持った強盗犯と人質がもみ合っている最中に、強盗犯の目出し帽が外れ、顔が露《あら》わになった。横から苅田さんが撃てと言ってきた。撃てなかった」

「人質に当たる可能性があったのか？」

清水は首を横に振る。

「引き金は引きました」

「引いた――」

「強盗犯の足に命中。着弾点を示すレーザー光が強盗犯の足で光った。強盗犯の顔が見えたとき、動けなくなった。スコープの中に親父がいた。強盗犯役の警官が、親父の顔写真で作った面を被っていたんです。一瞬ためらい、それから足を狙《ねら》って撃った」

「狙い通りに当てたじゃないか」

「苅田さんの判断は違います。心臓に当たっても人間は少しの間は動ける。人質の首を切るぐらいのことは可能です。中枢神経を破壊すれば、完全に動けなくなる。頭を撃たなければならなかった。一発で射殺する。確実に殺さなければならなかったんです」

撃てなかったとは、殺せなかったという意味だったのだ。

「俺にはできませんでした。ＳＡＴを外され、機動隊に戻された」

「それだけのことでか？」

思わずその言葉が出ていた。

「最も重要なことです。一瞬の遅れが人質を死なせてしまう。命令が出たら即実行。殺せと言われたら、完璧に成し遂げなければならない。警察の狙撃手は、市民を守るためにいる。だからこそ、人の命を奪うことが許されるのだと」

「次の訓練にその経験を生かせばいい。挽回のチャンスはあっただろう」

清水は違うという風に首を一度横に振る。

「ありません。苅田さんに首を一度横に振る。

「見抜かれていた？」

「狙撃手としての覚悟がなかった。それまで、標的射撃をやっていたようなものだった。人間を撃つ覚悟ができていなかった。苅田さんと訓練をしている間に、見抜かれていたのでしょう。それを俺に気づかせるためにあの設定を作った。そして最後通告をした。覚悟のない人間に、ＳＡＴの狙撃手は任せられないと」

ためらって当然ではないか。動揺するのも無理はない。相手は自分の父親だ。妻の治療費を稼ぐために、息子の進学資金を稼ぐために働き詰めに働いて亡くなった父親なのだ。迷いは生じる。

苅田も苅田だ。清水の辛い心境を利用してまで、そんなテストをするとは。あまりにも酷ではないか。それで公正な判断が下せるか。

梶原が憤然とした思いに駆られていると、清水は淡々とした口調で言葉を継いだ。

「苅田さんはこうも言いました。もし自分の家族が犯罪を犯し、射殺命令が出れば、射殺する。たとえ自分の子供であっても。他の狙撃手に代わってもらうことはない。必ず自分でやると」

「本気じゃないだろう」

「本気です。それができなくなったときは、警察を去るときだと。自分の子供も射殺すると断言した人です。それ程自分に厳しい人が、人殺しをする訳がない」

苅田の仕業ではないと清水が主張し続けてきた根拠は、これだったのだ。

確かに、苅田の考えは立派かもしれない。しかし、到底、受け入れられない。長谷に拳銃を向けたとき、引金を引き切る寸前まで行った。あのときの自分は憎しみの塊だった。自分の中で膨れ上がった憎悪が体を引き裂き、噴出しようとしていた。破裂寸前だった。

籠城事件時の清水は、犯人の少年に憎しみを持っていなかった。しかも、少年から攻撃される恐れはまったくない。それに、少年に殺す意志があると完全に断定することなど、誰にもできない。思い止《とど》まる可能性もあったではないか。

おまえは犯人の将来のことを考えたことがあるのか。犯罪者とはいえ、一人の人間だ。人間の命を奪ったことを後悔していないのか。悔やんではいないのか。

清水に問いかけようとしたが、口にできなかった。いくら考えたところで答えが出る訳でもない。それを知ったところで、何の解決にもならない。

梶原は唇を噛み締め、前方に向き直った。

木漏れ日が落ちた山中の道を、覆面車が駆け上がっていく。道の両側には鬱蒼《うっそう》とした森が広がっている。白河インターで下りた後、羽鳥湖につながる県道を上ってきた。福島県の南端にある山間地だ。震災の影響か、所々路面が荒れていた。

時刻は午後五時半になろうとしていた。東京を出てから三時間が経っていた。

覆面車はつづら折りの急勾配の道を、エンジン音を響かせながら上っていく。

清水はステアリングを左右に切り返し、ときおりスマートホンを出して見ていた。

森を抜けると、視界が開け、十字路が現れた。左手に道の駅とホテル、右手に小さな店がある。

覆面車が駐車場で止まると、梶原は外に出た。標高が高く、風が冷たい。東京とは別世界だ。ワイシャツ一枚では寒く感じる。

平日のせいか、駐車場には三台の車が止まっているだけで、人影はない。

梶原は道の駅の建物のそばまで行き、案内看板を見上げた。北側に斧のような形をした羽鳥湖があり、西側一帯に別荘地やペンション村やゴルフ場がある。南側はホテルとスキー場で、東側は山間部だ。

清水がまたスマートホンを見て訊ねてきた。

「これからどうするんです?」

「例の写真の撮影場所に行く。オートキャンプ場だ」

梶原はそう言って覆面車に引き返していく。清水は再び運転席についた。

覆面車は駐車場を出て、北に向かう県道に入り、曲がりくねった道を進んでいく。対向車とやっとすれ違える程の幅しかない。左手が山で、右手に羽鳥湖があるが、深い緑に遮られて湖は見えない。前からくる車も後ろを走る車もない。

一キロ程走り、木々の隙間から湖面が覗《のぞ》けるようになった。

オートキャンプ場の看板が現れると、清水はステアリングを切り、坂を下った所にある管理棟の前の駐車場に覆面車を止めた。

梶原は覆面車を降り、周囲を見回す。駐車場所がついたキャンプサイトが湖岸の近くに並んでいた。屋根付きの共同炊事場もある。車は一台もなく、キャンプをしている人もいない。管理棟は暗く、レンタル用の自転車が並んだ駐輪場にも人はいない。葉が揺れる音だけが聞こえていた。

清水はまたスマートホンを見てポケットに戻した。

梶原は湖の方へ歩き出す。なだらかな坂を下り、キャンプ場を横切っていく。アスファルトをとらえた清水の小さな足音が背後から聞こえてくる。

湖に沿って走るサイクリングロードを横断し、木々の間を抜ける。視界が一気に広がった。周囲の山々を映した湖面にさざ波が立っている。

梶原は携帯電話を開き、ディスプレイに苅田親子の写真を呼び出し、水際で足を止めた。湖畔に立った二本の木とその後ろにある湖岸の地形が、写真の背景と酷似している。

「ここだ」

ディスプレイを覗きこんできた清水がうなずいた。

梶原がキャンプ場に向かって進んでいくと、大股で歩いてきた清水が横に並んだ。

「今度はどこに行くんです？」

「聞きこみだ」

「誰もいませんよ」

梶原は無言で管理棟に近づいていく。管理棟のドアが開き、ウインドブレーカーを着た三十代ぐらいの男が出てきた。ここの職員だろう、胸にキャンプ場の名前が入っている。

「申し訳ありませんが、今日の受付はもう終わりました。明日からならご利用できますが」

男が丁寧な口調で言うと、梶原は警察手帳を出して警視庁の者だと名乗り、話を聞かせてくれるように頼んだ。

「警視庁？」

男は当惑の表情を浮かべたが、管理棟に向かって歩き出した。

横を歩く清水が小声で訊ねてくる。

「なぜ、人がいるって分かったんです？　車もないし、建物の中に人影もなかった」

「勘だ」

「勘？　まさか刑事の勘だとか言うんじゃないでしょうね」

「そのまさかだ」

清水は目を見開き、怪訝な顔をした。

「嘘だ。しらみつぶしに当たっていくしかないからここに来ただけだ」

「まったく」

清水が呆れて吐息をついた。もっとも、さすがに機動隊のナンバーワンの狙撃手だけはある。周囲の状況を事細かに見ていた。

梶原は感心しつつ清水の背中を軽くたたき、管理棟に入った。日中の熱が残っているのか、中は暖かい。

「寒かったでしょう。夕方になると急に温度が下がりますからね。昼は夏でも、夜は晩秋の寒さです」

利用客にかけるような気さくな口調だった。

梶原はすぐに質問に入る。

「早速ですが、八月二十八日から三十日の間に、苅田修吾という人物が利用していませんでしたか？」

「待って下さい」

男はカウンターの向こう側に行き、ファイルを取り出して開く。頁《ページ》を繰った後、答えを寄こした。

「その名前はありませんね」

「それでは、この女性たちを見ませんでしたか？」

梶原は、苅田親子の写真を携帯電話に出して男に向けた。

男は携帯電話に顔を近づけ、目を細めて見た後、首を横に振った。

「分かりません。その日はお客さんが多かったので」

梶原はカウンターの上に素早く視線を走らせ、利用申込書を取り上げて男に訊く。

「この申込書は保存してありますか?」

「今年の分なら」

「その三日間の分の申込書を見せて下さい」

男が奥まで行き、ロッカーからケースを取って戻ってきた。ケースから紙の束を抜いてカウンターに置いた。

梶原は申込書の束を清水の方へ滑らせる。

「奥さんの字を捜せ。偽名を使っているかもしれん。注意しろ」

清水は申込書を手元に引き寄せ、素早く目を走らせる。頁を繰ってはまた捜し始める。

今はこいつだけが頼りだ。本名を使ったとは限らないし、苅田の妻の筆跡も知らない。

ほどなくして清水の手が止まった。

「これです」

「確かか?」

「間違いありません。苅田さんの家で何度か見ました。こんなところまで偽名か。苅田さんらしいと言えば、苅田さんらしいが」

清水が指した申込書の受付日を見た。八月二十八日と書かれている。名前の欄には、水《み》谷令子《ずたにれいこ》、他二名とある。住所は東京都大田区——。大田区から下が違っていた。携帯電話の番号も本人のものではないかもしれない。

確定だった。苅田一家は八月二十八日にここを訪れている。

申込書を男に向け直し、梶原は先程の写真を見せて訊く。

「これを書いたのが左側にいる女性です。右側がその娘。三人家族で来ていたはずです」

「そう言われましても。家族連れのお客さんは多いですから」

「白いレガシィ・アウトバックに乗って来てます」

続けてナンバーを告げると、男は手元のファイルに指を走らせた。

「記録にもありますね。ですが、その方がいたかどうかまでは分かりません」

苅田はここでも他人の目に留まらないように動いていた。おそらく妻に運転させ、利用手続きもさせていたのだろう。

「いや、ちょっと待って下さい」

男がファイルから顔を上げて言い、梶原に手を伸ばしてきた。

「もう一度写真を見せて貰えますか」

梶原は再び写真をディスプレイに呼び出し、携帯電話を男に渡した。

男は目を細めて写真を食い入るように見つめながら言う。

「この女の子は来てましたね」

「本当ですか」

「ええ。パンフレットを貰っていいかってわざわざ訊いてきたんです。自由に持ち帰ってもらうように置いてあるんです。最近の女の子は目もくれないのに、嬉しそうに見ていた」

「ついさっきまでは分からないと言っていたでしょう」

「ここに来たときは大きな帽子を被ってたんです。帽子がないと印象が違う。この丸い目は覚えてます。それからパンフレットを持って駐車場の方へ走って行ったんです」

この写真の仁美は、髪が濡《ぬ》れて頬から首にかけて張りついている。

「パンフレットはありますか？」

男は壁際のテーブルを指さした。清水がそこから一枚取って梶原に差し出してきた。羽鳥湖とその周辺の見所が載っている。見開き一頁の観光案内図で、観光スポットの写真もある。観光地ならどこにでもあるような代物だった。

これで間違いない。苅田緑と仁美は管理棟の中まで来ていた。おそらく、苅田は一人で車の中で待っていたのだろう。

梶原はパンフレットを畳み、携帯電話を返して貰い、男に訊いた。

「その日の天候は？」

「晴れでした。ここ二週間程晴れ続きです。そろそろ雨が欲しいんですが」

「引き揚げるところを見ましたか？」

「いえ。私が朝来たときには車はありませんでしたよ。別の職員が応対したんでしょう」

「あなたが何時にここに来たか覚えてますか？」

「確か九時少し前ぐらいだったと思います。出勤途中でパンクして、遅刻しそうになったから」

もしかしたら、その日に苅田に何かあったのではないか。

梶原は窓を見た。外は薄暗くなり始めている。あまり余裕はない。

苅田が使ったキャンプサイトの場所を訊き、携帯電話の番号を書いた名刺を男に渡して管理棟を出た。キャンプサイトの方に歩き出す。

清水が右隣に来ると、梶原は言った。

「苅田が使ったサイトを捜索する。何か痕跡が残っているかもしれん」

「二週間近くも前です。残っていないでしょう」

梶原はそれには答えず、疑問を投げかけた。

「変だと思わないか？　仁美さんはキャンプを楽しみにしていた。なのに、早朝か夜明け前に引き払ってる」

「翌日からの仕事に備えて、早目に引き揚げたんでしょう」

「それにしても早過ぎる。夕方出ても、夜には東京に帰れる」

「苅田さんはいつも時間の余裕を持って動きます。休暇の度に隊に居場所を届け出ていました。移動ルートや宿泊場所などすべてを。緊急出動に備えて。SATの内規でもそこまで厳しくないのに。携帯がつながっても、固定電話がある場所に泊まる。移動中に長いトンネルがあると、五十キロ以上遠回りになっても迂回《うかい》する。事故で閉じこめられるとも限らない。勿論、普段からエレベーターは使わない。何年も飛行機に乗ったことがない」

「すべて狙撃のためか」

清水の帽子のつばが大きく上下した。

「やっと分かってきましたか。SATでは二十四時間体制で複数の狙撃手が待機についています。それでも苅田さんはいつでも現場に出られるように備えていた。そこまでしていたのは、SATの中でも苅田さんだけです」

「さっきから携帯を見ていたのは、電波状況を確認していたんだな」

「携帯が通じない所に、苅田さんは行かない。そうした道も避けたに違いありませんから」

清水なりに苅田が通った場所を考えていたのだった。

しかし、苅田も異常だ。狙撃手の任務を果たすために、そこまで厳しく自分を律するとは。

梶原は内心でつぶやき足を運んでいく。十六番のキャンプサイト前を通り過ぎ、更に南に向かって小道を進んでいく。奥に行くにつれて山が近くなり、暗さが増してくる。二十番を過ぎて、ようやく目当てのキャンプサイトが現れた。

二十二番のキャンプサイトの前で立ち止まり、梶原は周囲を見回す。コンクリート敷きの駐車スペースの外側一帯が芝生になっている。両隣のサイトとはそれぞれ七メートル程の距離があった。

駐車スペース全体を見た後、芝生に移った。芝生に両膝を突き、這《は》うように視線を走らせる。アルミキャップの切れ端や短いビニール紐《ひも》が芝の間に入りこんでいるが、異常は見て取れない。更に冷たくなった風が周囲の木々の葉を揺らし、徐々に暗さが増していく。

「無駄です。清掃もされている。二週間近くも前の痕跡が残っている訳がありません」

清水が小道に突っ立ったまま言ったが、梶原は目を凝らして作業を続ける。隣の二十一番サイトとの間の捜索を終え、反対側に移ろうとしたとき、足音が聞こえてきた。

先程の男が駆けてきて、清水のそばで足を止めると、肩を上下させて荒い呼吸をしながら言った。

「ここではないそうです」

梶原は立ち上がり、男に向いた。

「違う？」

「水谷さんたちはここにテントを張りましたが、夜になって移動したそうです。上役に電話して訊きました。あの晩、学生たちが花火をしたり、酒を飲んで夜遅くまで騒いでいた。注意してもまったく聞かなかった。水谷さんに宿泊施設を紹介すると申し出たら、近くで静かな場所はないかと訊かれ、そちらに案内したそうです」

「どこに行ったんです？」

男が南を指した。梶原は足を踏み出す。清水もほぼ同時に動き出した。

最後のサイトを通過し、更に五十メートル程進んで斜面を回りこむと、開けた場所に出た。目前を流れる小さな川が湖まで続いている。河口に当たる所で、砂地が広がっていた。右手の奥にある橋の影が川の水面に落ちている。

男は砂地の前で立ち止まって話し始めた。

「ここには騒ぎの声は届かなかったそうです。他に人もおらず、静かだったと。上役がテントの移設を手伝おうとしたんですが、断られたので引き揚げたと言ってました」

「翌日、あなたの上司はここに来てますか？」

「朝五時半頃に。テントはもうなかった。二十二番サイトもきれいに片づけられていたそうです」

「水谷という男にあなたの上司が会ったのは、その夜だけだったんですね」

「そうです」

苅田に会った人物がいた。やっと足取りの一部がつかめた。苅田はここで一夜を過ごしていたのだ。だが、予定を切り上げ、まるで消えるようにしてキャンプ場から引き揚げている。どういうことだ。なぜ、そんなことをした——。

「これで帰ります。車の出し入れは自由にできますから」

男がそう言い置き、管理棟の方へ駆け戻って行った。

梶原は携帯電話を見た。電波状況が良好であるのを確認し、砂地に足を踏み出す。

「まだやるんですか?」

清水が訊ねてくると、梶原は砂地を指して答えた。

「携帯の電波も良好だ。静かに過ごせる場所をやっと見つけたのに、早々に引き揚げるのは不自然だ。おそらく、ここで何かあった。苅田の身に何か起きたんだ」

「苅田さんは東京に戻って来た。隊にも出て来ました」

「奥さんと娘さんの行方は分からない。生存確認ができていない」

「生存——」

清水の顔が強張り、言葉が途切れた。

梶原は清水に背を向け、砂地に入った。たくさんの足跡があったが、かなり前についたものだ。風や雨に当たったせいか、足跡の輪郭は崩れている。テントを固定するペグや食品の空袋が落ちているだけで、異常はない。

砂地のわきに移動し、梶原は丹念に見ていく。雑草が生えた地面は硬い。ペグを打ったと思しき穴がいくつか開いていた。苅田の他にもここでキャンプをした人がいたのだろう。腰を落とし、周辺を入念に見ていく。夜の気配が漂い始め、暗さが増していた。

後方から光が射しこみ、砂地を照らし出す。

歩み寄ってきた清水が、小型のフラッシュライトを差し出してきた。

「使って下さい」

清水は言って、小型バッグからもう一本のフラッシュライトを取り出した。

「指示を」

ようやく受け入れられたのか、覚悟を決めたのか。清水の目に強い光が宿っていた。

梶原は砂地の右側を清水に任せ、左側に回った。フラッシュライトで地面を照らし、川に沿って歩いていく。小さな橋の下には、石で組み上げたかまどと足跡が残っていたが、異変は見当たらない。橋の下を出て、山側の斜面に向かって地面に目を凝らしながら進んでいった。

清水はフラッシュライトを振り、地面を食い入るように見つめながら歩いている。

梶原は清水の姿を横目に見つつ、捜索作業を続ける。雑草が生い茂った場所を通り、斜面の方へ近づいていく。斜面の麓《ふもと》を進んでいくと、枝が折れた灌木が見えてきた。折れた部分の樹皮は白い。斜面には凹《へこ》みがついている。足跡だ。

フラッシュライトを上に向ける。爪先が下を向いた足跡が斜面の上の方まで続いている。誰かがこの斜面を下りてきたのだ。

そう思い至ると、灌木につかまりながら斜面を上り始めた。二メートル程の高さまで上がったとき、変色した葉が視界に入ってきた。葉を拾い上げ、フラッシュライトの光を当てる。四本の赤黒い筋が浮かび上がる。血だ。血で濡れた指がこの葉の上を滑っていった跡だ。

振り返り、梶原は大声で清水を呼んだ。

18

「血痕だ」

梶原の言葉に、清水は強張《こわば》った顔でうなずいた。

斜面の下の砂地に異常はなかった。争った跡もなかった。利用者がここでキャンプをした際に争った痕跡《こんせき》を消してしまった可能性もある。血でもなければ、人は気にもかけないだろう。何者かが痕跡を消したと考える方が自然だった。この状況から推測できることが一つだけある。

「襲撃されたんだ」

梶原が言うと、清水は顔を上げた。

「襲撃――。これだけでは決めつけられないでしょう」

「鑑識に調べて貰えばはっきりする。それまで待てない。足跡を追う」

「応援を呼んだ方が」

どんなに早くとも三時間以上はかかる。血痕を見つけたというだけで、大勢の捜査員を引っ張り出せるか。今の捜査態勢で、その余裕はない。それに、苅田はもうここにはいないのだ。東京で動いている捜査員が苅田につながる情報を拾い上げている可能性もないとは言えない。

「今は無理だ。俺たちだけでやる」

そう応じて、梶原は血の筋がついた葉をハンカチに包んでポケットに入れた。足跡を辿《たど》って斜面を一歩一歩上り始めた。後方からは、足跡を踏まないようにして清水が斜面に靴底をめりこませて軽い足取りで上がってくる。斜面に残ったいくつもの足跡が見て取れた。大きさも形状も様々だ。

足跡は五種類。四種類は平板な靴底だが、一つだけがトレッキングシューズのようなブロックパターンだ。かなり体重があるのか、その足跡だけが他よりも深い。

五メートル程進むと、木々の密度が下がり、前方が少し明るくなってきた。ほどなく、湖沿いのサイクリングロードに出た。

梶原は周囲を見回す。サイクリングロードの向こう側は林で、緩やかな斜面が続いている。その奥に山がある。エンジン音が林の中を抜けてくる。サイクリングロードの上を、先程通ってきた県道が通っているのだ。

路面を食い入るように見つめた。湖側の路肩の土に血が染みこんだ跡がある。サイクリングロードを横断し、山側の林の斜面を照らす。こちらにも足跡が残っていた。再び斜面を上っていく。血は見当たらない。ブロックパターンの足跡が消え、足跡は四種類になった。

ほどなくして県道に出た。足跡は路肩の地面に一つだけ残っていた。

一足先に県道に上がっていた清水に、梶原は荒い呼吸を繰り返しながら歩み寄っていった。

「苅田が普段履いていた靴は？　隊以外でだ」

「スポーツシューズかタクティカルシューズ。これがタクティカルシューズです」

清水が言って自分の足下を指した。清水が新宿署に来てからずっと履いている靴だ。靴底がかなり厚めでブロックの一つ一つが大きい。

「似た者同士だな」

「俺が真似してるんです」

あれだけの急な坂を上ってきたのに、清水の呼吸も声もまったく乱れていない。

ブロックパターンは、やはり、苅田の足跡だったのだ。

確信し、梶原は斜面の足跡を指さして言う。

「四人の襲撃者が、この斜面を上り下りした。下の砂浜との間を往復している」

「なぜ、四人だと分かるんです？」

「下り向きの靴跡と比べて、上り向きの靴跡が深い。二種類の足跡が特に深くなってる。二人の人間がそれぞれ人間を背負って斜面を上っていった。重くなった分、靴は深くめりこむ。緑さんと仁美さんを背負って上ってきて、ここで車に乗せたんだろう」

「苅田さんはどうしたんです？　そうだと決めつけられるんですか？」

「ここには来ていない。戻るぞ」

一方的に言い、梶原は斜面を下りていく。サイクリングロードに降り立ち、先程斜面を上がってきた場所を中心に捜し始めた。北側に血痕はなく、南側に回った。先程上ってきた場所から五メートル程離れた所に赤黒く変色した土があった。苅田は南に向かったようだ。

南の方を向いて歩き出すと、その様子をじっと見ていた清水もすぐに動き出した。

血痕は四、五メートル程の間隔を置いて、路肩の地面についている。深い傷を負ったのだろう、相当な量の血だ。

並んで歩きながら、清水が言う。

「血痕を追っていっても、苅田さんが行った場所に辿り着けるとは限りません。襲撃者が苅田さんに行き先を教える訳がない。それに、出血量も多い。自分で手当てできるような傷ではないでしょう。東京に帰ってきた後、苅田さんは仕事に出ていた。大怪我を負っていたら訓練なんて無理です」

「信じたくない気持ちは分かる」

梶原はそう応じて捜索作業に戻った。横に来た清水が硬い表情を張りつけたまま黙々と歩いていく。

日が暮れ、周囲の山が闇に溶けこんでいく。川が流れる音が聞こえてくるだけで、辺りは静寂に包まれている。

上り坂になったサイクリングロードを、梶原は清水と並んで上っていく。途中で振り返ると、羽鳥湖は木々に遮られて見えなくなっていた。

血痕が徐々に小さくなり、間隔も広がってきた。出血量が少なくなっている。苅田はこの辺りで止血処置をしたのかもしれない。

五百メートル程の坂道を上り切ると、視界が開けた。前方に明かりが灯った建物があり、駐車場が広がっている。道路の向こう側に道の駅があった。外灯が空の駐車場を照らし出している。

「戻ってきたな」

梶原が呼吸を鎮《しず》めながら言うと、清水は険《けわ》しい顔で首を縦に振った。羽鳥湖に来て最初に覆面車を止めた場所の近くまでやってきたのだった。

梶原は周囲の道路の路面にフラッシュライトを向け、血痕を捜し始めた。だが、どこにもない。

清水も離れた所で捜索作業を続けていたが、梶原のもとに引き返してきた。

「ありませんね」

「続ける」

「我々だけでは無理です。応援を呼ぶべきです」

清水は、別荘やペンションがある方向を指した。二人だけでそれらすべてを当たるのは無理だ。それに、荊田がそちらに行ったとは限らない。山の中に入っていった可能性もある。東京では他の捜査員たちが足を棒にして捜査をしている。そちらで何か重要な手がかりに辿りつくかもしれない。荊田の居場所につながる情報に手が届こうとしている可能性がないとは言えないのだ。その機会を奪ってはならない。今、戦力を分散させるべきではない。

「俺たちだけでやる」

梶原は決然と言って足を踏み出す。道路を渡り、道の駅の駐車場に移動すると、間もなく清水もやってきた。

西に続く道を捜すように清水に命じ、梶原は南へと向かう道に出た。アスファルトにフラッシュライトの光を当てながら進んでいく。

血痕は見当たらない。こちらではなかったのか。

エンジン音が近づいてきていた。運転手には不審に思われるだろうが、構ってはいられない。車が近くまできたとき、ヘッドライトの光が、植えこみに当たった。ついで、植えこみの細い幹についた赤黒い筋が浮かび上がった。

赤黒い筋をフラッシュライトで照らした。血が葉の隙間を通って落ち、幹にかかったのだ。植えこみに沿って進んでいくと、八メートル程先にある葉に小さな血痕が付着しているのが見えた。

フラッシュライトを大きく振って清水を呼ぶ。西側で動いていた光が止まり、こちらに向かって動き出す。

梶原は血痕を追って南に進んでいき、別荘地の大きな看板の前で足を止めた。

濃密な闇が広がっていた。十メートル程の高さの木々が並び、頭上高くに広がった枝と葉が月明かりを遮っている。森の中に別荘が点在しており、その間を舗装された道がつないでいる。三軒に明かりが点《つ》いているだけで、他に光はない。

清水が駆け寄ってくると、梶原は再び歩き出した。

血痕は森の奥へと続いていた。森の中を通る道沿いに別荘が建っている。ログハウス、アーリーアメリカン調の建物、純和風の建物などと様々だ。建物は大きくはないが、敷地はかなり広い。別荘と別荘の間は離れており、そこを灌木や雑草が埋めていた。

膝丈程の雑草についた血痕を見つけ、梶原は足を止めた。血痕は奥にある現代風の二階建ての別荘へ続いていた。

雑草の一部が道の方に向かって倒れていた。逆ではないのか。ここから入ったら、雑草は敷地側に向かって倒れる。となると、入ったのではなく、出てきたことになる。これまでの動きと符合しない。

いや、と梶原は否定した。別の場所から入って、ここから出てきたのかもしれない。いずれにせよ、苅田はこの別荘に入っていったのだ。

梶原は清水と一緒に門に回った。十メートル程離れた所に別荘が建ち、その右手に広い庭がある。ウッドデッキも設置されていた。

雨戸はすべて閉まり、別荘は暗く静まり返っていた。

門の近くの地面をフラッシュライトで照らした。三種類のタイヤ痕が見て取れた。三台の車が出入りしていたようだ。

襲撃者は、苅田の妻子を拉致し、二人を背負って斜面を上り、県道に出たところで車に乗せてここまで来たのだ。苅田がどうやってこの別荘を突き止めたのか。見当もつかない。だが、苅田は負傷した体を押してここまで来たのは確実だ。

帰京した後で苅田は職場に出ていたが、妻子は誰も見ていない。妻子は今もこの別荘に残っているのではないか。ごく最近車が通った形跡はない。別荘も真っ暗で、見張り役もいない。生きている可能性は低い。

足を踏み出そうとすると、清水が梶原の前に出てきた。

「別荘に入るんですか」

「そうだ」

「違法です」

「俺が責任を取る」

「そんなことを言ってるんじゃありません。二人は別の場所に監禁されているかもしれない」

梶原は清水に顔を近づけた。

「おまえ、本当にそう思っているのか？」

清水の目の光が小刻みに震え出した。

「最悪の事態が起きたんだ」

梶原は言って歩き出す。敷地に入り、別荘の方へ進んでいく。清水がすぐに続いてきた。

玄関ドアまで行き、梶原は白手袋をはめた。表札のＳＵＧＩＨＡＲＡという文字を確認し、ドアノブに触れる。回そうとしたが、ドアノブは動かない。

裏庭に移動し、窓の下で足を止めた。特殊警棒を抜き、窓ガラスにたたきつける。甲高《かんだか》い音がしてガラスが割れた。隙間から手を入れて開錠し、窓を開けた。サッシのレールに両手をかけて上り、建物に入った。清水も続いてくる。

キッチンには大きなダイニングテーブルがあり、大型冷蔵庫が低く唸る音だけがしていた。

隣は広いリビングルームだ。革張りのソファーの向こうに大型テレビと一メートル程の高さの細長い置時計があった。

異臭はない。苅田の妻子が連れ去られてから二週間近く経っている。死体になっていたらとっくに腐敗が始まっている。

梶原は大型冷蔵庫を開けた。溜まっていた冷気が足下に流れ出てくる。中には何もなかった。

靴を脱ぎ、リビングルームに入った。フローリングの床は磨き上げられ、フラッシュライトの青白い光を跳ね返してくる。床から天井まで子細に観察したが、血痕も争った跡も見当たらない。庭に面したサッシ戸には真新しいカーテンがかかっている。壁際のテーブルにはファックス付きの電話機が載っていた。買って間もないのか、発着信とも履歴がなかった。

隣の洋室にはオーディオセットが置いてあるだけで、異常はない。廊下に出て、反対側の部屋に入った。こちらも整然としている。

バスルームの床も壁も乾いており、最近使った様子はなかった。玄関にも血痕はない。一階でなければ、二階か。

階段の床面や手すりを丁寧に見ながら、上っていく。後ろから清水の息づかいが聞こえてくる。

二階には三つの部屋が並んでいた。最初にドアを開けた部屋は、寝室だった。大きなベッドが二つ並び、クローゼットが設置されていた。寝室を出て、隣の部屋に移る。客間として使われていたのだろう、ベッドや家具があるだけだった。

梶原は客間を一通り見て、最後の部屋の前に立った。ここか。

そっとドアを開けてみる。先程の部屋と同じ造りだ。ベッドは空だ。その周囲を見たが、血痕はない。

「ない」

清水は吐き出すように言って続ける。

「間違いだったんです」

清水の訴えを聞き流し、梶原は周囲に目を向けていた。生活感というか、使用された形跡がない。

「きれい過ぎる」

梶原はつぶやくように言って部屋を出た。階段を下り、リビングルームに戻る。清水が入ってくると、ソファー、ラグ、カーテン、壁の一部と天井と部屋の各所に光を当てて言う。

「犯行現場だ」

「犯行現場――」

「殆どが新品だ。壁と天井は丹念に拭《ふ》かれている。二階の部屋も一階の他の部屋も片づいていたが、これ程多くの新品はなかった。犯行の痕跡を消すために新品に入れ替えたんだ」

「しかし」

「察しはついているだろう。認めたくないのは分かるが」

「死体がありません」

「二人の死体は運び出された」

「死体がない以上、殺人事件とは認められません」

清水は受け入れられないのだ。

梶原は清水の目を見つめて応じる。

「周辺は山だ。埋める場所には事欠かない。遠くまで運んで処分することもできる。しかしな、犯行の痕跡を消そうとしても、完全に消せるものではない。ホシが気づかないこともある。死体を運んだ跡があれば、そこから辿って行ける」

「車に乗せられたら、そこから先は無理です」

何かしら方法はある。だが、これ以上話しても無駄だ。清水自身が認められないのだから。

清水に背を向け、床に這《は》いつくばり、死体が運ばれた跡を捜し始めた。ソファーの下やラグの下の床面を入念に見ていく。床面は完全に拭き取られていた。

立ち上がったとき、清水が目前に来た。

「手伝います」

やっと認めたのか。

その言葉を飲みこみ、梶原は指示を出す。

「外を頼む」

清水がうなずいて出て行くと、梶原はサッシ戸の方へ進んでいった。死体は玄関ではなく、庭側のサッシ戸から運び出されたのかもしれない。

サッシの下のレールの隙間を端から端まで見たが、どこにもない。となると、勝手口か。

キッチンに移り、勝手口の床面を調べた。血痕はおろか清掃された跡もない。リビングルームに戻り、サイドボード、備えつけの棚、テレビの裏側や下、置時計の周囲など、あらゆる場所を見て回ったが、何も見つけられずに床に座りこんだ。

徹底的に隠滅の手が入っていた。しかし、諦める訳にはいかない。別荘の外が残っている。腰を浮かせて歩き出したとき、足がよろめいた。咄嗟《とっさ》に手を伸ばし、置時計につかまった。置時計の前部のガラス扉が少し開き、バランスを崩して尻をついた。開いたガラスの扉の奥で、小さな赤い光が灯るのが見えた。

梶原は置時計の前まで這い進んだ。長い振り子が揺れている。木製のアンティークものの高級品だろう。

ガラス扉を開け、ついで盤面を手前に引くと、携帯電話程の大きさの箱が目に入ってきた。小さなレンズがついた箱が取りつけられている。両手で箱を抜き取って蓋を開けると、センサーのようなものがついた小型のビデオカメラが現れた。動きを感知して作動する仕掛けになっているのか、録画中を示す赤い光はもう点いていない。ＳＤカードを抜いたとき、清水がリビングルームに入ってきた。

梶原は清水にビデオカメラを差し出す。

「こいつが仕掛けられていた」

「どうしてこんなものが――」

最後まで聞かず、梶原はテレビの方へ行き、ＳＤカードをディスクレコーダーに差しこんだ。鑑識で中身のチェックをしてもらう手間はかけていられない。一刻も早く中身を見たかった。

テレビのスイッチを入れ、入力画面を切り替える。画面が一旦暗くなり、明るくなった。

最初に梶原の目に入ってきたのは、男の背中だった。ポロシャツを着た男が裸の女の上に乗っている。女の両手はロープで縛られ、ソファーの脚にくくりつけられていた。ポロシャツの男が乗った女を取り囲むようにして、異様な姿をした四人の男たちが立っている。ポロシャツの男を含めて、全員が黒い目出し帽を被っているのだ。

悲鳴がスピーカーから放たれ、梶原の鼓膜を大きく震わせる。ほどなく、悲鳴は止んだ。

画面に映っているのはこの部屋だが、家具は別の物だった。ソファーの形と色が微妙に違っている。

画面の中でポロシャツの男が腰を振る。男の下で女がもがいていた。その様子を灰色のシャツの男が小型ビデオカメラで撮影している。

ポロシャツの男が動きを止めたとき、女の顔が露《あら》わになった。

苅田緑だ。口に猿轡《さるぐつわ》をはめられ、胸ははだけ、長い素足が覗《のぞ》いていた。

ポロシャツの男は、わきの方を見ては、また腰を動かし始める。男の視線の先には、両手両足を縛られて椅子に座った苅田がいた。

清水は硬直した表情でテレビ画面を見ていた。

ポロシャツの男は、苦痛に顔を歪《ゆが》めた苅田と緑を交互に見ながら腰を打ちつけ続ける。

緑のくぐもった声と、ポロシャツの男の笑い声が、このリビングルームに広がっていく。楽しんでいる。ポロシャツの男は、苅田の反応を見ながら、緑を強姦して楽しんでいるのだ。周囲にいる男たちは黙ってその様子を見ていた。

ポロシャツの男が果て、緑の上で動かなくなった。ついで赤いTシャツ姿の少女が連れて来られた。仁美だ。取り囲んで見ていた男たちの中から、白いシャツを着た男が前に出てきた。仁美のTシャツをナイフで切り裂き、その上に覆いかぶさる。

緑の悲鳴と苅田のうめき声が重なり、一段と高くなった。苅田が座った椅子がガタガタと揺れる。苅田の右足の脛《すね》のあたりが赤く染まっている。

緑が懸命に体を左右に振ってもがいているうちに、ロープが緩んでソファーの脚から外れた。緑が縛られた両手を突き上げる。ポロシャツの男がそれを避けようと上体を反らす。緑の両手がポロシャツの男の喉元に滑りこんだ。目出し帽がめくれ上がって外れ、男の顔が現れた。

藤代だった。上気して顔が真っ赤になった藤代が、呆然《ぼうぜん》と緑を見下ろしていた。緑が逃れようとして暴れ出す。

藤代は左手で緑の首をつかんで体を押さえつけ、右手で床のナイフを拾い上げた。藤代の胸板が大きく膨《ふく》らむ。呼吸が荒くなっていた。藤代がナイフを振りかぶったとき、止せという誰かの声が上がった。

ナイフが振り下ろされる。鮮血が飛び散り、緑の胸が赤く染まった。仁美の悲鳴がスピーカーから響いてくる。

緑が動かなくなると、藤代の手からナイフが落ちた。藤代は助けを請うように隣の白いシャツの男を見ている。藤代と白いシャツの男の視線が交錯した。

白いシャツの男がナイフに手を伸ばしたとき、画面の隅にいた黒いシャツの男が声を上げた。その右隣の濃紺のシャツの男はその場に立ったままだ。

止めようというのか、ビデオカメラを持っていた灰色のシャツの男が白いシャツの男の方へ向かって飛び出した。白いシャツの男がナイフを拾い上げて一振りすると、灰色のシャツの男の目出し帽が切れて顔が露わになった。顎《あご》から頬にかけて細い赤い筋が走る。

灰色のシャツの男は滑って転び、床に尻をついた。見覚えのある顔だ。沢井だ。富川のボディーガードだ。

白いシャツの男が再びナイフを振り上げる。止めろ、という苅田のくぐもった声が飛んだ。

ナイフが仁美の腹部に吸いこまれた。仁美の体が反り上がった。白いシャツの男がナイフを引き抜き、振りかぶる。それを見た黒いシャツの男が画面を横切った直後、映像は消えた。

画面が暗くなり、停止を示す文字だけが小さく映っている。リビングルームに静寂が戻っていた。

なんということだ。なんとも惨《むご》いことを。

梶原は呆然として立ち尽くしていた。清水はリモコンを手にしたまま、暗くなった画面を見つめ続けている。顔からは血の気が失《う》せ、手が震えていた。

19

梶原は、首都高速を走る覆面車の助手席から、東京の街並みを見ていた。エンジン音が聞こえてくるだけで、車内は沈黙に包まれている。別荘を出てから、清水は一言も口をきかずに運転し続けている。真っ赤に熱せられ、今にも溶け出しそうになっていたガラス玉の目。惨劇の映像を見終わった直後、清水の目は体中の血が一気に流れこんだかのように、深紅の玉となって揺れていたが、今は黒いガラス玉に戻っている。

首都高速を出た覆面車は、青梅街道に入って新宿署に向かって進んでいく。新宿署の地下駐車場に下りたときには、午後十時を回っていた。

梶原は清水とエレベーターに乗り、五階に上がった。廊下を進んでいき、特捜本部の手前にある小会議室の前で立ち止まってノックした。

「梶原です」

「入れ」

森岡管理官の声が聞こえてくると、梶原はドアを開けた。安住課長と森岡、そして水戸と白山の四人がテーブルについている。

すぐ後から続いて入ってきた清水が、ドアを閉めた。

「例の物を」

森岡が短く言って骨ばった手を伸ばしてくる。労《ねぎら》いの言葉も叱責もなかった。

梶原はテーブルに歩み寄り、ハンカチに包んだSDカードを森岡の手に載せた。

黙って受け取った森岡は、テーブル上のノートパソコンにSDカードを挿し入れた。

再生が始まった。男が喜ぶ声に続いて、女の悲鳴が上がる。怒号も加わった。

安住の目前に置かれたノートパソコンに四人の視線が集まっていた。安住は僅かに首を傾《かし》げ、険しい表情を張りつけてディスプレイを見つめている。その隣で森岡が顎を引き、ディスプレイの画像に見入っていた。水戸も白山も顔をしかめている。清水は硬い表情をして梶原の隣に立っていた。

ノートパソコンの音声が消え、重苦しい沈黙が訪れる。

「惨い……」

吐き出すように言い、安住は顔を上げた。銀色の眼鏡の奥の目が微《かす》かに震動している。

水戸と白山の顔は強張ったままだ。

興奮を鎮めるように深呼吸をし、森岡が低くつぶやくように言う。

「苅田の復讐だったのか」

別荘を出る前に、梶原は森岡に電話を入れていた。一連の経緯と犯行の模様が入ったSDカードを発見したと報告すると、すぐに持ち帰るように指示されたのだった。

梶原は、森岡の顔を見てうなずく。坊主頭全体から脂汗が噴き出してきているようだった。

「妻子を惨殺した相手への復讐です。妻の緑さんを殺した藤代を射殺。そして、富川も射殺した」

安住が銀色の眼鏡を押し上げ、目を向けてきた。目の振動はもう消えていた。

「富川はいなかったが」

梶原は前に出てノートパソコンを操作した。再生が始まり、ビデオカメラを持った灰色のシャツの男が現れた。早送りし、灰色のシャツの男の目出し帽が切れて外れたシーンで止めた。

「この男が富川のボディーガードの沢井です。富川を貫通した銃弾を腹に受けた」

安住はディスプレイ上の沢井の顔を凝視していたが、ほどなく首を縦に振った。

映像を冒頭部分に戻し、梶原は藤代と緑を取り囲んだ五人の男をディスプレイに出して続ける。

「背格好からして、この真ん中の男が富川だと思われます」

「顔が見えない。断定できない」

「目を見れば分かります。この目は富川です」

言い終えると、背後から清水が硬い声を発した。

「目だけではありません。鼻の高さも頬骨の位置も同じ。目出し帽の上からでも人物特定はできます。俺は富川の死体の顔を見ました」

安住は清水を一瞥《いちべつ》してうなずいた。清水の目を信頼しているのだ。

梶原はついで、ここに来るまでに考えてきた推理を披露した。

「富川らは、キャンプ場の外れにいた苅田一家を襲った。緑さんと仁美さんを拉致して別荘に運んだ。苅田は負傷し、一人取り残された。その後、何らかの方法で監禁場所を見つけて救出に入る。しかし、逆に富川らにつかまってしまう。そこでこの惨劇が起きた。映像を見る限り、二人の殺害は突発的に起きたようです。目出し帽が外れて顔を見られた藤代が、緑さんを刺した。白いシャツの男が仁美さんを刺そうとしたところで、富川が止めようと声を上げている。沢井が止めに行こうとしたが、間に合わなかった。富川らは混乱状態に陥った。おそらく、混乱に乗じて苅田が逃げ出した。もはやその場で復讐する気力はなかったのでしょう。キャンプしていた場所に戻り、すべて片づけ、職員が来る前に自分の車で羽鳥湖を離れた。東京に戻って、犯人を捜し始めた。別荘に止まっていた車のナンバーから犯人に辿り着いた」

「SATの隊員が情報照会をかけたら、すぐに監察の目に留まる」

「事務方の職員に頼んだのかもしれません。その点を調べるのは無理です。SATに箝口《かんこう》令《れい》が敷かれている。ともかく、苅田は最初に富川を見つけ出した。藤代は車を持っていない。富川の周辺を探り、藤代を割り出した。その後、SATから銃を持ち出して、復讐を始めた」

「推測に過ぎんな」

反論できなかった。苅田がどうやってあの惨劇の場から逃げ出したのか。怪我はどう処置したのか。足の怪我についても不自然な点が見受けられた。ビデオ映像の中の苅田の足は血に染まっていたが、キャンプしていた場所から別荘まで延々と血痕が付く程の大量出血を引き起こすようには見えなかった。

それだけではない。惨劇があった日から藤代が射殺されるまでの九日間、苅田はどこで何をしていたのか。分からないことだらけだった。

梶原は続ける。

「あの日、苅田は藤代の携帯電話にかけた。午後三時二分の非通知着信です。なんらかの方法で藤代を割り出し、遠くから監視し続け、事前に携帯電話の番号を調べ出していた。高倍率の双眼鏡かスポッティングスコープを使えば、接近しなくともかなり鮮明に見えるそうです。最大倍率にすると二百倍にもなる。惨劇の模様を記録した映像がある。SDカードが水の広場にある。取りに来なければ公表すると言って藤代を呼び出した。惨劇の後で、苅田は映像を手に入れた。沢井のビデオカメラを奪って脱出したのでしょう。もっとも、SDカードに本物の映像が入っているという保証はなかった。コピーされていないという保証も。藤代はもう行くしかない。藤代にとって、他人に見られたくない記録です。だから、その着信履歴を消した。藤代を監視している間に、富川とのつながりに気づいた。隠滅工作をやったのは青陵会の連中です。苅田の口封じも頼んだと考えられます。富川の場合はSDカードを用意する必要はありません。青陵会も苅田を捜していた。苅田を殺し、完全に証拠を消すために。富川は呼び出し電話を受け、ボディーガードを連れて行った。私がそれを指摘したから、青陵会に入れたし、村松会長にも会えた。ライフルを持って待ち構えている苅田に対抗できるとは思えない。けれども、選択の余地はない。捜していた相手から接触してきた。あの機会を逃したら、苅田を捕らえられない。その間に映像が流出したら終わりです。その結果、逆に射殺された。晴海の選手村建設予定地に向かう途中の豊洲で」

「証拠がない」

安住は吐き出すように言い、言葉を継ぐ。

「筋読みはいい。呼び出されたという点だけは間違いなさそうだ」

両腕を組んで考えこんでいた森岡が、腕組みを解き、テーブルに身を乗り出し、疑問を投げかけてきた。

「どうして、藤代と富川なんだ？　選手村建設計画に食いこもうとしている連中は大勢いる。藤代はその件に関与していなかったのだろう。関係ない者がいくら言ったところで、便宜は図れねえ。青陵会にも金は入らねえ。第一、二人はどこでどうつながっていた？」

答えられなかった。藤代と富川をつなぐものと言えば、選手村建設計画以外に考えられなかった。けれども、まだ二人のつながりは確認できていない。それだけではない。藤代が選手村建設計画に首を突っ込んでいた形跡もなかった。

しかし、二人に利益をもたらし、巨額の利益を上げようとしていた者が間違いなくいたのだ。別荘事件を賄賂として贈り、金儲けを企んでいた存在が。

梶原は森岡を見て応じる。

「暴力団は見返りもなしに動きません。絵を描き、金を出して実行させた者がいます」

「つまり、主犯って訳か？」

「そうです。惨劇のホシたちと必ず接点がある。ホシの情報を持っている」

森岡が首肯して、安住を見やった。二人の視線が絡み合う。

安住はうなずき返した後、梶原に目を向けてきた。

「藤代と富川を殺害したのは苅田だ。本ボシと見て間違いない。別荘事件の主犯は必ず見つけ出す。しかし、その前に苅田を捕らえる。苅田の逮捕が最優先だ」

提案は受け入れられたが、それだけでは苅田に辿りつけない。原点に戻って捜査をすることが重要なのだ。

梶原はうなずいた後、安住を見つめ返して言う。

「別荘を鑑識に調べさせて下さい。他にもホシにつながるものが出てくるはずです」

「強制捜査か。おまえたちは許可なく別荘に入った。違法捜査で得たSDカードでは、令状は取れんぞ」

歯噛みした。死体が見つかっていたら、それぐらいの障壁は越えられた。殺人事件となるのだから、令状は下りたに違いない。だが、結局見つけられなかった。

やはり、あの手しかない。苅田を捕まえるには。

梶原は心の中で繰り返し、安住の方へ足を踏み出す。

「次の事件が起きるまで、あまり時間はないでしょう」

「次？」

「苅田が、娘を殺害した男を放っておく訳がありません。割り出せずにいるのか、あるいは、機会を窺《うかが》っているのか。いずれにせよ、必ず殺します。苅田の第三の標的を調べ出し、そのときを待ち構えて逮捕するしか手はありません」

「第三の標的か」

安住の顔が思案顔になった。眼鏡を外し、目頭を揉《も》んでいる。指を止め、梶原に裸眼を向けてきた。

「ホシは割れた。防犯カメラの映像から足跡を辿っていけるだろう」

「無理です。これまでの捜査でも姿は捉えられていません。苅田は防犯カメラを全部避けて動いています」

眼鏡をかけ直して安住が言う。

「すべては無理だろう。情報が上がってきていないだけだろう」

「苅田の観察眼は超一流です。やっていると見て間違いありません」

そう言うと、清水が横に来て口を開いた。

「苅田さんならあらゆる防犯カメラを見つけ出せます」

清水は無表情のまま、淡々と言葉を継いで梶原に加勢した。

「防犯カメラの死角に入って動き続ける。食べ物はいくらでも調達できます。移動販売車にはまず防犯カメラはない。寝袋一つでどこでも寝られる。旅館やホテルは使わない。宿泊施設へのローラー作戦をしても引っかかりません」

「手のうちを読まれているのか——」

安住が嘆息を漏《も》らすと、梶原は更にテーブルの方へ体を近づけた。

「第三の標的を撃ちに現れたところを捕らえるんです」

「苅田はどこから撃ってくるか分からない。一・六キロも離れたところまで監視網を張り巡らせるのは無理だ」

「先に清水に見つけさせます。そこに捜査員を向かわせて逮捕する。狙撃手のことは狙撃手が一番よく分かっています」

梶原は言って清水に振り返る。

安住の視線が清水に向く。

「できるか?」

清水は安住の目を見据《みす》え、抑揚のない口調で答えた。

「できます」

鋭い光を帯びた目で清水を見つめ返し、安住が訊《き》く。

「捜査員が間に合わない状況になるかもしれない。機動隊は使えない。おまえが撃つしかなくなる。苅田を撃てるか? おまえに射殺できるのか?」

かつての仲間であり、尊敬する男だ。家族全員とも親しかった。大切な家族を惨殺された。そんな男を殺せるのかと問われているのだった。

小会議室が再び沈黙に包まれる。

森岡は顎《あご》を引き、食い入るような目で清水を見上げている。水戸と白山は固唾《かたず》を飲み、安住と清水を見守っている。

清水は決意のこもった目で安住を見つめ返し、短く答えた。

「撃ちます」

安住と森岡は無言でうなずいただけだった。そうした答えが来ると予想できていたのかもしれない。命令に背き、非難覚悟で少年を射殺した清水に、覚悟があるのかと再確認したのだ。事情を知らない水戸と白山は驚き、絶句している。

安住は梶原に向き直り、気を取り直して言う。

「問題はどうやって第三の標的を割り出すかだ」

梶原は車中で考えてきた策を口にした。

「藤代の携帯電話の通話記録の中に第三の標的が入っているはずです。別荘事件の後で藤代は脅《おび》えていた。苅田が逃げたにもかかわらず、事件は表沙汰にならない。どうなっているのだと富川に訊いたはずです。富川は完全に始末するから心配はいらないと答えた。それでも藤代の不安は消えない。仲間の様子も気になる。苅田の娘を殺した男にも異常はないかと訊《たず》ねたでしょう。直接会う危険は避けたはずです。電話を使うのが自然です。公衆電話でかけた可能性もありますが、毎回という訳にはいかない。相手からかかってくるときもあったはずです。そのときは自分の携帯電話で受けた。藤代の通話相手を一人一人当たっていけば、第三の標的が見つかる」

安住は大きく首を縦に振った。

「よし。では、その方針で行く」

梶原が首肯して引き下がると、安住は再び清水に向き直った。

「苅田の顔写真を持っているか？」

「寮の部屋にあります」

「ライフルも必要だ。気づかれないように持ち出せるか？」

「持ってきます」

即答だった。SATの銃器類は厳重に管理されている。機動隊でも事情は同じだろう。ライフルを持ち出すことはできないと言ったのは清水自身だ。本当に持ってこられるのか。確かめる間もなく、清水は背中を向けてドアの方へ進んでいく。

梶原は清水を目で追いつつ、もう一つの問いを心の中で繰り返していた。

苅田を撃てるのか。殺せるのか。

足音が近づいてきて止まると、休憩コーナーのベンチに座った梶原は目を閉じたまま言った。

「大分疲れが溜まっているな、白山」

「分かりますか」

ゆっくりと目を開けると、ワイシャツ姿の白山が二メートル程離れた所に立っていた。

「疲れがひどくなると、おまえの左足の音が少し甲高くなる」

「敵《かな》わないな。何年も梶原さんについているのに、梶原さんの足音の変化までは聞き分けられない」

白山は独り言のように言った後、梶原の隣に腰を下ろした。

「少しの間でも眠った方がいいですよ」

「どうせ眠れない」

「長谷を思い出してたんですか?」

図星だ。由里子の事件の記憶が蘇り、衝撃を受けた。全身の血が氷と化し、ついで沸騰するような感覚に陥った。あの映像を見てから、脳の奥がざわめき続けていた。

梶原は白山の目を見つめ返して応じる。

「そんなことでは潰《つぶ》れん。俺はそんなにやわじゃない」

「分かってます。梶原さんは強い。ですが、瑞希さんはそうはいかない。悟られないようにしないと」

瑞希は敏感だ。こちらの心の変化を感じ取る力は、母親と同じぐらいになってきた。癒えない傷を抱えている瑞希に、また思い出させて苦しませるようなことはしてはならない。

「注意する」

梶原が嚙みしめるように言うと、白山はうなずき、話題を変えた。

「清水は本気ですか。撃つつもりなんですか？　仲間でしょう」

「どうだろうな」

「どうだろうって――」

「撃つかもしれないし、撃てないかもしれない。俺にも分からん」

「決意は固そうに見えました。しかし、相手は仲間です」

「ただ、清水は一人射殺してる。独断で狙撃を実行した経験があるんだ」

梶原は続けて氷川台事件で籠城犯の少年を狙撃したのが清水だと伝えた。その経験を踏まえ、安住が清水をＳＩＴ専属の狙撃手にするために、梶原の下で刑事の実地訓練を行っているのだと。

白山は目を見開き、うつむいて考えていたが、やがて納得したように首を縦に振った。

「そういうことだったんですか」

梶原は白山の肩に手を置き、気を取り直して言う。

「藤代の携帯電話の通話記録を調べたい。持ってきてくれ」

「これから手分けして調べるところです。大量です。梶原さん一人では無理です」

「自分で目を通しておきたいんだ」

白山がすっと腰を上げた。

「持ってきます」

「嫌に素直だな」

「一度言い出したらきかない人でしょう。身に染《し》みてます」

苦笑を浮かべて答え、白山が廊下の奥の方へ進んで行った。


梶原は、休憩コーナーで藤代の携帯電話の通話リストに目を通していた。

発信百四十二件、着信百六十四件。八月二十日から九月五日までの間で、合計で三百六件もの通話があった。

別荘で惨劇が起きたのは八月二十八日だが、記録には幅をもたせてあった。犯行の前から、仲間と打ち合わせの電話をしていた可能性がある。その中に第三の標的が入っているかもしれないのだ。

非通知発信は一件のみだった。相手は勝田弘輝《かつたひろき》という人物の携帯電話で、番号も記載されている。非通知で発信しても、携帯電話会社には発信先の番号が記録されるのだ。

それ以外の発信先には、発信時刻と通話時間、通話相手の名前と住所が書かれていた。都庁職員と判明したものは、丸で囲まれた都の文字がついていた。それ以外の職業欄は空白だ。まだそこまで調べがついていないのだ。

一方、着信の方では、五件の非通知通話があった。うち二件は射殺事件当日で、苅田がかけてきたものだ。残り三件はそれぞれ、射殺事件の二日前と四日前と五日前だった。非通知着信の場合、携帯電話会社の記録にも番号不明として残る。

この三件が、第三の標的、もしくは富川からの電話だったのではないか。

藤代は、逃げ延びた苅田の動向が気になって仕方がなかった。そこで富川からかかってきた電話で進捗状況を訊ねた。見つけたか。口を封じたかと。非通知の場合、富川が使った電話の番号は不明扱いになる。もしもの場合に備えて、富川がそうした対策を取っていた可能性はあり得る。

そしてもう一つは第三の標的だ。第三の標的も藤代と同様に脅えていた。心配し、藤代に連絡を取ってきた。だが、番号が分からない以上、辿りつけない。

どうすれば、第三の標的を割り出せる――。

梶原は懸命に考えを巡らせる。

あれだけの事件を起こした後だ。別荘事件のホシらは携帯電話での連絡に慎重になっていた。非通知発信の場合、着信と違い、かけた相手の番号が携帯電話会社に記録として残る。通話料金が発生するためだ。そうしたシステムになっていることを、藤代が知らなかった可能性はある。富川なら当然知っていたはずだ。取り立てなどで相手を追いこむとき、非通知になるよう何度も無言電話をかける。脅迫行為の証拠を残さないために。

となると、かけるときは公衆電話、受けるのは自分の携帯電話で。それなら安全だと、藤代に教えたかもしれない。

であれば、このリストに第三の標的はいないことになる。

梶原は歯嚙みした。これを調べても、第三の標的は割り出せないか。いや、待て。別荘事件の前まで、藤代はごく普通に番号を通知する方法で電話をかけていたはずだ。連絡方法を変えたのは別荘事件の後だろう。

だとすれば、第三の標的はこのリストに入っている。別荘事件の前に藤代がかけた相手をすべて調べていけば、第三の標的に当たる。

もっとも、八月二十日以前にも遡《さかのぼ》る必要がある。膨大な数に膨《ふく》れ上がるが。

梶原はリストから目を上げ、熱くなっていた目頭を揉んだ。


講堂に悲鳴が響く。天井近くの大型画面に、抵抗する女の肢体が映し出されていた。

雛壇の幹部たちと捜査員たちの視線が、画面に集中している。

梶原は捜査員席の中央に座り、画面を見上げ、スピーカーから放たれる男の嬉々《きき》とした声や悲鳴や物音を聞いていた。

捜査会議が始まり、犯行の模様が捜査員たちに提示されている。

安住も森岡も、二度目とあってか、硬い表情を浮かべているが、動揺は見て取れない。

水戸と白山は、唇を嚙み締めつつも、目を背けることなく、その光景をしっかりと目に焼きつけるように、画面を見ている。桐生も同様に画面から目を離さない。

元村署長は顔をしかめてときおり視線を外していた。正視に耐えられないのだ。捜査員たちの中には堪《たま》らなくなって目を背ける者がいた。死体は見慣れていても、実際に人が殺される光景を目にするのは殆どの捜査員にとって、初めてのはずだ。

隣の清水は石の人形だ。親しかった人間が、惨殺される光景を繰り返し見ているのに、表情に変化はない。

緑の悲鳴が耳に届き、鼓膜を震わせ、心臓に痛みが走る。由里子の死に顔が脳裏に浮かび上がってきた。深い刺し傷を負って、安置台に寝かされた姿が、鮮明に蘇ってきていた。

桐生が振り返り、梶原に目を向けてくる。あのときと同じ目だった。由里子が殺害されたときに、捜査員や同僚たちから向けられた目と。同情、憐れみ、心配、そして怒りを含んだ多数の目にさらされたのだった。

再生が終わり、画面が暗くなる。講堂は重苦しい沈黙に包まれていた。口をきく者はいない。

安住が片手を長テーブルについて立ち上がり、沈黙を破った。

「この惨劇が、連続射殺事件を引き起こした」

噛み締めるように言い、安住は銀色の眼鏡の奥から冷たい光を帯びた目で、捜査員一人一人の顔を見て言葉を継ぐ。

「捜査方針を改める。藤代を殺害したのは苅田修吾。苅田は、妻を殺害した藤代を射殺した。娘を殺害した人物は生きている。その人物こそが第三の標的だ。苅田が第三の標的の前に現れたところで逮捕する。藤代もしくは富川と何らかの関係を持っていた。藤代と富川の人間関係を徹底的に洗い直し、第三の標的を特定する。別荘事件当日の行動を確認。対象者はこれまで事情を聴いた者すべてだ。並行して、藤代の携帯電話の通話相手全員から事情聴取を行う。羽鳥湖の別荘の周辺捜査も行う。別荘には入れない。周辺で聞きこみ捜査をやる。苅田の顔写真は後で配布する。捜査中に苅田を見つけたら、すぐに報告しろ。一人二人で対処できる相手ではない。応援はない。君たち捜査員のみで行わなければならない」

捜査員たちは皆険しい表情でうなずいた。

「この件は上層部にもSATにも伝えない。公安部が問い合わせたにもかかわらず、SATは所在不明の隊員はいないと回答してきた。警視総監や警察庁長官云々はごまかしだ。おそらく、警備部長と公安部長らを中心とする上層部が隠蔽に動いたんだろう。この事件を闇に葬ってはならない。ホシは必ず挙げる。刑事部で捕らえる。そこで特別合同捜査に格上げする。ここを合同捜査本部とし、私が指揮を執《と》る。月島署の特捜本部の捜査員には引き続いて青陵会を調べさせる。詳しい事情を知っている富川のボディーガードと運転手を捜し出して確保させる。我々が得た情報はこの映像だけだが、苅田は他にも多くの情報を持っている。事件の当事者だ。既に第三の標的を見つけ出している可能性もなくはない。絶対に先を越されるな」

安住は声を一段と高めて、念を押す。

「茢田は現役の警官だ。SATのナンバーワンの狙撃手だ」

捜査員らの表情が険しさを増した。

新たな捜査方針を受けて、水戸が捜査員に担当分野を割り振っていく。梶原と清水は引き続いて被害者家族の担当となった。

捜査会議が終わり、幹部たちが引き上げていく。捜査員の一人が梶原の方を向いた。一人、また一人と梶原に視線を投げかけてくる。ここにも、妻を惨殺された警官がいるということに気づいたのだ。

梶原は捜査員の視線が浴びせかけられるのに耐えていた。

20

呼び出し音が鳴り続けている。

午前一時過ぎ、梶原は新宿署の前に立ち、携帯電話を握っていた。眠ったのか、出る気配はない。諦めて切ろうとしたとき、瑞希の眠たげな声が耳元に流れてきた。

「足りなかった？　また何か入れ忘れた？」

「差し入れは全部入ってた」

「だったら、何？」

「戸締まりはしたか？」

「したよ」

「エアコンのオフタイマーを使えよ。忘れるとまた風邪をひくぞ」

「セットしたって」

「そうか。だったらいい。こんな時間だ。早く寝ろ」

「もう、何なの？　用がないなら切るよ」

瑞希が怒ったような口調で言った後、電話は切れた。

声が聞きたかっただけだった。瑞希は無事だ。分かってはいたが、確かめずにいられなかった。

梶原は携帯電話を下ろし、折り畳んだ。

ナイフを突き立てられる苅田仁美の映像が、脳裏に蘇ってきていた。白い素肌が真っ赤に染まった苅田緑も。安置台に寝かされた由里子が浮かび上がり、苅田親子の映像に重なる。

苅田の妻子が殺害されてから明日で二週間。苅田の復讐が始まってから六日目に入った。

人を殺す。その意志を持ち続けることだけでも、相当のエネルギーが要る。実行するとなれば、とてつもなく高い壁を越えなければならない。

由里子を殺した長谷を割り出すまでの二ヶ月間、殆ど寝ていなかった。いや、眠った記憶がない。

長谷に銃口を突きつけたときに、胸底から突き上げてきた強い衝動。あれが本物の殺意だ。

どれくらいの間、引き金に指をかけ、長谷と睨《にら》み合っていたのだろう。二、三分。いや、せいぜい一分ぐらいではなかったか。逆に言えば、たったの一分。その程度しか殺意を持っていられなかったのだ。

苅田は二人も殺した。

藤代と富川を捜していた間も、苅田には大きな精神的な負担がのしかかっていた。悲しみでいっぱいになり、復讐する気力もなくなることもあったのではないか。疲弊しているに違いない。

それでも、苅田は三人目も殺そうとしている。一体、どれ程強い殺意なのか。

一人で抱えこむにはあまりにも重過ぎる。今、どこにいる。何をし、何を考えている。

胸のうちを聞く。吐き出せ。俺に話せ。

ライフルを持って彷徨《さまよ》い続ける苅田の姿を思い浮かべながら、梶原は心の中で苅田に向かって呼びかけていた。

都庁のビルが巨大な影となって聳《そび》え立っていた。大半の窓明かりが消えていたが、所々に照明が点いている。

梶原は水の広場に立ち、新宿駅の方を見ていた。水の広場に他に人気はなく、公園通りを歩く人影が見えるだけだ。ヘッドライトを点けた車が左右に流れている。

視線を下ろし、血が洗い流された跡を見た。藤代の死体があった場所だ。ついで、二枚のビニールテープがあった場所に移動した。なぜ、ビニールテープだったのか。藤代を呼び出すには、ＳＤカードがあればいい。どうしてビニールテープまで張った——。

他にもまだ分からないことがある。撃たれる直前の藤代の奇妙な動きだ。藤代は携帯電話を耳に当てたまま、前に出たり、後退したりしていた。あれは一体、何だったのか。

そのとき、苅田はデパートの屋上でライフルを構えて藤代に照準を合わせ、携帯電話で藤代と話していた。

何を話していた。死にたくなければ、踊れとでも言ったのか。そうしながら藤代に恐怖を味わわせていたのか。妻が味わった恐怖を体験させていたのか。

けれども、それなら、苅田が藤代の目前に現れればいい。その方がより強い恐怖を与えられる。恐慌に陥った藤代の顔を間近で見られるのに。

背後から近づいてくる足音を耳にし、梶原は振り返った。清水が黒く細長いバッグを肩から提げてこちらに歩いてくる。

清水が梶原の前で立ち止まり、胸ポケットから写真を取って差し出してきた。

「被疑者です」

「被疑者？」

「犯罪を犯した人間はそう呼ばれます」

当然だという風な顔だ。もう敬愛する先輩ではなくなったということか。それとも、敢えてそう呼ぶことで区切りをつけようとしているのだろうか。清水の顔から真意は読み取れなかった。

梶原は写真を受け取って見た。苅田が清水と並んで写っている。清水はジーンズにウインドブレーカー、苅田はチノパンツに茶色のブルゾン姿だ。二人の後ろには山が写っている。どこかに遊びに行ったときに撮ったのだろう。

苅田は百八十センチぐらいで胸板が厚い。精悍な顔つきをした男で、肌の白さが印象的だった。あの映像に映っていた苅田の顔は、気色《けしき》ばみ、苦痛に歪んでいたものばかりだったが、この写真の苅田の表情は穏やかだ。

「男にしては色白だな」

「大抵の訓練は完全装備で行います。目出し帽を被っているので、日焼けはしません。夜

「間訓練も多い」

そう応じて、清水が肩からかけていたバッグを下ろした。バッグを路面に立て、ファスナーを引いて開ける。長く太い銃身がついた黒いライフルが現れた。大型スコープが載り、ストックには小型ライトと折り畳まれたバイポッドがついている。五発のライフル弾が入った帯がストックの後部に巻いてある。運搬用のライフルバッグに入れて持ってきたのだ。

「レミントンM７００をベースに作った機動隊仕様の狙撃用ライフルです」

「どうやって持ち出してきた？　無理だと言っていたじゃないか」

梶原が訊くと、清水は帽子のつばを少し上げ、淡々とした口調で答えを返してきた。

「被疑者が取った方法を考え、同じことをやりました」

「だからどうやった？」

「正式な手順を踏んだだけです。機動隊の銃器保管庫の鍵は隊長と副隊長がそれぞれ持ってます。着弾点の確認と照準調整をしたいと副隊長に申し出ました。後はいつもの手続きに従って、ライフルと弾薬を持って銃器庫を出ました。ＳＡＴの管理態勢もほぼ同じです」

「真夜中だぞ」

「朝、昼、夜。時間帯によって着弾点が変わってくる。気温と湿度の影響を受ける。むしろ、射殺命令が出るとしたら夜の時間帯の方が多い。照準が狂っていたとしたら、命令は遂行できない。わざわざ夜になるのを待って、照準テストをすることもある。狙撃手は銃と完全に一体でなければならない。照準調整をすると言えば、認められます」

「副隊長は調整に立ち会わないのか？」

「そこまではしません。狙撃手に一任されています。ただし、一日が限度です。夜と朝と昼に分けてテストをする。明日の夜までに返却しなければならない」

狙撃手だけは特別に信用されている。苅田はＳＡＴのナンバーワンの狙撃手だ。おそらく、苅田もその手を使ってベレットを持ち出し、消えたのだろう。

「だがな、おまえがライフルを持ち出したことが分かれば、機動隊から警備部に連絡が行く。特捜本部に参加しているんだ」

「その点は心配いらないでしょう。上は被疑者の射殺を望んでいるはずです。上が止めてくることはない」

清水はあっさりと応じ、立てたライフルを片手で支えて説明を続ける。

「このレミントンの有効射程は八百メートル。ベレットの半分です」

「それでどうやって撃つんだ？」

「有効射程まで接近してから撃ちます」

「接近できるのか？」

「相手の観察眼はＳＡＴ随一です。難しいが、やってみせます」

清水の決意は固い。規則違反を犯して、ライフルを持ってきたのだ。だが、まだ苅田を射殺できるとは完全に思えなかった。

いずれにせよ、そうなる前に苅田を逮捕する。清水の目を使って見つけ出し、苅田を挙げるのだ。

「行くぞ」

梶原が言って歩き出すと、清水はライフルを戻してライフルバッグを肩にかけた。

覆面車は小滝橋通りを北上し、下落合に向かっていた。住宅街に入り、照明の数が減り、周囲の暗さが増した。前方にある学校の防犯灯がついているだけで、グラウンドは闇に沈んでいる。

「こんな時間に行っても無理でしょう」

運転席の清水がダッシュボードの時計を一瞥して言う。午前二時二十九分になっていた。

梶原は前方を見据えて短く応じる。

「苅田に先を越される訳にはいかない」

清水は小さく息をつき、覆面車を進めていく。

マンションの敷地に入って覆面車が止まると、梶原は外に出た。運転席から降りてきた清水が、後部座席のライフルバッグに手をかけるのを見て言う。

「そんなものは必要ない。置いていけ」

「保管庫に戻すまで、使う人間が責任を持つ。常にそばに置く。銃を扱う者の心得です」

こいつは銃に関しては譲らない。素直に言うことをきく訳がなかった。

梶原は諦め、マンションに向かって歩き出す。集合式のインターホンの前で立ち止まり、藤代の部屋の番号を入力した。三度、四度と鳴らしたが、応答はなかった。外にもロビーにも人影はない。このままではマンションの中に入れない。電話して頼みこむ他に手はないか。

携帯電話を取り出そうとしたとき、インターホンから藤代正也の声が流れ出した。

「非常識です。何時だと思ってるんですか」

怒気を孕《はら》んだ声だ。

「申し訳ありません。律子さんにお訊きしたいことがあって来ました。ご協力をお願いします」

「いい加減にして下さい、刑事さん。母は眠っています」

「お願いします」

インターホンが切れた。沈黙に包まれる。清水は当然だという風な顔で梶原を見て、戻りましょうと促してきた。

梶原は首を横に振り、インターホンを見据えた。何時間でも待つつもりだ。律子が起きるまでここから動かない。

数分ほどして、インターホンから正也の声が流れてきた。

「会うそうです」

ロックが解除される音がし、梶原は足を踏み出した。清水とロビーに入り、エレベーターで九階に上がる。藤代の部屋のインターホンを押すと、強張った顔をした正也が出てきた。

正也は梶原を見、そして清水を見た。視線が清水のライフルバッグに留まった後、梶原に戻ってきた。

「母は疲れています。手短にして下さい」

「配慮します」

リビングルームに通され、梶原は清水と並んでソファーに腰を下ろす。清水がライフルバッグを足下にそっと置いた。

正也につき添われた律子がリビングルームに入ってきた。律子はパジャマに薄い上着をひっかけただけの格好だ。髪には乱れが残り、目が落ち窪んでいる。前回話を聞いたときよりも、憔悴《しょうすい》している。通夜で気丈に振る舞っていた姿はどこにもない。数日の間に随分とやつれていた。

律子がテーブルの向こう側に腰を下ろした。

梶原は深々と頭を下げて礼を言った後、質問に入った。

「苅田修吾という人物に心当たりはありませんか？　ご主人の友人か、知り合いで」

無言のまま律子が首を横に振った。

梶原は苅田の写真を取り出し、律子に差し出す。

「この男です。百八十センチ、七十八キロの大柄な男です。見たことはありませんか？　マンションの近くにいたか、ご主人の後からついてきたかもしれません」

写真に触れようともしない。少し距離を置いて見ていたが、首を横に振った。

苅田が下見に来ていた可能性はある。藤代にも律子にも気づかれないように動いていただろうが、完全に姿を隠せるとは限らない。先に律子が見たかもしれない。苅田は藤代の顔を見ているが、律子の顔までは知らないはずだ。

梶原は写真をしまい、律子を見て本題に入る。

「八月二十七日か二十八日、ご主人は福島県の羽鳥湖の別荘に行っておられますね」

藤代たちが犯行日の前夜に出た可能性もあるため、土曜日の二十七日も加えたのだった。

「別荘？」

顔を上げた律子に困惑の表情が浮かんだ。律子に代わって、正也が答えを寄こした。

「別荘なんてうちにはありませんよ」

梶原は律子を見つめたまま訊く。

「すぎはらさんという方の別荘です。その日、藤代さんがその別荘にいたことが確認されています。藤代さんが誰と一緒に行ったか、分かりませんか？」

「すぎはら――」

律子は目線を落として考えこんだ。

別荘にはＳＵＧＩＨＡＲＡと出ていたが、その名前の人物が持ち主とは限らない。所有者の詳しい情報はまだ分かっていない。藤代の携帯電話にもその名前は登録されておらず、通話リストにもなかった。

「聞いたことはありません」

目線を上げた律子がきっぱりと答えた。その目に嘘はない。

梶原は横目で清水を見た。清水は身じろぎ一つせず、律子に目を向けている。尊敬する上司の家族を残酷な仕打ちをして殺したホシの妻が目前にいるというのに、感情の変化は読み取れない。もっとも、妻という立場だけで、手を貸した訳ではない。他人として見ているのか。

梶原は律子に向き直り、新たな質問を投げかける。

「建設会社に知り合いはいませんか？」

「今度は何なんです？」

律子はそう言い、苛立《いらだ》った口調で続けた。

「知りません。主人の仕事のことはよく知らないんです。第一、主人の手帳もパソコンもあなたが持って行ったではありませんか。主人の知り合いなら、そこに書いてあるんじゃないんですか」

別荘に関する記述は一つもなかった。犯行当日かその前後に本人だけが分かる印がないかと思って調べ直したが、何もなかったのだ。

「ありませんでした。仕事関係の記録はあったが、私的な旅行だったので、書かなかったのかもしれませんね。ですが、奥さんには行き先を伝えていたでしょう」

梶原は手帳を開き、カレンダーの頁を律子に見せた。犯行前夜に別荘に入っていたかもしれない。

律子はカレンダーから顔を上げた。

「その日は、確か勉強会でした」

「勉強会?」

「都庁の職員たちと泊まりがけで、昇進試験の勉強をします」

「藤代さんは部長級でしょう。管理職試験を通っていたのに、また勉強ですか」

「講師です。若手の方々に頼まれて行っていました」

「勉強会はよくあったんですか?」

「年に三回か四回ぐらいでした」

「場所は？」

「軽井沢のホテルです」

嘘だ。藤代は羽鳥湖の別荘に行っていたのだ。

「いつ出かけたんです？　土曜日ですか、日曜日ですか」

「日曜日の朝です。東京駅から新幹線で」

「自宅を出たのは何時頃？」

「六時半ぐらいだったんじゃないかしら。毎回同じ時間帯でした」

梶原は矢継ぎ早に質問を放つ。

「誰が迎えに来ました？」

「迎えはありません。主人は一人でタクシーに乗って行きました」

「確かに一人だけですか？」

律子は手を上げ、白い細い指で窓を指した。

「一人です。主人が乗って行くところを、そこから見ました」

「タクシー会社は？」

「そこまでは分かりません」

九階の窓からでは、道路に止まった車の中までは見えない。富川が迎えに来たのだろうか。いや、違う。富川なら例のメルセデスを使うはずだ。

となると、藤代の仲間がタクシーで迎えに来たのか。あの第三の標的が。しかし、律子は相手も見ておらず、タクシー会社も覚えていなかった。その線からは辿れない。いずれにせよ、事件前の藤代の動きからは、手がかりはつかめそうにない。

「勉強会から戻ってきたのはいつです？」

梶原が再び質問を投げかけると、正也が割りこんできた。

「勉強会とか、そんなこと関係ないでしょう。いい加減にして下さい、刑事さん。母は疲れているんです」

顔を赤らめて訴えてくる正也に、梶原は顔を向ける。

「犯人逮捕のためです。ご協力お願いします」

「その言葉は聞き飽きました。とっくに逮捕しているべきでしょう。四日、いや、もう五日も経ってるんです」

憤懣が噴き出してきた。事情を聴かれるだけで、被害者家族は捜査の進展具合を知ることができない。それが更に焦りと苛立ちを募らせる。憎むべき相手が分からないため、怒りをぶつけることもできずに苦しむ。梶原自身がそうだったように。

梶原は清水を見やった。清水は両手を太ももに乗せた拳を握り締め、律子の顔を見ている。唇を嚙み締めて律子を正視している。その目が微かに震えていた。動揺の色が浮かんでいる。先程までの冷静さは消えていた。どうしたというのだ。

清水に問いかけようとしたとき、正也が迫ってきた。

「お引き取りを」

梶原は正也に向き直る。

「続けさせて下さい」

「刑事さん」

正也が声を上げ、ソファーから立ち上がった。

律子の手が伸び、正也の腕をつかんだ。

「いいの。私なら大丈夫」

「けど、母さん」

「大丈夫。心配いらないわ」

律子が強い口調で言うと、正也はソファーに腰を落として黙った。

一つ深呼吸をし、律子は梶原を見つめて口を開いた。

「主人が帰ってきたのは、日曜日の夜、いえ、夜中の一時か二時ぐらいだったと思います」

「誰かに送られてきませんでしたか？」

「一人だったと思います。私は休んでいたので、はっきりとは言えませんが。勉強会から帰って来るのはいつもそれぐらいの時間でした」

「何か変わったことは？」

律子はうつむき、鼻筋に指を当てて考え、答えた。

「長い時間お風呂に入っていました。なかなか出てこないので、心配になって声をかけました。長風呂する人ではないので。ずっとシャワーを使っていた。出てきたときには体が赤くなっていました」

人を殺し、返り血を浴びた。苅田緑を殺害した後、別荘で血を洗い流したはずだ。返り血を浴びた服は、青陵会の連中に処分させた。それでも、不安は治まらない。帰宅してまた長い時間をかけて、体を洗ったのだろう。たった一日で、事件の興奮と不安が消えるものではない。まして、苅田の所在が分からなくなっていたのだ。

梶原は清水を一瞥した。律子を見る清水の目の中で、小さな光が動いていた。動揺しているのを懸命に抑えているようだった。

梶原は律子を見て質問を続ける。

「それからどうしました？」

「何か食べるかと訊いたんですが、いらないと言われたんで、私はベッドに入りました。主人はしばらく起きていたようです。後のことは分かりません。翌朝はいつも通りに出勤していきました」

「脅《おび》えていた様子はありませんでしたか？」

「脅えていた――。どうして脅えるんですか？」

律子が真顔で訊き返してきた。

「答えを」

梶原が促すと、律子は小さく嘆息し、薄い唇を開いた。

「普段と同じです。決まった時間に家を出て、同じ時間帯に帰ってくる。それまでと変わりませんでした」

「奥さんに分からないように、電話をしていたような様子はありませんでしたか？」

「書斎で携帯電話を使っていたら、分かりませんよ」

別荘事件の後、藤代は普段と同じ生活を送っていた。脅えた様子を見せなかっただけで、内心では戦々兢々《せんせんきょうきょう》としていたに違いない。苅田緑と仁美の二人の死体が処分されても、苅田は逃げ延びた。警察が捜査に動き出し、いずれここにもやってくる。藤代はいても立ってもいられなかったに違いない。

富川らは苅田を捜し出し、処分しようとしていた。が、見つけられなかった。

もう富川からも藤代からも何も聞き出せない。けれども、今ここに藤代を最も知っている人間がいるのだ。もしかしたら、第三の標的に関する手がかりを得られるかもしれない。

梶原は気を取り直し、通話リストを取り出して律子に向ける。

「この中に知っている番号はありませんか？」

律子は通話リストを左手で持ち、右手の指で電話番号をなぞっていく。指が大西功一で止まった。

「この方は知っています」

通夜で藤代の家族につき添っていた男。マスコミを追い払った弁護士だ。

「ご主人と大西さんはどういうご関係だったんですか？」

「主人の学生時代からの友人です。大学が同じでした」

藤代の携帯電話には、大西功一という名前と電話番号が登録されていただけで、住所や勤務先などの情報はなかった。友人同士ならそれで充分なのだろう。これも外れだ。

通話リストの中に他に知っている人がいないか重ねて訊ねたが、律子が挙げたのは大西だけだった。

しかし、非通知でかけてきた相手が第三の標的である可能性はある。非通知でかかってきたとき、藤代のそばにいた。藤代が漏らした相手の名前を聞いたかもしれない。あるいは、相手の特定につながる何らかの言葉を。

五件の非通知着信のうち、二件は狙撃事件当日にかかってきたものだから、排除できる。問題は残りの三件、八月三十一日と九月一日と三日だ。八月三十一日と九月一日は藤代が仕事に出ていたのだから、律子は聞いていない。問題は九月三日だ。

梶原は律子を見て訊く。

「九月三日。先週の土曜日ですが、その日、藤代さんはどうしていました？」

律子に戸惑いの表情が浮かんだ。正也は知らないのだろう、ただ律子の顔を見ている。

少しの間考え、律子が答えた。

「家にいました」

「午後一時四十九分に着信がありました。そのときは？」

「書斎でしょう。昼食の後、夕食までずっと書斎にこもっていました」

「奥さんはそのときどうしていました？」

「主人が書斎にいるときは近づかないようにしています。物音を立てると、叱られますから」

携帯電話の通話リストからは辿れなかった。だが、まだ公衆電話の線が残っている。

藤代が使った公衆電話が分かれば、そこから第三の標的を割り出せるかもしれないのだ。公衆電話の通話記録と藤代の携帯電話の通話リストの両方にある番号が、第三の標的か、もしくは富川だ。そこから絞りこんでいけばいい。富川の名前を直に口にしたかもしれない。あるいは、その世界に関する言葉であれば、富川と見て間違いない。暴力団とは無関係の言葉であれば、第三の標的の可能性大だ。

梶原は続けて律子に質問を投げかける。

「ご主人が公衆電話を使っているところを見たことはありませんか？」

「うちには電話があります。携帯も持っていたのに」

「見てないんですか?」

「何年もありませんよ」

律子の顔や仕草から嘘は見て取れない。本当に知らないのだ無理だったか。被害者家族から辿って第三の標的を見つけ出そうとしたが、その道は消えた。。

「もういいでしょう。お引き取りを」

正也が梶原の方へ身を乗り出し、辞去を促してきた。

「お疲れのところ無理を言って済みませんでした」

梶原は立ち上がって深く一礼した。ゆっくりと上半身を起こすと、律子が構わないという風に小さく首を横に振るのが見えた。

リビングルームを出て、玄関に向かう。ライフルバッグを肩にかけた清水が無言でついてくる。その目にはもう動揺の色はない。

エレベーターで一階に下り、梶原は玄関ドアに向かって進みながら、横を歩く清水に言う。

「おまえが動揺していたのを初めて見た」

反応はなかった。清水は足音も立てずに黙々と歩いていく。

梶原は清水の横顔を見て問う。

「律子さんの顔をじっと見ていたが、本当は律子さんを見ていなかった。一体、何を見ていたんだ?」

答えはない。梶原は質問を繰り返す。

「何を見ていた?」

「何も見てません」

清水は低く強い声で応じて歩いていく。梶原を追い越してマンションの外へ出ていき、覆面車に乗りこんだ。

梶原は助手席に座り、清水の横顔を見た。清水の目がまたガラス玉になっている。

次の聴取相手の名前を告げると、清水は機械的に手を動かして、パーキングレバーを下ろした。

21

覆面車は住宅街の路地で止まった。

午前四時を回ったばかりで、辺りはまだ薄暗い。行き交う車も人もなく、静けさに包まれていた。聞き慣れた金属音が遠くから風に乗って運ばれてくる。電車の連結機が嚙み合うときの音だ。

梶原は左手にある家を見た。薄茶色の外壁の二階建てで、ブロック塀に囲まれている。国産の中型セダンがカーポートに納まっている。

清水に車内で待つように言い、外に出た。夜明け前だというのに、空気は熱を孕んでいる。熱波が引く気配はない。

玄関ドアの前に立ち、泉の表札を見て、インターホンを押した。藤代のマンションを出てから、杉並区堀ノ内にある泉秘書の自宅に来たのだった。

家の中でベルが鳴っているが、ドアが開く気配はない。ベルが鳴り止んだ。

再びインターホンを押そうとしたところで、ドアがゆっくりと開き始めた。泉が顔を出した。髪は乱れたままで、うっすらと髭《ひげ》が伸びている。Tシャツ一枚を着て、薄いジャージのズボンをはいていた。

泉は不機嫌を露わにして言う。

「こんなに朝早くに家まで来るなんて」

「捜査に協力して下さい」

目を見据えて応じると、泉は深い嘆息を漏らした。

「断っても無駄か」

梶原は無言でうなずく。

「分かりました。着替えてきます」

吐き出すように言って泉が玄関ドアの向こうに消えていくと、梶原は覆面車に戻り、後部座席に乗った。二分と経たないうちに、泉が出てきた。短パンにはき替え、ジョギングシューズを履き帽子を被っている。

梶原はドアを開けて後部座席に泉を招き入れた。

「この先まで行って下さい」

泉が梶原の隣に腰を下ろして言うと、清水は無言で覆面車を出した。清水は唇をきつく結んだ硬い表情のまま、泉の指示通りに覆面車を走らせていく。藤代のマンションを出て以来、まったく口を開いていなかった。話しかけても、反応しないのだ。また心に硬い殻をまとったかのようだった。

五百メートル程進んだところで、覆面車が路肩に寄って停止した。左手には公園の緑地が広がり、右手を善福寺川が流れている。人影はない。

「ここでよく走ってるんですか？」

質問には答えず、泉が逆に訊いてきた。

「で、今度は何を知りたいんです？」

梶原は通話リストを取り出し、泉に訊ねる。

「九月三日、先週の土曜日ですが、泉さんはどこで何をしていました？」

泉は怪訝《けげん》そうな表情を浮かべた。

「一体、これは何なんです？」

「答えて下さい」

梶原が促すと、泉は肩を上下させて嘆息した。

「ゴルフですよ。茨城のゴルフ場に行ってました」

「藤代さんも一緒でしたか？」

「いえ。私の友達とです。名前は――」

三人の名前を挙げた後、泉はジャージのポケットから取り出した携帯電話を見て電話番号もつけ加えた。

梶原はそれらをメモに書き取った。おそらく、泉の言っていることに間違いはない。三日は、藤代は自宅にいたのだ。非通知着信はあと二件残っている。両方とも勤務時間帯だ。

「八月三十一日の午前十一時二十九分と九月一日の午後五時十七分に、藤代さんの携帯電話に非通知着信がありました。そのとき、藤代さんの近くにいませんでしたか？」

「そう言われても――」

泉は眉根を寄せて頭のすぐ上の天井を見上げた。記憶を探っていたようだが、やがて顔を下に向けた。

「そう言えば、藤代の席へ書類を持って行ったときに、携帯電話を使っていたような気もしますが」

あったのか。

「それは、三十一日ですか、一日ですか？」

「退庁時刻が近かったので、一日だったと思います」

「藤代さんは何を話していました？　名前か何か言ってませんでしたか？」

「ただ聞いていただけのようでした。私と目が合うと、背中を向けて携帯を切りました」

やはり、駄目か。

梶原は心の中で落胆の息を吐いた。清水の目が映ったルームミラーが視界に入ってきた。覇気の感じられない目だ。今の会話を聞いているかどうかも分からなかった。

梶原は質問を再開する。

「藤代さんが公衆電話をかけているところを見たことはありませんか？」

「公衆電話」

藤代律子と同じように、泉が困惑の表情を浮かべた。

「都庁内の様々な場所に公衆電話がある。一階のロビーや最上階の展望ロビーなど。都庁内なら公衆電話を簡単に見つけられる。それに、都庁の外にも電話ボックスがあるでしょう」

藤代のマンションに公衆電話はなかった。あの周辺で最も近い公衆電話まで四百メートル程あった。自宅近くの公衆電話を使えば、律子に見られる恐れがある。一方、都庁とその周辺には数多くある。同僚に見られる恐れが低い場所にある公衆電話を捜して使っていたのではないか。都庁は藤代にとって自分の庭のようなものだ。

「ありませんよ。ないない」

また外れだった。

梶原は泉に通話リストを渡し、知っている番号があるか訊ねた。都庁職員を除外するようにつけ加えて。

泉の指先が通話リストをなぞっていく。ほどなくして、泉は通話リストから指を離し、首を横に振った。

両方とも収穫なしだ。だが、諦める訳にはいかない。

「藤代さんは若手の職員の勉強会の講師をしていましたね」

「そんなことも知っているんですか」

「通話リストの中に、勉強会に参加していた職員はいませんか？」

観念したかのように首を傾け、泉が通話リストに視線を落とした。やがて、五人の名前を挙げた。

「その職員たちの年齢は分かりますか？」

「三十から三十三ぐらいですね。いや、一人だけ二十代がいたな」

「四十代後半から五十代前半くらいの職員は？」

「いません。四十代でも管理職試験の勉強に打ちこんでいる者はいます。ですが、藤代は相手にしていませんでした。若手だから講師を引き受けた。四十代でもたもたしているような者に見こみはないと」

苅田仁美にナイフを突き立てた男。あの映像に映っていたのは男の後ろ姿だけだった。顔は映っていなかったが、若くともせいぜい四十代後半ぐらいだろう。となると、その五人の中に第三の標的はいない。

「私はこれで失礼します」

泉が通話リストを梶原に返し、ドアレバーに手をかけた。

梶原は泉の右腕をつかんだ。

「もう少しおつき合いを」

強い力で引っ張られ、泉は動けなくなった。梶原を見返し、仕方なさそうにドアレバーから手を離した。

梶原は泉の腕を離して言う。

「藤代さんはかつてスポーツ振興局にいましたね。都庁のエースだった」

「この前話したでしょう」

「納得できるまで調べます」

嘆息し、泉が背もたれに寄りかかる。

「晴海の選手村建設工事は、建設会社にとって非常に魅力的な仕事だ。受注のために、色々と甘い誘いをかけてくる。違法なことであっても」

「賄賂のことを言ってるんですか？」

梶原が無言で首肯すると、泉は呆れ顔をし、深いため息をついた。

「前にも言いましたが、藤代に限ってそれはあり得ません。藤代に建設工事に介入する権限はなかったんです。権限のない者に取り入ったところで、仕事は取れない。そんな無駄なことをする業者はいません」

泉は強い口調で否定した。

梶原は食い下がる。

「だったら、そうしたことができる人間を教えて下さい」

「知事ぐらいでしょうね」

投げやりな言い方だった。それこそ考えられない。

「他にいませんか？」

冷静な口調でまた質問を投げかけると、泉は根負けし、吐き出すように言った。

「公共工事の契約は財務局の担当です」

藤代は政策企画局の所属で、財務局とは関係ない。やはり、無理がある。これ以上追及しても、手がかりは出て来そうにもなかった。

梶原は話題を変えた。

「藤代さんは若手の育成に随分と熱心だったんですね」

「若手だけでなく、上にも熱心でした」

「というと?」

「藤代は上から特別に目をかけられていました。知事からも副知事たちからも」

「知事はさぞかし力を落とされているでしょう」

水を向けると、泉はうなずいた。

「知事からの信頼も厚かったですが、特に副知事たちからの期待が大きかった。四人の副知事たちも代わる代わる、知事秘書室に来られた。花が飾られた藤代の席に手を合わせていました。副知事全員のお気に入りだったんです」

関係のない存在になったのか、泉は過去形で語っていた。

「藤代さんはもう過去の人間ですか?」

梶原の問いかけに、泉は気にする風もなく応じる。

「次に向けて動き始めていますから」

「次?」

「いつまでも空席にはしておけません。冷酷と言えば冷酷ですが。組織ですからね」

「泉さんが後を継がれるんですか?」

泉は即座に首を横に振った。

「私じゃありませんよ。部長がいなくなったからと言って、課長がすぐに上がれる訳じゃない。私は課長級になってまだ一年。部長級になるのは早過ぎる。統括課長級の秘書が藤代の席に就くはずです。そちらの方が年も役職も上ですから」

藤代はエースと呼ばれていた。副知事候補の最有力者だった。副知事たちも自分たちと同じような考えを持つ人間を迎え入れようとするはずだ。自分たちに従順な人間を。

「次の副知事候補捜しも始まっているんですね」

「元に戻るだけです」

「戻る？」

「藤代は副知事たちからエースとして認められていました。ですが、元々はうちの政策企画局長の三浦《みうら》と財務局長の木谷《こたに》の二人が副知事候補だったんです。人事は昇任試験の合格年次で決まる。政策企画局長と財務局長は同期入庁で、昇任試験の合格年次も同じでした。それが、いつの間にか藤代が副知事候補に挙がっていた。あくまで噂ですが、いつか現実になる。これまで何人も見てきた。そういう例を挙げれば切りがない」

上層部が描く人事構想は、いつの間にか噂となって下に広がっていく。警視庁内でも同様のことが多々あった。けれども、そこまで決まっていながら、途中で代わるのは普通ではない。

ルームミラーを見やった。清水の目は開いているが、何も見ていない。藤代律子を見ていたときと同じ目だった。

梶原は泉に目を向け直して訊く。

「何があったんです？　財務局長が大きな失敗でもしたんですか？」

「刑事さんもそう思われますか。しかし、財務局長が失敗したとかいう噂はありませんでした。いつの間にかそうなっていたんです。何か事情があったのかもしれないが、私のような下の人間には分からない。ただ、これで財務局長が元に戻ったというのは確実です。そうした噂が私の耳にも入ってきたんですから」

泉も本当に知らないのだ。

財務局長の復活。財務局。頭の中でそれらの言葉が駆け巡る。先程泉が口にした言葉が蘇ってきていた。公共工事の契約は財務局の担当――。

選手村建設は都の一大公共工事だ。もしかしたら、財務局長が第三の標的ではないのか。

そう思い至ると、梶原は泉の方へ更に体を近づけた。

「財務局長の写真はありませんか？」

「持ってませんよ。もうこれでいいでしょう。帰らせて下さい」

財務局長の顔は後で確認できる。まだ気がかりなことがあった。

「あと一つだけ。女性秘書の宮木さんのことです。彼女は藤代さんから特別に目をかけられていたんですか？」

「そんなことはありません。藤代は部下に分け隔てなく接していました」

答えを聞き、梶原は礼を言って覆面車から送り出した。

帽子を被った泉が川の方へ走っていく。

梶原は後部座席を出て、助手席に戻り、清水の腕に触れた。

「今の話聞いていたのか？」

清水はゆっくりと顔を向けてくると、口を開いた。

「聞いてました」

目に光がない。相変わらず心ここにあらずといった表情だ。

「これで第三の標的が分かるかもしれん」

「標的？」

「あの惨劇は賄賂が原因だった。そう考えれば、絞られてくる。財務局長は公共工事の元締め役だ。財務局長の力があれば、巨額の仕事も取れる」

「それじゃ、木谷財務局長がやったって言うんですか？　まさか、都の幹部が二人もあの惨劇に加わっていたなんて――」

何か別のことを考えていると思ったが、泉との話の内容は把握していた。

清水が抑揚のない声で続ける。

「二人とも似たような性癖を持っていた。残虐な嗜好を。そんなことがありますか?」

目に驚きの色はない。機械的に問いかけてきているようだった。

どうした。おまえは何を考えている。

問いかけたくなるのを堪《こら》え、梶原は応じる。

「人間は色んなものを隠し持っている。犯罪を犯すように見えない人間がホシだったってことはいくらでもある。現に藤代がそうだった」

「もし木谷が別荘事件の犯人だったら、第三の標的だったら、とっくに逃げ出してます。それに、被疑者が見逃す訳がない。既に射殺されています」

あらためて考え直したのだろう。その考えは的を射ている。しかし、それで済ませる訳にはいかない。

「可能性はゼロではない。可能性がある限りは当たる」

推測が当たっているかどうかは分からない。調べるしかないのだ。

22

覆面車は早朝の空《す》いた環状七号線を走り抜けていく。

梶原は窓ガラスを三分の一程下げた。風が車内に吹きこみ、ワイシャツの襟から胸元に入ってくる。冷気が押し出され、足の強張《こわば》りが和《やわ》らいでいく。

車内を巡った風が、清水のポロシャツを揺らし、帽子の下から出た髪をなびかせる。ステアリングを握った清水の横顔からはまた表情が消えていた。車内の温度が上がっても、不快そうな顔をすることもなく運転を続けている。顔は薄い金属の膜に覆われたかのようだ。

梶原は清水の横顔を見て呼びかける。

「清水」

反応がない。

梶原は窓ガラスを閉め、清水に言う。

「一つ教えてくれ」

目だけを動かし、梶原を見てきた。

「何を見てるんだ？　おまえの目に何が映っている？　藤代のマンションに行ったとき、律子さんを見ているようで見ていなかった。泉秘書から話を聞いている最中も上の空だった。一体、何を考えてる？」

清水の目の中で光が揺れ始めた。動揺している。

梶原の視線から逃れるように、前を走る車に目を向ける。一呼吸ついて問いかけてきた。

「どうして宮木秘書が先なんです？　木谷財務局長に直接当たれば第三の標的かどうか分

かるでしょう。そっちの方が早い」

話題を変えられた。木谷が第三の標的である可能性が出てくると、梶原は森岡管理官に電話して、宮木秘書と木谷の住所や電話番号を訊《き》いたのだった。ＳＤカードの映像に、苅田仁美を殺した男の顔は映っていなかったが、男の後頭部や背中や手が映っていた。それらの特徴から識別できる。

「こっちが訊いてる」

「教えて下さい」

清水が前を見たまま冷静な口調で言う。その横顔はすべてを拒絶するかのような硬い石の皮膜をまとっていた。こいつはもう動かない。答える他にない。

梶原はドアハンドルに左肘《ひじ》をついて言った。

「藤代が携帯電話で話をしていたとき、相手の名前を宮木秘書が聞いていた可能性もある。その相手が第三の標的だ。それに二人とも同じ部屋で働いている」

「しかし」

「それだけじゃない。何かあるような気がする」

気ですか、と清水は繰り返し、固く口を閉じた。何か考えているようだが、もうそれ以上何も言わなかった。

覆面車は環状七号線から大久保通りに乗り入れ、東に進んでいく。中央線を越えて東中野に入った。東中野駅の西側に広がる住宅街の中にあるアパートの手前で止まった。薄い灰色をした二階建てのアパートが目前に建っていた。周囲に人気はない。午前五時前で、まだ薄暗い。

梶原はドアレバーに手をかけた。ドアを開けようとすると、清水が止めてきた。

「早過ぎます。起きるまで待ちましょう」

「時間がない」

「独身の女性です。配慮すべきです」

分かってると応じて、梶原は覆面車を降りた。生温《なまぬる》い熱気が全身を包みこむ。アパートに向かって歩き出すと、清水がライフルバッグを肩から提げて後からついてきた。

外階段を上り、二〇五号室の前に立ち、梶原は表札を見た。宮木の文字だけが書かれており、名前は出ていない。女の一人暮らしであることを悟られないようにしているのだろう。

インターホンを押した。ドアごしにチャイム音が聞こえてくるが、人が動く気配はない。少しして、視線が注がれるのを感じ、梶原はドアスコープの前に移動し、清水を近くに引き寄せた。

「警視庁の梶原です」

こちらを窺《うかが》っている気配がドアごしに伝わってくる。

ドアが少し開き、隙間から目が見えた。チェーンロックはかかったままだ。

「事件のことで話を——」

そこまで言ったところで、宮木久美の声が流れてきた。

「待って下さい」

ドアが閉じた。部屋に明かりが灯った後、再びドアが開き、久美が現れた。Tシャツに薄いジャージという軽装だ。長い髪を後ろで束ねているだけで、化粧はしていない。

「どうぞ」

梶原は玄関に足を踏み入れた。清水が後ろから続いてくる。

通されたのは、六畳の和室だった。エアコンをつけたばかりなのか、外より幾分涼しい。

梶原は、部屋の真ん中にある小さな黒いテーブルについて腰を下ろす。清水が斜め後ろに座り、ライフルバッグを後ろに置いた。

久美はゆっくりとした動作でテーブルの向こう側に座った。藤代の家族に事情聴取しようとしたとき、敢然と立ちはだかって止めに入ってきたが、今の久美からは覇気がまったく感じられない。かなり憔悴している。

低い声音で久美がつぶやくように言う。

「まだ捕まらないんですね」

「その件でお訊きしたいことがあって来ました。朝早くに申し訳なかったのですが」

「構いません。警察の方なら心配ないですから」

心配ない？　どういう意味だ。

引っかかりを覚えたが、梶原は通話リストを久美の前に出して、都庁職員以外で知っている番号がないか訊《たず》ねた。

久美は丁寧に番号を見ていき、ありませんと言って通話リストを返してきた。やはり彼女も知らなかったか。

梶原は本題に入る。

「八月三十一日は出勤されましたか？」

久美の視線が壁のカレンダーに流れた。

「出ています」

「その日の午前十一時二十九分頃、藤代さんの近くにいませんでしたか？　その時間に、藤代さんの携帯電話に着信がありました」

「何なんです？」

久美の目に当惑の色が浮かぶ。

「いたんですか？」

再度問うと、久美は思案顔になった。立ち上がり、棚の上から手帳を取って元の場所に腰を下ろした。

「いませんでした。私は会議室で準備をしていましたし、藤代さんは自席で仕事をしていました。別々の場所にいたんです」

「一日の午後五時十七分の着信のときは？」

考えた後、久美は首を横に振った。

「藤代さんは携帯電話を使っていたような気がします。私は壁際でコピーを取っていたので、近くにはいなかったはず。話は聞こえません」

駄目だったか。藤代が第三の標的となる人物の名前を口にし、久美がそれを聞いた可能性があった。だが、空振りだった。三日は土曜日で休日だったのだから訊くまでもない。

梶原は公衆電話の件に質問を移す。藤代が都庁内で公衆電話を使っているところを見たことがないか、そうしたところを見た者がいないか訊ねた。しかし、久美自身も見ておらず、他の職員が目にしたということも聞いたことはなかった。

「そろそろ支度をしないと」

久美が時計を見て退出を促してくると、清水が応じた。

「引き揚げましょう」

清水の言葉を聞き流し、梶原は質問を続ける。

「藤代さんが撃たれたと知ったとき、どう思われました？」

久美は虚を突かれたような表情になった。沈黙が落ちる。

ほどなくして、久美が沈黙を破った。

「それは……。ショックでした。というより、信じられませんでした」

「あなたはまだ幸運な方です。藤代さんの無惨な姿を見ずに済んだ」

藤代が撃たれた日、久美は都庁にはいなかったのだ。

「幸運って。刑事さん、そんな言い方はないでしょう」

抗議するような口調に変わった。久美の目に怒りの色が浮かんでいる。

梶原は冷静な口調で言う。

「先程から聞いていると、あなたは藤代さんをよく見ていた。気にしていた。単なる上司と部下という関係ではなかった。特別な関係だったんじゃないんですか？」

久美の目に宿っていた強い光が消えた。

「刑事さんの想像とは違います。私は藤代さんに助けられました。せめてもの恩返しをしようと」

「助けられた？」

「そうです。救われました」

「何があったんです？」

うつむき、気持ちを鎮めるように一呼吸した後、久美が顔を上げた。

「男にしつこくつきまとわれて。何度も携帯に電話がかかってきました。つき合えって。

職場では、部屋に呼びつけられて迫られたこともあります。アパートの近くで待ち伏せされていたことも」

執拗なストーキングを受けていたのだ。だから、先程、警察なら安心だと言ったのだ。

「相手は同僚ですか」

「元です。三十も年上の」

「いつのことです？」

「一年半ぐらい前です。断っても断っても、しつこく迫られて。でも、警察沙汰にしたら、職場にいられなくなります」

パワーハラスメントも含まれていたのだ。

「それで藤代さんに相談したんですね」

梶原が言うと、久美はうなずいた。

「親身になって聞いてくれました。相手が来たら、すぐに呼ぶように。止めさせるように話をつけるって。帰宅した後でコンビニに行こうとしたとき、あいつがアパートの近くに立っていた。藤代さんに電話したら、来てくれました」

あいつという呼び方に変わっていた。

「あいつが部屋の前まで来たときに、藤代さんが現れたんです。私はドアノブを押さえて、震えながら外の様子を見ていました。藤代さんはあいつを引っ張っていった。翌日出勤すると、藤代さんに呼ばれてこう言われました。すべて済んだ。もうつけ回すようなことはないと。謝罪文と誓約書を貰いました。本当にそれで済むのだろうか。逆切れされないかと心配しましたが、つけ回しも電話も止みました。都庁の廊下ですれ違っても、向こうから視線を逸《そ》らす。それ以来、私を避けるようになったんです」

「藤代さんの家族の世話についたのは、そのことがあったからですね」

「お礼をと言っても、藤代さんは何も受け取ってくれませんでした。部下を守るのも上司の役目だとおっしゃるだけで。恩返しもできないうちに亡くなって。せめてそれぐらいはと思って」

藤代にも、他人を思いやる一面があった。あれ程残虐な行為をする男にも。

久美の表情の陰りは濃くなっていた。

梶原はやんわりとした口調で久美に問いかける。

「その相手の名前を教えてくれませんか?」

久美が吐き出すように言う。

「木谷元晴《もとはる》です。財務局の」

「木谷財務局長ですか」

「知っているんですか?」

「ええ」

「私が財務局にいた頃から目をつけていたみたいなんです。知事秘書室に異動になってから、酷くなって」

低い声音で久美が続ける。

「でも、もう終わりです。藤代さんが亡くなってから、あいつは以前のように、我物顔のように振る舞うようになったって聞きました。昔のような目で私を見てくる。仕事中に内線電話もかけてくる……」

そこまで言ったところで、声を詰まらせた。

都庁の知事秘書室に泉秘書を訪ねたとき、久美は脅《おび》えた目をして電話を受けていた。あの電話相手が木谷だったのだ。

副知事候補から木谷が外れたのは、ストーキングが原因だったのだろう。

梶原は横目で清水を見た。納得したのか、無言でうなずいた。

「もう耐えられません。辞めるしかない」

項垂《うなだ》れた久美から低い声が漏《も》れてきた。

梶原は久美に視線を戻し、語りかけるように言う。

「次に接触してきたら、我々に相談して下さい。電話に出る必要はない。いつでも構いません。我々は、警察はあなたの味方です」

久美は下を向いたまま考えこんでいたようだったが、顔を上げ、小さく首を縦に振った。

梶原は久美の手を取って名刺を握らせ、清水に目配せして立ち上がった。外廊下に出てドアを閉じようとしたとき、久美の細い背中が見えた。テーブルについたまま動かない。

階段の方へ歩き出すと、清水が訊ねてきた。

「何かある気がするって言ってたのは、ストーカーのことだったんですか？　梶原さん、そこまで分かってたんですか？」

「今初めて聞いた」

「だったら、何です？　また刑事の勘だとか言うんじゃないでしょうね」

「そうだ。勘だ」

あっさりと答えると、清水は呆れ顔をしただけで、何も言わなかった。こいつには分からない。刑事になる意志がかけらもない人間に、刑事の勘が理解できる訳がない。人を殺す。仲間を殺すと宣言した男だ。別種の人間なのだ。

梶原は覆面車に向かって進んでいく。

清水がライフルバッグを後部座席の床に置いて、運転席につくと、梶原は助手席に座った。

時計は午前五時五十七分を指している。これから木谷の自宅に行っても行き違いになるかもしれない。

梶原は都庁に行くように命じ、背もたれに体重を預けた。

覆面車が走り出し、エアコンが空気をかき回し始める。長谷の顔がまた脳裏に蘇ってきていた。あの男もまた獣だった。幸せそうに見えたから。それだけの理由で、由里子に刃を突き立てた。殺人嗜好を持っていた獣だった。その獣に拳銃を突きつけて引き金を引こうとした自分も、あのときは獣になっていた。

梶原は目を閉じ、長谷の顔を胸の奥に沈めた。

午前八時半、梶原は清水と都庁第一本庁舎の十五階の廊下を財務局長室に向かって歩いていた。先程まで登庁してくる職員たちの足音が反響していたが、今は静けさを取り戻しつつある。藤代が殺害されて五日が経とうとしている。事件直後の異様な緊張感は殆ど消失していた。

梶原は財務局長室のドアをノックした。警視庁の梶原と名乗ると、どうぞという声が返ってきた。

梶原はドアを開けて部屋に入った。清水が続いてくる。

薄い灰色の背広を着た男が、窓を背にした幅広の机の向こうの椅子に座っていた。木谷元晴、五十六歳。整髪剤で整えた髪は黒光りし、顔は程よく日に焼けている。彫りの深い顔立ちだ。正面からでは識別できない。別荘の惨劇の映像記録に映っていた男かどうかは、まだ分からない。

「朝早くから時間を取っていただいてありがとうございます」

礼を言うと、木谷は首を横に振った。

「構いませんよ。できる限りの協力はします」

木谷は一旦言葉を切り、清水と梶原の顔を交互に見た後、言葉を継いだ。

「先日来られた方とは別の方ですね」

都庁の聞きこみに回った刑事が、木谷からも事情を聴いていたのだ。

梶原はうなずいて、名刺を差し出す。

木谷は目で清水にも名刺をと要求してきた。

「こちらはまだ名刺を持てません。見習いです。異動してきたばかりで」

「でしょうな」

木谷は、ライフルバッグを肩から提げた清水の頭からつま先まで蔑《さげす》むような目で見て言った後、梶原に視線を向け直してきた。

「私のような者でお役に立てるとは思えませんが」

この余裕は何だ。射殺現場はすぐ近くの新宿中央公園だ。藤代を殺した苅田はまだ捕まっていないのに。

「少々こみいった話になります」

梶原が言うと、木谷は応接セットに手を向けた。

「どうぞ」

木谷が言って、応接セットの一人掛け用の椅子へ歩いていった。

梶原は木谷を目で追う。後頭部から背中にかけて丹念に見ていく。

仁美を強姦して、ナイフを突き立てた白いシャツの男。その男よりも、木谷の頭は幾分大きく、首も太い。肘から手首までの筋肉も木谷の方が発達している。骨格と筋肉が違っている。別人だ。

清水もまた違うという風に目で伝えてきていた。

木谷は第三の標的ではない。その可能性に賭けてきたが、外れだった。

棒立ちになっていると、木谷が再び促してきた。

「どうぞ、こちらへ」

梶原は三人掛け用の椅子に腰を下ろす。清水が足下にライフルバッグを置いて左隣に座ると、テーブルの向こうの木谷を見て、事情聴取を始めた。

「先月の二十八日、木谷さんはどこにいました？」

「二十八日？」

木谷の顔に当惑の表情が浮かんだ。藤代の事件のことで訊かれると思っていたところで、関係のない質問が飛んできたのだ。

「二週間程前の日曜日です」

「その日なら家にいました」

「一日中ですか？」

「散歩とそれからタバコを買いに出ました」

「夜は？」

「家です」

「それを証明できる方はいますか？」

「家内だけですが。一体、何なんです、これは？」

念のために、別荘事件があった日の木谷の行動を訊ねたのだ。家族の証言ではアリバイは成立しないが、もうどうでもいい。もはや非通知着信も関係ない。

梶原は本題に入る。

「水の広場で事件があったとき、木谷さんはどこで何をしていました？」

「この間来た刑事さんに話しました」

「もう一度お願いします」

木谷は吐息をつく。清水は先程から木谷の表情や仕草を食い入るように見ている。

「この部屋で仕事をしていました」

「部下たちの様子はどうでした？」

「騒然としていました。公園を見下ろしている部下たちが大勢いました。とんでもないことが起きたと思いました」

「被害者が藤代さんだと分かったとき、どう思われました？」

「ショックでした」

「それだけですか？」

「ご遺族の姿を見るのがいたたまれなかった」

「本当にそれだけ？」

木谷が眉根を寄せた。

「どういう意味です？」

「藤代さんの死は、あなたにとって朗報だったのではありませんか？」

「何を馬鹿な――」

木谷の言葉を遮り、梶原は言った。

「藤代さんがいなくなって、副知事候補に返り咲けた」

「言っていいことと悪いことの区別もつかないのかね」

怒気を含んだ声だ。木谷の目は強い光を帯びていた。

梶原は木谷の方へ身を乗り出す。

「一年半前、あなたはストーカー行為をしていた。相手は宮木久美さんという秘書です。

宮木さんから相談を受けた藤代さんが、あなたを説得して止めさせた。ところが、宮木さんにまた前と同じことをし始めた。あなたにとって、最大の障害物が消えてしまったのですから」

木谷の表情は依然として険《けわ》しい。苛立《いらだ》ち、膝を指でたたいている。

清水は、木谷と梶原を交互に見ているだけで沈黙している。

梶原は木谷の目を捉えて迫っていく。

「藤代さんは、あなたに謝罪文と誓約書を書かせた。その件を伏せる代わり、副知事候補の座を譲るように言ってきたのではありませんか。受け入れられるようなものではなかったが、従うしかなかった。パワーハラスメントとストーカー行為。一大スキャンダルだ。表沙汰になれば、副知事どころか、都庁にもいられなくなる」

木谷は黙って睨《にら》み返してきていたが、やがて抑揚のない声で訊ねてきた。

「誓約書を持ってるのか？」

「宮木さんがコピーを預けてくれました」

コピーなど持っていない。出せと言われれば、それまでだ。

木谷は探るような目で見つめ返してきていたが、梶原から視線を外して吐き出すように言った。

「まったくとんでもない食わせ者だった。あんな奴がエースだなんて」

一呼吸間を置き、木谷が続ける。

「私を取り押さえた後で、藤代は誓約書を書けと言ってきた。書き終えると、今度は副知事候補から降りろと言う始末だ。辞退しなければ、誓約書のコピーと私が宮木のアパートに行ったときの写真をばらまくと。懲戒免職は免れない。犯罪者に次の職場を手配することはできないと言って。従うしかなかった」

木谷の顔が悔しげに歪《ゆが》んだ。

「藤代は私を追い越し、知事本局長と並んだ。それから、知事本局長を追い越さんばかりの勢いで力を強めていった。知事に気に入られていたし、若手からも信頼されていた。副知事候補気取りだった。庁舎内で顔を合わせると、何も言わずに笑みを送ってきた。あの件だけは忘れるなと」

藤代は木谷のストーカー行為を利用して、更に上へと上がった。外面は実直で優秀なエリート官僚だったが、内面は権力欲を抱えた傲慢な人間だったのだ。自分の欲望をかなえるためには、何も厭《いと》わない。

清水も同じことを考えていたのか、顔には陰りが浮き出ていた。

梶原は木谷に向き直り、最も気にかかっていた疑問をぶつける。

「その後で、藤代さんから仕事上のことで、要求はありませんでしたか？」

「要求？」

「選手村建設工事の入札予定価格を教えろと言ってきませんでしたか？」

財務局は、都の公共工事の契約と工事終了後の確認業務などを取り仕切っている。入札予定価格が分かれば、建設業者は仕事を確実に取れる。入札価格に最も近い数字を出せるのだ。

木谷は首を横に振った。

「本当になかったんですか？」

「なかった」

「今更隠し立てしても仕方がない。あんたたちはすべて知っている」

違ったのか。藤代は、木谷から選手村建設工事の入札価格を聞き出し、建設会社に伝えた。その見返りに、欲望を満たすための場を用意させた。そうした構図ではなかったのか。

「では、もし藤代さんからそうした要求が来ていたら、どうしました？」

「拒否できる訳がない」

木谷は大きく息を吐き出し、言葉を継いだ。

「もうそんなことは絶対にないがね」

藤代という厄介な存在がいなくなったのだから、木谷はもう自由なのだ。宮木は脅迫などしないだろう。

梶原はあらためて問う。

「藤代さんが公衆電話を使っているところを見たことはありませんか？」

木谷が顔を向け、逆に訊き返してくる。

「公衆電話？　庁舎内で携帯がつながらない場所などないぞ」

見ていないのだ。愚問だった。もし藤代が公衆電話を使っていたしても、そこに木谷が現れたらすぐに切っただろう。尻尾をつかまれないように。

梶原は木谷を睨み据え、強く念を押す。

「宮木さんに少しでも異常があったら、我々が動きます」

木谷が不服そうにうなずくと、梶原は立ち上がり、ドアの方へ向かう。清水も後から続いてきた。

廊下に出てドアを閉めると、清水が感心したように言った。

「あそこまで先回りして動かなければならないんですね」

「何のことだ？」

「宮木さんが我々に話したことが分かれば、木谷を刺激する。怒らせ、悪い方向に行くのではと心配してました。ですが、敢えて宮木さんの名前を出すことで木谷を動けないようにしたんですね」

こいつに刑事の性分は理解できない。だが、こいつの人間を見る観察眼は本物のようだ。

梶原は無言でうなずいた。

木谷が第三の標的である可能性は半々と踏んできた。しかし、何らかの情報が取れるかもしれない。期待していたが、空振りに終わった。

どうしたら、第三の標的を見つけ出せる。今この瞬間にも苅田が第三の標的に狙《ねら》いをつけているかもしれない。間に合うか。激しい焦燥感が胸の底から突き上げてきていた。

23

日傘をさした二人の女性が水の広場を横切り、人工の滝の方へ進んでいく。

午前九時過ぎ、梶原は都庁の廊下の窓から新宿中央公園を見下ろし、考えこんでいた。糸が消えた。第三の標的につながる糸を見つけ出そうとして来たが、断ち切られた。どうやって捜す——。

隣の清水はライフルバッグを肩から提げ、新宿中央公園を見ているだけで、先程から口を閉ざしている。何を見ている。何を考えている。苅田のことか。横顔からは何も読み取れない。

それより、どうやって第三の標的を割り出すかだ。

梶原は気を取り直し、携帯電話を取り出して新宿署がある方向を見てボタンを押した。

特別合同捜査本部の連絡係が出た後、水戸係長に引き継がれた。

「梶原さん、今、どこです?」

「都庁だ。それより有力情報は？」

「まずはそちらの捜査結果から」

水戸が冷静な口調で報告を促してくる。声に疲れが滲《にじ》んでいた。

木谷財務局長まで当たった経緯を短くまとめて報告すると、水戸は嘆息をついて応じてきた。

「そちらも外れですか」

ワイシャツの喉元を開け、赤く充血した目をして受話器を握った水戸の姿が浮かんできた。総当たり捜査が始まってから約九時間。それ以前から働き詰めだったのだから疲労も限界に近づいている。

「残念ながら有力情報はありません」

水戸は一つ吐息をつき、捜査の進捗《しんちょく》状況を伝えてきた。

安住課長の指示で捜査対象が広げられた。八月一日まで遡《さかのぼ》ることになったため、通話記録は四百三十三件に膨《ふく》れ上がった。対象者は二百三十二人。うち六十五人の聴取が終わったが、百六十七人も残っている。時間帯が深夜から早朝になったこともあり、応援もないため、進んでいない。

こちらも捜査方法を変えるしかなさそうだ。非通知着信時に藤代のそばにいた人間は調べ終えた。藤代が電話した相手を一人一人潰《つぶ》していくのだ。

梶原は携帯電話に向かって言う。

「残っている対象者に当たる。聞きこみ先を指示してくれ」

「たくさんあります。対象者をピックアップして、メールで送ります」

了解と返し、梶原が続けて質問しようとすると、森岡管理官の声が耳元に流れてきた。

「空振りだったようだな」

声音には疲労と焦りが滲み出している。水戸のそばにいて聞いていたのか、森岡は会話の内容を把握していた。

「青陵会の方はどうなりました？　沢井から話は聞けましたか？」

森岡は長い息を吐き、答えを寄こした。

「意識は回復したが、まだ人工呼吸器がついてる。事情聴取は無理だ。時間がかかりそうだ」

沢井は別荘事件で惨劇の撮影をしていたのだ。仁美を殺した男の顔を見たに違いない。第三の標的の顔を知っている。名前も聞いた可能性もある。別荘では、事件が起きる前から起きた後も一緒に行動していたのだ。しかし、事情聴取ができないのでは、第三の標的は分からない。沢井は諦めるしかなかった。

「同乗していたボディーガードは？」

「行方不明のままだ。ヤサは見つけたが、いなかった」

木塚たちが血眼《ちまなこ》になって捜しているが、見つからないのだ。既に遠方に逃げたと見るべきだろう。確保までには相当の時間がかかるはずだ。

「やっと鑑識から報告が上がってきたぞ」

「何か出たんですか？」

「藤代宅にあったパソコンからあるサイトにアクセスした記録があった」

「違法サイトですか」

「強姦の映像がいくつも載ってる。素人が投稿したものばかりだ。恋人の前で女性を強姦するシーンもあった。本物の強姦や輪姦シーンばかりを集めたサイトだ。藤代はそこを何度も見ていた」

「殺害シーンは？」

「ねえ。強姦や集団暴行だけだ」

苅田の目前で、藤代は笑みを浮かべ、抗《あらが》う緑を犯していた。藤代は異常な性癖を持っていたのだ。第三の標的も同じ嗜好の持ち主だとすれば、そのサイトを通じて知り合ったのではないか。

「サイトの利用者の中に第三の標的がいるかもしれません」

「ノルウェーのサーバーが使われている。捜査権が及ばねえ。協力が取れたとしても、かなりの日数がかかる」

「他に情報は？　別荘の方はどうなったんです？」

「先程やっと羽鳥湖の別荘の所有者が割れた。世田谷区内在住の杉原忍《すぎはらしのぶ》。会社経営者だ。木佐貫部屋長が別荘地の管理会社から聞き出した。前田主任と三木が杉原宅に向かってる」

木佐貫部屋長は別荘周辺の捜査に投入されたのだ。別荘に書かれていたＳＵＧＩＨＡＲＡという文字が浮かんだ。そいつか。その男が第三の標的か。

しかし、自分の別荘を使うとは思えない。殺害は突発的に起きたのであって、目的は強姦だったと思われる。強姦なら、犯行後に被害者の口から犯行場所がすぐに割り出される。真っ先に警察の目が向けられるのだ。

それだけではない。置時計の中にあったビデオカメラは強姦殺人の証拠になる。もし、杉原が惨劇に加わっていたとしたら、真っ先に処分したに違いない。杉原は第三の標的ではないのだ。

「不審者や不審車両の情報はどうですか？」

「今のところなしだ。別荘周辺の道路などを鑑識が捜しているが、新たな血痕は見つかってねえ」

藤代らは車で別荘地に行ったはずだ。新幹線を使って新白河駅まで行って、そこから車に乗り換えた可能性もある。別荘地の近くに駅はなく、最終的には車を使わざるを得ない。

最初から車を使った方が早く着く。高速の料金所にNシステムのカメラが設置されている。だが、前席の人物は映っても、後部座席の人間はシートの陰に隠れて映らないことが多い。藤代が乗った車が通過していても、特定できないのだ。別荘地の近くに防犯カメラは設置されておらず、コンビニは一軒もなかった。防犯カメラそのものがないのだから、藤代らが映った映像は手に入れようがない。

通話リスト以外の捜査でも成果は上がっていなかった。ともかく、対象者を一人一人当たっていくしかないのだ。

「捜査を続けます」

梶原が言うと、森岡は念を押してきた。

「第三の標的を見つけたらすぐに報告しろよ。勝手なことはするな。我々が追っているのは苅田だ。分かってるな」

梶原自身、苅田と同じような目に遭った。妻を殺されたのだ。苅田に同情するのではないか。第三の標的を撃たせてからでも、苅田は捕えられる。森岡はそれを恐れているのではないか。

「俺は刑事です」

梶原はそう答え、携帯電話を折り畳んで回線を切った。

清水がライフルバッグに片手を乗せたまま目を向けてきたが、口は開かない。何か言いたいのか。言いたいことがあるなら言ってくれ。

梶原は喉まで上がってきた言葉を飲み下し、エレベーターの方へ歩き出した。清水は無言のままついてくる。

地下駐車場に出たところで、メールの着信音が鳴った。

捜査本部からのメールには、十四人の対象者が書かれていた。電話番号と住所と生年月日、勤務先がついている。年齢は二十八歳から五十七歳と幅広い。苅田仁美を殺した男は、四十代後半から五十代半ばぐらいだった。だが、若いという理由だけで除外するのは危険だ。二十代でも四十代に見える男はいくらでもいる。それに背後から撮られており、肝心の顔が映っていなかったのだ。

住所も勤務先も、板橋区、品川区、墨田区、港区、府中市などとかなり広範囲に散っている。都庁職員が入っていないのは、都庁班の捜査員が引き続いて担当しているからだろう。

「相当時間がかかります」

携帯電話を覗《のぞ》きこんでいた清水が言うと、梶原はディスプレイを指して答えた。

「まずはこの十人から当たる。通話日時が近い方が確率が高い」

「通話リストの名前を全部覚えていたんですか？」

今届いたメールに通話日時はついていない。梶原は頭の中で通話リストの人物と今届いたリストを照合し、瞬時に対象者を選び出したのだった。

「ああ」

梶原が事もなげに言うと、清水は感嘆の表情を浮かべ、消し去った。

「その中にない可能性もあります」

「そのときはまた別のリストを送ってもらう」

梶原は覆面車の方へ歩いていき、助手席に乗りこんだ。

運転席についた清水が覆面車を発進させ、車の間を通って進んでいく。

間に合うか。今この瞬間にも、第三の標的に銃弾が食いこんでいてもおかしくない。いや、間に合わせなければならないのだ。

梶原は気を引き締め、通話リストに載っていた番号を携帯電話に打ちこみ始めた。

覆面車は新宿通りを東に向かって走っていく。四谷を越え、麴町《こうじまち》に入ったところで、目的の高級ホテルが見えてきた。

最初の対象者は、紀尾井町にあるホテルのフロアマネージャーで、初井《はつい》という四十二歳の男だ。勤務先に電話し、職場に出てきていることは確かめてある。逃亡の恐れがあるため、電話応対に出た職員には口止めした。

藤代も富川も殺された。第三の標的は、次は自分の番だと脅えている。それだけではない。別荘事件が発覚し、捜査の手が伸びてくるのではないかと恐れている。まだ報道されていないだけで。

一階のフロントで初井の居場所を訊くと、梶原は清水と二階のティーラウンジに向かった。大きく円を描いた階段を上り、ティーラウンジに入る。初井と思《おぼ》しき黒い背広を着た男が、制服姿の若いウェイトレスと話しているのが見えてきた。

清水の呼吸音が高まっている。表情は更に険しくなり、視線が鋭くなっていた。清水は莉田を尊敬していた。莉田の家族全員と仲が良かったのだ。清水の中で膨れ上がった憎しみが、噴出しようとしているのか。

梶原は足を速め、初井と思しき男に近づいていく。整髪料で髪をきっちりと整え、もみ上げもきれいに切り揃えられている。横顔と立ち姿からでは映像に映っていた殺害犯かどうか識別できない。

「初井さんですか」

梶原が声をかけると、男が振り向いた。顔から首筋までよく日に焼けている。ネームプレートには初井紀男《のりお》とあった。

梶原は初井の顔を見て言う。

「警察です」

「警察？」

「警視庁捜査一課の梶原です。お話を伺えませんか。できれば、別室で」

初井は戸惑いの表情を浮かべたが、外にという風に廊下の方へ手を向けた。

梶原は、初井が踵《くびす》を返す様を食い入るように見つめる。茆田仁美を殺害した男と比べて、肩幅が狭く背中は小さかった。腕も細い。別人だ。

清水も目で同意した。

ティーラウンジを出たところで、梶原は質問を始めた。別荘事件があった八月二十八日はどこにいたか。藤代とはどんな関係だったのか。初井は当惑していたが、顔には出さずに淡々と答えた。事件当日は夜九時までホテルで仕事をしていた。都知事がこのホテルを使うとき、藤代は初井を通じて様々な手配を頼んでいたという。

初井と別れた後、梶原は水戸に外れたとの一報を入れ、ホテルを出た。

二番目の対象者は経済産業省の漆田《うるしだ》という五十四歳の審議官だ。藤代と同年代で、省内では高い地位についている。藤代と同じく権力者側の人間だ。しかし、応接室で待っていたのは、背の低い白髪まじりの男で、殺害犯とは似ても似つかなかった。

梶原は型通りの質問をして早々に引き揚げた。

覆面車は首都高速に上がり、北上していく。三番目の対象者は小菅在住の五十歳の堀内《ほりうち》という男で、今日は警備会社の仕事が休みだという。

荒川を渡る頃には、十一時を過ぎていた。

綾瀬中学校の近くにあるマンションの部屋の前に立ち、梶原はインターホンを押した。男の声で応答があると、清水が緊張して身構える気配が伝わってきた。帽子のつばの下の目が鋭くなり、拳を作った左腕に筋が浮き上がった。

ドアが開き、白いTシャツとチノパンツ姿の男が顔を出した。短髪で、耳たぶがつぶれている。映像に映っていた男よりも体が一回り大きい。これも人違いだ。

堀内は埼玉県警の元刑事だった。藤代とはまったく面識もなかった。先月行われた都主催の行事で警備責任者を務めていたとき、藤代が携帯電話にかけてきたのだった。警備上の手配について、現場で指示を受けたらしい。別荘事件当日は静岡の親戚の見舞いに行っていた。

マンションを後にし、梶原は谷中の一軒家を訪れた。今度の対象者は、宮間《みやま》という四十二歳の男だ。宮間は堀内の同僚で、同じ日の行事の警備についていた。堀内と同様、藤代から直接携帯電話で指示があったとのことだった。藤代は警備会社に任せ切りにできなかったのだろう。宮間もまた外れだった。

五番目の対象者に会うため、梶原は覆面車で都心に引き返し始めた。今度は、赤坂にある都の外郭団体の一つ、消防安全管理協会の幹部。東條《とうじょう》という名の五十歳の男だ。都庁職員ではないため、リストに入っていた。

都心に近づくにつれて、気温が上がっていく。外気温度計は三十三度を指していた。

「苅田はどうしているんだろうな」

雲一つない青空をフロントガラスごしに見上げてつぶやくように言うと、清水が訊いてきた。

「どういう意味です？」

「精神状態が気になる」

「精神状態？」

「藤代と富川を射殺した。一人殺すだけでも、とてつもない精神的な負担がかかる。磨滅する。疲弊する。苅田は二度もやった。動けなくなっているかもしれない」

「もし仮にです。苅田さんが被疑者だったら、最後までやり遂げます。強靭《きょうじん》な精神力を持っている。娘を殺したホシをそのままにしておくはずがない」

清水が断定口調で言い、唇を噛み締めた。

車内に沈黙が訪れる。

一つ呼吸し、梶原は口を開く。

「気になってるのは苅田だけじゃない。おまえの精神状態もだ」

「俺の？」

「さっきからずっと上の空だ。対象者を見ているようで見ていなかった。何を考えていた？」

「何も。話は全部聞いていました」

梶原は清水の横顔を見たまま言う。

「止めろ」

スピードメーターの針は六十の数字に張りついていた。清水に覆面車を止める気はない。

梶原はサイドブレーキを引いた。覆面車が横滑りし、横からクラクションが響いてきた。

清水がとっさにステアリングを切り、ブレーキを強く踏んだ。シートベルトが梶原の肩に食いこんでくる。

覆面車はタイヤのスキッド音を立て、縁石にぶつかる直前で停止した。

ステアリングに両手でつかまった清水が、肩を上下させながら抗議してきた。

「何てことするんです」

「おまえ、一体、何を見た？」

梶原は清水に体を寄せ、右手でポロシャツの胸元をつかんで目を見て迫っていく。

「律子さんに二度目の事情聴取をしていたときのことだ。上の空だったし、動揺していた。律子さんの顔を見ていたが、本当に見えていたかどうかも分からない。それからずっと同じ目をしていた。あのとき、おまえの目には何が見えていたんだ？」

清水は真っすぐ見つめ返してくるだけでまったく動かない。目の中の氷のような冷たい光が消えた。一瞬、鮮血を思わせる深紅の光が灯り、消えた。

「母親です」

低く絞り出すような声だった。

「母親――」

強く唇を嚙み締め、深呼吸した後、清水が吐き出すように言った。

「籠城犯の少年の母親です。俺が射殺した」

「氷川台事件のか」

清水は力なく首肯する。

梶原は清水の胸元から手を離した。

「なぜ、母親なんだ？」

柔らかな口調で問うと、清水はセレクターレバーをパーキングに入れて話し始めた。

「少年を射殺した後、マスコミに激しく叩《たた》かれた。警察の判断は正しかったのか。他に解決法はなかったのか。犯人とはいえ、未来のある少年の命を奪っていいのか。誰が撃ったのか明かせと迫る記者もいたそうです。まるで糾弾キャンペーンだった。籠城犯の少年の家庭環境も明るみになった。母親は運送会社の事務員の四十二歳の女性で、離婚して一人で少年を育てていた。安アパートでつましい暮らしを送っていた。少年は日頃からおとなしく、真面目で礼儀正しい少年だった。成績も優秀で問題行動を起こしたこともなかった」

「そうだったな」

「少年は立てこもった家の長女と付き合っていた。半年程交際し、別れようと言われた。長女にとっては遊びみたいなものだったが、少年は完全に熱を上げていた。それからつきまとい始めた。家の近くに立っていたところを何度か目撃されていました。その年頃の男女にとって三歳の年の差は大きい。長女の方は大人だが、少年の方は精神的にも子供です。少年にとって初めて交際する相手で、結婚まで考えていたそうです。すべてひっくり返され、一切の接触を断たれた。少年は塞ぎこみ、考えこみ、怒りを抱くようになった。そして長女の家に乗りこんで行った」

それが一家にとって悪夢の始まりだった。清水が放った一発で終焉《しゅうえん》を迎える。その後で籠城事件を起こした少年に関する報道が溢れ出てきたが、ほぼ清水が語った通りの内容だった。しかし、なぜ、籠城犯の少年の母親なのだ。

「どうして少年の母親が見えた？」

梶原が再び問いかけると、清水は帽子を取り、額に浮いた汗を手で拭《ぬぐ》い、深呼吸して答えた。

「自殺したからです」

「自殺」

「母親は線路に入りこみ、電車にはねられて亡くなりました」

「どうして、おまえが知ってる？」

警視庁管内の事件記事にはすべて目を通している。頭に入れてある。未解決事件のホシにつながる情報が出ないとも限らない。しかし、飛びこみ自殺なら、記事にはなっても、死亡した人間の名前までは出ない。

「練馬署の刑事が第六機動隊に乗りこんできました。少年を射殺した隊員を教えろと。隊長は突っぱねた。その件にはもう触れるなと釘を刺されたんです」

機動隊長が関わらないように注意したにもかかわらず、清水は自殺の件を知っていた。となると――。

「行ったのか？」

清水はあっさりとうなずいた。

「刑事に会いに行きました。母親が住んでいたアパートに連れて行かれた。殺風景な部屋でした。段ボールが積まれたままで、その間に少年の遺骨が置かれていた。事件直後から、母親への風当たりが強くなった。記者が来なくなった後も、部屋のドアに人殺しとか書かれたり、窓ガラスが割られたりした。それまで親しかった人から無視され、友人たちも離れていった。職場にもいられなくなり、退職して引っ越しもした。別の仕事についても、また嫌がらせが始まる。人殺しを生んだ母親だと名指しされた。そんなことが一年以上続いたそうです」

清水の目に赤みがさしていた。苦痛で顔が歪んでいる。

「遺書も見せられました。息子だって好きであんなことをした訳じゃない。大きな罰も受けた。命を取られた。それなのに、どうしてこんな仕打ちを受けるのか。何度も何度も謝ったのに、誰も許してくれない。育て方が悪かった。すべて私が悪かった。許して欲しい。早く息子のそばに行きたいと書かれていました」

一旦言葉を切り、歯を食いしばった後、清水が口を開いた。

「加害者の家族も追いこまれるんです。耐え難い苦しみを味わう。俺が少年を射殺しなければ、母親は死なずに済んだと。遺書を見せられながら、刑事にそう言われました。籠城事件の対応に当たっていた刑事の一人でした。俺の取った行動が許せずにいたそうです。それで気づかされた。俺がその母親を殺したようなものだと。何の罪もない人間の命まで奪ってしまったのだと……」

最後の方は消え入るような低い声になった。

ステアリングの上端を両手で握り締め、清水が上半身を前に倒す。背中が小刻みに震えている。

清水は律子に、射殺した少年の母親の顔を見ていたのだ。これまで被害者家族だった律子と正也は、これから加害者家族の苦しみを味わう。家族に非がなくとも、世間はそうは見ない。加害者家族となった律子を見て動揺し、それを懸命に抑えようとしていたのだった。

清水は震えている。体の震えが徐々に大きくなっていた。脅えている。後悔しているのだ。こいつは血の通った人間なのだ。

そう思い至ると同時に、森岡の言葉が蘇ってきた。母親を守ってやりたい。採用試験で清水はそう答えている。

梶原は清水の背中に問いかける。

「おまえにはもう一人の母親が見えていたんじゃないのか」

「もう一人……」

清水はつぶやくように言い、体を起こして梶原に振り返った。

「おまえの母親だ」

「知ってるんですか」

「管理官が話してくれた。警官の志望動機を訊かれ、母親を守ってやりたいと答えた。おまえは懸命に働いて治療費を作った。残念ながら亡くなったそうだが。籠城犯の少年の母親とおまえの母親。二人の母親が重なっていたんじゃないのか?」

「違う。母の顔は見えなかった」

「それはいい。ともかく、あれは嘘だったんだな。少年を射殺したことを悔いていないかと訊いたとき、おまえは罪悪感を感じたこともないし、後悔したこともないと答えた。本当はそうじゃなかった。おまえも人間だった。普通の人間だったんだな」

清水は梶原を真っすぐ見据《みす》えて口を開く。

「悔いたことはあります。しかし、虚栄なんかじゃない。人の命を奪うのは重く苦しい。それを抱えてずっと生きていかなければならない。ですが、また命令が来たら、狙撃でしか解決できない状況になったら、俺は撃ちます。射殺します」

敢然と言い放つ清水の目の奥から、再び強い光が浮かび上がってきていた。

「何がそこまでおまえを駆り立てる?」

清水は大きく深呼吸して言った。

「父から母を託されました。母を守り切れなかった。父が人の命を守ることの大切さを身をもって教えてくれた。それが一番大事なことなんです。人の命を守るためなら、俺はやります」

清水の目には真剣な光が宿っていた。

こいつの狙撃手としての原点はそこにあったのだ。だが、本当にやってのけられるのか。言葉にはできても、実行できるものではない。ましてや、今度の相手は苅田なのだ。

「苅田の娘のことも奥さんもよく知っていた。SATから外された後も家族ぐるみのつきあいをしていたんだろう」

曖昧《あいまい》にうなずき、清水が問いかけてきた。

「それが何か？」

「どんな風に過ごした？」

「何なんです？　そんなことを知って何になるんです？」

目に苛立ちの色がにじみ出していた。

「答えろ」

清水は小さく首を振り、答えた。

「家にケーキを持って遊びに行って奥さんの料理を食べたり、四人でドライブに出かけたり。仁美ちゃんからは年の離れた兄貴扱いされてましたが。それぐらいです」

「狙撃に関する話はしたのか？」

「一切しませんでした。被疑者の家族と話をし、笑い合っていた。家族の温かさを久しぶりに味わった。いつかこんな家庭を持ちたいというと、被疑者は笑みを浮かべて、頑張れと背中をたたかれた」

苅田に家族の一人として扱われていたのだ。

「籠城犯の少年を射殺した件で、苅田に何か言われたか？」

「支持する。その一言だけでした」

苅田は清水の決断に賛同した。自ら失格の烙印《らくいん》を押した男を、狙撃手として認めたのだった。

梶原は畳みかけるように訊く。

「おまえ、仁美さんらをあんな目に遭わせたホシが憎くないのか？」

清水が黙りこんだ。目に浮かんだ光が揺れ始めた。

歯を食いしばった後、清水は手を強く握り締めて言う。

「憎い。許せません」

「それでもおまえは苅田を撃つのか？」

「撃ちます」

間髪入れずに答えを返してきた。決然とした口調だった。

信じられなかった。残虐行為をしたホシの命を守るために、敬愛する人を射殺するなどできる訳がない。

清水の考えは理解できない。今それを考えていても、何も進展しない。それよりも、一刻も早く第三の標的を見つけ出す。そしてホシを挙げるのだ。

梶原は車を出せという風に顎《あご》をしゃくった。

24

消防安全管理協会は赤坂にあるオフィスビルの七階に入っていた。

エレベーターの階数表示パネルの数字が変わっていく。ライフルバッグを提げた清水は、表示パネルを向いているが、何も見ていない。

七階に到着すると、梶原は廊下に出た。清水は相変わらず足音も立てずに後からついてくる。

ワンフロア全体を消防安全管理協会が借り切っていた。広いフロアに机が並び、ワイシャツ姿の職員たちが机についている。珍しく土曜日でも営業していた。市民向けの講義などは休日が適しているのだろう。年配の職員が多く、若い職員が少ない。定年後の受け皿と、不祥事を起こした都庁職員の出向先だろう。火器の安全な使用の指導や広報が主な業務だが、それだけで黒字になるはずもない。

受付で対象者への面会を申しこむと、小さな会議室に案内された。

梶原は会議室の壁に寄りかかり、うつむき、目頭を揉《も》んだ。対象者はやっと百二人にまで減ったが、まだ割り出せていない。間に合うだろうか。苅田に先を越されたらすべて終わりなのだ。

ノックの音で、梶原は顔を上げ、ドアを見た。隣に立った清水の視線もすぐにドアに向けられた。

ドアが開き、背広を着た男が入ってくる。百六十五センチぐらいで痩せ形だ。体型は苅田仁美を殺害した男に似ている。だが、斜め後ろから見ないと断定できない。

男が歩み寄ってきて、梶原に名刺を差し出してきた。

「東條です」

そう名乗り、念を押してくる。

「手短に願います。予定が詰まっていますので」

座るように勧められ、梶原は近くにあった椅子に腰を下ろした。清水はライフルバッグをわきに立てかけ、隣の椅子に座った。

東條が立ったまま、上から見下ろして訊ねてくる。

「ご用件は？」

自己紹介する間もなかった。

梶原は東條を見上げる。視線を合わせようとしないし、定まらない。額にうっすらと汗が浮いていた。やはり、こいつか。

梶原は清水を見やった。清水が無言でうなずいた。似ていると見たのだ。確認が必要だ。

「座って話をしましょう」

梶原が言うと、東條は仕方なさそうに椅子を引き寄せて腰をかけ、椅子ごと後退して少し離れた。

「暑いでしょう。上着を脱いでも構いませんよ。お気遣いなく」

勧めても、東條は上着に手をかけようとはしない。

「藤代秘書が射殺された事件はご存知ですね」

東條は小さくうなずき、低い声で応えた。

「ニュースで見ました」

「どう思われました？」

「どうって——。酷《ひど》いとしか……」

東條が言い淀む。

梶原は畳みかけた。

「先月の二十六日午後七時三十八分。藤代さんに電話をかけていますね」

「電話？」

「東條さんの携帯から藤代さんの携帯にかけた記録があります。羽鳥湖に行く件で話をしたんじゃないんですか？」

「羽鳥湖？」

東條は顔を上げた。当惑の表情が浮かんでいた。

「何のことです？」

「藤代さんと、羽鳥湖の別荘での計画について話をしていた」

「何を言ってるか分かりませんな」

とぼけるつもりか。

梶原が更に踏みこもうとすると、清水が音もなく立ち上がった。東條の背後に回って彼の上着に手をかける。

「何だ？　何の真似だ？」

抵抗する東條の襟の後ろを清水がつかみ、上着を引き下ろした。止める間もなかった。

清水は東條の背中を食い入るように見つめていたが、首を横に振った。

梶原は立ち上がり、東條の後ろに回った。仁美を殺した男の背中よりも一回り小さい。腕も細い。首の付け根に大きな痣《あざ》がある。あの映像のホシに痣はなかった。

東條は清水に振り返り、声を荒らげる。

「こんなことをしたって、証拠なんか出てきやしない」

「証拠？」

梶原が応じると、東條は赤ら顔を向けてきた。

「現行犯じゃなけりゃ、捕まえられない。私が賭けた証拠でもあるんですか？」

勘違いだ。嘆息したくなるのを堪《こら》え、梶原は言った。

「我々は保安課じゃない。捜査一課です」

「一課……」

「殺人の捜査担当です。不法賭博ではない」

つり上がっていた眉《まゆ》が落ち、東條の顔から険が消えていく。

面会のアポイントメントを取る際、電話応対に出た職員には警視庁の捜査一課と告げた。おそらく、職員は捜査一課の部分を省き、警察と伝えたのだろう。それで賭博の件で逮捕されると震え上がり、身構えていたのだ。

東條は背広の上着をそそくさと上げ、乱れを直す。

梶原はあらためて質問する。

「藤代さんに電話したときの内容を教えて貰えますか？」

汗を拭《ふ》きながら、東條が答えを返してきた。

「こっちで一人受け入れてくれないかと頼まれていたので、その件の返事をしました」

天下り先の手配だ。

「これを機に賭け事は止めた方がいい。でなければ、本当に後ろに手が回る」

警告し、梶原は東條のそばを離れた。清水はライフルバッグをつかんで後からついてくる。気が抜けた東條は椅子の背もたれに寄りかかって座っていた。

廊下に出て、エレベーターに乗りこんだところで清水に言った。

「おまえが先に動くとは」

「今度こそ当たりだと思ったんです」

冷静沈着なこの男でも、焦りを感じていたのだ。

「焦るな。一人一人潰していく他にないんだ」

梶原は言って、携帯電話を取り出し、次の対象者の番号を押していく。コール音が鳴る間、心の中で焦るなと繰り返していた。

十階建ての黒い外壁のビルを、梶原は見上げた。築三十年程だろうか、通りの反対側にある六本木のミッドタウンの高層ビル群とは対照的で、全体的に古風で落ち着いたデザインのビルだ。啓京《けいきょう》不動産開発株式会社の字体も今ではもう古めかしい。昼休みに入っているせいか、出入りする社員たちの姿が多い。

十二時十五分、梶原は社員たちとすれ違いながら、玄関ホールに入った。受付で名乗ると、十階の専務室に行くように告げられた。

今度の対象者は、新沼文利《にいぬまふみとし》、六十一歳。啓京不動産開発の専務取締役だ。

十階に上がり、梶原は清水と並んで人気のない廊下を歩いていく。清水の目からは感情が消え失せていた。焦りの色もない。

専務室の前で足を止め、梶原は飴色をした木製のドアをノックした。

「どうぞ」

ドアの向こうから男の声がし、梶原は部屋に足を踏み入れる。清水は足音も立てずに続いてくる。

左手奥にある大型の机のわきに、ワイシャツ姿の背の高い男が背を向けて立っていた。

その手前に革張りの応接セットがある。窓のブラインドが全部下りているが、天井の照明が点いているので明るい。

細い背中がはっきりと見て取れた。苅田仁美を殺した男とは体格がまるで違う。これもまた別人だ。

新沼はゆっくりと体ごと振り返る。髪に少しだけ白髪が混じり、顔は日焼けしている。有能なビジネスエリートといったところか。だが、梶原は微《かす》かな違和感を覚えていた。

「変です。すべての窓がブラインドで塞がれてます」

ささやくように言う清水に、梶原は分かったと軽く手を上げ、新沼の方へ足を踏み出した。

「警視庁捜査一課の梶原です。こちらは同僚の清水。お忙しいところ、時間を取っていただいてありがとうございます」

「どうぞ、かけて下さい。秘書が昼休みなのでお茶も出せませんが」

新沼の勧めに従い、梶原は応接セットに座った。清水は当惑の表情を浮かべたまま、応接セットの脇にライフルバッグを置き、梶原の左隣に腰を下ろした。

応接セットの方へ歩み寄ってきた新沼が、一人掛け用の椅子に腰かけた。テーブルを挟んで向かい合う形になった。

「ご用件は？」

柔らかな口調で問いかけてきた。ビジネスの話でもするかのような穏やかな話し方だ。

梶原は新沼の目を見て切り出す。

「知事秘書の藤代さんが殺害された事件はご存知ですね」

「惨《むご》いですな。あんな惨いことをするなんて」

目に動揺の色はない。脅《おび》えている様子もなかった。人違いなのだ。しかし、違和感は依然として消えない。

梶原は更に訊く。

「藤代さんとはどういったご関係だったんですか？」

「仕事でご一緒したことがあります」

「友人では？」

マンションやオフィスビルなどを建設するのが啓京不動産開発の主な事業だ。知事秘書が不動産開発会社と直接連絡を取るとは思えなかった。藤代の仕事関係者ではないのだから、友人と推測したのだった。

予想は外れた。

「私のような者と友達づきあいをされる方ではありませんよ」

藤代の通話相手の大部分が、都庁職員や仕事の関係者だった。友人は少なかった。しかし、だったらあの通話は何だった——。

梶原は懐から通話リストを出して言う。

「先月の二十三日の午後九時二十一分、新沼さんの携帯電話に藤代さんがかけてきましたね」

「先月――」

天井を見上げて記憶を探っていた新沼が、梶原に向き直った。

「確か仕事帰りでした。西新宿です。久しぶりに藤代さんを見かけたので、ご挨拶したんです。自宅まで車で送ろうとしたんですが、断られました。その後で、私の携帯電話に藤代さんから電話があったんです。ありがたい申し出だったが、甘える訳にはいかないと。私が声をかけたとき、近くに都庁職員がいた。業者との癒着を疑われるのを避けられたんですな。今はもう関係はなくなっても、そう見られかねない。それでわざわざ電話をくれた。律儀な方でしたよ」

一旦言葉を切って、言葉を継ぐ。

「あれが最後になるとは思ってもみませんでした」

通話時間は五十二秒だ。それだけの内容なら、五十二秒でもおかしくない。

「一緒に仕事をしたというのは、いつ頃です？」

「二十四、五年ぐらい前ですね。都営住宅建設の際に工事を請け負いました。藤代さんが都市整備局におられた頃です。私は営業で駆けずり回っていた。今はそれぞれ立場が違いますからね」

藤代の人事記録には、都市整備局に在籍していたことが書かれていた。新沼は平社員、藤代は若手職員の頃になる。

「かなりの年月が経っている。ずっと前に関係があっただけの人間の電話番号を携帯電話に入れておきますか？」

「名刺を藤代さんに渡したんですよ。携帯電話の番号を書いて」

新沼の目。この目はどこかで見たことがある。違和感というより既視感か。

話に破綻はない。しかし、違和感は消えるどころか、膨《ふく》らみ始めていた。

梶原は新沼の目を見つめて考え続ける。新宿中央公園にいた目撃者でもない。目撃情報を求めて都庁周辺を捜し回っていたときか。それとも、豊洲の事件現場付近か。どれも違う。どこだ——。

机の上で電話が鳴り、新沼が腰を上げた。立ち上がる際に、新沼の横顔が見えた。そのとき、一つの光景が脳裏に蘇ってきた。別荘のリビングルーム。藤代が馬乗りになった苅田緑を取り囲むように、目出し帽を被った男たちが立っていた。その中に濃紺のシャツを着た男がいた。

緑の隣で仁美に乗っていた男が、ナイフをつかんで振り上げた。富川の命令を受けた沢井が止めようとしたが、結局、間に合わなかった。その直前まで、沢井の右隣に立っていた濃紺のシャツの男だ。

新沼は惨劇の場にいたのだ。

梶原は確信し、清水にささやく。

「別荘のビデオ映像を思い出せ。濃紺のシャツの男だ」

清水の目の中で火花のような小さな光が灯った。たちまちのうちに生気を取り戻し、目が輝き始める。清水は見開いた目を新沼の背中に向けていた。

受話器を下ろした新沼が応接セットに戻ってきた。

「失礼しました。これで引き取っていただけますか」

新沼の顔を見上げていた清水が、首を縦に振る。こいつも確信したのだ。

梶原は新沼に視線を戻して質問を放つ。

「先月の二十八日の夜はどこにいました?」

「重要な会議を控えていますので」

「協力お願いします」

梶原が真っ直ぐ見据えて言うと、新沼は小さく息をつき、机に引き返して手帳を取り上げた。

「その日は日曜日でしたね。ずっと家で過ごしていました。夜は家で映画のＤＶＤを観ていました」

「証言できる人はいますか？」

「いません。家内は五年前に亡くしました。一人暮らしです」

アリバイは成立しない。だが、惨劇を起こした後、大掛かりな隠滅工作を行っている。当然、アリバイ工作もしただろう。いや、下手にアリバイ工作をして見破られたら、言い訳できなくなる。それなら、アリバイは成立しない方がいいと考えたか。それも富川の入れ知恵だった可能性もあるが。

梶原は質問を変えた。

「八月三十一日の午前十一時二十九分、藤代さんの携帯電話に非通知の着信がありました。この電話、新沼さんがかけたんじゃないんですか？」

「藤代さんに用はありません。かけていませんよ」

「九月一日の午後五時十七分と九月三日の午後一時四十九分。新沼さんがかけたのはこのどちらかですか？」

「ですから、かけていないと言ったでしょう」

「携帯電話を見せていただけませんか」

「どうしてそんなことをしなければならないんです？」

眉間に皺を寄せ、新沼が不機嫌を露《あら》わにした。

梶原は畳みかけるように続ける。

「通話記録を調べます。公衆電話から着信があった時刻に、藤代さんが公衆電話を使っていた。その光景を見た人がいるかもしれない。今どき、公衆電話を使う方が珍しいくらいだ。偶然では済まされない。目撃者が出たら、新沼さん、あなたは嘘をついたことになる」

新沼の目が微かに揺れた。

「嫌なら、携帯電話会社に頼みます。より詳細に分かります」

「お引き取りを」

憮然とした表情をして新沼がドアを指さしたが、梶原は動かない。

新沼は別荘の惨劇に加わっていた。仁美を強姦して殺害した男を知っている。第三の標的を知っているのだ。

とすると、こいつか。こいつが絵を描いたのか。藤代への利益供与。選手村建設工事を請け負うために、あの惨劇を賄賂として藤代に贈ったのではないか。いや、建設工事だけではない。選手村に作られるマンションは、オリンピックが終わった後民間に売却される。人気物件となる分、販売価格も大きく跳ね上がる。到底一千億程度では済まない。

藤代にその権限はない。権限を持たない人間に賄賂を渡しても、仕事は取れない。見当違いか――。

待て。木谷財務局長がいる。財務局長の力があれば可能だ。藤代は木谷の弱味を握っていた。木谷は、藤代から入札情報の提供依頼はなかったと言っていたが、要求されたら拒否できないと明言したのだ。

だが、第三の標的との絡みは見えない。ともかく、新沼は第三の標的の素性を知っている。

梶原は新沼を見て言う。

「羽鳥湖の別荘は知っていますね」

反応はない。

立ち上がると、視線の高さが新沼と同じになった。

「その別荘で殺人事件があった。母親と娘が強姦され殺害された。あなたはその場にいた。証拠がある。我々は証拠映像を見た。リビングルームに隠されていたビデオカメラの映像を持ち帰ってきた」

「何を言ってるか分かりませんな」

新沼が平然とした顔で応じてくると、梶原は質問を変えて切りこんでいく。

「晴海にオリンピックの選手村ができる。晴海の都有地を買い、建設工事を受注しようと画策していた。藤代さんの力を利用して」

「何を言ってるんだね？」

「一千億を超える案件です。販売時には更に高額の利益が上乗せできる。二、三割は高く売れるんじゃないんですか。一つの街を作って売りさばく大きな儲け話だ。こちらの会社でも当然、入札に加わるんでしょう」

答えはない。

梶原は一歩前に出た。新沼に顔を近づけて迫っていく。

「藤代さんの殺害に使用されたライフルで、富川という暴力団員も殺された。富川も別荘にいた。惨劇に加わっていたから、復讐されたんです」

新沼の瞳の奥の光がまた僅かに揺れた。

また更に顔を近づける。息がかかる程の距離になった。

「選手村建設計画に絡んで、ひと儲けしようと企んだ。その絵を描いたのは、新沼さん、あなただ」

上体を引いた新沼は硬い表情で見つめ返してくるだけで、答えない。ほどなくして、薄い唇を開いた。

「戯言《ざれごと》につきあっている時間はない。これ以上つきまとうのなら、法的対処をする」

「貴様——」

胸倉をつかもうとしたとき、清水に右腕をつかまれた。

「梶原さん」

尋常ではない力で引っ張られ、一歩も動けない。

踵《くびす》を返し新沼が、ドアの方へ歩いていく。

梶原は歯ぎしりしながら、新沼を目で追う。清水の指の一本一本が右腕に深く食いこんできていた。

専務室から新沼が姿を消した直後、二人の警備員が入ってきて梶原と清水の前に立った。

梶原は低く抑えた声で清水に言う。

「追いかけはしない」

「本当ですか？」

「信用しろ」

ようやく力が緩み、清水の手が離れていく。

警備員たちが退室を促してくると、梶原は歩き出した。痺《しび》れた右腕をさすりながら、警備員たちに挟まれ廊下を歩いていった。

来客用駐車場に止まっていた覆面車に乗り、ドアを閉めた。長時間日射に炙《あぶ》られ、ダッシュボードは触れられないくらい熱い。エアコンの風が熱気をかき回す。

梶原は大きく息をついて言った。

「水はないか？」

「首謀者が割れた。先に捜査本部に報告すべきです」

「頭を冷やしたいんだ」

「それより――」

「水をくれ。頼む」

強い口調で言うと、清水は仕方なさそうに息をついた。ウエストポーチから小さなペットボトルを取って差し出してきた。

梶原はペットボトルに口をつける。生ぬるいミネラルウォーターが喉を滑り落ちていく。半分程飲み、額の汗を拭って考え始めた。

首謀者は新沼だ。別荘事件の中心にいたのは新沼だったのだ。

新沼は、都庁の実力者の藤代に賄賂を贈り、選手村の建設工事を取ろうとした。ところが、藤代は金に興味がなかった。そこで藤代が最も欲しがっている物を見つけて差し出す。藤代は都の金庫番である木谷財務局長の弱味を握っていた。財務局長の力があれば仕事は取れる。藤代への賄賂があの惨劇だった。青陵会を使ってキャンプ場の外れにいた苅田親子を拉致し、別荘に運んだ。そして惨劇が起きた。惨劇の後、苅田一人が生き残り、脱出し、東京に帰ってきた。それから苅田の復讐が始まった。

そう考えれば、辻褄は合う。だが、まだいくつも疑問が残っている。苅田親子の死体はどこにある。第三の標的は、別荘事件にどう絡んでいた。建設工事を取るのなら、権限を持った木谷財務局長に直接賄賂を贈ればいい。それがなぜ、藤代になったのか――。

数え上げればきりがない。未だ深い森の中にいるようだ。

こういうときは原点に戻って考えるのだ。藤代は新宿中央公園に呼び出されて殺された。都庁のすぐ近くだ。一方、富川が殺害されたのは豊洲。青陵会の縄張りがある渋谷とはかなり距離がある。茢田はなぜそんな所に呼び出したのか。

もしかすると、茢田が犯人捜しをしている間に、惨劇の原因を見抜いたのではないか。選手村建設で莫大な利益が生まれる。それに絡んで惨劇が起きた。藤代と富川を惨劇の原点ともいえる場所に呼び出した。富川の場合は選手村建設予定地。藤代の場合は、選手村建設計画を立てた都庁の膝元だった。

それだけか。他に何かないか。

ある。青陵会の前で張っていた組対四課の木塚から選手村建設に関する話を聞いたときのことだ。青陵会は選手村建設に食いこもうとする一方、勝どきで地上げをしていたと言っていた。

巨大プロジェクトに食いこもうとしているときに、マンション一棟程度の小さなシノギにまで手を出すだろうか。利上げは選手村建設とは比べ物にならないくらい低い。

梶原は携帯電話を取り出し、木塚にかけた。四度目のコール音の途中で、木塚のしわがれた声が耳元に流れてきた。

「はい、木塚」

「今、話せるか?」

「無理だったら出てませんよ」

木塚は素っ気ない口調で返してきた。

清水の視線が頬に当たるのを感じつつ、梶原は質問に入った。

「この前、青陵会が勝どきで地上げに動いていると言っていたな。早く立ち退けと主婦に脅しをかけていた。奇妙な動きがあったと」

「ええ」

「選手村建設計画一本に絞った方が効率がいい。濡《ぬ》れ手で粟《あわ》だ。地上げでは利幅も薄いし、すぐに警察に目を付けられる。暴排条例でひいひい言ってるんだ。なぜ、青陵会がそんなことまでしていた?」

僅かに間が空き、木塚の声が戻ってきた。

「その件ですか。やっと分かりました。本当の被害者は夫の方でした。警察沙汰にすれば脅迫がエスカレートしかねないので、黙っていたそうです。主婦の方が家の立ち退きだと思いこんで相談に来ただけで」

木塚の口は滑らかだ。前回は取引に持ちこんで聞き出したが、もうその必要はない。被害者の富川は加害者に変わった。青陵会を潰せる機会が出てきたのだ。捜査態勢が強化され、捜査員たちの連携も密になっている。

「夫は築地市場の仲卸業者です。家の立ち退きを迫られたのではなかった。築地市場からの退去を求められたが、頑《かたく》なに拒んでいた」

「夫」

「築地市場――」

「ずっと前から移転反対運動をしていた。仲卸業者も組合を上げて反対していたが、段々と切り崩されていった。その中でも最後まで反対していた人物です。零細業者で退去費用が捻出できない。体を張ってでも築地市場に残ろうとしていた。借り手の方が立場が強い。そこで粘られたら、築地市場の解体工事に取り掛かれない。そこで、青陵会が追い出しをかけていたんです。都が追い出し工作に関わっている情報は出て来なかったそうですが――」

最後まで聞いていなかった。バブルの再現だった。バブル時代と同じことが繰り返されようとしていたのだった。

一つの考えに思い至り、梶原は愕然《がくぜん》として、携帯電話を握った手を下ろす。頭から足先へと血が下がり、冷汗が噴き出てくる。携帯電話を折り畳んで切り、ダッシュボードに拳を打ちつけた。

「見誤まった。とんでもない思い違いだった――」

梶原が悔しさを滲《にじ》ませて言うと、清水が問いかけてきた。

「どうしたんです？」

「新沼の本当の狙《ねら》いが分かった」

「本当の狙い？」

「豊洲の現場だ。二度目に行ったときのことを覚えてるか」

「殺害現場になった理由を捜していました。それと二つの殺害現場の共通点を」

「その前だ。豊洲に入る前に、何が見えた？」

清水は首を傾げ、口を開いた。

「築地市場です」

「そうだ。だが、建物の方じゃない。土地だ」

「土地」

「豊洲に新市場が建ち、築地から市場が消える。築地市場も都有地に建っている。晴海の選手村建設予定地と同じ都有地。築地市場は都心に近い最高の場所だ。再開発事業をして何本も高層ビルを建てられる。利益は選手村建設とは比べ物にならない程莫大だ。しかし、築地市場に人が残っていたら、建物の解体工事はできない」

「不法占拠になるでしょう」

「そうだ。更地にならない限り、木谷の出番はない。再開発事業も動かない。新沼の狙いは、選手村ではなく、築地の土地だったんだ。築地市場の跡地を都から買い取り、再開発で巨額の金を得ようとした。財務局長の弱味を握った藤代がいれば、可能になる」

「なるほど」

驚きも興奮もない。清水の目は波一つ立たない水面のようだ。

築地市場がある東の方を見た清水が、首を縦に振り、つぶやくように言う。

「パーフェクトショットだったんだ」

「パーフェクトショット？」

「被疑者がタイミングを誤ったのではない。目的地にさしかかったところで、標的を正確に撃ち抜いたんです」

「何を言ってる？」

「富川は晴海の選手村建設予定地に呼び出された。豊洲ではなかったと、梶原さんは言ってました。ですが、豊洲で間違いなかった。豊洲の新市場ができ上がらない限り、築地から移れない。築地の土地は空かない」

清水も彼なりに頭をフル回転させ、的確な答えを導き出した。もっとも狙撃に関することだけだったが。

まだ市場は動いているのだから、築地に呼び出しても意味はない。惨劇の源泉となる場所に、苅田は富川を呼んで射殺した。藤代は市場移転計画を作り上げて実行した都庁の前で。

なぜ、そんな面倒なことをした。苅田ならどこにいてもホシを殺せる。藤代も富川も自分の都合のいいときに殺せたのに、そうはしなかった。

もしかしたら、別荘の中にいたとき、苅田はホシたちの会話を聞いていたのではないか。新沼が口にした言葉から、推理を働かせ、惨劇が起きた理由に辿りつく。しかし、娘を殺した男の身元は分からなかった。その男に、すべて見抜いているぞと告げるために、敢えて二つの場所を選んだのではないか。全部知っているのだから、逃げられないと。逃げても無駄だと念押しし、逃亡するのを防いだのだろう。

「これからどうするんです？」

清水の声で、梶原は思考を打ち切った。フロントガラスの向こうに視線を移し、陽光を浴びて輝く啓京不動産開発のビルを見上げて答える。

「新沼を完落ちさせて、第三の標的を聞き出すしかない。そのためには完璧な証拠が必要だ」

「ビデオ映像があります」

「新沼の顔は目出し帽で隠れていた。我々以外の人間が見ても新沼だと言い切れない。映像を見せても、白を切り通すだろう。新沼があの惨劇に加わっていたという証拠でなければならないんだ」

徹底的な隠滅工作が行われていたが、ビデオカメラが残っていたのだ。新沼が惨劇に参加していた証拠が他にあってもおかしくない。もう一台ビデオカメラが隠されている可能性はゼロではない。そのカメラに新沼の素顔が映っている。別荘の家宅捜索をすれば、手に入る。しかし、あったとしても間に合うか。今こうしている間にも、苅田が第三の標的を捉えていても不思議ではない。

何か手はあるはずだ。何とかして新沼を落とす証拠を見つけ出さなければ——。

梶原は懸命に考え続け、ようやく一つの方策を捻《ひね》り出すと、携帯電話を取り出した。新宿署の特捜本部に電話し、新沼との会話を要約して水戸係長に話し、事件の首謀者に突き当たったと報告した。驚き絶句しているのだろう、水戸の相槌《あいづち》も途中からなくなった。

新沼の狙いと、事件全体の構図をつけ加えて報告を終えると、清水が携帯電話に顔を近づけてきて言った。

「新沼の写真を送ります。先程撮影しました」

いつの間に撮っていたのか、清水はポケットからスマートホンを抜き、新沼の顔写真をディスプレイに呼び出して送信した。

沈黙していた梶原の携帯電話から、水戸に代わって森岡管理官の声が流れてきた。

「そういうことだったんだな。やっと分かった」

森岡は驚く様子もなく淡々と返してきた。スピーカーホンにして今までの会話を聞いていたのだろう、すべて把握していた。

梶原は気を取り直して森岡に訊く。

「総当たり捜査の進捗状況はどうですか？」

「有力情報はない。進展していない」

梶原は一つの策を森岡に投げかけた。

「沢井から聞き出します。奴は惨劇の場にいた。新沼が加わっていた証言を取ります。沢井の証言があれば、新沼も否定できない。完落ちさせられます。入院先の病院を教えて下さい」

「意識が戻っただけだ。危険な状態が続いている」

「意識があるなら、聴取は可能です」

「無理だ」

「これしか方法がないんです」

「駄目だ。教えられねえ」

「だったら、他の刑事に訊きます」

「梶原」

森岡が張り上げた声が、梶原の鼓膜を大きく震わせた。携帯電話が沈黙する。

ほどなくして、別の声が聞こえてきた。

「話は全部聞いていた」

安住課長の声だった。

「おまえたちはよくやった。首謀者を割り出した。大きな進展だ。だが、それだけは許可できない。そこから一歩でも動いたら、お前を捜査から外す」

「課長――」

「総当たり捜査の結果を待て。できる限り急がせる。待つんだ。いいな」

力のこもった安住の声が耳朶《じだ》を震わせた。本気だ。

携帯電話を強く握り、唇を嚙み締めた。自分が外されても、捜査に大きな支障は出ない。清水の目があれば、苅田を見つけられる。せっかくのチャンスを棒に振れというのか。

不意に右手をつかまれた。横を見る間もなく、清水に携帯電話を取り上げられた。清水が安住に言う。

「俺は待ちます。たとえ一人になっても」

こいつはまた何を言い出すのだ。

「被疑者がここに先にやってくる可能性もあります。新沼を先に撃ち、その後で娘を殺害した男を殺すことも充分に考えられます」

梶原は呆気に取られたまま清水の見立てを聞いていた。

富川は実際に手を下さなかったが、殺された。新沼も苅田の家族には手を出してはいない。しかし、別荘事件の首謀者だ。新沼が第三の標的になる可能性は充分にある。事実、新沼は脅えていた。専務室のブラインドはすべて下りていたのだ。

梶原は清水を見てうなずき、手を差し出す。清水が返してきた携帯電話を握り直し、安住に言う。

「待機します。新沼を張ります」

安住が強く念押ししてくる。

「突っ走るな」

その言葉を最後に電話が切れた。

梶原は携帯電話を閉じ、啓京不動産開発のビルに視線を張りつけた。

25

双眼鏡がゆっくりと動いている。清水は道路の向こう側のミッドタウンの高層ビルやその周辺を見て、苅田を捜している。窓ガラスの反射光は依然として強い。覆面車内からは見えないが、専務室のブラインドはすべて下りたままになっているはずだ。

十二時三十三分。清水が捜索作業を始めてからまだ四分程しか経っていない。

梶原は、清水の横顔を見て訊《き》く。

「ブラインドで隠れて見えないのに、新沼をどうやって撃つんだ？」

「会社の外に出てきたとき、あるいは別の部屋に入ったとき。その瞬間を待ちます」

「他の人間が巻き添えになりかねない」

「巻き添えは出ません。被疑者はここより難しい条件で富川を射殺しました。富川は防弾ガラスつきの車で移動していた。会社の窓は防弾ガラスではないし、新沼は歩いて移動するだけです。距離が同じでも、こちらの方がずっと容易です」

「苅田を見つけられるのか？」

「難しい。ビルの屋上とは限らない。ビルの部屋の奥に潜《ひそ》んで、ライフルを構えているかもしれない。ここから見えるのは、サウンドサプレッサーの射出口とスコープのレンズぐらいです。大きくても数センチ程度。カムフラージュもしている。ホテルの部屋ならシーツ、民家の屋根ならスナイパーネットを被っている」

清水は僅かな違いを見出《みいだ》し、苅田を見つけようとしている。それも半径一・六キロの広大な円内を捜さなければならないのだ。想像していたよりも遥かに困難な作業だ。

次が新沼である可能性は否定できない。しかし、逆もあり得る。苅田仁美を殺した男が先である可能性もあるのだ。その場合、苅田はここにはいない。どちらだ。苅田は今どこにいる。

梶原は苅田の顔写真を見て、考えを巡らす。狙撃用ライフルを持って姿を消し、藤代を射殺した。その二日後には富川を射殺。それからまた三日が経とうとしている。これまで苅田は発射現場に現れただけで、足取りはまったくつかめていない。

妻を殺した男を屠《ほふ》り、妻子を拉致して獣たちに与えた男を殺した。その間、一体、どう過ごしていたのか。

人間を一人殺すだけでも、巨大な負荷がのしかかる。憎んでいる相手でも、引き金を引こうとしてもなかなか引けるものではない。自分がそうだった。由里子を殺した長谷を、結局は撃てなかったのだ。

殺した後でも、気が晴れることはないだろう。復讐したことが正しかったか。迷いや後悔が繰り返し頭を過《よぎ》り、煩悶《はんもん》する。

復讐を始めてから五日目に入っていた。五日目ももうすぐ終わろうとしている。苅田も限界に近い状態で動いているはずだ。

ここで苅田が見つかるのを待っているだけでいいのか。それで間に合うか。

苅田が別荘事件の首謀者を割り出したら、必ずここに現れる。絶対に放ってはおかない。

しかしだ。もし、ここで首謀者を殺害しても、捕まるようなことでもあれば仁美を殺害した男への復讐は果たせなくなる。

最愛の娘を殺した男だけは絶対に逃がさない。仁美に刃を突き立てた男を確実に殺す。首謀者を後回しにしてでも。

やはり、仁美を殺した男が先だ。第三の標的はそちらの方だ。

そう考え直し、携帯電話を開いた。

「今度は何をするつもりです?」

清水が接眼レンズから左目だけを離して問いかけてくると、梶原は携帯電話の発信ボタンを押して答えた。

「捜査状況を把握する」

五コール目で木佐貫部屋長が出た。

「はい、木佐貫」

動き回っていたのか、呼吸が荒い。

梶原は、森の中の別荘地を汗まみれになって歩く木佐貫を思い浮かべつつ訊いた。

「部屋長。どうです? 何か見つかりそうですか?」

「まだ何も出てない。やはり、別荘地周辺に防犯カメラはなかった。別荘地の隣のホテルとゴルフ場にあっただけだ。犯行当日の前後を調べたが、藤代や富川が映った映像はなかった。後藤も赤井も汗だくになって調べ回ってる」

第三の標的は、藤代と富川らと行動していた。その二人と一緒にいる映像が手に入れば、顔だけでも割れる可能性が出てくる。だが、範囲を広げたにもかかわらず、収穫はなかった。

「死体は?」

「鑑識が別荘地の外の道路まで出て調べてる。血痕一つ見つからない」

緑と仁美の死体が出れば、別荘の家宅捜索に入れるが、それもできない。しかし、まだ完全に無理と決まった訳ではない。

「他にもビデオカメラが別荘に仕かけてあるかもしれない。我々が見落とした。それを捜して下さい」

「別荘に入れって言うのか」

「第三の標的の顔が映っているかもしれません。新沼の顔も。その映像があれば、新沼を落とせます」

「違法だ――」

木佐貫がそう言ったきり、携帯電話が沈黙した。荒い息づかいだけが聞こえてくる。迷っている。噴き出す汗を拭《ぬぐ》いながら、思案しているのだ。

「俺にはできない。おまえのようにはやれない。腰ぬけと言われようが。法を守ってこそ警官だ」

木佐貫は一度も命令に背いたことはない。正論を言っているだけだ。こちらが無理を押しつけているのだった。

「今言ったことは忘れて下さい」

そう言って携帯電話を切ると、清水が双眼鏡で向こうのビルを捜索しながら口を開いた。

「相変わらず無茶をしますね」

一つの可能性が消えただけだ。だが、他にも可能性はある。

梶原は、双眼鏡をゆっくりと左に動かす清水を横目に見て、別の番号を呼び出して発信ボタンを押した。

コール音が二回鳴った後、回線がつながった。

「木塚です」

組対四課の木塚刑事だ。

「今、何をしてる？」

「原口と幸村《こうむら》の捜索です。梶原さんは啓京不動産の張りこみですね」

原口は、沢井と同じく富川の専属ボディーガードだ。幸村という名前は初めて聞く。

「幸村というのはもう一人のボディーガードか？　メルセデスを運転していた男か？」

「ええ。やっと割り出せました。本部から連絡がありました。とんでもないものにぶち当たりましたね。また奴らがバブルの再来を求めて動き出したんでしょう。バブル時代に、啓京不動産開発は青陵会を使っていた。村松会長はそれで随分と株を上げた」

新沼は古くから続いていた縁を使い、青陵会を動かし、惨劇を仕立て上げたのだ。

梶原は話を戻した。

「原口と幸村は見つかりそうか？」

ため息の後、木塚の返事が聞こえてきた。

「難しい。四人の構成員が行方不明になっています。原口と幸村は、その四人に匿《かくま》われている。ですが、もう埋められていても不思議じゃない。警察の手が伸びてくる前に処分する。原口も幸村も宴を用意したものの、結局失敗した。何よりも、富川を守れなかった責任を必ず取らされる。村松会長ならやります」

原口と幸村の二人は、苅田親子の拉致に加わっていた。ビデオ映像には映っていなかったが、別荘内のどこかにいたに違いない。当然、藤代も新沼も、そして第三の男の顔も見ている。

二人を捕らえて、第三の標的の名前を聞き出す。新沼が加わっていた事実でもいい。それはできそうにもない。木塚たちでもまだ見つけられずにいるのだ。たとえ見つけたとしても、第三の標的が撃たれてからでは遅過ぎる。

何か手はないか。どうしたら、第三の標的を割り出せる。

懸命に考えを巡らせていた梶原は、一つの案に辿《たど》りついた。携帯電話を握り直し、特捜本部にかける。連絡係に管理官にと頼むと、間もなく引き継がれた。

「森岡だ」

「羽鳥湖の別荘の持ち主に捜査に協力するように働きかけてもらえませんか。同意が得られたら、捜索に入れます。ビデオカメラを見つけ出せるかもしれません」

「杉原から話は聞いた。品川の建設会社の社長だった。別荘を買ってから一度しか使ったことがないと言ってる。別荘の鍵は啓京不動産開発の接待に使われていたそうだ。話が聞けたのはそこまで。それ以上は弁護士を通すように言われた。事情聴取も途中で拒否されたんだ。捜索の許可を出してくれる訳がない」

「無理か……」

落胆し、梶原は森岡に礼を言ってオフボタンを押した。外れだった。だが、落ちこんでなどいられない。

他に何か方法はないか。第三の標的を見つけ出す手はもうないのか。出し尽くしたか――。

いや、まだだ。あれだ。危険な手だが、もはやあれしかない。

梶原は携帯電話を握り直し、発信履歴にあった木塚の名前を選択してボタンを押した。

「今度は何です？」

木塚の声が携帯電話から流れてくると、梶原は切り出した。

「おまえ、沢井がいる病院を知っているな。病院の名前を教えてくれ」

「病院。それを知って何をするつもりです？」

「捜査員をやって沢井を落とす。第三の標的の名前を吐かせる」

清水の目が双眼鏡から離れ、梶原に向いた。

「吐かせるって。まだ危険な状態です。人工呼吸器がついてるんです。完全に自力で呼吸ができない程状態が悪い」

清水の視線が顔に当たるのを感じつつ、梶原は言葉を継ぐ。

「口で言えなくても、書かせればいい。沢井に自分が置かれている状況をはっきりと認識させるんだ。回復しても、青陵会に消されてしまう。口を完全に封じられる。警察が守ってやると。青陵会を潰《つぶ》して、危険がなくなるまで守り続けると」

「脅しじゃないですか。違法行為です」

「死なせはしない。おまえから聞いたとは言わない。迷惑はかけない」

「そんなことを言ってるんじゃないんです。そう簡単にうまくいくはずがない。聴取が不可能な状態だから、控えているのに。やり過ぎたら、二度と口がきけなくなるかもしれない」

「今はこれしか方法がないんだ。ホシを挙げるためには」

梶原が強い口調で言うと、携帯電話は沈黙した。エンジン音だけが聞こえてきていた。清水は耳をそばだてこちらを観察するように見ているだけで、微動だにしない。

ほどなくして、木塚の声が戻ってきた。

「上が知ったら、十一年前のような大甘の処分じゃ済まない。今度こそ懲戒免職です」

「覚悟してる」

即答すると、木塚は嘆息をついて言った。

「分かりました」

その言葉に次いで、病院名が耳に流れこんできた。

携帯電話を切り、第五係員たちの顔を一人ずつ思い浮かべていく。木佐貫、後藤、赤井の三人は別荘地に行っているから無理だ。残りは、前田、三木、南真理子、白山の四人だ。誰を選ぶ。やはり、あいつだ。他には考えられない。もっとも、遠方にいたらそれも無理だが。

梶原は発信ボタンを押し、近くにいてくれと念じつつ携帯電話を耳に当てた。コール音が途切れ、白山の声が聞こえてきた。

「白山です」

「今、どこにいる？」

「品川駅の近くですが」

白山が戸惑った口調で答えを寄こした。沢井がいる病院からは左程離れてはいない。

「何なんです？」

「沢井が入院している病院に行って事情聴取してくれ」

梶原は説明を続ける。沢井を徹底的に追い詰め、第三の標的を吐かせる作戦なのだと。

息遣いが聞こえてくるだけで、携帯電話は沈黙していた。やがて、白山の声が戻ってきた。

「できません。下手をしたら、死にます」

「白山――」

　梶原の言葉を遮り、白山は大きな声を上げた。

「二度と梶原さんにあんなことはさせられません」

　白山は訴えるような口調で更に言葉を継ぐ。

「俺が捜査の情報を教えなければ、梶原さんだって、あそこまではしなかった。長谷に銃口を向けることもなかった。梶原さんを追い詰めるようなことにもならなかった」

　安住課長から処分を伝えられた後で、白山が頭を下げに来た。そこまで思い詰め、悔やんでいたとは思わなかった。これまで、白山は一度もそんな姿を見せなかった。

「俺は梶原さんのような刑事になりたくて、後を追ってきた。執念深くホシを追う梶原さんの姿に感銘し、憧れていた。手がけた事件のホシは全員挙げる。生きたまま捕らえる。死なせてはならない。生かして罪を償わせる。何度もそう言っていた」

　休暇を潰し、迷宮入りになりかかった事件の捜査に歩き回ってきた。被害者と被害者家族のためだと分かったからこそ、やってこられたのだ。

　泣き叫ぶ子供、すべての感情を失ったような顔をした老夫人、怒りを胸に抱きながらも淡々と事情聴取に応じてくれる父親。これまで手がけた殺人事件の被害者家族たちの顔が頭の中を過り、胸をかきむしられる思いがこみ上げてきた。

梶原は奥歯を嚙み締め、その思いを飲みこむ。左手で膝頭をぎゅっと握り、携帯電話に向かって言う。

「目の前のホシを挙げられない刑事が、他の事件のホシを見つけ出して挙げることなんかできない。これ以上、被害者も被害者家族も出させる訳にはいかない」

携帯電話がまた沈黙した。息を飲む気配が伝わってきた。ほどなくして白山が低い声で応じてきた。

「どこの病院です?」

分かってくれた。受け入れてくれたのだ。

梶原は病院の名前を伝えて、頼むとつけ加え携帯電話を切った。

清水は双眼鏡を下ろし、梶原に顔を向けてきた。

「必ずしもうまくいくとは限りませんよ。危険な状態なんでしょう。いつまた意識を失ってもおかしくない」

「賭けだ。こうでもしなければ、また死体が出る」

梶原はそう言って口を閉じた。半分は清水への答えだったが、半分は自分に言い聞かせるために敢えて口にしたのだった。

清水は梶原の横顔をじっと見ていたが、前方に向き直った。双眼鏡を上げて捜索を再開する。

梶原は携帯電話をつかんだまま、啓京不動産開発のビルへ視線を向けた。

エアコンの風量が上がった。道路上では陽炎《かげろう》が揺れている。

十分、二十分と経っても、携帯電話は振動しない。

梶原は、啓京不動産開発の正面玄関と奥にある車の出入口を交互に見ていた。午後一時近くなってから、出かけていく社員の姿が多くなったが、他に変化はない。

まだか。白山に電話してから三十分が経つ。携帯電話は振動しない。白山はもう病院には着いているだろう。警察手帳を警護役の警官に示せば、病室には入れる。けれども、沢井の意識がなくなっていたら、何も聞き出せない。

梶原がまた腕時計に目をやると、清水は双眼鏡を構えたままつぶやくように言った。

「時計を見ても事態は変わりませんよ」

「何？」

「この三十分で時計を見たのが十四回。うちの半分がこの五分以内に集中してる」

「苅田を捜せ。こっちまで見る必要はない」

「狙撃訓練のとき、被疑者は、観測手の俺の呼吸の回数まで数えていた」

狙撃手と観測手は一心同体なのだ。刑事と刑事の間ではそこまで濃密で強い関係は生じ得ない。

待つしかないのだ。待つしか。

梶原は心の中で繰り返し念じ、苛立《いらだ》ちを抑えこむ。

「一つ訊いてもいいですか？」

双眼鏡をゆっくりと動かしながら清水が訊《たず》ねてくると、梶原は正面玄関を見たままうなずいた。

「量刑はどうなります？」

被害者が一人なら、極刑から長期刑までの間だろう。だが、苅田は二人殺している。

「二人の命を奪った。極刑の判決が出る可能性が高い。無期懲役になる可能性もゼロではないが」

「やはり、そうなりますか」

双眼鏡を下ろした清水が更に訊ねてくる。

「三人の場合は？」

「極刑は免れんな」

清水は無言で小さくうなずき、双眼鏡を上げて捜索作業に戻った。

この期《ご》に及んで苅田の身を心配している。少年を射殺したことを悔いていると言った。

苅田とは家族ぐるみの付き合いをする程親密だった。清水にとって師でもあるのだ。やはり、苅田を撃てないのではないか。

再びその疑念が頭をもたげてきていた。しかし、今それを考えても仕方がない。

梶原は疑念を胸の奥に沈め、正面玄関に視線を張りつける。

正面玄関の人の出入りが多くなっていた。黒塗りのハイヤーが次々と正面玄関に止まり、背広姿の社員たちを乗せて出ていく。殆どが年配の男だ。新沼の姿はない。ハイヤーがなくなり、正面玄関から人気がなくなった。

その直後、携帯電話が震え始めた。

梶原は反射的に時計を見やり、携帯電話を耳に当てた。午後一時五分だった。

「白山です。今、病院です」

双眼鏡を下ろした清水が視線を向けてくる。

梶原は白山に訊く。

「沢井は吐いたか？」

「耳元ですべて話してやりました。もう一度同じような目に遭う。殺されると分かって、俺の質問に答えた。俺の手に指で文字を書いて。新沼はあの別荘で藤代たちを待っていたそうです。惨劇の場に立ち会っていたとも」

「もう一人の男は？　苅田仁美を殺した男は？」

「顔は見たが、名前は聞かなかったと」

第三の標的までは割り出せなかった。だが、これで新沼を落とせる。

「よくやってくれた」

電話を切り、覆面車のドアを開けた。同時に、清水も運転席から出て、後部ドアを開けてライフルバッグをつかんだ。

梶原は啓京不動産開発の正面玄関に向かって進んでいく。ライフルバッグを肩から提げた清水が隣に来て足を運び続ける。

正面玄関のガラスドアを通ると、先程専務室に来た警備員が歩み寄ってきて、梶原と清水の前に立ちはだかった。

「お待ち下さい」

「新沼専務にお会いしたい。取り次ぎを」

「ですから、それはできないと申し上げたでしょう」

「行かせてもらう」

警備員のわきを通って、エレベーターに向かおうとしたとき、再び呼び止められた。

「待って下さい。行っても無駄です。新沼専務はおりません。外出されました」

「外出？」

正面玄関も車の出入口も見張っていたが、新沼が出て行く姿は見ていない。

「新沼専務からそう言うように指示されたのか？」

「違います。出かけられたんです」

「どこに行った？」

「聞いていません。私はただ出ていくところを見ただけですから」

梶原は踵《くびす》を返し、受付に近づいていく。硬い表情を張りつけた清水が揺れるライフルバッグの下を手で押さえ、足音も立てずに梶原と並んで歩いていく。

梶原は受付のカウンターに手をつき、女性社員の方へ身を乗り出すようにして訊く。

「さっきハイヤーに乗って行った社員たちはどこに行ったんです？」

顔を強張《こわば》らせた女性社員が後ろに少し下がった。目に当惑の色が浮かび上がっていた。

「行き先は？」

重ねて訊くと、女性社員は戸惑いつつ答えた。

「リバータワーです。当社で開発建築した高層マンションの落成式があります」

「新沼専務も出席するんですね」

「ええ」

「場所は？」

「豊洲です」

女性社員が言ってパンフレットを差し出してきた。

梶原は落成式が始まる時間を聞き出し、玄関ドアに向かって駆け出す。

やられた。重役や幹部社員たちは正面玄関からハイヤーに乗っていった。その中に新沼の姿はなかった。おそらく、裏口かどこかから隠れて出て行ったのだろう。

梶原は清水とともにロビーを走り抜けていった。

26

清水が運転する覆面車は、右に左に車線を移動しながら、次々と車を追い抜いていく。啓京不動産開発を後にし、外苑東通りから桜田通りに向かって進んでいた。

午後一時十二分。豊洲の目的地まであと三十分もあれば着く。二時からの落成式には充分に間に合う。

胸ポケットで携帯電話が震え始めた。携帯電話の外側のディスプレイに特捜本部の文字が浮かび上がっていた。

通話ボタンを押すと、いきなり安住課長の怒声が流れ出した。

「なんてことをした？　なぜ、あんなことまでやった？　被疑者の命を危険にさらすなど、刑事のやることじゃないぞ。白山まで巻きこんで」

沢井に強引な事情聴取をしたことが、安住の耳にも入ったのだ。

「苅田を逮捕するためにはやらざるを得なかったんです。白山に非はありません。罰するなら俺を罰して下さい」

安住が呼吸する音が伝わってきた。

「担当医から連絡があった。許可を出すまで、二度と刑事を入れるなと。幸い、昏睡状態に戻ることはなかったが、かなり体力を消耗したようだ」

安住の声のトーンが落ちていく。落ち着きを取り戻してきたようだ。

「豊洲にある啓京不動産開発が建てたリバータワーに向かっています。新沼を落としてきます」

報告して回線を切ろうとすると、横から清水の手が伸びてきた。梶原から携帯電話を取り上げて耳元に当てた。

「清水です」

「どうした？」

清水は冷静な口調で携帯電話に向かって話し続ける。

「今、被疑者は新沼でも第三の標的でも自由に撃てます。既に第三の標的を割り出しているはずです。藤代を殺し、富川を殺した。新沼を殺して最大限の恐怖を味わわせてから殺す。娘を殺した相手を苦しみに苦しませた上で射殺する。しかし、豊洲には現れないことも考えられます」

梶原は清水の横顔に目を奪われていた。最大の恐怖を味わわせてから殺す。そこまでは考え至らなかった。

清水の顔は平静そのものだ。前を見据《みす》え、右手でステアリングを回し、車線移動をしながら次々と車を追い越していく。

清水が安住に訴える。

「まだ第三の標的が誰なのかつかめていません。新沼を射殺されたらお手上げです。これまで通り、総当たり捜査を続けていれば、第三の標的に辿りつく可能性があります。その可能性を捨てるべきではありません。我々だけで新沼を落としてきます」

携帯電話は沈黙した。刑事の経験もない一機動隊員が、捜査一課長に捜査方針の進言をしたのだ。もっとも、清水の提案は正鵠《せいこく》を射ているが。

安住の声が沈黙を破る。

「最大の苦しみを与えてから殺す。それはおまえ自身の考えか、それとも、苅田はそういう考え方をする人間だったのか？」

唇を強く噛んだ後、清水が口を開いた。

「俺の考えです。被疑者はそんな卑劣な人間ではなかった。被疑者は変わりました。別人です」

苦痛で清水の顔が歪《ゆが》んでいた。

ほどなくして、梶原に代われという安住の声が携帯電話から流れ出した。

梶原は清水が差し出してきた携帯電話を受け取って耳に当てた。

「期待以上の人材だったようだ」

安住が意味ありげに言って続ける。

「こちらは引き続いて総当たり捜査をする。今、一番近くにいるのはおまえたちだ。おまえたちで新沼を落とせ。完落ちさせろ」

そう言うなり、回線が切れた。了解と返す間もなかった。

梶原は携帯電話を耳に当てたまま、清水の横顔を見ていた。これまでも被疑者と呼んではいた。だが、仲間であり尊敬する人間と思う心が清水に残っている。梶原自身、そう思っていた。

その思いを清水はすべて断ち切っていたようだ。苅田を完全に見限っていた。

けれども、実際に苅田を前にしたら、本当に撃てるのか。疑念は依然として消えない。考えたところでどうにもならない。苅田をこの手で捕らえるのだ。

梶原は自分に言い聞かせ、前方に視線を向けた。

覆面車のスピードが上がり、車を次々と追い越していく。

太ももの上で握った清水の左手の拳が震えているのが見えた。骨がきしむ程強く握り締めていた。

空に向かって伸びた高層ビル群が見えてきた。近年急激に開発が進んだ場所で、いくつもの高層マンションやオフィスビルや大学のビルが建ち並んでいる。

覆面車は、晴海の選手村建設予定地に背を向け、晴海通りを進んでいく。赤色灯は格納してあり、車内ではエンジン音だけが低く唸っていた。

携帯電話が震え出した後、森岡の声が流れてきた。

「啓京不動産開発の社長は諸田保明《もろたやすあき》という男だ。諸田は杉原の名義を借りてまで別荘を買ったんだ。何か特別な目的があったんだろう。新沼だけでなく諸田も関わってると見て間違いねえ。諸田の写真を送る」

惨劇を仕立て上げるには、青陵会への支払いなど多額の資金が必要だ。専務だけで資金を調達するのは難しい。社長の力があったからこそできたのだ。

メールの着信音が鳴った。送られてきた諸田の顔写真を見た後、梶原は清水にも見せて森岡との会話の内容を伝えた。

晴海大橋を渡ると、高層ビル群が眼前に迫ってきた。

覆面車は晴海通りを離れ、北へ向かって進んでいく。正面に目的の高層マンションが現れた。三十階建てのリバータワーだ。

清水が駐車場の出入口に立っていた警備員に警察手帳を提示し、覆面車を乗り入れて止めた。

梶原は窓ガラスごしに周囲を観察し始めた。少し離れた場所に、黒塗りの車や営業用の車が止まっている。建設工事関係者や取引先の車だろう。五十人程いるだろうか、招待客が会社ごとに集団を作って立っている。落成式が始まるのを待っているようだ。リバータワーの正面玄関付近にはいくつもの花が飾られていた。

午後一時四十五分、梶原は目的地に到着したと特捜本部に報告した。窓ガラスを下げると、潮の匂いを含んだ海風が車内に流れこんできた。リバータワーの隣は貯木場だ。貯木場の先で、晴海運河と豊洲運河に分かれる。北側には十階建てのマンションと二つの高層マンションが建っていた。東側には、道路を挟んで大学のビルと高層マンションが聳《そび》え建っている。南側にはマンションと複合商業施設が入ったビルがある。かつて造船所があった場所だが、その面影はどこにもない。工場地帯がウォーターフロントのマンション群へと変貌したのだ。

周囲を見回した後、梶原はリバータワーに視線を向け直した。啓京不動産開発が鳴り物入りで立ちあげたプロジェクト。都心に近く、東京湾を見渡せる絶好の場所だ。大手不動産開発業者がこぞって高層マンションを建築した後で、やっと中規模業者の啓京不動産開発が乗りこんでこられたのだろう。マンションの外壁は薄い灰色で、モダンなデザインでありながら、それを主張していない。

新沼の姿は見当たらない。他の重役の姿もなかった。社員たちがマンションの正面玄関前に低いポールを立て、紅白のテープを張っていく。その近くにマイクが立っていた。テープカットの後で社長が挨拶し、招待客をマンションに入れて案内する。おそらく、そうした段取りになっているのだろう。新沼は他の重役たちとマンションの中で控えているに違いない。

「行くぞ」

梶原が言ってドアレバーに手をかけると、清水が止めてきた。

「ここで降りるのはまずい。見られる恐れがあります。被疑者が狙撃位置についているかもしれません」

「苅田は豊洲に来ないと言っていたじゃないか」

「現れないことも考えられると言っただけです。断定はしてません。むしろ、こちらに来る可能性の方が高い」

「どこにいるか見当はつくか？」

「無理です。あまりにも多過ぎます」

清水はそう答え、円を描くようにして、建物を指さしていく。北西方向に六百メートル程離れたところにある高層マンション。九百メートル程西に行ったところにある高層ホテル。北東方向、七百メートルの場所にある工場。南西の高層マンションまでは三百メートル、南東のオフィスビルや工場まで五百メートル程あるだろう。

更にその向こう側に数え切れないほどの建物が建っている。隅田川の向こうの新川、築地、月島、晴海、豊洲、枝川、木場、そして深川が一・六キロ圏内に入っているのだ。狙撃位置は無数だ。範囲を絞りこんで捜すしかないのではないか。

梶原は南西にあるオフィスビルを指して言う。

「あのビルは、マンションの正面玄関の対面にある。新沼が落成式に出てきたところを撃てる」

「他にいくらでも撃てる場所はあります」

「それじゃ、どうやって苅田を見つけるんだ？」

「カウンタースナイプです」

「カウンタースナイプ？」

「標的の近くに張りついて狙撃手を捜します」

隠れて捜すのではないのか。新沼のそばにつくのか。

戸惑っているうちに、清水が覆面車を出した。駐車場を抜け、リバータワーの東側に回って木の下で止めた。

正面に非常用出口が見えた。非常階段は建物の内部に設けられているようだ。

「俺たちが来たことを知ったら、新沼は裏から逃げ出すかもしれない。あそこから入れば、逃げ道は塞げる」

梶原が非常用出口を指さして言うと、清水はうなずき、覆面車から降りてライフルバッグを肩にかけた。帽子のつばを少し引き下げ、目深に被ってリバータワーの方へ歩き出す。清水の後につき、梶原は並木がある細い道を歩いていく。木の葉が、上空から降り注ぐ焼けつくような日差しを遮ってくれる。

非常用出口の前で立ち止まり、扉をたたいた。防犯上の理由で、外から扉を開けられない構造になっているのだ。拳で何度もたたき続けても、扉が開く気配はない。清水はわきに控えたまま、周囲を見ている。

ようやく扉が開き、社員らしき男が現れると、梶原は警察手帳を提示した。

「警視庁の梶原です。新沼専務にお会いしたい」

「警察――」

扉を押し開け、梶原は男のわきを通って中に入った。ライフルバッグを持った清水も続いてくる。

梶原は男の制止を振り切って進んでいく。男たちの話し声が玄関ホールから廊下を伝わってきていた。

玄関ホールには二十人程の背広姿の男たちがいた。社員と重役たちだ。その中の白髪まじりの恰幅《かっぷく》のいい男が、顔を向けてきた。啓京不動産開発の社長、諸田保明だ。諸田と向かい合って話をしていた新沼の顔がこちらに向く。目を見開き、顔を強張らせた。

こちらに向かって歩き出すのを見て、梶原は真っすぐ進んで行って立ち止まった。

新山は、梶原の後ろから追いかけてきた社員を手で制した。

「お話を聞かせて下さい」

梶原が言うと、新沼は奥の方を指さした。

「あちらで」

諸田にすぐに戻りますと告げ、新沼が歩き出す。諸田は無言でうなずいただけだった。

清水を背後に従え、梶原は新沼について廊下を進んでいく。

通されたのは、広い間取りの真新しい部屋だった。十二畳程のリビングルームに日差しが射しこんでいる。その奥に最新型の設備がついたダイニングキッチンがある。反対側にも洋室があるが、ドアは閉じられていた。ここで内覧会が行われるのか、家具類が設置されており、エアコンも動いていた。

「五分だけです。落成式が始まる前に戻ります」

腕時計を指で軽くたたいて言い、新沼がリビングルームの壁際に移動した。一時五十分になっていた。

完全な死角ですと梶原に囁き、清水は少し離れた場所に移動し、ライフルバッグを下ろして下端を床につけた。新沼が今いるのは部屋の奥まった場所だ。南側にオフィスビルがあるが、リビングルームの柱やベランダの壁や庇《ひさし》があって、向こうからは見えない。狙撃は不可能だ。

梶原は新沼の目を見て切り出す。

「私はとんでもない勘違いをしていた。あなたがたの狙《ねら》いは選手村ではなく、築地市場の土地だった」

新沼は無反応だ。

梶原は、築地市場の方を一瞥《いちべつ》し、新沼に視線を戻した。

「あそこから巨額の富が生まれる。あなたがたは、築地市場跡地を手に入れる方法を考えた。藤代秘書を取りこめば、確実にその土地を買い取れる。藤代に賄賂を贈って。二人の女性を差し出すことで」

無表情のまま、新沼が見つめてくる。

「勿論、あなたの力だけでできるものではない。諸田社長の力がなければ。接待用の場所と獲物を確保する人間、そして資金が要る。絵を描いたのはあなたか、諸田社長でしょう。両方かもしれないが。諸田社長も共同正犯、あるいは主犯になる。いずれにしても、逮捕されるのはあなただけでは済まない」

「何を言ってるか分かりませんな」

「藤代と富川を殺害した被疑者が判明した。苅田修吾。別荘で妻子を殺害された元警官です」

瞳が微《かす》かに動いた。やはり、苅田を知っている。

清水は、自分の足に立てかけたライフルバッグに手を置き、新沼と梶原を交互に見ているだけで口は開かない。

「あれ程入念に証拠隠滅工作をさせておきながら、どうして別荘のビデオカメラを放置しておいたんです？」

また反応がない。どこまで鉄面皮を通す。どこまで白を切り通す。

梶原はこれまで考えてきた推理をぶつけた。

「惨劇の後で苅田が逃げ出した。藤代は脅《おび》えていた。事件がばれないかと心配でたまらなかった。だが、事件は表沙汰にならない。藤代はあなたに頼っていた。通話記録に残らない例の方法で。非通知電話で連絡した。あなたは青陵会を使い、苅田を捜し出して始末させようとした。ところが、警官だと分かって、すぐに手出しできなくなった。警官を殺せば、青陵会は潰《つぶ》される。お手上げ状態だ。そうしているうちに、藤代が射殺され、富川も殺された。苅田の復讐が始まった」

瞳の揺れが大きくなっていく。

「我々が知りたいのは、苅田の娘を殺した男の名前です。苅田は次にその男を殺す。苅田が現れたところで逮捕する。それであなたは死なずに済む」

「何かの間違いだ。失礼する」

新沼が歩き出そうとすると、梶原はその前に立ち塞がった。

「沢井が吐きました」

「沢井？」

「富川の部下です。沢井は惨劇の場にいた。あなたもその場に立ち会っていたと証言した。もう言い逃れはできない」

新沼の目が大きく見開かれると、梶原は畳みかけるように続けた。

「完全に落ちた。これから我々に全面的に協力します。惨劇の一部を撮った映像もある。別荘事件の全貌が判明するのに時間はかからない。あなたはもう逃げられない。逮捕も時間の問題だ。しかし、その前に、苅田の娘を殺した男の名前を言えば、裁判でも優位に働く」

一気に言い、新沼の瞳を睨《にら》みつけた。清水の刺すような視線も新沼に注がれていた。

新沼の瞳は揺れ動き、額はじっとりと汗ばんでいた。

黙考の後、薄い唇が開かれた。

「ありもしない事件を」

つぶやくように言って、新沼が言葉を継いだ。

「映像を加工して適当に作り上げたんだろう。本物に見せかけることなど簡単だろう。死体もないのに、殺人事件と決めつけるのかね」

ここまで来て、まだ認めないのか。

二人の死体は見つかっていない。だが、沢井は死体の在処《ありか》を知っている。富川の部下たちが死体を隠したに違いないのだから。

もしかしたら、新沼は死体の隠し場所を知っているのか。絶対に見つからないという自信があるからこそ、否定した。沢井の証言だけでは、完落ちに持っていけないか。判断が甘かったか。

梶原は懸命に食い下がる。

「あなたが協力すれば、苅田を逮捕できる。娘を殺害した男を殺したら、次はあなたの番だ」

小さく吐息を漏《も》らしただけで、新沼は取り合わない。

「我々なら苅田を捕まえられる」

梶原は言って清水を一瞥した。

「彼は苅田の一番弟子だった。苅田を撃てるただ一人の人間だ。彼の目を使って、苅田を見つけ出し、我々が逮捕する」

「そんなことができるのか……」

清水は首肯し、新沼を見つめ返して淡々とした口調で告げる。

「できます。狙撃手に狙われたら最後、逃げ切ることはできない。今ならまだ間に合う」

新沼は天井を振り仰いだ。顔を上げたまま胸を膨《ふく》らませて二度、三度と大きく呼吸を繰り返す。顔が紅潮していた。やがて、吐き出すように言った。

「あんなことを言い出すからだ」

ゆっくりと顔を下ろした後、新沼は苦々しい表情を浮かべ、拳を握り締め、言葉を継いだ。

「素直に金を受け取っていればいいものを。金に興味がないなどと言って。藤代が残酷なことを要求してくるからだ。だから、あんなことをしなければならなくなった。あいつもあいつだ。奴の力を借りて、欲望も満たそうとしたんだから……」

言葉が途切れた。リビングルームに静寂が満ちる。

固く閉ざされていた扉が開こうとしている。落ちる。確信したとき、電子音が鳴り出した。

新沼が懐からスマートホンを出し、ディスプレイを一瞥して耳に当てた。

「私だ」

社員からか。落成式に間に合わないと電話してきたのか。

新沼が南の窓を向く。その顔が一瞬にして強張った。

玄関ドアの方へ進んでいく新沼を見て、梶原は後を追う。ライフルバッグを片手で持った清水も廊下に出てきた。

スマートホンを耳に当てたまま、新沼が玄関ホールの方へ歩いていく。歩調は乱れ、背中が左右に揺れている。

脳裏に、新宿中央公園に向かう藤代の姿が浮かび上がってきていた。藤代は携帯電話を耳に当てたまま水の広場まで行き、銃弾を受けた——。

苅田だ。苅田から呼び出し電話がかかってきたのだ。

そう確信すると、梶原は駆け出し、後ろにいる清水に言った。

「苅田が来てる」

清水はすぐに梶原を追い越して、左手で制してきた。

「下がって。絶対、俺の前に出ないように」

梶原に指示し、清水がライフルバッグから黒いレミントンを抜いた。

カウンタースナイプで対抗するつもりなのだ。だが、新沼を止める方が先だ。

玄関ホールに向かっていく新沼を追い、梶原は走り続ける。

「まだです、専務。早過ぎます」

「待って下さい」

社員たちから次々と声が上がったが、新沼には聞こえていない。新沼は玄関ドアへ進んでいく。重役も止めようとしたが、新沼は足を運び続ける。諸田社長の前を素通りした。

社員たちの声が止まっていた。強張った顔をし、レミントンを構えた清水を見ている。

女子社員が短い悲鳴を上げた。

突然、肩をつかまれ、梶原は足を止めていた。

「前に出ないで。巻き添えになりかねない。ここは俺に任せて」

清水は梶原に強い口調で言い、新沼に近づいていく。新沼の背後につくと、スコープの蓋をはね上げ、両手でレミントンを構えた。

危険が迫っている。苅田の放つ銃弾がこちらに来る。

死なせる訳にはいかない。絶対に殺させはしない。

梶原は再び駆け出していた。

玄関手前にある自動ドアの前で、新沼が立ち止まっていた。背後の清水にも気づいていないようだ。スマートホンを持ったまま立っている。

玄関ホール内のざわめきが急速に大きくなっていく。

新沼が一歩前に出る。自動ドアが開き、集合式のインターホンが置かれた場所に入っていった。清水も床に片膝をつけて姿勢を低くし、新沼に続いていく。

正面玄関の手前にたどりついたとき、突然、目の前に拳が出てきた。次の瞬間には、足を払われ、梶原は床に転がっていた。

「俺が仕留めます」

清水の声が耳朶《じだ》を打つ。清水の気迫に押され、梶原は動きを止めていた。したたかに膝を打ちつけたせいか、痺《しび》れで足が言うことをきかない。

「どこだ？　苅田はどこにいる？」

レミントンを左から右へとゆっくりと動かしながら、清水が答える。

「捜してます」

「分からないのか？」

「捜索中です」

正面玄関の向こうには、オフィスビルと総合施設がある。そこまで約三百メートル。だが、それよりも遥か遠くにいるかもしれない。築地、月島、晴海、豊洲の西側。一・六キロ以上も離れたところにある小さな一点を識別しなければならないのだ。

清水に任せていていいのか。本当に苅田を撃てるのか。

苅田は既にマンションの正面玄関付近に照準を合わせている。あとは新沼が出てくるのを待つだけでいい。レミントンの射程圏外なら、清水に見つかっても撃たれることはない。

新沼がまた一歩前に出る。

梶原は清水に急《せ》かすように言った。

「まだか？」

「南から南東方向にはいません」

清水は短時間で、南東方向の範囲の捜索を終えていた。しかし、他は手つかずだ。

梶原は歯を食いしばって足に力を入れて立ち上がる。レミントンを構えた清水のわきを通り、新沼を目指して駆け出した。痺れが残った足を引きずりながら、進んでいく。

正面玄関のドアが開き、熱い外気が流れこんできた。外にいる招待客たちの視線が、新沼に集まってくる。彼らの顔に浮かんでいた笑みが一瞬にして消えた。

外に出た新沼が、紅白のテープを押して進んでいく。ポールが倒れる金属音がした。テープを越えた先で新沼が立ち止まった。体全体が震えている。招待客たちがいる広場の方へ進んでいく。スマートホンを耳に当てたまま下を向き、首を左右に振りながら歩いていく。新沼の左手が前に出るのが見えた。

梶原は正面玄関を出て、新沼の元へ進み続ける。新沼との距離が二メートルを切った。新沼を押し倒そうとして手を伸ばしたとき、目の前が一瞬にして真っ赤になった。新沼とともにアスファルトに倒れこんだ。生暖かい液体が顔に振りかかる。視野が赤くかすんでいた。

顔に付いた血液を手で拭《ぬぐ》い続けると、かすみが消え、新沼の体が見えてきた。背広が血で赤く染まっている。首から上がなくなっている。いや、ないのではない。断裂して血まみれになった新沼の首が、胴体から三メートル程離れた場所に転がっていた。

27

怒号と悲鳴が響いていた。

梶原はアスファルトに両手をつき、上半身を起こした。うつ伏せに倒れた新沼の体から夥《おびただ》しい量の血が流れ出し、アスファルトに広がっていく。新沼は微動だにしない。

やられた。間に合わなかった。

梶原は座りこんだまま、心の中で声にならない声を上げていた。

心臓の拍動が続いているのか、新沼の背広の襟のあたりから血が流れ出ている。少し離れた所に転がった新沼の首からの出血は止まっていた。

梶原は気を取り直し周囲を見回す。

どこだ、苅田。どこにいる。

東にある商業施設のビルか、南のオフィスビルか。それとも、遥か遠く離れたビルか。最も近い南のオフィスビルまで、約三百メートル。一・六キロも離れた所にいる人の姿など見えない。分かってはいたが、そうせずにいられなかった。

レミントンを抱えた清水が正面玄関から出てきた。地面に座りこんだり、呆然として立っている社員の間を抜けてこちらへ走ってくる。招待客は身をこわばらせたり、口を押さえたり、後ずさったりしている。目の前で起きたことがようやく分かり始めたのだ。

駆け寄ってきた清水が立ち止まり、レミントンを振り上げてマンションの上層階に向けた。ボルトを素早く動かし銃弾をチェンバーに送りこんだ。

「被疑者はリバータワーの中にいます」

「リバータワー――」

清水は構えたレミントンを左に動かしながら言った。

「アスファルトのくぼみを見て下さい。弾頭が残っている」

梶原は下を向いた。アスファルトの一部分が深くくぼんでいる。直径五センチ程のくぼみに、潰《つぶ》れた金属片が張りついていた。弾頭だ。上から飛来した弾頭が新沼の首を貫き、アスファルトに穴を穿《うが》ったのだ。

超遠距離狙撃ではなかった。近距離、しかもほぼ真上から新沼を撃ち抜いたのだった。完全に裏をかかれた。だが、苅田は近くにいる。

「苅田はどこだ?」

「十二階です。西端から三つ目の部屋のサッシのガラスが閉まった。今、中に入った」

清水がレミントンを下ろして言うと、梶原は足に力をこめて立ち上がった。脱出ルートは三つある。エレベーター、内部にある非常階段、あるいはロープでの外壁降下。苅田はどれを使う。

素早く考えを巡らし、梶原は清水の目を見て指示した。

「俺は中から十二階に上がる。おまえは外を頼む。見つけたら足を撃て」

「ライフルを向けてこなくても？」

一瞬、間が空いた。清水は険《けわ》しい眼差しをして、すぐに言葉を継ぐ。

「正当防衛にはなりません」

「逮捕が先決だ。そんなことは考えるな」

首肯した後、清水がホルスターからＳＩＧＰ２２６を抜いて梶原にグリップを向けて差し出してきた。

禍々《まがまが》しい光を放つ鋼鉄の拳銃で、スライドやフレームの所々が擦《す》れて光っている。同時に長谷に向けたニューナンブの重みが手のひらに蘇ってきた。

「要らんと言っただろう」

「危険過ぎます。相手は強力なライフルを持っている。拳銃もないのに対抗できる訳がない」

「要らん」

「逮捕でき――」

清水の言葉を遮り、梶原は小型無線機を取り出して押しつけ、リバータワーの玄関に向かって駆け出した。

玄関ホールの中では、重役や社員たちが強張った顔をして右往左往している。壁際の椅子に諸田が座りこんでいた。

梶原はエレベーターを見やり、ついで非常階段がある方を向いた。苅田はどちらを使う。苅田は、レミントンを持った清水を見ただろうか。清水だと識別したか。清水には手のうちを知られている。リバータワーの外にロープを下ろして逃げようとしても、清水に見つかる。それを避けるには非常階段しかない。

梶原は特殊警棒を抜き、非常階段に向かった。二段飛ばしで階段を駆け上がっていく。踊り場を過ぎ、二階に上がった。二階の廊下には誰もいない。非常階段に引き返し、上を目指して足を運んでいく。三階の廊下も見たが、苅田はいなかった。

非常階段の上の方は静まり返っている。自分の足音だけが響いていた。

いつ苅田が現れても不思議ではない。至近距離から３３８ラプアマグナムを受けたらひとたまりもない。

六階、七階と上がっていくうちに、呼吸が荒くなっていく。足が重くなってきていた。かわされたか。逃げられたか。どこかの部屋に隠れ、梶原をやり過ごして再び非常階段を下りて出て行った可能性もある。だが、まだマンション内に残っている可能性も捨て切れない。

「そっちはどうだ？」

無線で清水に訊くと、すぐに答えが来た。

「いません。見つかりません」

苅田はまだリバータワー内にいる。まともにぶつかったら、勝ち目はない。相手は屈強なSAT隊員だ。強力なライフルを持ったSATナンバーワンの狙撃手だ。

梶原は恐怖心を抑え、疲労した体に鞭《むち》を打ち、注意を払いながら、階段を駆け上がっていく。

九階と十階の間の踊り場に達したとき、床面に残った靴痕が見えてきた。ブロックパターンの特徴的な模様。タクティカルブーツだ。足跡は上に向かってついている。

やはり、苅田はまだ上にいる。そう思うと同時に手のひらから汗が噴き出してきた。手をズボンにこすりつけて特殊警棒を握り直し、階段を上っていく。十一階を過ぎ、十二階の手前で足を止めた。靴痕は十二階の廊下まで続いていた。

梶原は十二階の廊下に出て、周囲を警戒しながら、苅田が狙撃に使った部屋の見当をつけて進んでいく。西から三番目の部屋だ。念のために各部屋のドアノブを一つ一つ見ながら足を進める。やがて、灰色の粉のようなものがついたドアノブが見えてきた。コンクリートの粉末が付着しているのだ。手で触った跡もある。

ここだ。苅田はこの部屋のベランダから狙撃したのだ。

一二〇三号室と書かれたプレートを見て、一つ深呼吸する。特殊警棒を構え、ドアを押し開けて玄関に入った。人影はなく、物音一つしない。

奥まで延びた廊下を進んでいき、突きあたりのリビングルームに入った。苅田はいない。隣の洋室に移り、次の部屋の捜索に取りかかろうとしたとき、無線機から清水の声が流れてきた。

「被疑者発見。リバータワーの西側です」

梶原は急いでリビングルームに取って返す。ベランダに出て下を見ると、人影があった。灰色っぽい服を着て、黒いライフルを持っている。苅田だ。苅田がリバータワーの西側にある防波堤を越えていく。

梶原は部屋を飛び出し、非常階段を駆け下りていく。息が荒くなり、足が重くなっていく。喉に痛みが走る。

一階に下り、非常階段から外に出て、リバータワーの北側の外壁に沿って、晴海運河の方へ走っていく。レミントンを持った清水がこちらに駆け寄ってくる。素早い足取りで進んできた清水が、目前で立ち止まった。童顔の額に汗が滲《にじ》んでいるだけで、呼吸は乱れていない。

足を止め、梶原は胸を上下させながら清水に問う。

「苅田は？」

「見失いました」

「見失った――」

「発見したとき、被疑者は防波堤を越えていた。俺がライフルを構えたときには運河に入っていた」

「どうして撃たなかった？」

清水が首を横に振る。

「無駄だったからです。被疑者は水中深くまで潜っていた。水深一メートル以上になると、弾が当たっても青痣程度にしかならない。潜水水泳をし、ある程度離れたところで水上に顔を出す。フル装備を着けてライフルを持ち、百メートル潜水水泳を何本も連続でこなせる」

「そんなことができるのか」

「可能です」

梶原は念を押すように言う。

「新沼が撃たれた直後、おまえはマンションのベランダにいた苅田を見つけた。苅田の顔は見たんだな」

「見ました。スコープごしに確認しました」

「苅田はおまえだと分かったのか？」

「一瞬ですが、目が合った。分からない訳がありません」

「どんな目をしていた？」

「何なんです？　どういう意味です？」

「答えろ」

梶原が強く言うと、清水は短く息を吐いて答えを寄こした。

「真黒なガラス玉のような目だった。感情が読み取れなかった」

初めておまえに会ったときのおまえのような目だ。長谷を前にしたときの自分の目だ。満足感も達成感もない空虚の目。

「スコープにとらえたのなら、撃てただろう。マンションから逃げ出す前に撃てたはずだ。なぜ、撃たなかった？」

「撃つ直前までは引き金に指をかけない。トリガーガードに添えておきます。引き金に指先が触れた直後、被疑者の顔が消えてしまった。ベランダの外壁に隠れてしまった」

「いい訳じゃないか」

「あのとき、被疑者はもう誰も撃つ気はなかった。人を殺す意志のない人間を射殺することはできない。俺はやりません」

清水の目に感情の揺れは見て取れない。凪《なぎ》の水面のような静謐さをたたえている。言葉通りには受け取れなかった。苅田を前にして迷いが生じたのではないか。苅田を撃てないのではないのか。

「苅田は娘を殺した男を殺しに行く。その男が誰なのか分からないんだぞ」

この事態を本当に理解しているのか、清水は無言のまま見つめ返してくるだけだ。

何とかして次の標的を割り出さなければならない。まずは現場だ。

梶原は踵を返し、非常口に向かって駆け戻っていく。すぐ後から清水の足音が聞こえてくる。

梶原は更に重くなった足を動かし、非常階段を駆け上がっていく。清水が横にきたかと思うと、あっという間に追い越していった。

十二階に上がり、梶原は清水に続いて一二〇三号室に入った。外気が入ってきているのだろう、潮の匂いがする。

ベランダに出ると、サイレンの音が一段と高くなった。風が少し強くなったが、日差しは強く、暑さは変わらない。足跡がついた場所に移り、手すりの上から顔を出して下を覗いた。社員や招待客が新沼の死体を遠巻きに見ている。近づく者はいない。死体の周りにできた血だまりが先程よりも広がっていた。

水の広場に転がった藤代の死体が脳裏に浮かび上がってきた。ついで、メルセデスの車内に横たわった富川の死体が蘇ってくる。二人とも首を撃たれて、頭部が胴体から離断していた。新沼も首を撃たれた。藤代は喉、富川は首の横、新沼はうなじを撃たれた。前方、横、後方。命中したのはすべて首だ。なぜ、首なのだ。

「狙撃したときの苅田の姿勢を取ってみてくれ」

梶原が言うと、清水はレミントンをわきに立てかけ、周囲を見回し、ベランダの手すりの上から身を乗り出した。下を向き、ライフルを構える格好をした。

「発射ガスの噴出痕から見ると、こうです」

「その姿勢だと、肩から上が完全に露出する」

「ほぼ真下に近い位置ですから、こうするしかありません」

射撃姿勢を解き、清水が訊《たず》ねてきた。

「それが何か?」

「藤代の場合も富川の場合も、苅田はできるだけ身を隠して撃った。新沼の場合は違う。肩から上が出てしまう。当然顔も」

梶原はそう応じ、新たな質問を投げかける。

「ここ以外の場所で、新沼の首を狙って撃てる場所はあるか?」

清水は周囲の高層ビルを見て答えた。

「いくらでもありますが――」

「あるが、何だ?」

「その場合、首を貫通した弾頭が、跳ね返って周囲にいる人間に当たる可能性がある。真上から撃てば、貫通した弾頭はアスファルトに当たって潰れて止まる。跳弾にはならない」

梶原は確信した。苅田はそこまで計算していたのだった。三人とも、首を撃たれて殺された。首への異様な執着。藤代のときも富川のときも、苅田は遠く離れた場所から身を隠して撃った。だが、新沼との距離は四十メートル程で、肩から上を出して撃っている。招待客に気づかれる危険があったにもかかわらず。

藤代の首を貫通した弾頭は、水の広場の人工の滝の中にあった。富川の首を突き抜けた弾頭は、沢井の腹にめりこんだ。いずれの場合も、関係ない人間は巻き添えになっていない。

脳裏に一つの光景が蘇ってきていた。以前にニュースで見た刑場の映像だった。それから水の広場にあった二枚の白いビニールテープが浮かび上がってきた。

慄然《りつぜん》とし、梶原はつぶやくように言う。

「処刑だ」

「処刑……」

「死刑を執行したんだ。日本の死刑は法律で絞首刑に限定されている。他の方法が執《と》られることはない。苅田は、三人に対して死刑と決め、刑を執行したんだ」

「まさか」

「水の広場に二枚の白いテープが張ってあった。あのテープは立ち位置を示す印だ。刑場の踏み板の代わりだった」

信じられないのだろう、清水は目を見開いたまま微動だにしない。

「撃たれる前に電話がかかってきた。あれは執行宣告だったんだ」

「執行宣告――。考え過ぎでは？」

「藤代も富川も、撃たれる前に電話がかかってきた。新沼のときも」

表情を強張らせた清水が、つぶやくように言う。

「四人目の男の処刑に行ったんだ――」

梶原は歯ぎしりしたくなるのを堪《こら》えてうなずく。処刑する前に、苅田を捕らえなければならない。苅田を止めるのだ。しかし、肝心の相手が分からなかった。

28

一階の玄関ホールに着くと、梶原は清水とエレベーターを出た。社員は電話連絡をしたり、制服警官から事情を聴かれたりしている。壁際に集まった重役たちは椅子に座って頭を抱えたり、隣同士で話をしたりしていた。

梶原は椅子に座った諸田社長を見つけて進んでいく。レミントンを背中に回した清水がついてくる。

梶原は諸田の前で立ち止まった。清水が左わきにつくと、諸田を見下ろし、開口一番に言った。

「杉原の別荘で行われた惨劇に招待したのは誰です？　藤代秘書の他にもう一人の人間が来ていましたね」

重役たちの好奇の視線が、梶原と諸田と清水の三人に一斉に集まってきた。

見上げてくる諸田の顔は蒼白《そうはく》で、額にうっすらと汗が浮いていた。

「新沼専務は犯行を認めた。あなたは専務に命じて、築地の土地を手に入れる計画を立てて実行した。別荘での集団強姦。それを賄賂として贈った。そこで予期せぬ殺人が起きた。生き延びた父親の復讐が始まった。あれだけのことを専務の力だけでできるはずがない。社長の力がなければ無理だ。専務から聞いて全部知っていたはずだ」

諸田が小さく首を横に振り、低い声で応じる。

「知らん」

「あなたの命がかかっている。専務も復讐された。ホシは、苅田は、もう一人の招待客を殺した後で、あなたを殺しに来る。苅田を逮捕するために協力して欲しいと言ってるんです」

諸田はまた首を横に振った。今度は、二度、三度と。ほどなくして、がっくりと項垂《うなだ》れ、顔を両手に埋《う》めて絞り出すように言う。

「新沼にすべて任せていたんだ」

唾を飲みこむ音がした後、諸田の声が漏れてきた。

「確かに資金は私が出した。しかし、他に誰が来たかなど知らない。知りたくもなかった。知らない。本当に知らないんだ……」

最後の方は声が震えていた。

梶原は床に膝を突き、諸田の顔を正面から見据える。顔に当てた両手が震えている。諸田の手をつかんで引くと、真っ赤になった顔全体が露《あら》わになった。目に脅えの色が浮かび、小刻みに震えている。助けてくれと懇願しているようだった。

嘘はついてない。諸田は新沼に一任していた。火の粉が降りかからないように手を打っていたのだ。自分の手は汚さず、金儲けのことだけ考えていた下衆《げす》だ。

腰を上げるとすぐに、清水が強張った顔でどうしますと目で訊ねてきた。

梶原は諸田に背を向けて歩き出す。正面玄関の方へ足を運びながら、横を歩く清水に言った。

「もう一つの現場だ」

そう答えて腕時計を見た。午後二時十二分。死刑は執行命令から五日以内に執行される決まりになっている。だが、苅田がそこまでこだわっているとは思えない。タイムリミットを過ぎてもやる。けれども、包囲網が狭まってきているのは感じ取っているはずだ。あまり時間はかけられない。

外に出ると、正面玄関前の敷地に立った招待客や社員たちが目に入ってきた。

新沼の死体を横目に、梶原は南側にいる招待客の一団に歩み寄っていく。灰色の作業服を着た男たちの胸には高田《たかだ》建設工業の文字が入っていた。警察手帳を示し、五人の中で最も年長の男に訊く。

「新沼専務はスマートホンで話をしながら外に出てきた。何を話していたか分かりませんか?」

男は怪訝《けげん》そうな表情を浮かべたが、首を横に振った。

「ここからでは聞こえません。遠過ぎて」

男は同意を求めるように、部下らしき男たちの方を向く。男たちも皆うなずいていた。

わきにいた清水が梶原に語りかけてきた。

「時間の無駄です」

清水を少し離れた場所に引っ張って行った。立ち止まり、清水の目を見て説明する。

「藤代は撃たれる直前まで苅田と話をしていた。新沼のときと殆ど同じ状況だった。呼び出しだけなら、あれ程長く話をする必要はない。話の内容は知りようがない。だが、何か手がかりになるようなものを口にしていた可能性はある」

「命乞いです。止めてくれと頼んでいた」

「かもしれんが、決めつけられない。ここで手がかりを見つけ出すんだ」

「見つかる訳が――」

梶原は手を伸ばして清水の言葉を遮り、彼の胸元に手を当てて言う。

「刑事になれ」

「刑事？」

「キャンプ場に行ったとき、おまえは刑事になってた。必死になって捜し回っていた。おまえにはその力がある。苅田を止めるには、次の相手を捜し出すしかない。それとも、苅田に思いを遂げさせようとしているのか？　復讐を果たさせようとしているんじゃないのか？」

帽子の長いつばの下で、清水の目が大きく見開かれる。

清水は首を横に一度振り、強い口調で否定した。

「そんなことはありません。俺は警官です」

真剣な光を帯びた目で見返してくる。清水の鼓動は先程からずっと同じリズムを刻んでいた。本音であることを願うしかない。

梶原は清水の胸から手を離し、周囲を見回す。新沼が撃たれたときに外で待っていた人たちの位置を思い起こす。落成式の準備をしていた啓京不動産開発の社員たちは招待客たちよりも新沼の近くにいた。新沼が話した言葉を耳にした可能性はある。

それだけではない。新沼が玄関から出て行った後の奇妙な動き。下を向き、首を左右に振っていた。まるで何かを捜しているようだったのだ。

「おまえはSDカードを捜せ。新沼の死体の周辺にあるかもしれん。俺は目撃者から話を聞く」

「SDカード?」

「新沼は下ばかり見ていた。何かを捜していたんだ。藤代が撃たれた現場の路面にSDカードが張りつけてあった。新沼はSDカードを捜していたんだろう。それを手に入れるために部屋から出て行った。手に入れれば、別荘の事件は否定できる。何もなかったことにできると考えた。沢井が撮影に使っていたビデオカメラを、苅田が持って逃げたに違いない。苅田はその映像をSDカードに入れた。SDカードがあると電話で伝えられた新沼が取りに行った」

「新宿の現場から出たSDカードは空だったんでしょう。また同じかもしれません。見つけても、次の標的は分からない」

「仁美さんを殺した男だ。その男の顔が映った映像が入っているかもしれない。可能性はゼロじゃない」

清水が新沼の死体の方へ駆けて行くと、梶原は男の元に戻って質問を再開した。

「新沼専務が言った言葉だけでいいんです。何を言っていたか、分かりませんか?」

「声なんか聞こえません。式の直前に、突然専務が一人先に出て来たんで、どうしたらいいか分からなくなって。止める訳にも行かず、見ているしかなかった」

駄目か。

梶原は続けて男の部下たちに同じ質問をぶつけていく。けれども、返ってくる答えは同じだった。新沼が口にした言葉は、彼らの耳には届いていない。

清水はレミントンを背負ったまま、腰を曲げ、新沼の胴体の周囲の路面を食い入るように見つめている。ボールペンのようなものを取り出して、血だまりをかきながら捜し続けていた。

ついで内装業者たちの聞き取りに移ったが、誰一人聞いた者はいなかった。

外注業者を潰し終え、啓京不動産開発の社員たちに近づいていく。五人、六人と聞いて回ったが、全員が首を横に振った。九人目でようやく、新沼が話すのを聞いたという社員が出てきた。同社の営業部長だ。この暑さの中でも、背広の上着を着てネクタイを締めている。

清水がそばに歩み寄ってきて、梶原に報告する。

「ありませんでした。周辺の路面全体を見ましたが、どこにもなかった」

清水の観察眼に引っかからなかったのだから、もともとSDカードはなかったのだ。

梶原は無言でうなずき、営業部長に向き直り、念を押すように言う。

「本当に聞いたんですね」

「専務が一人だけ出てきたので、周りがざわつき始めた。社長を先頭にして取締役がテープカットに出てくる段取りでした。専務は思い詰めたような顔をしていた。私はその様子を横から見ていました。社員たちも戸惑って何もしない。私が近づこうとすると、専務は来るなという風に手のひらを向けてきたんです。けれど、放ってはおけない。歩み寄ろうとしたとき、スマートホンに向かって言ったんです」

新沼に向かって走っているときのことだった。新沼が左手を前に出すのは見えたが、その先にこの男がいたことまでは気づかなかった。押し倒して助けるのに夢中で視界に入らなかったのだ。

「何と言ったんです？」

「おおにしこういち、と」

あいつだ。大西弁護士。藤代の通夜で、マスコミを追い払った弁護士だ。

これまで、大西の後ろ姿を見た記憶はない。話をしたときも、正面か斜めからだけだった。だから、ビデオカメラの映像を見ても気づかなかったのだ。

大西は、藤代の通夜で遺族につき添っていた。それだけではない。藤代律子に知っている番号がないか訊ねたとき、彼女は一人だけ名前を挙げた。藤代の友人とつけ加えて。苅田仁美を殺害したホシは、藤代のすぐ近くにいたのだった。

愕然としている梶原の耳に、営業部長の声が届いた。

「大西先生ではないでしょうか」

我に返り、営業部長に訊く。

「知ってるんですか？」

「当社の顧問弁護士です」

「事務所はどこです？」

「そこまでは分かりません」

営業部長に背を向け、梶原は玄関に向かう。清水が後から追ってきた。玄関ホールに戻り、諸田から大西の法律事務所と電話番号を聞き出した。大西の事務所に電話をかけて、大西がいることを確認し、玄関ホールを出た。覆面車に駆け戻り、運転席側に回った。

「ここからは俺が運転する」

清水がレミントンを下ろし助手席に乗りこんだ。

梶原は覆面車を反転させ、次々と入ってくるパトカーとすれ違い、リバータワーを後にした。南に向かって覆面車を走らせながら、レミントンを胸に抱えた清水に説明した。

「新沼から聞き出すまで、苅田は娘を殺した男が誰なのか分からなかった。藤代を殺し、富川を殺して、じわじわと追い詰めて行って、新沼を落とした。殺さない。ＳＤカードもやる。事件の証拠を渡す。その代わり、娘を殺した男の名前を言えと。大西が死ぬことになっても、新沼は逮捕を免れる。別荘の惨劇は事件化できない。死体がなければ、殺人事件として立件できない。新沼には、二人の死体が絶対に出てこないという確信があった。だから大西のことを話した。いちかばちかでSDカードを取りに行ったんだ」

「しかし、被疑者は射殺しました」

「どうしても許せなかったのだろう」

それ以上は口にできなかった。気持ちは痛い程分かる。長谷に銃口を向け、この手で引き金を引く寸前まで行ったのだ……。

梶原は唇を嚙み締め、更にアクセルを踏みこみ、スピードを上げた。

左手で車載無線機のマイクを取り、新宿署の特捜本部を呼び出す。連絡要員が出た後、安住課長の声が車内のスピーカーから流れ出した。

「苅田の行き先が分かりました」

梶原は送話ボタンを押し、苅田仁美の殺害犯が大西弁護士だったと伝え、新橋にある大西の法律事務所に向かっているとつけ加えた。驚き、絶句しているのだろう、送話ボタンを離しても、安住課長からの返答はない。森岡管理官も特捜本部内で聞いているに違いないが、割って入ってくる気配はない。

梶原は再び送話ボタンを押して応援要請をした。

「捜査員全員をすぐに大西の元へやって下さい。清水が見つけ次第、逮捕に入ります」

少し間が空き、安住の声が車内に響いた。

「手配する。だが、今、新宿署の捜査員の殆どが新橋から遠い場所にいる。第五係で都内に残っているのは四人だけだ。他は都内各所で聞きこみ中だ。月島署の特捜本部の捜査員は期待できない。間に合うかどうか分からん。制服警官をやって大西を保護する」

安住の言葉が終わると、清水が梶原の手からマイクを取り上げて言った。

「課長、制服警官の投入は待って下さい」

「清水か。待ってってどういうことだ？」

「目立ち過ぎます。被害者の目に留まる。一時的に大西を保護できるかもしれません。しかし、ずっと安全な場所に留めておくのは無理です。警察署もパトカーも護送車も安全とは言えない。被疑者は僅かな隙も見逃さない。必ず大西を殺す。狙撃手に狙われたら最後、逃げ切ることはできない。逆に言えば、今が被疑者を捕らえるチャンスなんです。被疑者は大西を殺しに来る。俺が見つけ出します」

無線機が沈黙した。清水は表情一つ変えずマイクを握り締めていた。

清水の言う通りだった。苅田は影に潜んで動き、次々と三人を殺してきた。苅田を捕らえない限り、また同じことが繰り返されるのだ。

車内の沈黙を安住の声が破る。

「制服警官の投入は見送る。大西が撃たれる前に苅田を見つけ出せ。おまえたちで、苅田を挙げろ」

「了解」

清水が短く言って無線を切り、マイクをフックに戻す。すべての感情に蓋をしたかのような顔を前に向けた。

二人だけでやるしかないのだ。

梶原は腹をくくり、アクセルにかけた足に更に力をこめた。

覆面車は黎明橋を渡り、勝どきに入っていた。ここから新橋まではあと十分程だ。けれども、苅田の方が先行しているのだ。

29

車道のアスファルトの上で、陽炎《かげろう》が揺らめいている。

二十階建てのビルが、フロントガラスの向こうに現れた。

梶原はアクセルを緩め、二十階建てのビルを目指して覆面車を進めていく。サイレンは消してあり、頭上の赤色灯の光が辺りの窓に当たっている。新橋駅の西側に広がったビジネス街の一角で、今、走っている車は少ない。近隣に高層ビルはない。ワイシャツ姿の男たちが強い日差しを避けて、建物の日陰を歩いている。午後二時三十八分。気温はまだまだ上がりそうだ。

「間に合ったようです」

助手席で周囲に視線を走らせていた清水の声が聞こえてきた。

「とりあえずはな」

梶原は短く応じ、目的のビルの少し手前で覆面車を路肩に寄せて止めた。大西が撃たれたのなら、騒ぎが起きているはずだ。どこにも異常は見当たらない。午後の気だるい空気が漂っている。大西法律事務所が入ったビルの窓は日光を跳ね返しているだけで、割れた窓ガラスもない。

無線機のマイクを取って特捜本部を呼び出す。

「梶原より特捜本部へ。現着しました」

「安住だ」

無線機のそばで待機していたのか、すぐに安住課長の声が車内に流れ出した。

「水戸と白山がそちらに向かっている。他の二人も急行させたが、間に合うかどうかは分からん。到着まではかなりの時間がかかる」

汗でずれた銀縁眼鏡をつかんで押し上げる安住の姿が脳裏に浮かんだ。

了解ですと答えて無線を切った。ドアレバーに手をかけながら、隣で辺りに警戒の視線を飛ばしている清水に訊《き》く。

「いないか？」

「見当たりません。近隣にはいません」

　苅田は一足先にリバータワーを離れ、運河に飛びこんで姿を消し、ここに向かってきたのだ。大西の法律事務所に乗りこんででも射殺するだろう。リバータワーでは、五十メートルもない距離から新沼を射殺した。何らかの事情で到着が遅れた可能性もある。近隣のビルかどこかに隠れ潜《ひそ》み、射殺する機会を窺《うかが》っているかもしれない。

「大西の法律事務所を狙《ねら》える方角に、不審な動きは見て取れない。ずっと上の方から見てみない限り、完全に断定はできませんが」

　清水が双眼鏡で周囲をさっと見回して言うと、梶原はうなずいてドアを開けた。清水がレミントンを持って覆面車から降りてくる。

　梶原は背広の上着を脱ぎレミントンの上にかけてやった。

　目で謝意を示して、清水が背広でレミントンを包んだ。

　二十階建てのビルに向かって、梶原は清水と並んで歩道を進んでいく。ビルの玄関近くの路肩に止まった黒いフーガを見やった。運転手はいない。丸顔をした女の子が助手席でスマートホンに指を滑らせながら食い入るように見つめている。高校生ぐらいか、髪は栗色に染めたボブカットで、薄い黄色のTシャツを着ていた。他には誰も乗っていない。

「乗員は女の子一人。他に人が乗っていたら、車が少し傾く。覆面車が止まる前に確認済みです」

清水は不審車かどうか振り分けていたのだった。

梶原はうなずき、玄関の方へ進んでいく。玄関ホールに入り、エレベーターへと向かう。エレベーターわきの案内板には、商社、IT会社、貿易会社、医療機器の販売会社など様々な会社の名前が入っていた。大西法律事務所は十五階だ。

エレベーターは微《かす》かな音を立てて上昇していった。

十五階でエレベーターを降り、梶原は廊下を進んでいく。大西法律事務所の文字が入ったドアが見えてきた。民事専門の弁護士だろう、債務処理や離婚や遺産相続などの相談の文言が、ドアの脇のプレート上に並んでいる。

ドアを押し開けて入る。右手に事務スペースがあり、五人の事務員がいた。

三十代後半の女性事務員が立ち上がって、歩み寄ってくる。事務員の目が梶原に向けられ、ついで横に上着をかけたレミントンを胸に抱いた清水に移り、また梶原に戻ってきた。

梶原は警察手帳を開き、事務員の顔に近づける。

「先程電話した警視庁の梶原です。大西先生に取り次いで下さい」

「先生は仕事中です」

「緊急の用件なんです」

「急にいらしても困ります。アポイントメントを取って下さいと申し上げたでしょう。先生はこれから外出されます。お引き取り――」

事務員の言葉を遮り、梶原は訊く。

「大西先生の他に弁護士はおられますか」

「二人在籍しております」

そう聞くなり、梶原は清水に全員を退避させろと囁き、事務所の奥へ進んでいく。清水は事務員たちを集めて、ついで他の部屋を回り始めた。

梶原は廊下を歩いて行き、二つの部屋を通り過ぎ、最も奥にある部屋のドアをノックした。返事が来る前にドアを開けた。

十五畳程の広いスペースに書類入れのロッカーが並んでいる。応接セットの向こう側にある幅広の机に、濃紺の背広を着た大西がついていた。机の上には口が開いた大型の書類鞄が載っている。

大西は眼鏡をかけ、机の上の書類に視線を落としたまま口を開く。

「礼儀も知らんのかね？」

「捜査にご協力願います」

大西は息を吐き出し、ペンを置き、眼鏡を外して顔を上げた。

「藤代秘書の件なら協力する。今日は約束が入ってる。明日以降にしてくれ」

梶原は大西の顔を見据えて淡々とした口調で告げる。

「先程、啓京不動産開発の新沼専務が射殺されました。そちらの事件です」

大西の顔に驚きの表情が浮かんだ。本当に知らないのだ。事件から四十分も経っていない。まだ報道には乗っていない。啓京不動産開発からの連絡もないはずだ。

ドアが開き、清水が入ってきて、梶原に告げる。

「全員退避させせました。事務所には誰もいません」

大西を貫通した弾が、他の人間に当たる可能性がある。これまで苅田は関係ない人間を傷つけないように計算し、一弾を放ってきた。だが、今度もそうとは限らない。巻き添えが出るのを避けられないと分かっていても、撃ってくるかもしれない。

三方にある窓は、すべてブラインドが上がっている。南側の窓からは港区役所、最も大きい西側の窓からは大学病院や赤坂の高層ホテルや高層オフィスビル、北側の窓からは霞が関のビル街が見えた。東側は全面が壁だ。

梶原は大西に言った。

「奥の壁まで下がって」

「何だって」

「あなたの命を守るためです。そこなら死角になる」

「何を言ってる？」

とぼけるつもりか。それとも、苅田仁美を殺した男であることがばれないという絶対的な自信でもあるのか。

清水が背広の上着を外して床に置くと、大型のスコープが載ったレミントンが姿を現した。

応接セットのソファーの陰に清水が隠れる。ソファーの上にレミントンを載せ、帽子のつばを後ろに回し、スコープの蓋を上げて接眼レンズに目を当てた。

「頼むぞ。早く見つけてくれ」

「了解」

清水が低い声で応じてきた。

大西の声が響いた。

「一体、これは何の真似だ？」

梶原は、困惑の表情が浮かんだ大西の机に歩み寄りながら言う。

「彼は無視して下さい」

「何なんだ。説明したまえ」

大西の言葉は無視した。

「新沼専務はご存知ですね」

「勿論だ。その話が本当なら、こうしてはいられない」

立ち上がろうとする大西の前に、梶原は手をかざして制した。

「今行っても、あなたが役に立つことはありません」

「そんなことはない。社長がいるはずだ」

大西は落成式を知っていた。新沼のスケジュールを把握している。やはり新沼とは頻繁に連絡を取っていたのだ。

清水はスコープの倍率を調整し、レミントンを右から左にゆっくりと動かし続けている。まだ見つからない。既に苅田はどこかに潜み、ベレットを構えて大西に狙《ねら》いを定めているのかもしれない。

梶原は大西を見て切り出す。

「藤代秘書の親友だったそうですね」

「そうだ」

素直に認めた。しかし、大西の目はそれがどうしたと言っている。

「我々は羽鳥湖の別荘に行ってきた」

「羽鳥湖――」

「そこでビデオ映像を見つけた。藤代が苅田緑という女性を強姦して刺殺するシーンが記録されていた。目出し帽が外れ、顔がはっきりと映っていた。そして、別の男が娘の仁美を犯した揚句に、ナイフを突き立てる。止めろともがく苅田の目前で。あなたが着ていた白いシャツは返り血で真っ赤になった。どういう意味か分かりますね」

大西の眼鏡の奥の目に変化はない。手を大きく開き、親指と中指で眼鏡を挟んで持ち上げただけだった。

梶原は更に大西に近づき、畳みかけるように続ける。

「藤代とあなたは趣味の上でも仲間だった。いや、親友というべきか。凌辱趣味。他人の気持ちを引き裂きながら、快楽を味わう。啓京不動産開発が藤代に贈った賄賂に、あなたも便乗した訳だ。新沼は最後の最後になって、別荘事件の参加者の名前を吐いた。撃たれる直前まで、秘密を守った」

仕事柄、感情を制御する術《すべ》を身に付けているのか、大西の目は微動だにしない。感情の揺れはまったく見て取れない。

梶原は横目で清水を見た。清水は片膝を立てて床に座り、レミントンを右から左へゆっくりと動かしている。まだ見つからない。茆田はもう近くに来ているだろう。大西に狙いを定めたかもしれない。今この瞬間にも、窓ガラスを割って銃弾が飛びこんでくるかもしれない。まだか。まだ見つからないのか。

そう言いたくなるのを堪《こら》え、梶原は大西に視線を戻した。

「このままでは殺される。茆田が、おまえたちが弄《もてあそ》んだ家族の父親が復讐を続けている。藤代秘書、富川、新沼を射殺した。次は娘を殺した男の番だ」

大西は机の上の眼鏡に軽く触れながら応じる。

「命を狙われる覚えなどない」

「青陵会の沢井が吐いた。青陵会にも調べが入った。二人の死体が見つかる。何もかも表沙汰になる。もう逃げられない。自首すれば、死なずに済む。苅田は我々が捕らえる」

「何を言ってるか、さっぱり分からん」

眉《まゆ》一つ動かない。冷やかな口調だった。

梶原は机に手をついて大西の目を覗《のぞ》きこむ。

「罪を償え。人としての務めだ」

大西が嘆息を漏《も》らす。

「いい加減にしたまえ。これ以上話がしたいのなら、令状を持って来なさい」

「電話が来る。刑の執行宣告だ。それが来たら、手遅れだ。間に合わなくなる」

「脅迫までするのか」

大西の目には強い光が戻っていた。完全否定だ。

ドアの方へ顎《あご》をしゃくり、出て行けと告げてくる。

ゆっくりと上体を起こし、梶原は大西から顔を離した。再度説得をしようとしたとき、清水の声が上がった。

「被疑者発見」

梶原は振り返る。清水がレミントンを構え、スコープを覗いたまま淡々とした口調で言った。

「虎ノ門のビル街を黒い大型オートバイで移動中です。灰色のジャケットとチノパンツを着用。黒いフルフェイスのヘルメットを被っています」

「苅田に間違いないな」

念を押すと、清水が片手でスコープの倍率を上げながら応じてきた。

「間違いありません。停止中にバイザーを上げたとき、被疑者の目が見えました。ライフルバッグは確認できませんでしたが、三脚が積んでありました」

「三脚？」

「状況によって、三脚にライフルを載せて撃つ。より正確に狙える。オートバイは今、五百メートル程先を西に走っています。もうすぐ桜田通りです。ナンバーは不明。逆光に変わって読み取れなくなった」

苅田は狙撃位置についていない。まだ間に合う。

梶原は虎ノ門がある西の方を見やり、ついで腕時計を見た。二時四十七分だ。

「誘導してくれ」

了解と返してきた後、清水が呼び止めてきた。

「これを持って行って下さい」

清水は右目をスコープにつけたまま左目を動かし、梶原を見て、片手でＳＩＧを抜いて差し出してきた。

梶原は首を横に振る。

「殺人の道具は持たない」

「人を殺すために使うんじゃない。人を守るためです」

違う。俺は拳銃で長谷を殺しかけた。拳銃を持っていなかったら、そこまでしなかった。

梶原はその言葉を胸に留め、SIGを押し返す。清水は左目に悲しみの色を浮かべたままSIGをウエストポーチに戻した。なぜ、そんな悲しそうな顔をする。なぜ、そんな目で見る。

清水が左目を閉じると、梶原は大西に向き直った。

その目には緊張の色が浮かび、机の上で強く手を握り締めて拳を作っていた。

梶原は大西に背を向けて部屋を後にし、エレベーターに向かう。

ビルの玄関を出て、覆面車に駆け寄っていく。フーガの助手席に座った女の子が梶原に顔を向けてきた。目の大きい丸顔をした先程の女の子だ。女の子は梶原を見て肩をすくめ、再びスマートホンに目を落とした。

梶原は覆面車に乗りこみ、エンジンをかけた。十分程しか止めていないのに、車内は蒸し風呂のような暑さだ。ステリアングを大きく切り、フーガを避けて発進させる。西に向かって走らせながら、無線で苅田を発見し、追跡中だと特捜本部に一報を入れた。

日比谷通りとの交差点が現れた。多くの車が行き交っている。信号が青に変わるのを待ち、日比谷通りを横断して西新橋に入ると、無線機とつながったイヤホンから、清水の声が流れてきた。

「被疑者は西進中。間もなく首都高の高架下に入ります。ナンバーは読み取れなかったが、銀色の大きな荷台が見えました。三脚をそこにくくりつけています」

苅田との距離は八百メートルというところか。オートバイは見えない。どこへ行く。いつまで走り続ける。もう大西の法律事務所からは千二百メートルも離れたではないか——。そうか、そういう腹か。

一つの考えに思い至り、舌打ちした。清水のレミントンの有効射程は八百メートル。レミントンの射程圏外に出てから大西を撃つつもりなのだ。

苅田がオートバイで走っている間に追いつけないと厄介だ。建物に入ってしまったら、見つけるのは難しい。

「六本木通りを北上し始めたところで消えました。これ以上は追跡不可能です」

「消えた——」

「建物が建てこんでいて、被疑者の姿は見えません」

苅田を見失った。

梶原は拳を強くステアリングに打ちつける。八百メートルも先にいる人間をどうやって見つけろというのだ。この広大なビル群の中に隠れ潜んだ男を。見つけ出すなど不可能ではないか。いや、一キロ以上も離れたところから苅田を追跡できただけでも、奇跡に近い。しかし、大まかな方向だけは分かっている。何とかして苅田を捜し出し、挙げるのだ。

虎ノ門にある高級ホテルと高層のオフィスビルの間を抜けていき、アメリカ大使館のわきを通り過ぎた。首都高速の向こう側にある二本の高層ビルが徐々に近づいてくる。六本木通りの手前五十メートル程の場所で、渋滞につかまった。

覆面車を捨て、歩道を西に向かって走る。たちまちのうちに汗が噴き出してくる。

六本木通りを越え、二本の高層ビルの膝元で足を止めた。苅田の姿はない。どこだ。どこに行った。

梶原は周囲を見回す。高層ビルや病院や国会議員宿舎などが建っている。病院では高さが足りないかもしれない。となると、国会議員宿舎か。警備がいても、苅田なら巧みにくぐり抜けるだろう。どこだ。

梶原は、二時五十分を指した腕時計を見やり、無線機で清水を呼び出して訊く。

「まだ見つからないか?」

「見つかりません」

「大西は避難したか?」

「机についたままです」

なぜ逃げない。あの部屋から出るだけでいいのに。命を狙われていると分かっているのに。

まさか無実であることを証明しようとしているのか。今逃げ出せば、罪を認めたと思われる。それで残っているのか。だとしたら、あまりにも馬鹿げた行為だった。ともかく、苅田を見つけるのが先だ。

再び周囲を見回しながら、北西方向に走っていく。息が荒くなり、足が重くなってくる。

マンションとオフィスビルの間を抜けると、歩道に並んで止まった三台のオートバイが見えてきた。その中の黒いオートバイに駆け寄った。ステンレスの大型の荷台がついている。他の二台にはない。これだ。苅田が乗ってきたのはこのオートバイだ。

オートバイの先にある二本のビルを見上げた。三十階程の高さのガラス張りの近代的な高層ビルと、紺色の外壁の二十階程の高さのビルが並んで建っている。両方を捜索している時間はない。どっちだ。

辺りに視線を走らせる。オートバイの近くにあった靴痕が見て取れた。路面に僅かに残った靴痕のつま先部分が、紺色のビルを向いている。これだけでは完全には決めつけられないが。可能性が高い方に賭けるしかない。

無線で捜索場所を特捜本部と清水に伝え、梶原は紺色のビルの正面玄関に進んでいく。

「五階から下は死角に入っています。いるとしたら、その上です」

清水の助言を受け、正面玄関から非常階段に回って上り始めた。苅田はどこにいる。途中で空き部屋を見つけて入ったかもしれない。空き部屋があったとしても、いつ人が入ってくるとも限らない。

藤代、富川、新沼。いずれの場合も下見をする時間があった。しかし、大西の場合は違う。先程やっと分かったのだ。下見はできない。となれば、最も安全で確実な場所を選ぶのではないか。屋上なら邪魔が入る可能性も低い。

五階の表示が見えてきたとき、イヤホンから白山の切迫した声が流れてきた。

「白山です。今、紀尾井町通りを南下中。そちらに向かっています。数分で到着予定。前田主任と三木と南もほぼ同じ時間で行けます。水戸は首都高速の渋滞で動けません」

絶対的に人が足りない。四人の刑事でこのビルを完全包囲するのは無理だ。

「急いでくれ。出来る限り早く」

そう答え、五階を通り過ぎ、更に駆け上がっていく。上に行くエレベーターに必ずしも乗れるとは限らない。非常階段の方が時間がかかるが、確実に上に行ける。

十階の表示を横目に見つつ、荒い呼吸を繰り返しながら無線で清水に訊いた。

「苅田は見つからないのか？」

「そのビルと周辺を捜してますが、見当たりません」

「電話は？」

「鳴りません。大西もそのままです。動いてません」

まだ動かない。どうして逃げないのだ。

梶原は清水に訊く。

「このビルまでの距離は？」

「千六百メートル」

「おまえはもう苅田を撃てんな」

「撃てます」

「有効射程を遥かに超えてる」

「レミントンの有効射程は八百メートルですが、銃弾は三キロ以上飛行する。SATの訓練で一・五キロ先の標的に命中させたことがあります。被疑者の指導の下で」

「何度成功した？」

「一回です」

清水はレミントンで超遠距離狙撃を成し遂げたことがある。おそろしく難度の高い狙撃だったに違いない。清水ならやれるかもしれない。しかし、今度は紙の標的ではない。苅田なのだ。

梶原は足がつりそうになるのを堪え、手すりにつかまって階段を上っていく。肺が悲鳴を上げていた。

「大西をそこから出せ。避難させろ」

僅かに間があり、清水の声が返ってきた。

「分かりました」

十二階に辿《たど》りついたとき、再び清水の声がイヤホンから流れてきた。

「何度も逃げるように言いました。ですが、大西は動きません。部屋から出ないんです」

なぜだ。何なのだ。藤代も富川も超遠距離狙撃で殺されたことを知らない訳がない。なのに、どうして止まっている。

「だったらおまえが引きずり出せ。安全な場所に移せ」

「できません。被疑者がいつ出てくるか分からない。見つけるのが遅れたら、撃ち損じる。手遅れになります」

この期に及んでも、清水は苅田を撃てると信じている。大西も大西だが、清水にしても同じだ。

自分で片をつけるしかない。棒のようになった足で階段を上り続ける。十五階を過ぎ、二十階に上がると、屋上につながる階段が現れた。パンパンに張った足を動かして上っていく。屋上への出入口が見えてきた。駆け上がり、出入口のドアの手前で足を止めた。床にはブロックパターンの足跡がついていた。苅田が履いていたタクティカルシューズだ。

「足跡を確認。屋上に出る」

息を整えつつ囁くような声を無線に吹きこむと、清水の冷静な声が返ってきた。

「大西のスマートホンが鳴り出しました」

ついに来た。

狙撃態勢を整えた苅田が、大西に執行宣告の電話をかけてきたのだ。

「大西が机の上からスマートホンを取り上げました。今、耳に当てています。一人で行け。そう言って切りました」

梶原は止めていた息を吐き出す。

違った。別件の電話だったようだ。苅田だったら、事務所の電話にかけてくるだろう。いや、直接大西のスマートホンにかけてこないとも限らない。藤代か新沼の行動を監視していたとき、電話をかけた相手の名前と番号を見た可能性はあるのだ。

イヤホンから先程聞こえてきたスマートホンの呼び出し音が流れ出す。

「また電話です。大西は強張った顔をしたまま机の上のスマートホンを見ています。出ようとしません」

呼び出し音が途切れる。清水の微かな呼吸音が聞こえてくるだけだ。

清水の声が沈黙を破る。

「大西がスマートホンを取りました。すぐに切って座りこんだ。動かない。震えています。顔が真っ青です」

今度こそ本物の執行宣告だ。もはや猶予はない。

右手で特殊警棒を抜き、左手でドアノブをつかんでそっとドアを押す。ドアが少し開くと、強い光が目の奥まで射しこみ、熱気が額に当たった。

ドアを押し開けて、屋上に出た。陽光と隣のビルで反射した光が降り注いでくる。排熱塔のファンが回る音と街の音が聞こえてくるだけで、人はいない。

排熱塔の壁に沿って、東に進んでいく。大西の事務所は南東の方角だ。従って、苅田は屋上の南か東にいるはずだ。北と西は除外できる。苅田はベレットを構え、大西をスコープの視野にとらえている。狙いを定めるのに集中しているに違いない。周囲に注意を払う余裕はない。その隙をつくのだ。

屋上のフェンスと転落防止壁が見えてきた。端に近づくにつれて、東に広がった街並みが浮かび上がってくる。

排熱塔の上を見やり、苅田がいないことを確かめ、足を進めていく。排熱塔の角に出た。屋上の東側全体が見通せたが、苅田の姿はどこにもない。フェンスの向こう側には、高層ビルが建ち、街並みが広がっているだけだ。

黒っぽい影が視野の端に入ってきた。

その直後、梶原は体に強い衝撃を受け、コンクリートに転がっていた。タクティカルブーツの靴先が腹にめりこんでくる。強烈な蹴りが、二度、三度と腹に入ってきた。衝撃が体中に広がっていく。呼吸ができず、視野が狭まっていく。特殊警棒が手から離れた。黒っぽい影に向かって拳を突き出したが、逆につかまれてねじり上げられた。壁際に押しつけられ、両手を背中に回される。手首にコードのようなものが食いこんできた。

焦点が合い始めると、長いつばの黒い帽子を被った男が見えてきた。目が大きく、精悍な顔立ちをしている。苅田だ。清水が持っていた写真の苅田よりも大分痩《や》せ、眼窩《がんか》が深く落ちくぼんでいた。

「苅田」

梶原の呼びかけに取り合わず、苅田は言った。

「おまえがこのビルに入ってくるところは見ていた。よくここまで来たな」

痛みを堪え、立ち上がろうとして足に力を入れた。動けない。両手が壁のパイプに通され、ポリマー製の拘束バンドで結ばれている。突入時に使う応急用の手錠だ。

「おまえ一人の力で俺を見つけ出せた訳じゃない。奴が、清水が応援についていたから、ここまで来られた」

抑揚のない口調で言う苅田の声が、頭上から降ってくる。

梶原は、冷やかな目をした苅田を見上げて応じた。

「その通りだ。清水のおかげだ。清水は今、大西のガードについている」

「分かってる。見ていた。そんなことで俺を止めようとしても無駄だ。俺は奴のことをよく知っている。観察眼も狙撃術の技量も。すべてだ。だから、おまえたちがビルの近くまで来たところで離れた」

苅田は近くにいたのだった。大西の法律事務所があるビルに到着した直後に、清水が周囲を見て捜した。だが、見つからなかった。

「おまえたちさえ来なければ、大西を撃てた。大西が車に戻ってくるところを待ち構えて、撃てた。車に乗りこんでいたあの女の前で。ビルの谷間の路地から、ちょうどエントランスが見えていた。大西が一人になるところを待つ必要などなかったのに。もっとも、それで最高のお膳立てが整ったんだが」

苅田を捕らえられた。手の届く所にいたのだった。気づいていたら、絶対に離さなかったのに。

歯ぎしりする梶原から離れ、苅田は排熱塔の壁についたロープをつかんで上っていった。ほどなく、三脚が横についたライフルバッグを背負って下りてきた。

梶原は苅田の目を見て言う。

「もう止せ、苅田。人を殺すのは止せ」

「これが最後だ」

「これ以上、罪を重ねるな」

「おまえに何が分かる」

「別荘で起きた事件の映像を見た」

ベレットを取り出そうとしていた苅田の手が止まった。

「清水と羽鳥湖の別荘に行った。別荘に隠されていたビデオカメラを見つけた。藤代がやったことも、大西がやったことも。すべて記録されていた」

「そんなものがあったのか」

つぶやくように言って、苅田が言葉を継ぐ。

「緑は藤代に強姦された挙句に刺し殺された。仁美も同じ目に遭った。奴らは俺の反応を見ることで、余計に楽しみが増すと言っていた。獣だ。獣以下だ」

「だからと言って――」

梶原の言葉を、苅田は遮った。

「俺たちは湖でキャンプをしていた。それを奴らが目にとめた。昼間、獲物を捜してキャンプ場や別荘地を回っていたようだ。夜になって、富川らが襲ってきた。藤代は緑が気に入った。大西は仁美に目をつけた。手垢《てあか》のついていない少女が好物だと。緑は、仁美を助けるために、自分の体を差し出した。自分一人で済むならと」

一旦言葉を切り、苅田が唇を嚙み締める。下ろした手で拳を作った。腕の筋が浮き上がる。その手が小刻みに震えていた。

「大西は仁美に手を出した。堪え切れなくなって緑が手を伸ばしたとき、藤代の目出し帽が外れた。顔を見られた以上、殺すしかないと。藤代を呼び出して訊いたとき、そう答えた。大西が仁美を刺した。富川も新沼も手は出さなかった。だが、奴らが手伝わなければ、緑も仁美もあんな目には遭わなかった。奴らも同罪だ」

苅田の額に青い筋が走る。目の奥に冷たい光が宿った。

「緑と仁美が死んだ後、奴らはパニック状態に陥った。藤代は恐れおののき、大西は奇声を上げていた。新沼は青ざめた顔をして立って見ていた。それから罵《のの》り合いが始まる。比較的冷静だったのは富川だけだ。富川は奴らを別の部屋に連れて行った。処分方法を話し合うためだろう。俺は富川に殴られ、車のトランクに閉じこめられた。後ろ手に縛られたロープを、中にあった金具にひっかけて外した。トランクの蓋が開くのを待って、飛びかかった。富川の手下を二人倒した。車の中にあったビデオカメラを奪った。リビングルームを覗いてみた。誰もいなかった。緑と仁美の死体がそのまま残っていた」

やはり、苅田は沢井が撮影に使ったビデオカメラを手に入れていた。怪我を負った体で脱出し、東京に引き返してきた。SATに戻り、何事もなかったかのように勤務を続け、ベレットを持ち出して姿を消したのだ。

梶原は、氷と化したかのような苅田の目を見て言う。

「そのビデオカメラの映像を使って、藤代と新沼を呼び出したんだな。映像をSDカードに入れた。取りに来なければ公開すると電話で告げた」

「ああ」

苅田がうなずくと、梶原は新たな質問を放った。

「どうやって藤代を捜し出した？　素顔を見たとしても、それだけで、大勢の人間の中から一人を見つけ出すのは不可能だ」

「えさ場の近くで待った」

「えさ場」

「別荘で奴の言葉を聞いた。このままじゃ、都庁にいられなくなる。何もかもなくなる。都庁職員だと見当がつく。名前は聞かなかったが、都庁の近くで張りこめば見つかる。監視を始めて二日目で、登庁してくる藤代を見つけた」

苅田は猛禽《もうきん》のような目で、万単位の人間の中から一人の人間をそう時間をかけずに、割り出したのだ。

「富川は？」

「スポッティングスコープで藤代をずっと監視していた。藤代が公衆電話でかけた番号に電話してみた。声ですぐに分かった。向こうも俺を捜していたんだ。呼び出すのは簡単だ。一番苦労したのが大西だ。顔も名前も分からなかった。別荘にあった車のナンバーからは辿れない。法務局で別荘の登記簿を見て所有者を割り出した。富川を殺した後は杉原に張りついた。刑事が来た後で、杉原の様子が急変した。落ち着かず歩き回る。携帯にかけていたようだが、相手が出ないとすぐに啓京不動産開発に電話を入れた。携帯のディスプレイにその文字が浮かんでたんだ。つながりがあると踏んだ。啓京不動産開発を監視していたら、今度は新沼が現れた。それからおまえたちもやってきた。おまえも清水も俺を見逃した。その後のことは分かっているだろう。ここまでやって来たんだからな。新沼には、撃たない、その代わりに仁美を殺した男を教えろと迫った。随分迷っていたようだが、最後には吐いた」

藤代と富川を射殺してから、新沼を撃つまで三日近くの時間が空いた。その間、苅田は建設会社社長の杉原に張りついていたのだ。それまで別荘事件は表沙汰になっていない。自分が持ち帰ったあの映像で惨劇が判明し、杉原に捜査の手が伸びた。

苅田は杉原の反応とその後の行動から啓京不動産開発に辿りつく。自分が苅田を獲物の前に案内するきっかけを作ってしまったのだ。その上、見逃した。藤代と富川はそう時間をかけずに苅田が見つけ出している。しかし、他の二人は不明だった。超遠距離狙撃。狙撃手に狙われたら、どこにいようが逃げられないと、メッセージを残りの二人に送って。逃げられないように手を打ち、犯人たちを次々と突き止めていったのだ。

苅田は、当時の記憶を振り払うかのように深呼吸して言う。

「奴らの罪は死に値する」

「連中の罪は大きい。しかし、それで殺していいということにはならない。おまえのやったことは私刑だ。個人の報復だ」

苅田の眼光が鋭くなった。

「おまえに何が分かる」

「俺も妻を殺された」

「殺された……」

「十一年前に刺殺された。捜査から外され、俺は一人でホシを捜し出した」

苅田が梶原の瞳を覗きこんでくる。

「あの事件か。荒川の殺人事件か」

「知ってるのか？」

「警官の家族が殺されたんだ。当然だ。被疑者が半殺しになったという噂を聞いた」

上層部はマスコミに対して暴行はなかったと貫いたが、内部まで完全に制御することはできなかった。噂となって様々な所へ流れて行く。

「ホシは長谷という男だった。長谷を見つけ出して問いつめると、こう答えた。幸せそうに見えたから殺したと。由里子は何もしていない。許せなかった。あまりにも理不尽だった。長谷が殺せと言い出したとき、俺はそうしようとした。引き金を引くところだった。しかし、結局は撃てなかった。それで良かったんだ」

「良かっただと。信じられんな」

苅田が吐き捨てるように言った。

梶原は苅田の目を捉えて訴える。

「刑事を続けてこられた。人殺しをした人間に、人の命を奪うことの重みを分からせてやれる。罪を償うところまで引っ張って行けるんだ」

理解できないという風に、苅田が無言で首を横に振った。

梶原は苅田の目を見据《みす》えて問いかける。

「藤代を殺した後で、どう思った？　満足できたか？　虚《むな》しくはなかったか？」

答えはない。

「富川を殺した後はどうだった？　何を感じた？」

まったく反応がない。

「新沼のときは？」

苅田は一言も発しない。排熱塔のファンが回る音だけがしていた。

やがて、苅田が沈黙を破った。

「おまえ、子供はいるのか？」

「娘がいる」

「生きてるんだな」

噛み締めるように言って、苅田は視線を落として続ける。

「妻だけじゃない。娘も殺された。娘は、母親が殺されるところも見た。我が子が殺されようとしていたのに、何もできなかった。我が子を殺されるということがどんなことか、おまえには分からない。その目に遭ってみなければな」

苅田は視線を上げ、再び梶原を見据えてきた。

「極刑になろうとも、俺はやる」

断言した後、語りかけるような口調に変わった。

「俺はただの男だ。おまえのようには生きられない」

苅田がライフルバッグからベレットを引き抜いた。背を向け、先端にサプレッサーがついたベレットを軽々と持ち、東の方へ歩いていく。

止めなければ。だが、手首が縛られていて動けない。周囲に拘束バンドを切断できるようなものはない。

梶原は体を捩《よ》じり、腰の無線機に触れた。格闘した際にスイッチが押されたのか、通話状態になっていた。

「拘束されて動けない。苅田はフェンスの方に向かってる。これから撃つ」

「聞こえてました」

「大西は？」

「ずっとそのままです。机についています」

「大西にその部屋から出るように言え」

「何度も言いました。聞き入れないんです。脂汗を流しながら、そこに座り続けています」

「だったら、おまえがブラインドを下ろせ」

「無理です。今、動いたら、照準を合わせるのに時間がかかる。風の変化が大きくなってきてます。弾道が読みづらい」

なぜ、大西は逃げないのだ。事務所から出るだけでいい。ソファーの陰に隠れるだけでいいのに——。

そこまで思い至ったとき、事務所があるビルの前の光景が蘇ってきた。黒いフーガの助手席にいた、黄色いTシャツを着たボブカットの女の子。丸顔で目鼻だちがくっきりした女の子。似ている。あの男に。

まさかと思いつつ、梶原は無線で清水に訊いた。

「二度目の着信があったとき、大西は何か言わなかったか？」

「行け、と。唇がそう動きました」

「大西のスマートホンを見ろ。着信履歴を確かめろ」

「今は動け——」

清水の言葉を遮り、梶原は声を上げた。

「大西に訊け。莉田からの電話の前に誰がかけてきたか訊くんだ。早く」

イヤホンが沈黙した。靴底が鳴る音が聞こえてきた。ほどなくして清水の声が戻ってきた。

「加奈《かな》です。大西の娘です。娘かと訊くと大西がうなずきました」

屋上に出ようとしたとき、清水は大西のスマートホンに着信があったと伝えてきた。一人で行けと言って、大西は切った。あの電話はフーガの助手席にいた娘からかかってきたのだ。逃がそうとして行けと言ったが、娘は車から出なかったのだろう。

莉田は一足先に到着し、様子を窺っていた。事務所に乗りこんで行っても、大西がいるとは限らない。下手をしたら通報される。SDカードがあると電話で告げても、大西は出てこない。藤代もそれを取りに行ったところで殺されたのだ。逃げに移る。

ところが、莉田が見張っている間に、大西の方から外に出て来た。車に乗って地下駐車場から出てビルの玄関前に止めた。そこで待っていた加奈が助手席に乗りこんだ。大西は忘れものを取りに、加奈を残して事務所に引き返す。大西の仕事部屋に入ったとき、彼は書類を読んでいた。必要な書類かどうか確かめていたのだろう。机の上には口が開いた鞄があった。資料を確認してから車に戻るつもりだった。そこに自分たちが入っていったのだ。

清水の姿を見た苅田は、あの場から離れざるを得なくなった。離れる途中で別の方策を考え出した。助手席の加奈をSDカードの代わりにする。二人の顔形や仕草から親子だと悟った。

だから、先程苅田はああ言ったのだ。最高のお膳立てが整ったと。

「娘がいる場所は被疑者のライフルの射界に入っています。娘でも大西でも、どちらでも撃てます」

先程の電話で、苅田は執行宣告すると同時に、大西を釘づけにしたのだ。逃げようとすれば娘を撃つと。

苅田の目に狂気の光が宿っている。先に娘を撃つつもりだ。苅田が味わったのと同じ苦しみを味わわせてから、大西を処刑する。

「屋上を視野に捉えました。いつでも撃てます」

その言葉を最後に清水の声が途絶えた。

今、清水はソファーの陰でレミントンを構え、こちらのビルの屋上をスコープごしに見ている。

苅田を撃つ。狙撃でしか解決できないような事態になったら、迷わず撃つ。清水はそう言った。だが、清水自身、少年を射殺したことを悔いている。藤代律子に、射殺した少年の母親の顔を重ねて見ていたのだ。とてつもない深い葛藤《かっとう》と闇を心に抱いている。

清水にとって、苅田の家族は大切な存在だった。親しかった仁美と緑が無惨に殺された。今度は、かつての仲間で、尊敬する師匠のような男に照準を合わせている。

自殺した少年の母親、仁美と緑親子の顔が清水の脳裏に浮かび上がっているはずだ。残酷な目に遭った苅田に思いを遂げさせようとしているのではないか。引き金に指をかけても、引き切れるはずがない。

何としてでも、自分が止めるしかないのだ。

梶原はあらためて辺りを見回した。拘束バンドの切断に使えそうな物は見当たらない。排熱塔には窓ガラスもない。ガラスを割ってナイフ代わりに使うことはできない。他に何かないか。

足を伸ばし、ライフルバッグの端に踵《かかと》を引っ掛けて引き寄せた。ライフルバッグの中にあった小型ケースを蹴ると、トルクレンチやドライバーが出てきた。靴底でドライバーを転がし、引き寄せる。手元にきたところでつかんだ。ドライバーの刃先を、拘束バンドに当てて引っ掻く。拘束バンドが手首に更に深く食いこみ、痛みが走る。手探りで作業しているので、思うようにいかない。

苅田はもうフェンスの向こう側にいる。背中をこちらに向けて立ち、三脚にベレットを載せて、ストックを肩に当てて構えていた。スコープを覗いたまま、ボルトを引いて弾をチェンバーに送りこんだ。

歯を食いしばって痛みを堪えつつ、梶原は、ドライバーで拘束バンドを引っ掻き続ける。刃先が滑って皮膚が切れ、血が流れ出す。

茢田は微動だにしない。風を読んでいるのか、それともすべての作業を終えて、大西に照準を合わせたのか。

梶原は力をこめてドライバーの刃先を往復させ続ける。拘束バンドにできた溝が深くなっていくが、緩まない。力を振り絞って引っ掻き続けた。

拘束バンドが微かに緩んだ感触が伝わってくると、両手を左右に強く引いた。拘束バンドが千切れ、手が自由になった。立ち上がって駆け出す。特殊警棒を拾い、茢田の方へ走る。

茢田はスコープを見つめたまま動かない。こちらの動きに気づいたかどうかは分からない。

「茢田」

叫んだが、茢田は身動き一つしない。

梶原は懸命に足を動かし続ける。四十メートル程を駆け抜けて、フェンスにぶつかった。衝突音がしたが、フェンスの向こうの茢田は反応しない。

「止せ、茢田」

梶原は短く叫び、フェンスをよじ上っていく。フェンスの上を越えて外側に着地した。

苅田の指先は引き金にかかっている。

梶原は特殊警棒を振り上げ、苅田を目がけて走る。苅田の指先がゆっくりと動き始める。撃発音が聞こえたような気がした。

だが、苅田はベレットを構えたまま彫像のように立っている。

次の瞬間、ベレットから閃光《せんこう》が噴き出し、銃声が鳴り響いた。苅田の上半身が反動で震えた。

遅かった。間に合わなかった。大西の娘に銃弾がめりこむ――。

愕然としつつも梶原は苅田の元へ駆けていく。苅田が素早くボルトを動かし、銃弾を装塡した。薬莢《やっきょう》がコンクリートに落ちて甲高い音を立てた。

これ以上人殺しはさせない。絶対に。

苅田の背中に手がかかった。背中をつかんで引き倒そうとしたとき、苅田の体が一瞬浮き上がった。首のつけ根から血が噴き出し、苅田が力なく崩れ落ちていく。ベレットが三脚から落ちてコンクリートの上で一度跳ねて止まった。遠くから銃声のような音が聞こえてきた。

うつ伏せに倒れたまま苅田は動かない。苅田のジャケットがたちまちのうちに赤く染まっていき、コンクリートの上を血が流れていく。

梶原は無線で清水に訊く。

「大西の娘は？　無事なのか？」

イヤホンから清水の冷静な声が流れてきた。

「無事です」

「大西は？」

「首に着弾。即死です」

清水が冷やかな口調で答え、続けて確認を求めてくる。

「発砲しました。そちらの状況を教えて下さい。着弾の確認を」

何を言ってる。何をしてたんだ、おまえは。

梶原は、喉まで出かかった言葉を飲みこみ、コンクリートに膝を突いて、苅田の首のつけ根を押さえ続ける。温かい血が指の隙間から溢れて流れ落ちていく。

苅田の唇が動き、低い声が漏れ出す。

梶原は上半身を折り、苅田の唇に耳を近づけた。苅田が絞り出すように言った言葉が鼓膜を震わせる。

「分かった。それ以上何も言うな」

苅田の黒目が大きくなっていく。

「必ず連れて帰る」

そう答えると、苅田は最後の力を振り絞るようにして目でうなずき返してきた。みるみるうちに瞳孔が広がっていく。呼吸も心臓の拍動も止まっていたが、血は流れ続けている。瞳孔が開き切った苅田の黒い目に、自分の顔が映りこんでいた。

「状況を教えて下さい」

再び清水の声がイヤホンから流れてきた。

首を押さえていた手を離し、南東の方を向き、清水がいるビルの方を見やって答える。

「被疑者の首に命中。死亡した」

僅かに間が空き、清水の冷静な声が返ってきた。

「了解」

そう返したとき、背後から靴音が聞こえてきた。白山と水戸が屋上をこちらに向かって走ってくる。

梶原は力なくコンクリートに腰を落とし、頭上高く広がった空を仰ぎ見ていた。

30

鮮やかな緑の葉を抜けてきた光が、路面上で揺らめいていた。林の中を通る道は細く、曲がりくねっている。カーブを抜けていくと、右手の樹木の隙間から羽鳥湖の水面が見えてきた。

覆面車は羽鳥湖の西側の道を北に向かって走っている。安住課長と森岡管理官たちが乗った覆面車が一列になって後ろから続いてくる。

助手席に座った梶原は、前方の道路を見て吐き出すように言う。

「こっちに来たとは。こんな険しい道を怪我を負った体で歩いて行ったとは」

運転席の白山もステアリングを切りながら、同意した。

「信じられませんね。別荘から二キロも離れているのに」

白山は赤く充血した目をこすりながら、運転し続けている。徹夜で仕事をこなし一段落ついたところで、新宿署の特捜本部を出て、羽鳥湖へと走り続けてきたのだった。

「苅田さんならできます」

後ろから清水の声が聞こえてきた。

梶原は振り返った。帽子を目深に被り、薄手の長袖シャツを着た清水が後部座席に一人で座っている。黒いタクティカルシューズをはき、腰にＳＩＧが入ったホルスターをつけていた。無表情をした顔をこちらに向けている。

「二人の死体を抱えていたんだ」

梶原が言うと、清水は少し顔を上げた。

「苅田さんならやれます。やり遂げます」

声に力がこもっていた。清水はもう苅田を被疑者とは呼ばない。

リアガラスごしに遠くにある別荘地を見やり、前方に向き直ると、梶原は心の中で舌打ちした。

読み違いだった。二日前に来たとき、別荘の敷地の手前の雑草が倒れた跡を見つけた。雑草は外側に向かって倒れていた。そこから入って行ったはずなのに、雑草は逆側に倒れていたのだ。苅田が雑草を踏み倒してそこから出てきたのだと判断した。

しかし、それは間違いだった。苅田は一人ではなかった。車のトランクから脱出した苅田はリビングルームに戻り、妻と娘の死体を抱え上げる。二人をそれぞれ肩に乗せ、別荘の敷地から出て来たのだ。連れ去られた妻子を捜して別荘の敷地に入っていったときは、別の場所を通ったのだろう。

その後、苅田はサイクリングロードに下り、羽鳥湖沿いに北へと歩いて行く。二人の死体を隠すために。

富川は藤代や大西たちを落ち着かせ、部下に苅田を捜させた。暗闇に包まれた別荘地とその周辺を捜し回ったが、見つけられなかったのだった。

妻子の死体を担ぎ、暗闇の中を息を切らして歩く苅田は、鬼の形相《ぎょうそう》をしていたに違いない。絶望と悲しみと憎しみを抱えながら、懸命に歩いていったのだ。

清水が放った銃弾を受けた苅田は、血を吐きながらも、梶原に向かって死体の隠し場所を口にした。

そして今、覆面車の車列は苅田が言った場所へと走っている。

白山は、ステアリングを回しながら再び口を開く。

「梶原さんたちのお陰です。例のビデオカメラがなければ、別荘事件があったことも分からなかった。俺だったら、しがみついてでも、梶原さんを止めていた。別荘には入らせなかった」

梶原は白山の横顔を一瞥《いちべつ》し、小さくうなずくと、自嘲するように言った。

「やり過ぎだった。しかし、俺の力じゃない。杉原社長の強欲のお陰だ。隠しカメラを置いて、諸田社長たちの動向を探っていたんだから」

白山は無言で首を縦に振る。

別荘の持ち主の建設会社の杉原社長が、部下に命じてリビングルームの置時計の中にビデオカメラを据え付けさせていたのだった。

啓京不動産開発の諸田社長がそこで誰を迎え、何を話していたのか、盗み見していた。啓京不動産開発の新たな事業計画がいち早く手に入れば、有利な条件で契約を結べる。わざわざ杉原社長から名義を借りて買ったのだから、密談に使っていたのだと思って盗撮工作をさせた。杉原社長は事情聴取でそう答えた。諸田社長はまだ全面否定しているが、もはや逃げ切れる状況ではない。

梶原は、ルームミラーわきの後方監視用の鏡に再び目を向けた。鏡の中の清水の顔を見て声をかける。

「おまえは苅田の教えをやり遂げた」

唇を嚙み締め、清水が首を横に振る。

「完璧にはできなかった。もう少し早ければ、大西も生きたまま捕らえられた。苅田さんに罪を重ねさせることもなかった」

捕らえられた――。そこまで考えていたのか。刑事の本能が芽生え始めていたのか。

その言葉を腹に収めて、梶原は言った。

「おまえがやったことに間違いはない。苅田よりも先に引き金を引いていたんだからな」

無表情のままで清水は口を開かない。

事務所にいた大西が銃弾を受け、ついで屋上でベレットを構えていた苅田が被弾して倒れた。当然、苅田が先に撃ったと思った。しかし、事実は逆だったのだ。

梶原は鏡の中の清水を見て言葉を継ぐ。

「無線で銃声を聞いた」

「無線――」

「苅田に飛びかかろうとしていたとき、無線のイヤホンからおまえが撃った銃声が流れてきた。ほんの少し遅れて、苅田が発砲した。俺はこの耳で両方の銃声を聞いた。338ラプアは308NATOより圧倒的に早く飛ぶ。千六百メートルの距離では最低でも〇・五三秒以上の差が出る。苅田が撃った弾が大西に命中した。それから、おまえが先に放った弾は大きな放物線を描き、より長い時間をかけて屋上に到着し、苅田の首に命中した。あのときは苅田を止めようとするのに必死で、レミントンの発射音だとは思わなかった。おまえの方が、苅田より先に引き金を引いていたんだ」

「よくそこまで分かりましたね」

「おまえが教えてくれたんじゃないか」

「俺は何も教えてませんよ」

「おまえがやってきたことを見れば分かる。何度も狙撃術の講義を聞かされた」

もっとも、鑑識の徳永係長の助言がなければ、到底そこまで詳しいことは分からなかった。

事情聴取のため新宿署に連れて行かれた清水は、狙撃のことに関しては一言も答えなかった。

苅田より先に撃ったのか、苅田が撃った後で狙撃をしたのか。安住が訊《たず》ねても、清水は固く口を閉ざしていた。無線の通信記録に当たり、二発の銃声が記録された時刻を拾った結果、清水の発砲が先だったと証明されたのだった。

「おまえは合格だ」

「合格……」

梶原は体を捻《ひね》って後部座席に振り返って言葉を継ぐ。

「正直に言う。おまえには苅田を撃てないと思っていた。苅田が倒れるまで、信じられなかったんだ。苅田の教えを守った。たとえ自分の家族でも、市民の命を守るためなら射殺する。大西は犯罪者だったが、法の裁きが下るまでは市民だ。苅田の教えをやり遂げた」

清水の顔が苦痛で歪《ゆが》んだ。強く握り締めた右手に筋が何本も走る。強張《こわば》った表情を浮かべたまま、梶原の目を見つめ返してきていたが、やがて首を縦に振った。

師匠であり、仲間だった男。ただ一人尊敬できる狙撃手。その前に、清水にとって家族同然だった男。清水自身、少年を射殺したことで深い葛藤を抱えていた。強大な重圧を受けながらも、それを撥《は》ねのけ、自らの手で屠《ほふ》ったのだ。胸をえぐり取られるような苦しみを味わい、この先もその傷を抱えて生きていくことになる。その苦しみは清水にしか分からない。こちらが思い巡らそうとも、理解などできない。苦しみを分かち合うこともできない。

うつむいた清水の顔が帽子の長いつばに隠れて見えなくなった。

梶原は重ねて清水に問いかける。

「これからどうするつもりだ。特一係に行くのか？」

答えはない。清水は顔を伏せたままだ。

「梶原さん」

白山が止めに入ってきたが、梶原は構わず続けた。

「苅田を撃った。二度とも完全にやり遂げた。おまえ以外に専属の狙撃手は考えられない」

帽子のつばがゆっくりと上がっていく。

清水は大きく息を吸い、梶原を真っ直ぐ見据えて口を開いた。

「機動隊に残ります。SATへの復帰を目指します」

「しかし」

「苅田さんの後を継ぎます」

SAT隊員たちにとって、苅田は未だ仲間の一人だ。苅田が抱えていた事情もこれから明るみになる。四人もの人間を殺した犯罪者に違いはないが、事情が事情だ。SATの隊員たちが易々と清水を迎え入れる訳がない。機動隊にしても状況は同じだ。彼らにとって、苅田は同じ警官であり、仲間なのだ。

逆境が待っている。だが、こいつは一度決めたら、貫き通す。それだけ強い意志を持っているのだ。

「いばらの道を行くんだ」

梶原が嚙みしめるように言うと、清水は強い光を宿した目で見つめ返してきて、無言で首肯した。

「今度、うちに飯でも食いに来ないか？」

「飯？」

「娘の手作りだ。俺が言うのもなんだが、意外といける」

「いいんですか？」

「いいから誘ってるんだ」

当惑顔をした清水が白山の方に向いた。白山が微笑を浮かべてうなずくと、清水の返事が届いた。

「御馳走になります」

清水に会わせたくなくて、新宿署に着替えを届けに来た瑞希を追い払うようにして帰した。清水は瑞希に質問する。梶原が理不尽な目に遭ったことを知ろうとしただろう。母親が殺害された事件を思い起こさせられ、心の傷を抉《えぐ》られ、瑞希はまた傷つく。その心配はもうない。清水は加害者家族が自殺したことで心を痛めていた。心根の優しい男だ。瑞希を苦しめるようなことはしない。

柔らかな表情になった清水を見て、梶原はフロントガラスに向き直る。道幅が更に狭くなり、カーブがきつくなってきていた。周囲の木々の間隔が狭まり、覆面車は緑のトンネルへと入っていく。

オートキャンプ場の看板が出てくると、梶原はそちらに顎《あご》をしゃくった。

白山がスピードを落とし、覆面車をオートキャンプ場の駐車場に入れて止めた。列になって続いてきた覆面車と鑑識の車両で、駐車場はたちまちのうちに埋め尽くされた。

隣に止まった覆面車から安住と森岡が降りてくる。水戸係長と第五係の刑事たちも姿を現した。

シートベルトを外し、ドアを開けようとしたところで、梶原は手を止め、清水に言った。

「持つことにした」

「何を？」

「これから勤務中は必ず拳銃を携帯することにした」

清水が意外なものを見るような目で見つめてくる。運転席の白山の顔には驚きの表情が浮かび上がっていた。

梶原は清水を見て応じる。

「人を守るために使う。おまえの教えを守る」

あのとき、拳銃を持っていたら、苅田を止められたはずだ。怪我をさせることになってでも。

清水がうなずき、外に出て行った。

梶原は覆面車を降り、捜査員たちの先頭に立ってキャンプサイトの方へ歩いていく。

番号がついたキャンプサイトの前を通り過ぎ、更に足を進めていくと、砂地が現れた。

左手に羽鳥湖の湖面が広がり、右手に小さな川とそこにかかったサイクリングロードの橋がある。

「ここだったんですね」

横に来た清水が言うと、梶原はポケットからキャンプ場のパンフレットを出して広げ、地図の一点を指さした。

「息絶える前に、莇田がこう言った。川の向こう側で俺を待ってると」

そう応じて、梶原は橋の方へ進んでいく。家宅捜索のために入った莇田のマンションの部屋で、キャンプ場のパンフレットを見つけた。リビングルームのテーブルの上に、黒いボールペンで印をつけたパンフレットが載っていたのだ。仁美が持ち帰り、車の中で待っていた莇田の手に渡った。家族三人の思い出の品となるはずだった。莇田が迎えに行けなくなったときに備えて、二人の居場所を記したパンフレットを部屋に残して出て行ったのだった。

橋の下に入ると、少し暗くなった。視線を落とし、足下の砂地に目を凝らした。かまどが残っているだけで、足跡はない。二日前と変わっていない。

後ろから来た鑑識の徳永係長が差し出した長靴を受け取り、革靴から履きかえた。フラッシュライトの光を川の水面に向けながら、水に足を入れる。水深は三十センチ程で、深くはない。莇田が通っていた痕跡はすぐに見つかった。表面を覆っていた苔や泥が剝《は》がれた石が見て取れた。莇田がこの川の中を歩いていった跡が向こう岸まで続いている。

その跡を辿るようにして、冷たい水をかきわけながら進んでいく。清水はタクティカルブーツのまま川に入ってついてくる。

別荘で惨劇が起きた夜、苅田は妻子の死体を背負い、キャンプしていた場所まで戻ってきた。そして、この川を渡り、向こう岸に二人の死体を隠した。その後、砂地で争った痕跡や足跡を消し、テントを片づけ、車に戻って東京へと帰っていったのだ。サイクリングロードや斜面に残った血の跡まで消す力はなかった。

二日前に来たとき、サイクリングロードに残った多数の血痕を見つけた。大怪我をして血を流しながら、苅田が別荘へと向かったのだと思った。あの血痕は苅田の血ではなかった。死体となった緑と仁美から流れ落ちて、路面についたのだ。判断を誤ったのだった。

悔しさを噛みしめながら、梶原は進んで行く。

血痕だけではない。前回この近くまで来ながら、異常を見て取れなかった。川の中まで調べていたら、もっと早く二人を見つけられたかもしれないのだ。

梶原は岸に上がった。川岸から五メートルも離れていない場所から、急な斜面が立ち上がっている。斜面に張りつくようにして所々に木が生えている。岸から斜面の立ち上がり際まで雑草で覆われていた。陽が当たらない場所なのか、雑草の背丈は低い。

梶原は、雑草が踏まれた痕跡を見つけ、辿っていく。背後から清水が無言でついてくる。安住らは対岸に立ってこちらを見ていた。

斜面の立ち上がり際に辿りつくと、枝が折れた灌木が目に入ってきた。

灌木の手前の土の一部分が変色しているのを見つけ、屈《かが》んで白手袋をはめた手で土をかき分け始めた。清水も膝を折って懸命に土を取り除いていく。

ほどなくして、濃緑色の布が見えてきた。

梶原は手早く動かし、土をどけていく。一メートル程の長さの濃緑色の塊が現れたところで、手を止めた。テントの生地だ。布の端をつかんでゆっくりと持ち上げると、長い髪をした大人の女と少女の顔が現れた。二人が寄り添うようにして並んでいる。二人ともまるで眠っているような穏やかな顔だった。

苅田はここに穴を掘り、テントの生地を敷いて二つの死体を並べて包み、その上に土をかけたのだ。惨劇のホシたちの復讐を果たした後で、二人を迎えに来ようとしていたのだ。

振り返り、安住を見て片手を上げた。捜査員たちが動き出し、川に入ってこちらに進み始めた。

梶原は向き直り、死体の向こう側にいる清水を見やった。目の表面を、透明な液体が流れ落ちていく。目が赤く染まり、その奥にある光が小刻みに揺れていた。絶叫を上げたくなるのを必死に堪《こら》えているのだろう、きつく結んだ唇が震えていた。

参考文献

『警視庁 捜査一課殺人班』 毛利文彦（角川書店）
『２０２０年 東京五輪の黒いカネ』 一ノ宮美成＋グループ・K21（宝島社）

この作品は徳間文庫のために書下されました。
なお本作品はフィクションであり実在の個人・団体などとは一切関係がありません。

徳間文庫

警視庁特捜官

魔《ま》弾《だん》

2016年4月15日 初刷
2018年9月20日 4刷

著者 松《まつ》浪《なみ》和《かず》夫《お》
発行者 平野健一
発行所 東京都品川区上大崎三―一―一 〒141―8202
目黒セントラルスクエア
株式会社徳間書店
電話 編集〇三（五四〇三）四三四九
販売〇四八（四五一）五九六〇
振替 〇〇一四〇―〇―四四三九二
印刷 本郷印刷株式会社
製本 ナショナル製本協同組合

ISBN978-4-19-894101-7 （乱丁、落丁本はお取りかえいたします）